가장 깊은 받아들임

# 가장 깊은 받아들임

바다보다 드넓은 참된 자기로 살아가기

**제프 포스터** 지음 | 김윤 옮김

**침묵의 향기**

그대가 외롭거나 어둠 속에 있을 때
그대 '존재'의
눈부신 빛을 그대에게
보여 줄 수 있다면
얼마나 좋을까요.

_하피즈, 'My Brilliant Image'에서

**차례**

감사의 말
지은이의 말

**1부**
**깊은 받아들임으로 깨어나기**

**2부**
**일상생활에서 깊은 받아들임**

# 감사의 말

이분들께 사랑과 깊은 감사를 드립니다.

에이미 로스트

타미 사이먼

맷 리카타

Non-Duality Press의 줄리안 노이스, 캐서린 노이스

메노 판 데 미어, 자닌 데 클레어크

셰리 데이비스, 에이미 오닐

린다 포스터, 시드 포스터

마우리지오 베나쬬, 자야 베나쬬

마이크 라콤비, 닉 하이엄, 스콧 킬로비

알린 이스트랜드

…… 그리고 내가 이 놀라운 여행 중에 만난 다른 모든 아름다운 존재들에게도.

# 지은이의 말

내가 보기에, 우리의 모든 문제, 우리의 모든 고통과 갈등은 개인적이든 지구적이든 하나의 근본 문제에서 비롯되는 것 같습니다. 즉, 우리 자신이 진정 누구인지를 모른다는 것. 우리는 자신이 삶과 분리될 수 없다는 사실을 잊었습니다. 그래서 삶을 두려워하기 시작했고, 그 두려움 때문에 삶과 수많은 방식으로 전쟁을 벌이게 되었습니다. 우리의 생각이나 느낌, 감정과 전쟁을 벌이고, 우리의 몸과 전쟁을 벌이고, 지금 이 순간 자체와 전쟁을 벌이게 되었습니다. 우리 자신을 아픔이나 두려움, 슬픔, 불편함, 실패로부터 보호하려 노력했고, 우리가 나쁘거나 부정적이거나 어둡거나 위험하다고 믿게 된 삶의 부분들로부터 보호하려 노력했습니다. 그래서 우리는 진실로 살아 있지는 못하게 되었습니다.

우리는 삶의 온전한 경험으로부터 자신을 보호하기 위해 갑옷을 입고 있는데, 이 갑옷은 '분리된 자아'입니다. 그러나 우리의 갑옷이 우리를 실제로 보호해 주는 것은 아닙니다. 그저 우리를 편안하지만 무감각한 상태로 있게 할 뿐입니다.

인류의 이 근본 문제에 대한 해답은 영적 깨어남입니다. 영적 깨어남이란 당신이 자신이라고 생각하던 개인은 참된 자기 자신이 아님을 깨닫는 것입니다. 과거에는 오랜 영적 가르침을 소수의 선택된 사람들만 접할 수 있었지만, 요즘에는 어느 때보다 많은 사람이 접하고 있으며, 이런 주제에 관한 책도 많습니다. 그런데 여기에는 함정이 있습니다. 영성(靈性)은 우리가 입고 있는 갑옷 속에 껴입는 또 한 겹의 옷이 되기 쉽다는 것입니다. 영성은 우리가 삶에 열리도록 돕는 대신, 오히려 삶과 더 분리되게 할 수 있습니다. "자아는 없다"라거나 "이것은 나의 몸이 아니다"라거나 "이원성은 환상에 불과하다"와 같은 영적 개념과 상투적인 말은 우리가 집착하는 새로운 믿음이 될 수 있으며, 삶을 회피하고 세상을 밀어내는 새로운 방식이 될 수 있는 것입니다. 그러면 그런 개념은 우리 자신과 우리가 사랑하는 사람들에게 더 많은 고통을 안길 수 있습니다.

내가 이 책에서 얘기하는 영적 깨어남은 당신 자신을 더욱 방어해 주는 것이 아닙니다. 참된 자기 자신은 보호가 필요하지 않다는 사실을, 참된 자기 자신은 너무나 열려 있고 자유롭고 사랑하고 깊이 받아들이므로 삶의 모든 것이 그 자체로 있도록 허용한다는 사실을 깨닫는 것입니다. 삶은 당신에게 상처를 줄 수 없습니다. 왜냐하면 당신 자신이 바로 삶이기 때문입니다. 그래서 '지금 이 순간'은 두려워해야 할 적이 아니라, 껴안아야 할 소중한 친구입니다. 참된 영성은 삶에 맞서는 당신의 갑옷을 강화하지 않으며 오히려 파괴합니다.

영적 깨어남은 사실 아주 단순합니다. 자신이 진정 누구인지를, 곧 모습 이전의 '의식'임을 한결같이 아는 것입니다. 하지만 일상생활을 하는 동안에도 실제 그런 앎으로 살아가는 것, 그런 앎을 잊어버리거나 잃어버리지 않는 것, 그런 앎이 머리로 가 버리지 않게 하는 것, 삶의 진정한 모험은 그곳에서 시작합니다. 그곳은 또한 많은 사람이 애써 노력하는 것으로 보이는 곳입니다. 영적 구도자들도, 영적 선생들도.

삶이 편안하고 일이 순조롭게 풀릴 때는 참된 자신이 누구인지 알면서 살 수 있습니다. 그러나 모든 것이 무너져 내릴 때, 삶이 엉망진창이 되고 꿈꾸던 일이 무산되어 버릴 때, 그럴 때 느낄 격정의 순간에도 이를 기억하고 있기는 어렵습니다. 신체의 통증이나 고통스러운 감정, 중독, 인간관계에서 겪는 갈등, 그리고 세속적인 실패나 영적 실패의 한가운데에 있을 때, 우리는 흔히 덜 깨어 있다고 느낄 수 있습니다. 삶에서, 서로에게서, 참된 자기 자신에게서 이전보다 더 분리되어 있다고 느낄 수 있습니다. 자신이 깨달았다고 믿었던 행복한 꿈은 금세 증발해 버리고, 받아들임은 백만 마일이나 멀리 떨어진 듯 보일 수 있습니다.

우리는 인간으로 살면서 일상생활 중에 겪는 혼란이나 아름다움을 피하거나 초월해야 하는 것, 심지어 없애 버려야 하는 것으로 볼 수 있습니다. 아니면, 그것을 실제 있는 그대로—지금 깨어나라는 은밀하고 끊임없는 초대로—볼 수도 있습니다. 설령 우리가 어제 이미 깨어났다고 믿더라도. 삶은 그 무한한 연민으로 우리가 이미 성취한 것에 안주하도록 내버려 두지 않을 것입니다.

나의 이전 책들이 영적 깨어남에 관한 이야기였다면, 이 책은 훨

쎤 더 중요한 질문들을 다룹니다. 어떻게 하면 그 깨어남으로 일상생활을 살아갈 수 있는가? 어떻게 하면 지금 이 순간을 받아들일 수 있는가? 심지어 도저히 받아들일 수 없다고 여겨질 때도? "어떻게 하면 지금 이 순간을 받아들일 수 있는가?"라는 물음은 올바른 질문이 맞는가? 애초에 우리는 지금 이 순간과 실제로 분리되어 있는가?

나는 한 가지, 오직 한 가지만을 얘기합니다. '어떤 일이 닥치든 그 모든 일을 깊이, 두려움 없이 받아들임.' 이것은 수동적인 내맡김이나 냉담한 초연이 아니라, 지금 이 순간의 신비 속으로 지성적이고 창조적으로 들어가는 것입니다. 그동안 나는 영적인 길을 걷는 사람을 많이 만나 그들의 말을 경청하고 그들과 얘기를 나누었습니다. 그들의 관심사를 듣고, 그들의 까다로운 질문에 답했습니다. 괴로움과 고민, 일상의 힘든 일, 두려움에 시달리는 그들을 만나서 미래의 깨달음이 아니라, 지금 이 순간의 경험 가운데에 있는 조건 없는 깊은 받아들임을, 그들의 본성인 깊은 받아들임을 부드럽게 가리켰습니다. 이 책은 그 결과물입니다.

사랑하는 탐험가 여러분, 평범한 삶으로 오신 걸 환영합니다. 영적 깨어남의 마지막 미개척지인 여기로……. 부디 이제껏 아무도 가 보지 않은 곳으로 대담히 가 보시기를!


당신 자신으로부터 사랑으로,
제프 포스터

# 1부
# 깊은 받아들임으로 깨어나기

참된 당신은 바다로서
모든 물결을 받아들입니다.
바다는 모든 물결이기 때문입니다.
바다는 어떤 물결은 받아들이고
다른 물결은 거부하지 않습니다.

# 1.
## 삶의 전체임

연로하신 아버지의 손등에 있는 주름들. 갓 태어난 아기의 울음소리.
미술관에 놓여 있는 조각상. 어느 곡에 있는 음표들의 조합. 풀잎에
맺힌 이슬방울. 낯선 사람의 얼굴에 스치는 표정, 왠지 문득 가슴 뭉
클하게 하는. 갑자기 전체임[1]이 분리의 장막을 뚫고 들어옵니다.

삶은 신비로 가득합니다.

얼마 전에 막 아기를 낳은 친구와 얘기를 나누었습니다. 과학자인
그녀는 이성적 사고를 하는 사람이고 무신론자이며, 같은 분야 전문
가들의 평가를 거친 연구로 증명될 수 있는 것이 아니면 영성이든 종
교든 다른 무엇이든 아무 관심이 없는 사람입니다. 그녀는 삶이란 열

---

1  wholeness. 나를 포함한 세계가 부분들로 나뉘어 있는 게 아니라 통째로 하나임.
   무한하고 온전하고 완전하며 전체인 하나의 실재. 하나임. 온전함. 삶 자체. 존
   재 자체. 비유하자면, 세계는 낱낱의 물결로 나뉘어 있는 게 아니라 온전한 바
   다로 존재한다, 물결들이 따로따로 존재하는 게 아니라 그 모습 그대로 바다만
   이 존재한다, 바다 속에 물결들이 있고 물결들 속에 바다가 있다.—옮긴이

심히 일하고, 가족을 부양하고, 노후 생활을 위해 저축하고, 은퇴하고 나면 죽을 때까지 '좋은 삶'을 누리는 것이 전부라고 믿습니다.

그런데 딸을 낳은 경험에 관해 얘기하면서 그 친구가 한 얘기는 무신론자의 말이 아니었습니다. 그녀의 말은 종교적인 말, 영적인 말이었고, 창조라는 불가사의한 기적에 대한 경외와 경탄을 잉태한 말이었습니다. 그녀는 삶 자체의 기적에 대해, 태어남과 죽음의 신비, 모든 것에 스며 있는 우주적인 수수께끼에 대해 얘기했습니다. 막 태어난 딸을 처음 품에 안자 자기중심적인 생각들이 자취를 감추고 과거와 미래가 사라졌으며, 갑자기 오직 이것—지금 여기에 있는, 살아 있는, 신비한, 오직 삶 그 자체—뿐이었다고 말했습니다. 오직 이 소중한 순간, 지금 여기뿐이었고, 그게 전부였다고…….

그녀는 난생처음 딸의 아주 작고 가녀린 손가락들을 보면서—얼마나 여리고 얼마나 연약한지—어떻게 감사하며 울었는지 얘기했습니다. 그렇게 신비하고 '살아 있는' 존재가 어떻게 자신에게서 나올 수 있었는지, 어떻게 아무것도 없는 곳에서 어떤 무엇이 나올 수 있었는지, 어떻게 생명이 스스로에게서 생명을 낳을 수 있는지, 빅뱅 때 있었던 것과 똑같은 생명이 어떻게 여기에도, 이 아주 작은 분홍색 생물의 모습으로 있는지, 이 모든 것이 얼마나 놀라웠는지 모른다고 말했습니다. 그녀는 갑자기 딸에 대한, 모든 곳에 있는 모든 아기와 어머니에 대한, 모든 존재에 대한 조건 없는 사랑에 휩싸였습니다. 그건 그녀가 어떤 말로도 표현할 수 없는 사랑이었습니다. 같은 분야 전문들의 평가를 거친 모든 연구가 지금 이 순간의 경험이라는 불가해한 광대함 앞에서 무너져 내렸습니다.

내 친구, 과학자, 이성적으로 사고하는 사람, 회의론자는 잠시 비이원(非二元)적 신비가가 되어 있었지만, 그렇다는 사실조차 모르고 있었습니다. 그녀는 한동안 삶의 전체임과, 모든 창조물에 가득한 말 없는 신비와 닿아 있었습니다. 한동안 존재와 사랑에 빠져 있었습니다. 그녀와 삶 사이의 분리는 사라졌고, 이름 없는 사랑이 드러났습니다.

그동안 영성에 관심을 갖게 된 사람을 많이 만났는데, 그들은 어떤 이상한, 설명할 수 없는, 불가해한 경험이나 깨달음을 (어떤 사람들은 갑작스레) 하게 되어 관심을 두게 되었다고 합니다. 이후에 말로 옮기기도 어렵고, 친구나 가족에게 설명하기는 더 어려운 경험을······.

화가들은 그림을 그리는 데 몰입되어 있을 때 자아가 사라지는 경험을 했다고 고백합니다. 음악가들은 음악에 몰입되어 있는 동안 어떻게 오직 음악만 있는지, 분리된 존재이던 그들이 마치 삶으로 빨려 들어가듯 그 속으로 사라지는지 얘기합니다. 그때는 그들이 음악을 연주하고 있지 않았습니다. 그들 자신이 음악이었고, 음악이 스스로 연주하고 있었습니다. 운동선수들은 달리기나 타기, 도약이 노력 없이 저절로 일어나는, 그들이 몸을 자기의 것으로 경험하지 않는데도 불구하고 몸이 완벽하게 움직이는 자리나 영역, 흐름으로 들어가는 경험에 관해 얘기합니다. 배우들은 자신이 연기하는 배역의 인물 속으로 사라지는, 배역 속에 자기를 잃는 경험을, 그들이 진정으로 연기하고 있을 때 어떻게 연기하는 사람이 없는지를 얘기합니다. 나중에 그들의 연기에 대해 축하를 받고 어떻게 그럴 수 있었느냐는 질문을 받았을 때, 그들은 자신도 사실은 잘 모른다는 것을 인정하지 않을 수 없습니다.

또는 공원을 걷고 있는데, 문득 걷는 '당신'이 없습니다. 오로지 얼굴에 와 닿는 바람, 나뭇잎들이 바스락거리는 소리, 아이들이 웃는 소리, 개들이 짖는 소리만 있을 뿐입니다. 당신은 사라지고, 당신은 모든 것이 됩니다. 또는 모든 것이 사라지고, 당신은 어떤 것도 아니게 됩니다. 말로는 설명할 수 없습니다.

때로는 더 평범합니다. 설거지를 하는데, 갑자기 반짝이는 비누 거품들이 우주에서 가장 매혹적인 것으로 보입니다. 사실, 비누 거품들은 그 순간 우주가 됩니다. 그리고 모든 문제와 두려움, 걱정이 사라지며, 더 나은 삶, 명성, 영예, 사랑, 깨달음에 대한 절실한 추구가 희미해집니다. 모든 것이 다시 깊이 좋습니다. 우주적으로 좋습니다. 비록 삶의 상황은 변하지 않았지만—여전히 갚아야 할 청구서들이 있고, 부양해야 할 자녀들이 있고, 해야 할 일이 있고, 통증이 느껴지지만—그 모든 것과 당신의 관계는 갑자기 변해 버립니다. 한순간 당신은 더이상 전체임을 발견하려고 애쓰는 사람, 분리된 개인이 아닙니다. 오직 전체임만이 있습니다. 당신은 삶의 자궁으로 돌아왔습니다. 단 한 번도 떠난 적이 없는 그곳으로……. 그래도 평범한 삶은 여전히 지금 여기에 있고, 당신은 세상에서 노력 없이 계속 활동합니다.

과학은 이런 경험—또는 비(非)경험, 또는 그것을 무엇이라 부르든―을 아직 제대로 설명하지 못합니다. 왜냐하면 그런 경험은 우리를 원인과 결과, 주체와 객체, 관찰자와 관찰 대상, 절대와 상대, 안과 밖, 심지어 시간과 공간의 세계 너머로 데려가기 때문입니다. 그런 경험은 논리적으로, 과학적으로, 철학적으로 증명하거나 설명하기 어렵습니다. 하지만 직접 경험하는 사람에게는 그런 경험이 다른 무엇보다 더욱 실제적입니다. 그런 경험을 깨어남, 또는 절정의 경험, 또는 단순히 있는 그대로의 삶과 생생한 만남이라고 불러도 됩니다. 그런 경험을 뭐라고 부르든 별 상관이 없습니다. 결국 말이란 언제나 나중에 오는 것이기 때문입니다.

존재는 신비와 경이로움으로 가득하며, 때로는 분리된 자아의 갈라진 틈 사이로 예고 없이 빛이 비칠 수 있습니다. 그때 짧은 순간, 삶은 겉으로 보이는 모습 이상이라는, 무한히 '그 이상'이라는 우주적인 통찰이 있습니다. 가장 평범하던 것들이 쉽게 비범한 것으로 보일 수 있으며, 그럴 때 우리는 아마 비범한 것이 평범한 것들 속에 늘 숨겨져 있으면서 발견되기만을 기다리는 게 아닐까, 하고 느끼게 됩니다.

예, 아마 삶의 평범한 것들―부러진 낡은 의자, 자전거 타이어, 조각 난 유리에 반사되는 햇빛, 연인의 미소, 갓 태어난 아기의 울음소리―은 사실은 전혀 평범한 것이 아닐 것입니다. 아마 평범함 속에는 어떤 비범한 것이 숨겨져 있을 것입니다. 아마 우리가 당연하게 여기는 그 모든 것은 실제로는 생각이나 언어로는 표현할 수 없는 전체임, 하나임(Oneness)의 신성한, 성스러운, 한없이 귀중한 표현일 것입니다.

그리고 아마 우리에게 발견되기를 기다리고 있는 이 전체임은 '저기 바깥'에 있거나, 다른 어떤 곳, 미래에 있는 것이 아닐 것입니다. 아마 우리는 그것을 발견하기 위해 우주의 가장 먼 곳까지 찾아갈 필요가 없을 것입니다. 아마 그것은 하늘나라에 있는 것이 아니며, 우리 영혼의 가장 깊은 곳에 감추어져 있지도 않을 것입니다. 아마 전체임은 바로 여기에, 우리가 이미 있는 곳에—이 세계에, 이 삶에—있는데도 우리는 그것을 추구하느라 바빠서 보지 못하고 있을 것입니다.

현대의 물리학은 영적 가르침이 먼 옛날부터 줄곧 가리킨 것—모든 것은 서로 연결되어 있고, 아무것도 다른 것과 분리되어 존재하지 않는다—을 이제야 확인하고 있습니다. 우리는 오래전부터 이 우주적인 전체임을 가리키기 위해 많은 용어를 만들었습니다. 영(靈), 자연, 하나임, 아드바이타, 비이원성, 의식, 앎(awareness), 살아 있음, 실재, 근원, 존재, 있음, 도(道), 불성, 그리고 현존(現存)[2]. 우리는 삶의 전체임이 실제로 무엇인지에 관해 백 년이라도 논쟁할 수 있겠지만, 말들에 관해 논쟁하다 보면 정작 그런 말이 가리키는 것을 놓칠 수도 있습니다. 그러니 전체임을 가리키는 단어 가운데 아무거나 당신이 좋아하는 단어를 고르세요. 결국 단어는 중요하지 않기 때문입니다. 당신은 그것을 도(道)라고 부릅니다. 나는 '삶'이라 부릅니다. 그녀는 신(神)이라 부릅니다. 그는 의식이라 부릅니다. 어떤 사람은 무(無)라 부르고, 또 어떤 사람은 '모든 것'이라 부릅니다. 어떤 사람은 그것에

---

2　지금 여기에 있음. 지금 여기에 있는 존재. 지금 여기.—옮긴이

대해 침묵하고 싶어 합니다. 화가는 그것에 대해 그림을 그립니다. 음악가는 그것에 대한 곡을 씁니다. 물리학자는 복잡한 계산과 난해한 이론을 통해 그것과 접촉하려 합니다. 시인이나 철학자는 단어들로 곡예를 부리며 그것에 닿으려 애씁니다. 주술사는 당신이 스스로 그것을 보도록 이상한 물질을 줍니다. 영적 스승은 언어와 침묵으로 그것을 동시에 가리킵니다.

요컨대, 그것이 무엇이든 결국 언어로는 옮길 수 없습니다. 생각과 단어는 전체임을 조각조각 나누어 버리기 때문입니다. 하나인 실재를 분리된 것들로 쪼개 버립니다. 몸들, 의자들, 탁자들, 나무들, 해, 나, 너……. 생각의 세계는 이원성의 세계, 사물들의 세계입니다.

물론 나는 이 책에서 수많은 단어를 사용할 것입니다. 단어들은 글을 쓰고 책을 읽는 데 아주 유용합니다! 하지만 기억해야 할 가장 중요한 점은, 이 책에서 가리키는 것은 단어가 아니라는 사실입니다. 여기에서 가리키는 것은 삶 자체의 전체임입니다. 그리고 그것은 모든 말 이전에, 심지어 '전체임'이라는 단어 이전에 있습니다.

이 모든 말에는 거대한 침묵과 쉼이 스며 있으며, 내 말이 나오는 근원은 이 내면의 고요함입니다. 이 책 전체는 고요함에서 고요함으로—참된 나에게서 참된 당신으로—전해지는 사랑의 편지입니다.


나는 호스피스 병동에 자원 봉사자로 일하면서, 삶의 마지막 몇 주일 또는 며칠, 심지어 몇 시간만을 살아가는 사람들과 함께 지냈습니다. 많은 환자는 이 생의 커튼이 막 내리려 할 때, 그 순간에야 비로소 삶에 정말로 눈을 뜨게 되었다고 말했습니다. 오직 그때에야 그들은 삶이 얼마나 귀중한지, 그리고 언제나 귀중했음을 보게 되었습니다. 그들 중 많은 사람이 후회를 얘기했습니다. 삶을 온전히 살지 못했다는 후회. 충분히 사랑하지 못했다는 후회, 거절당할까 봐 두려워서 좋아하는 감정을 억눌렀다는 후회. 사람과의 관계에서 더 열리지 못하고 더 정직하지 못했다는 후회. 결코 오지 않았고 오지도 않을 미래를 추구하면서 병들 때까지 일만 했다는 후회. 만일 삶이 그들을 위해 준비해 놓은 다른 계획이 있음을 알았더라면, 그들이 조금 더 일찍 눈을 뜨지 않았을까요.

그들 중 일부는 주어진 시간이 거의 다 빠져나간 뒤에야 정말로 삶을 탐험하기 시작했습니다. 그들에게는 꿈과 희망 속에서 살 시간이 남아 있지 않고, 정말로 살아야 할 시간밖에 없었습니다. 누구는 다시 그림을 그리기 시작했고, 누구는 난생처음 악기 연주나 노래, 춤을 배웠습니다. 내가 만난 어떤 여성은 마침내 데뷔 앨범을 녹음할 용기를 냈습니다. 그녀는 평생 자신을 드러내지 않으면서 숨어 지냈고, 혼자 있을 때만 샤워하면서 노래를 했습니다. 남들의 조롱과 거부로부터 자신을 보호하기 위해……. 하지만 이제, 더는 잃을 게 없는 생애의 마지막 몇 주일 동안 그녀는 마음껏 소리 내어 노래했습니다. 마치 아무도 듣고 있지 않은 듯이. 마치 그녀가 이미 죽어 버려서 더는 두려워할 게 하나도 없는 듯이. 조롱과 거부는 더이상 그녀의 적이 아니었습니다.

어느 날 어느 여성 환자와 체스를 두었습니다. 우리는 체스를 두는 동안 거의 말을 하지 않았습니다. 그녀의 머리는 말끔히 깎여 있었고, 그녀는 몇 달에 걸친 화학요법으로 눈에 띄게 허약해져 있었습니다. 하지만 그 한 시간여 동안 나와 함께 깊이 현존하고 있었고, 그렇게 우리는 함께했습니다. 그녀는 지금 여기에 깊이 현존하고 있었고, 삶에 깊이 몰입되어 있었으며, 모든 것에 깊이 매료되어 있었습니다. 갓 태어난 아기처럼. "장군." 내 왕을 궁지에 몰아넣은 그녀는 미소를 지으며 장군을 불렀습니다. 그날 저녁 그녀는 생을 마감했지만, 나와 체스를 두는 동안에는 살날이 오십 년은 남은 사람들보다 더 생생히 살아 있었고, 더 활짝 경험에 열려 있었으며, 지금 이 순간을 더 깊이 사랑하고 있었습니다. 현존은 시간과는 아무 상관이 없습니다.

삶의 경이로움과 신비함을 알아차리는 데 왜 자주 극단적인 삶의 상황이 필요한 걸까요? 우리는 왜 흔히 죽을 때가 닥쳐서야 비로소 있는 그대로의 삶에 대한 깊은 감사를 발견하는 걸까요? 우리는 왜 미래의 사랑과 받아들임, 명성, 성공, 또는 영적인 깨달음을 추구하느라 삶을 소모해 버리는 걸까요? 왜 무덤에 들어갈 때까지 일을 하거나 명상을 하는 걸까요? 왜 삶을 미루는 걸까요? 왜 삶을 억제하는 걸까요? 우리는 정확히 무엇을 찾으려 하는 걸까요? 무엇을 기다리는 걸까요? 무엇을 두려워하는 걸까요?

우리가 추구하는 삶은 미래에 정말로 올까요? 아니면, 그 삶은 언제나 그보다 더 가까이 있는 걸까요?

이 책은 삶의 전체임에 관해, 그리고 그 전체임을 '바로 지금' 발견할 가능성에 관해 얘기합니다. 내년이 아니라, 내일이 아니라, 미래의 어느 날이 아니라, 바로 지금. 현재 경험의 한가운데에서, 지금 일어나는 일의 한가운데에서……. 설령 지금 불편함과 아픔을, 자유롭고 싶은 갈망을 경험하고 있더라도.

이 책은 참된 자신이 누구인지 발견하는 일에 관해 얘기합니다. 당신이 자신이라고 생각하는 자기 너머의, 자신이 누구라고 교육받은 자기 너머의, 자신이 누구라는 이야기 너머의, 자신이 누구라는 모든 관념과 이미지 너머의 참된 자신이 누구인지를……. 또한 우리 자신이 누구인지 잊어버린 채, 생각으로 이루어진 거짓된 자기 이미지를 쌓아 올리고 유지하려 애쓰면서, 우리가 현재의 경험과, 서로와, 지구와 전쟁을 벌이는 온갖 방식을 알아차리는 일에 관해 얘기합니다. 우리 내면의 갈등은 외부의 갈등이 됩니다. 내 안에서 전쟁을 벌일 때, 나는 당신과도 전쟁을 벌입니다. 내 안에서 거부할 때, 나는 세상 안에서 거부합니다. 그리고 그 거부는 갖가지 고통으로 이어집니다. 우리는 자기의 좋아하지 않는 모습을 회피하기 위해 어떤 물질이나 습관에, 또는 겉보기에는 좋아 보이는 것들에 중독됩니다. 우리는 괴로운 감정들과 싸웁니다. 자기를 완전하게 해 줄 다른 사람을 찾으려 하고 어떤 인간관계를 추구합니다. 깨달음을 통해 불편함을 벗어나려고 안간힘을 씁니다.

이 책에서 나는 우리 안에서 갈등이 시작되는 곳에 돋보기를 갖다 댈 것입니다. 왜냐하면 우리 안에서 갈등이 시작되는 곳은 곧 갈등이 끝날 수 있는 곳이기 때문입니다.

20세기에만도 인간은 전쟁과 집단 학살로 다른 인간을 2억 명 이상 죽였습니다. 인간은 육체적으로 자신을 보호하거나 식량과 영토를 얻으려는 목적만이 아니라, '이미지'들을 방어하기 위해서도 다른 인간들에게 해를 끼치고 죽이는데, 지구상의 모든 생물 가운데 오직 인간만이 그렇게 하는 것 같습니다. 우리는 온갖 이미지의 이름—이념, 철학, 믿음 체계, 종교와 종파, 세계관—으로 다른 인간을 살해합니다. 지상의 천국이라는 이미지를 만드느라 죽이고, 우리와 다른 인간들에게 우리의 세계 이미지를 강요하면서 죽입니다. 우리는 현실의 이미지, 진실과 거짓의 이미지, 우리 자신의 이미지, 우리와 관계 있는 사람들의 이미지—실제 현실과는 거의 상관이 없는 이미지—의 이름으로 살해합니다. 이 폭력은 어디에서 끝날 수 있을까요?

요즘은 지구에서 일어나는 인간 의식의 전환—인간이 더 높은 의식 상태로 진보하고 있다는 견해—에 관한 얘기가 유행인 것 같습니다. 하지만 실제로는 그보다 인간 마음의 광기에 대한 인식이 더 새로워지고 깊어지는 것 같습니다. 우리는 과거의 방식이 우리에게 효과가 없음을 더 잘 알아차리고 있습니다. 자신이 누구인지에 대한 오래된 억측, 이분법적 사고방식, '우리 그리고 그들'이라는 태도[3]는 평화—세계 전반의 평화, 우리 안의 평화—로 이끌지 못했습니다. 오히려 정반대였습니다. 전쟁과 폭력, 압제, 집단 학살이 바로 이 순간에도 여전히 일어납니다. 세계의 금융 체제는 붕괴 직전에 있고(이미 붕괴했다고 말하는 사람도 있습니다), 최강대국들은 심각한 채무를 지고

---

3  두 집단 간의 대립적인 태도를 가리킴.—옮긴이

있습니다. 환경 재앙은 곧 닥칠 기세입니다. 그리고 인간은 사상 최고 수준의 우울증과 불안, 스트레스를 겪고 있습니다.

세상은 항상 미쳐 있었지만, 요즘 우리는 그 광기를 더 많이 알아차립니다. 인류 역사상 처음으로, 컴퓨터를 다룰 줄 아는 사람이라면 거의 모두가 세계의 현재 상황에 관한 정보를 볼 수 있습니다. 우리는 지금 어느 때보다 더 간절히 출구를 찾으려 하는 것 같습니다.

이 책은 지구의 모든 문제를 해결하는 방안을 제시하려는 것이 아닙니다. 나는 그런 주제를 말하기에 알맞은 사람이 아닙니다. 내가 하고 싶은 얘기는 인간의 모든 고통과 갈등, 폭력이 나오는 근원— 즉, 현재의 경험이 둘로 나뉘는 것, 삶 그 자체에서 '나'가 분리되는 것 —입니다. 만일 어느 시점에 우리가 저마다 현재의 경험을 직면하고, 그 안에서 광기와 폭력과 분리를 치유하지 않는다면, 인류의 집단 광기에서 빠져나올 길을 찾을 희망은 없습니다. 만일 폭력과 고통이 어디에서 시작되는지, 또 우리가 어디에서 삶과 분리되고 서로 분리되는지를 자신의 경험에서 발견할 수 있다면, 그리고 만일 우리 스스로 만들어 내는 고통을 분명히 보고 이해할 수 있다면, 우리 자신이 어떻게 다른 사람에게, 사랑하는 사람에게, 우리의 도시, 나라, 대륙, 지구에 고통을 일으키는지 볼 수 있을 것입니다.

폭력은 당신 안에서 시작하며 당신 안에서 끝납니다. 이 진실을 알아차리면 (가장 좋은 의미의) 전적인 책임으로 나아가게 됩니다.

내가 제시하는 길은 인간 마음의 광기에서 벗어나는 길이 아니라, 그 속으로 들어가는 길입니다. 내가 제시하는 길은 사실 고통의 해결책이 아니라, 고통을 바라보는 다른 길, 즉 고통과 관계하는 혁신적인 새 길입니다. 고통이 정말 무엇인지를 가장 근본적인 수준에서 이해하기 전에는, 개인적 고통이든 전 지구적 고통이든, 고통을 끝낼 희망이 없습니다. 그리고 우리가 고통을 진실로 이해할 때, 참된 자유는 현재의 경험을 회피하는 게 아니라, 그 경험 속으로 깊이 용감하게 뛰어들 때 발견됨을 알게 될 것입니다. 그리고 거기에서 아마 우리는 언제나 '저 바깥에서' 찾고 있던 모든 평화와 사랑, 깊은 받아들임을 발견할 것입니다.

그런데 이렇게 자기의 고통에 관심을 기울이는 것은 자기중심적이거나 이기적인 태도로 보일 수도 있습니다. "어떻게 여기에 앉아서 나의 고통만 바라보고 있을 수 있겠어요? 나 자신에 관해서는 잊어버리고 밖에 나가서 세상의 고통을 끝내는 일에 참여해야 하지 않을까요?" 기억하세요, 당신 안의 모든 고통은 반드시 저 바깥의 세상으로 투사될 것입니다. 나중에 알게 되겠지만, 당신과 세상은 하나입니다. 당신이 자기 안에서 어떤 것과 전쟁을 벌인다면, 결국 세상에서도 그것과 전쟁을 벌일 것입니다. 만일 당신 안에 폭력과 분리가 남아 있다면, 당신은 그것을 가까운 인간관계로, 가족으로, 직장으로, 세상으로 두루 가져올 것입니다. 세상은 당신의 투사일 뿐입니다. 먼 옛날부터 영적 스승들, 성자들, 현자들, 신비가들이 우리에게 상기시켜 주듯이.

영적 스승인 오쇼는 세상의 모든 문제를 끝내려 노력하기보다는 자기의 경험을 깊이 들여다보는 일의 역설에 대해 말했습니다. "그래요, 그것은 이기적인 태도로 보일 것입니다. 그런데 연꽃이 피어날 때 연꽃은 이기적입니까? 태양이 빛을 발할 때 태양은 이기적입니까?" 무척 이상한 일이지만, 전혀 이기적이지 않으려면 완전히 이기적이어야 하고 완전히 자기에게 집착해야 합니다. (그러나 우리가 흔히 생각하는 자아나 집착의 방식으로가 아니라…….) 지금 경험하는 모든 모습에 매료되어야 하고 호기심을 가져야 하며, 그 경험의 한가운데에서, 그 모든 모습 속에서 기꺼이 분리 없음을 꿰뚫어 보려고 해야 합니다. 열린 마음으로 고통을 탐구해야 합니다. 고통이 어떻게, 왜 자신 안에서 생겨나는지, 고통이 어디에서 나오는지 탐구해야 합니다. 최악의 두려움, 아픔, 슬픔, 충족되지 않은 가장 깊은 갈망을 기꺼이 바라보려 해야 합니다. 그것들을 기꺼이 직면하려 해야 하고, 가장 받아들이기 어려워 보이는 자기의 부분들까지 깊이 받아들여질 수 있는 자리를 발견하려 해야 합니다.

그 어둠을 대담하게 직면하고, 마침내 어둠은 빛과 분리되어 있지 않음을 보는 것, 거기에 큰 자유가 있습니다. 당신이 늘 찾으려 하던 것은 최악의 두려움 속에도 숨겨져 있었음을 알아차리는 것, 거기에 그 자유가 있습니다. 토마스 하디(영국의 소설가)의 말을 조금 바꿔 보자면, 만약 더 나은 것을 향해 가는 길이 있다면, 그것은 최악의 것을 충분히 바라보는—그리고 거기에서 깊은 받아들임을 발견하는—데에 있습니다.

고통이 어떻게 자기 안에서 생겨나는지를 이해하면, 고통이 어떻게 모든 사람 안에서 생겨나는지도 곧바로 이해하게 됩니다. 우리는 개인 사이의 차이점에 너무 많은 관심을 기울이는 바람에, 가장 기본적인 면에서는 우리 모두 똑같다는 사실을 보지 못합니다. 붓다가 말했듯이, 우리는 모두 고통을 겪고 있으며, 그래서 모두가 고통에서 벗어나는 길을 찾으려 합니다. 자기 안에서 고통의 심리 기제를 보고 이해할 때, 우리는 사람들의 고통에 깊은 연민을 느끼게 됩니다. 진정한 의미의 연민(compassion; com-passio에서 나온 말로, 원래 뜻은 '나는 함께 고통받는다')을……

아픔을 나의 것으로 여길 때, 나는 내 개인적인 고통의 거품 속에 빠져서 삶과 단절되었다고 느끼며 소외되고 외롭고 불행하다고 느낍니다. 그러나 나만의 아픔이라는 개인적인 이야기를 넘어서면, 나는 그 아픔이 사실은 나의 아픔이 아니라는 것을 발견합니다. 그것은 세상의 아픔입니다. 그것은 인류의 아픔입니다. 아버지를 잃을 때 내가 경험하는 슬픔은 나의 슬픔이 아니라 모든 사람의 슬픔입니다. 나는 아버지를 잃은 모든 아들을 위해, 모든 아들과 함께 슬퍼합니다. 내 연인이나 배우자가 나를 떠날 때, 나는 사랑하는 사람을 잃은 모든 사람이 됩니다. 현재 경험의 가장 친밀한 깊은 곳에서 나는 나 자신이 바로, 내가 그리도 구하려 애쓰는 우주임을 발견합니다. 나 자신이 바로, 내가 세상에서 그리도 실천하려 애쓰는 연민임을 발견합니다. 나 자신이 바로, 내가 그리도 연결되려 갈망하는 다른 사람들임을 발견합니다. 개인적인 것의 깊은 곳에서, 가장 고통스럽고 가장 친밀하게 개인적인 경험들의 한가운데에서, 나는 존재의 비개인적인 진실을 발견하며, 거기에서 나는 자유롭습니다. 많은 영적 가르침이 개인적인 것에서 벗어나는 길, 그리고 미래의 어떤 비개인적인 상태에 도달하는 길을 얘기하지만, 앞으로 이 책에서 보게 되듯이, 개인적인 것과 비개인적인 것은 친밀하게 하나이며 이런 식으로 구분될 수가 없습니다. 구분은 모든 고통과 갈등의 뿌리입니다.

어느 수준에서는, 이 책은 필요하지 않습니다. 당신은 이미 자기 자신으로 완전합니다. 당신은 삶 자체이며 언제나 그랬습니다. 이것이 그것입니다—지금 여기! 지금 이 순간이 있는 모든 것이며, 그것은 그 자체로 완전합니다. 할 일은 아무것도 없습니다. 축하합니다! 이 책을 내려놓고, 차와 함께 샌드위치를 드세요.

다른 수준에서는, 아마 당신은 자신이 이미 완전함을 아직 알아차리지 못할 것입니다. 아마 "당신은 이미 완전하다"와 "오직 하나만 있다" 같은 아름답고 감화하는 영적 진실들은 당신에게는 그저 아름답고 감화하는 '말'에 불과할 뿐, 아직은 살아 있는, 직접 경험하는 '현실'은 아닐 것입니다. 아마 당신은 여전히 감정이나 아픔, 중독, 인간관계의 갈등과 씨름할 것입니다. 아마 당신은 여전히 해답을 추구하고, 사랑을 추구하고, 인정을 추구하고, 깨달음을 추구할 것입니다. 아마 여전히 평화를 기다리며, 이 세상에서 더 안정되고 더 사랑하고 더 진실하게 살아가는 길을 찾으려 할 것입니다. 비록 당신은 자신이 삶과 분리되지 않았다고 '믿지만', 아마 여전히 삶과 분리되어 있다고 '느낄' 것입니다.

당신의 고통은 저주나 처벌이나 비정상이 아니며, 어떤 식으로든 당신의 실패를 보여 주는 신호가 아닙니다. 고통은 언제나 현재의 경험을 탐험하러 출발하기에 좋은 지점입니다. 만일 내가 실제 겪은 방식으로 고통을 겪지 않았다면, 내가 알던 모든 것에 질문을 던지지 않았을 것이고, 내가 전쟁을 벌이던 모든 것 안에서, 내가 부인하려 하던 내면의 모든 것 안에서 자유를 발견하지는 못했을 것입니다. 누가 알겠습니까?

나는 당신에게 특별한 상태나 특별한 영적 경험을 약속하지 않습니다. 그런 것은 영적 구루(스승)들의 몫입니다. 게다가 상태와 경험은 오고 가는 것이며, 만일 우리가 고통을 끝내는 데 진실로 관심이 있다면, 우리는 상태와 경험 너머로, 영적 고양 상태 너머로 나아가야 하며, 오고 가지 않는 것을 발견해야 합니다. 언제나 여기에 있는 것을. 바로 지금 여기에 있지만, 우리가 끊임없이 미래의 경험을 추구하고 과거의 좋았던 시절로 돌아가기를 갈망하느라 늘 간과되는 듯 보이는 것을.

나는 나 자신을 영적 구루나 자기계발 구루로 보지 않습니다. 특별하거나 깨어난 또는 깨달은 존재로 보지 않으며, 어떤 식으로든 당신과 근본적으로 다른 존재로 보지 않습니다. 나는 나를 친구로 봅니다. 참된 자기 자신에게 돌아가는 길을 다정하게 가리켜 주는, 당신이 내면 깊은 곳에서 이미 알고 있는 것을 상기시켜 주는 친구. 나는 내가 하는 모든 말을 당신이 맹목적으로 믿기를 결코 바라지 않습니다. 당신이 스스로 보기를, 내가 하는 모든 말을 당신의 경험에 비추어 시험해 보기를 바랍니다. 나는 삶에 관해 권위자가 아닙니다. (노래하는 새들에 관해, 고동치는 심장에 관해, 있는 그대로의 이 순간에 관해 누가 권위자일 수 있을까요?)

하지만 아마 이 책의 말들은, 바로 지금 당신의 경험에서 정말로 진실한 것을 아는 앎으로 돌아가는 길을 가리켜 줄 것입니다. 아마 그 말들은 모든 곳에 있는 깊은 받아들임으로, 편안함으로, 그리고 모든 것의 한가운데에 있는 쉼으로 돌아가는 길을 가리키고, 그것은 당신을 어떤 외적 권위도 필요하지 않은 자리로 데려가서, 당신이 폭풍 속의 나무처럼 홀로 서서 삶을 똑바로 직면하고, 상대적인 존재의 도전과 현실에 완전히 참여하게 할 것입니다. 그러나 동시에 참된 자기라는 움직일 수 없는 확실성에 자리 잡고, 절대 죽지 않을 '앎'에 깊이 뿌리 내린 채로.

# 2.
## 우리는 왜 고통받는가?

우리는 탐험을 멈추지 않으리니
마침내 우리가 출발한 곳에 도착할 때
그 모든 탐험은 끝이 나고
그때 처음 그곳을 알게 되리라.
_T. S. 엘리엇, '리틀 기딩'

과거에 나는 거의 내내 몹시 슬프고 외로운 작은 나였고, 삶이라는 광대한 바다에서 하나의 우울한 물결이었습니다. 그 바다와 완전히 분리되었다고 느끼는, 나 자신뿐 아니라 사람들과도 마음 깊이 전쟁을 벌이는, 한순간도 편안히 쉬지 못하는 물결. 나는 사회에 적합한 사람이 되려고, 성공하려고, 사람들과 어울리려고, 사랑을 찾으려고, 세상에서 나의 자리를 찾으려고 오랫동안 맹렬히 노력했습니다. 그러나 최선을 다해 노력했는데도 더 깊고 깊은 우울 속으로 빠져들었습니다. 나는 내가 느끼던 그런 감정들이 남의 탓이라 여기며 모든 사람과 모든 것을 비난했습니다. 나의 유전자, 뇌의 화학 작용, 양육 환경, 부모, 친구, 상사, 삶의 잔인함, 돈에 집착하는 사회, 언론 방송, 육식하는 사람들, 정치인, 대기업, 나쁜 짓 하는 인간들을……. 내 불행의 원인은 나에게 있지 않았습니다. 적어도 그렇게 믿었습니다.

나를 배반한 삶을 향해 내가 보일 수 있는 반응은 그것뿐이었습니다. 삶은 잔인하고 부당하고 냉담했으며 나를 저주했습니다. 그래서 나를 불행하게 만든 삶을 비난했고, 내게는 그럴 모든 권리가 있다고 느꼈습니다. "이제까지 내가 경험한 걸 당신이 경험했다면, 당신도 똑같이 이런 기분을 느꼈을 겁니다!" 나는 그런 식으로 내 불행을 남들에게 정당화했습니다.

삶은 내 기대와 어긋났고, 사람들은 나를 실망시켰으며, 아무리 노력해도 나는 내 삶이 가는 길을 통제할 수 없었습니다. 그래서 결국 나는 침대를 벗어날 수 없게 되었고, 자리에서 일어날 수 없었고, 자살 충동을 느꼈으며, 속이 메스꺼웠고, 우울해졌고, 하루하루를 직면할 수 없었고 직면하고 싶지도 않았습니다. '침대에서 나와 봐야 무슨 의미가 있겠어? 침실 밖에는 더 많은 불행만 기다리고 있을 텐데.' 나는 삶이 무엇인지 안다고 믿었고, 어떤 대가를 치르더라도 삶을 회피하고만 싶었습니다. 나에게 삶은 고통이었고, 나는 고통을 겪고 싶지 않았습니다.

어째서 나는 이렇게 되고 말았을까요? 간단히 말해, 나는 살아오면서 '삶은 어떠해야 한다'는 수많은 견해를 쌓았습니다. 현실에 관한 수많은 믿음을, 현실이 실제로 어떠하다는 수많은 억측을, 세상에서 어떤 일은 일어나야 하고 어떤 일은 일어나지 말아야 한다는 수많은 관념을 갖게 되었습니다. 나는 무엇이 옳고 무엇이 그른지, 무엇이 선하고 무엇이 악한지, 무엇이 정상이고 무엇이 비정상인지, 무엇이 적합하고 무엇이 부적합한지에 관해 수많은 결론을 내렸습니다.

나 자신에 관해 갖고 있던 수많은 '이미지'를 지키려고 애썼고, 내가 그렇게 보고 싶고 남들도 그렇게 보아 주기를 원하는 나의 모습이 많았습니다. 나 자신을 성공적이고 매력적이고 지성적이며 친절하고 선하고 인정 많고 유능한 사람으로 보고 싶었고, 남들에게도 그렇게 보이고 싶었습니다. 하지만 삶은 이런 나의 바람을 계속해서 방해하기만 했습니다. 삶은 내가 원하는 모습이 되도록 허용하지 않았습니다. 삶은 나를 이해해 주지 않았습니다. 사람들은 나를 이해해 주지 않았습니다. 아무도 나를 이해해 주지 않았습니다! 삶은 나의 기대들을 좌절시켰고, 나는 나 자신을 끊임없이 비난했습니다. 그러자 고통을 받았는데, 나는 고통이 싫었고 더는 고통을 겪고 싶지 않았습니다.

그런데 20대 중반에 통찰이 계속 깊어지면서, 나의 우울은 가장 근본적인 수준에서는 사실 삶에 대한 '깊은 저항'이라는 것을 분명히 보게 되었습니다. 나는 우울이라 불리는, 내 바깥에 있는 것을 경험하고 있지 않았습니다. 우울이라 불리는 것은 내게 일어나고 있지 않았습니다. 내가 경험하고 있던 것은 '지금 있는 그대로'와 벌이는 내면의 전쟁이었습니다. 그리고 이 전쟁의 뿌리에는 '참된 나'에 대한 무지가 있었습니다. 나는 삶의 완전함을 보지 못하고, 나의 참된 본성을 잊은 채 지금 이 순간의 경험과 전쟁을 벌이고 있었습니다. 내가 진정 누구인지를 깨닫지 못해서, 나 자신을 하나의 분리된 '자아'로 여기며 지금 이 순간의 경험과 전쟁을 벌였습니다.

나의 우울은 내가 세상을 보는 방식과 전적인 관계가 있었습니다.

세상에 대한 나의 판단, 세상에 대한 나의 믿음, 지금 이 순간이 어떠해야 한다는 나의 요구와 관계가 있었습니다. 생각으로 삶을 통제하려 하던 나의 시도 아래에는 변화에 대한, 상실에 대한, 궁극에는 죽음에 대한 두려움이 있었습니다. 그리고 삶에 대한 저항은 나를 극단으로, 자살 충동을 일으키는 우울증으로 몰아갔습니다. 그런데 우리도 정도의 차이는 있지만 '모두'가 전체임과 분리되어 있습니다. 우리는 자신을 전체임에서 분리하는 만큼 고통을 받게 됩니다. 나는 나를 삶과 완전히 분리했고, 그래서 그 고통은 감당할 수 없는 지경에 이르렀습니다. 나는 산송장이나 마찬가지였습니다. 하지만 나를 그렇게 만든 것은 삶이 아니었습니다. 무지로 인해 내가 스스로 그렇게 만들었습니다. 절대 오지 않을 미래의 전체임을 추구하면서……

우울증의 뿌리에는 내가 분리된 개인이라는 느낌이 있었습니다. 개별적인 나, 삶 자체와 분리된, 지금 이 순간과 별개인 하나의 존재. 그 개별적인 나는 '내 삶'이라고 하는 것을 어떻게든 지탱하고 떠받치고 유지해야 했습니다. 그 삶을 지휘해야 했고, 내가 원하는 길로 가게 해야 했고, 통제해야 했습니다. 그런 방식은 내가 아주 어릴 적부터 배운 것이었고, 세상이 나에게 소리 높여 요구한 것이었습니다. 나는 마땅히 내 삶을 통제해야 했고, 내가 원하는 것을 알고서 밖에 나가 얻을 수 있어야 했습니다. 다른 사람들은 다들 자신이 누구인지, 무엇을 하고 있는지, 어디로 가고 있는지 아는 것처럼 보였지만, 나는 내 이야기에 짓눌리지 않으면서 그 이야기를 유지할 수는 없는 것 같았습니다. 내 우울증(depression)은 내 삶을 지탱할 수 없다는, 그 때문에 내 삶에 짓눌린다고(de-pressed) 느끼는 경험이었습니다.

이제 나는 우리 모두 자기 삶의 무게에, 자기의 과거 역사와 상상된 미래의 무게에 짓눌리고 있음을 봅니다. 그런 의미에서, 우리는 모두 어느 정도씩 우울합니다! 그 무게를 짊어지는 것이 실제로 불가능해질 때에야 우리는 자신을 '우울한(depressed)' 사람이라고 부르면서 자신을 다른 사람들과 분리합니다. 의학적으로는 모두가 우울하지는 않을지 몰라도, 우리는 모두 자신에 관한 이야기를 짊어지고 살아가며, 자기의 삶을 원하는 대로 나아가게 하려고 노력합니다. 그리고 우리는 모두 어느 면에서는 자기 아닌 다른 사람이 되는 데 실패하고 있습니다.

나의 고통은 우울증, 실존적 불안, 괴로울 정도로 심한 수줍음, 그리고 인간관계에서 친밀감의 전적인 결핍이라는 모습으로 나타났지만, 우리 모두 자기만의 방식으로 고통을 겪습니다. 우리는 모두 고통을 겪지만, 고통을 무슨 수를 쓰더라도 피해야 하는 끔찍한 것으로 보거나, 아니면 고통을 실제 있는 그대로 봅니다. 후자는 집에 돌아가는 길로 안내하는 분명한 표지판입니다.

내 극심한 우울증의 한가운데에서 또 하나의 가능성이 드러났습니다. 즉, 아마도 내가 내 삶을 지탱하지 못한 이유는 실제로는 몸의 병이나 마음의 병, 또는 기능 장애나 나약함 때문이 아니었으리라는 것. 아마도 이 삶은 애초에 내가 지탱해야 하는 나의 삶이 아니었을 것입니다. 아마도 내가 나라고 생각한 것은 실제로는 참된 내가 아니었을 것입니다. 아마도 참된 자유는 나의 이야기를 완벽하게 만들어 바다에서 더 나은 물결이 되는 것과는 아무 상관이 없을 것입니다. 아마도 자유란 애초에 우리 자신을 분리된 물결로 여기는 꿈에서 깨어나, 바다에 나타나는 모든 것, 즉 지금 이 순간의 경험을 껴안는 일일 것입니다. 나의 거짓된 이미지를 지키는 대신, 지금 이 순간의 경험을 깊이 받아들이는 것, 지금 이 순간이 어떠해야 한다는 모든 관념을 놓아 버리는 것, 아마도 그게 나의 할 일이고 삶에서 나의 참된 소명일 것입니다.

나 아닌 다른 무엇인 척 가장하는 짓에 흥미를 잃기 시작했습니다. 지금 이 순간의 경험에 저항하는 짓에 흥미를 잃기 시작했습니다. 그리고 지금 이 순간의 경험과 사랑에 빠지기 시작했습니다. 나는 모든 생각, 모든 감각, 모든 느낌에 내재하는 깊은 받아들임을 발견했고, 나의 고통은 부서지고 있었습니다. 나에게는 처음부터 아무 문제가 없었음을 깨달았습니다. 그리고 그건 지상에 있는 모든 사람에게도 마찬가지임을 깨달았습니다.

인간의 고통은 도무지 헤아릴 수 없고, 어찌할 도리 없고, 혼란스러워 보일 수 있습니다. 우리가 다루기에는 너무나 커 보일 수 있습니다. 때때로 고통은 도무지 이해되지 않고 납득되지 않으며, 너무나 무작위적이거나 갑작스러워서 우리는 "나한테 뭔가 문제가 있나 봐"라든가 "나는 원래 이래"라든가 "나는 고통당할 팔자인가 봐"라든가 "분명히 내 유전자나 뇌의 화학물질 때문일 거야"라고 말하게 됩니다.

나는 누구에게도 어떤 근본적인 문제가 있다고 믿지 않으며, 누구도 고통을 겪어야 한다고, 어떤 불행은 예정된 것이거나 어떤 식으로든 우리 안에 내재한 것이라고 믿지 않습니다.

내가 목격하는 바는 수많은 사람이 '추구'를 한다는 사실입니다. 그들은 그 순간 자기의 생각과 느낌을 벗어나려 애씁니다. 그들은 지금 이 순간의 경험에 깊이 저항하고 있지만, 그리한다는 사실을 알아차리지 못합니다. 그래서 고통이 그들에게 일어나고 있는 듯이 느껴지고, 고통이 자기 바깥에서 온 듯이, 자신이 고통의 피해자인 듯이 느껴집니다. 만일 자신이 그 순간에 얼마나 많이 저항하는지를 깨닫는다면, 더는 자기의 고통을 설명하거나 정당화하려고 온갖 이상한 이론을 동원할 필요가 없을 것입니다. 더는 자기의 고통 때문에 삶을 비난하지 않고, 자신을 비난하지 않고, 사람들이나 환경을 비난하지 않을 것입니다. 더는 자기의 고통 때문에 타고난 별자리나 사주팔자를, 전자기력이나 우주의 에너지를, 자기의 카르마를, 자기의 구루나 신이나 악마를 비난하지 않을 것입니다. 그리고 진정한 의미의 책임을 지게 될 것입니다. 다시 말해, 자신이 상상하는 삶이나 어떠해야 한다고 믿는 삶이 아닌, 바로 지금 있는 그대로의 삶에 반응할 수 있을 것입니다.

나의 모든 고통은 사실 저주가 아니라 축복이었습니다. 우울증은 내가 얼마나 많이 삶을 차단하고 있는지를 가장 극적인 방식으로 보여 주기 위한 것이었습니다. 이런 관점으로 보면, 고통은 언제나, 언제나 전체임으로 돌아가는 길을 가리키는 표지판이었습니다.

우리는 마음이 아플 때야 비로소 삶에 귀를 기울이는 경우가 많습니다. 그리고 웬일인지 우리는 정확히, 우리가 진정 누구인지를 알아차리는 데 필요한 만큼의 고통을 받습니다. 모든 물결은 바다의 독특한 표현이며, 모든 물결은 독특한 방식으로 고통을 받을 것입니다. 당신의 고통은 바다로 돌아오라는 당신의 독특한 초대장입니다.

나의 우울은 영적인 깨어남을 곧바로 가리키고 있었습니다. 나의 우울(de-pressed)은 진정한 나에게로, 언제나 '깊이 쉬고 있는(deep rest)' 그것에게로 돌아가는 길을 가리키고 있었습니다. 그것은 과거와 미래에 대한 나의 무거운 이야기를 놓아 버리고 지금 이 순간의 경험 안에서 깊이 쉬라는 초대장이었습니다. 그것은 분리되어 있다는 꿈에서 깨어나라는 초대장이었습니다. 내게는 그 초대를 받아들이기까지 시간이 조금 필요했을 뿐입니다.

우리 밖의 어떤 것도 실제로는 우리의 고통을 일으키는 원인이 아닙니다. 이 진실을 보는 것이 믿기지 않는 자유로 가는 열쇠입니다. 우리의 환경이나 상황은 우리에게 고통을 일으키는 진정한 원인일 수 없습니다. 우리가 고통을 받는 까닭은 언제나 환경에 대한 우리의 반응 때문입니다. 우리가 고통을 받는 것은 오직 우리가 추구할 때뿐이고, 오직 지금 이 순간 경험하는 일의 어떤 면을 피하려 애쓸 때뿐이며, 그렇게 애쓰고 추구하면서 우리 자신을 삶과 분리하고 자기 자신뿐 아니라 다른 사람들과— 때로는 명백한 방식으로, 때로는 매우 미묘한 방식으로—전쟁을 벌일 때뿐입니다. 우리의 고통은 자신이 느끼는 것을 느끼지 않으려는, 바로 지금 자신이 경험하는 것을 경험하지 않으려는 태도에 원인이 있습니다. 고통은 우리가 있는 그대로의 삶과 벌이는 전쟁 속에 있습니다. 고통은 지금 이 순간의 모든 것이, 가장 깊은 의미에서는, 언제나 받아들여지고 있음을 보지 못하는 데에 있습니다.

'받아들임'이라는 단어를 혼동하거나 오해하는 경우가 많습니다. 그래서 더 나아가기 전에 이 단어에 대해 짧게 언급하고 싶습니다. 받아들임에 관한 내 얘기를 처음 접한 사람들이 맨 처음 보인 반응 가운데 하나는, "제프, 당신의 말은 모든 것을 그냥 받아들이라는 게 전부인가요? 삶에서 물러나 아무것도 하지 않으면서, 뭔가를 변화시킬 가능성도 포기하고요? 만일 우리가 일어나는 모든 일을 그냥 받아들이기만 한다면, 그건 수동적이고 무관심하고 나태하고 무기력한 게 아닐까요?"

받아들임이란 안 좋은 일을 방지하려는 모든 시도를 포기해야 한다는 뜻이 아닙니다. 그럴 수도 없겠지만. 그리고 나는 우리가 단지 뒤로 물러나서 안 좋은 일들이 일어나도록 그냥 놓아두어야 한다고 말하는 게 아닙니다. 만일 우리가 그런 일들에 대해 뭔가를 할 수 있다면······. 사랑하는 사람이 병에 걸리기를 바라는 사람은 없습니다. 가진 돈을 모조리 잃거나 자동차 사고로 다치기를 바라는 사람은 없습니다. 애인이나 배우자가 갑자기 떠나기를 바라는 사람은 없습니다. 누구에게 구타당하기를 원하는 사람은 없습니다. 하지만 이런 일들이 일어납니다. 삶은 언제나 우리의 계획대로 흘러가는 것이 아닙니다. 심지어 우리가 항상 선의를 품고, 치밀한 계획을 세우고, 우리의 좋은 운명이 실현되도록 모든 긍정적인 생각과 기도와 노력을 하고, 영적인 길을 걸으며 영적으로 진보하려고 노력할 때도 우리가 원하지 않는 일들이 일어나며, 궁극적으로 우리는 삶이라 부르는 이것을 통제하지 못한다는 사실을 다시 또다시 보게 됩니다. 이른바 가장 깊이 깨달은 사람이라도 결국에는 병원에 입원하며, 종양 때문에 무시무시한 통증을 느끼며, 더 많은 진통제를 요청합니다.

내 말은, 우리가 정말로 자유롭고 싶다면 눈을 똑바로 뜨고서 이 현실을 직면해야 한다는 것입니다. 우리는 현실의 부정, 소망적 사고, 희망을 그만두고, 있는 그대로의 삶에 관한 진실을 말해야 합니다. 큰 자유는 지금 이 순간의 진실을 인정하는 데에 있습니다. 그게 우리의 희망과 꿈, 계획과 아무리 강하게 충돌하더라도.

내 말은, 궁극에는 현실에 관한 우리의 생각이 아니라, 현실 자체가 전적인 권한을 가지고 다스린다는 것입니다. 받아들임이란 오로지 현실을 보는 것이며, 우리가 바라거나 희망하는 대로 현실을 보는 것이 아니라, 현실을 실제 있는 그대로 보는 것입니다. 그리고 '지금 있는 것'과 온전히 정렬된 그 자리에서, 모든 창조적이고 지성적인 사랑의 행동이 자연스럽게 흘러나옵니다.

우리는 끊임없이 삶을 판단합니다. 어떤 일이 일어나면, 우리는 좋아하거나 싫어합니다. 받아들이거나 거부합니다. "이런 일이 일어났어야 해"라거나 "이 일은 일어나지 말았어야 해"라고 말합니다. "삶은 나쁜 거야"라거나 "삶은 좋은 거야"라고 말합니다. 또는 "삶은 무의미해"라거나 "삶은 잔인해"라고 말합니다. "삶은 언제나 나에게 다정해"

라고 말하거나, "삶은 내가 원하는 것을 주는 법이 없어"라고 말합니다. 하지만 삶 자체는 이 모든 꼬리표보다 '먼저' 옵니다. 삶 자체는 삶에 대한 우리의 모든 판단보다 먼저 옵니다. 삶은 좋을 수도 없고 나쁠 수도 없습니다. 삶은 그저 삶일 뿐이며, 지금 있는 모든 것으로서, 우리가 좋은 것이라고 부르는 것들과 나쁜 것이라고 부르는 것들로 나타납니다. 성경에서 말하듯이, 삶은 "해가 선인과 악인 위에 똑같이 빛나게" 합니다. 삶은 해를 빛나게 하고, 빛나는 해이며, 해가 빛을 비추는 모든 것입니다. 삶은 우리가 햇빛이 비추지 않기를 바라는 것들까지 포함한 모든 것입니다.

이 더 깊은 받아들임의 참된 본성에 대해서는 나중에 더 자세히 얘기하기로 하고, 지금은 이렇게만 말하겠습니다. 즉, 모든 것을 있는 그대로 깊이 받아들이는 자리에서는, 본래 삶 자체에 내재한 완벽함을 보면서도, 여전히 그는 자신이 하고 싶은 일을 완전히 자유롭게 할 수 있습니다. 완전히 자유롭게 남을 도울 수 있고, 어떤 것들을 변화시킬 수 있고, 영향을 미칠 수도 있습니다. 우리의 행위는 더이상 '현실에 문제가 있으니 고쳐야 한다'는 근본적인 억측, 그리고 그 저변에 있는 '우리 각자는 삶과 분리되어 있다'는 억측에서 나오지 않습니다. 삶에 문제가 있다는 억측에서 나오는 행동은 그것이 치유하겠다고 약속하는 문제를 오히려 지속시킬 것입니다.

이 책은 삶에서 물러나 아무것도 하지 않는 태도를 권하는 것이 아닙니다. 그런 태도는 삶과 거리를 두는 것이며, 또 다른 형태의 분리입니다. 이 책은 모든 생명과의 '친밀함'에 관해 얘기하는데, 그것은 그런 거리 둠의 죽음이라고 할 수 있습니다. 당신이 삶 자체임을 깨닫게 되면 삶을 향해 수동적인 태도를 보일 수가 없게 됩니다.

깨어남은 삶에 참여하는 것의 끝이 아닙니다. 참여의 시작일 뿐입니다. 역설적으로, 삶이 얼마나 완벽한지를, 어떻게 모든 일이 정확히 그래야 하는 대로 일어나는지를 깨달을 때, 우리는 이전보다 더 자유롭게 세상으로 들어가며 세상일을 더 낫게 변화시킬 수 있습니다. 어떤 사람이 정확히 있는 그대로 얼마나 완벽한지를 볼 때, 당신은 그들이 불완전하다고 여기는 것을 제대로 살펴보도록 이전보다 더 자유롭게 도울 수 있습니다. 이제 당신의 행동은, 그들에게 문제가 있으니 뜯어고쳐야 한다는 근본적인 억측에서 나오지 않습니다. 당신은 그들이 이미 전체임을 봅니다. 그리고 그 깊은 깨달음으로 그들이 자기 본래의 전체임으로 돌아가는 길을 가리켜 줍니다. 전체임에 뿌리내린 채, 당신은 분리되어 보이는 것들의 춤에 완전히 참여합니다.

더는 삶을 뜯어고치려 애쓰지 않을 때, 아마 당신은 삶에 큰 도움이 될 것입니다. 더는 사람들을 뜯어고치려 애쓰지 않을 때, 아마 당신은 그들에게 큰 축복이 될 것입니다. 당신이 그런 태도에서 빠져나올 때 아마 참된 치유가 일어날 것입니다.

아마 삶에 무엇보다 필요한 것은, 더는 문제를 보지 않는, 자신과 세상이 분리될 수 없음을 보는, 깊은 받아들임의 자리에서 세상에 온전히 참여하는 사람들일 것입니다. 모든 것을 있는 그대로 깊이 받아들임, 두려움 없이 삶에 참여함은 같은 것입니다. 이 말이 이성적인 마음에게는 아무리 역설적으로 들릴지라도.

## 미래에 완전해지기

코맥 매카시의 소설 《로드(The Road)》에서는 아버지와 아들이 누더기를 걸치고 굶주린 채 대재앙 이후의 미국을 가로지르는 여행을 합니다. 나무들과 꽃들이 죽어 갑니다. 인간은 거의 모두 죽었고, 생존자들은 상당수가 인육을 먹게 되었습니다. 아버지와 아들이 계속 길을 갈 수 있게 하는 동력은 '미래'에는 더 좋아지리라는 희망이었습니다. 그들이 가지고 있던 몇 가지 물건 중에는 찢어지고 너덜너덜해진 지도가 있습니다. 하지만 그들은 사실 어디로 가야 하는지 모르고, 단지 남쪽을 향해 가야 한다고 생각할 뿐입니다. 그들은 남쪽에서 무엇을 발견할지, 거기에 뭔가 발견할 것이 있는지도 알지 못합니다. '남쪽'은 삶에서 아름답고 좋고 진실한 모든 것을 상징하게 되었습니다.

줄거리를 말하지는 않겠지만, 만일 그들이 여정 내내 무슨 일이 일어나고 있는지, 삶이 그들에게 계속해서 보여 주려는 것이 무엇인지 조금만 더 잘 알아차렸더라면, 목적지에 도달하기를 그렇게 간절히 바라지는 않았을 것입니다. 그들은 목적지에 집착하느라 여행을 누리지 못했는데, 삶과 사랑이 정말로 있던 곳은 그 여행 가운데였습니다.

이 이야기는 우리가 어떻게 살고 있는지 보여 주는 훌륭한 은유입니다. 모든 삶이 '여기'에 있는데도 불구하고, 우리는 언제나 '거기'에 도달하려 애씁니다. 우리는 집에 가려 애씁니다. 어쩌면, 아마도 어쩌면 우리는 이미 집에, 지금 이 순간의 경험인 그 자리에 있는데도 그 사실을 깨닫지 못한 채.

이런 구조의 이야기는 우리의 수많은 소설과 연극, 영화, 신화, 그리고 영적 이야기에서 다루어집니다. 등장인물들은 종종 집을 떠나 멀리 여행하고, 참된 자기 자신을 발견한 뒤, 집으로 돌아옵니다. 어떤 면에서는 변화되고, 어떤 면에서는 똑같은 채로……. 아마 모든 시대를 통틀어 가장 사랑받는 영화일 《오즈의 마법사》에서, 소녀는 심심한 집을 떠나, 믿을 수 없이 놀랍고 흥미진진한 여행을 하면서, 자신의 다양한 모습을 만난 뒤, 같은 장소(집)로 돌아옵니다. 오직 그때야 그녀는 그곳에 정말로 있는 것이 무엇인지를 봅니다. 집은 변하지 않았지만, 그녀의 눈이 뜨여서 집의 진가를 알아볼 수 있었던 것입니다. 많은 디즈니 뮤지컬은 극이 시작할 때, 자기의 집에서 버림받은 듯한 기분을 느끼는 주인공이 모험에 대한, 사랑에 대한, 집에서는 얻을 수 없을 듯한 어떤 무엇에 대한 갈망을 노래합니다. 그 어떤 무엇은 그들을 집 밖으로 나오라고 부르지만, 결국 그들은 집으로 돌아오거나 새로운 집―그들의 진정한 집, 세상에서 그들의 진정한 처소―을 발견합니다. 가장 기본적인 수준에서, 모든 이야기는 이런 공통 구조를 공유합니다. 즉, 우리의 영웅은 아는 것을 떠나 모르는 것으로 이동하지만, 언제나 마지막에는 집으로 돌아옵니다. 영적인 구도자는 깨달음을 찾아서 집을 떠나는데 , 집에 다시 돌아와서야, 그가 추구하던 깨달음은 처음부터 거기에 있었음을 발견합니다.

음악에서 음표와 화음은 이와 비슷한 여행을 떠납니다. 원래 있던 집을 떠나, 열중하여 듣는 사람에게 긴장을 불러일으키지만, 마침내 출발 지점으로 돌아와 스스로 긴장을 해소합니다. 그리고 듣는 우리는 그 음악이 어떤 면에서 우리를 움직였다고 느낍니다. 우리를 일상적인 곳을 떠나 여행하게 한 뒤, 어떻게든 변화되고 감화되고 변모된 채, 원래 있던 곳으로 돌아오게 했다고 느낍니다. 우리는 움직였습니다. 비록 전혀 움직이지 않았지만.

우리는 자신이 완전하다고 느끼게 해 줄 어떤 무엇을 찾아 집을 떠나고 싶은 강한 충동을 느끼지만, 또한 그만큼 집으로 돌아가고 싶은 충동을 느낍니다. 유치원이나 사무실에서 길고 고단한 하루를 보내고 나면, 우리는 그저 집에 돌아가고 싶어 합니다. 어머니와 아버지에게, 사랑하는 사람에게, 편안한 잠으로 돌아가고 싶어 합니다. 아이들인 우리는 너무 오래 집을 떠나 있을 때, 사랑하는 사람들 곁을 떠나 있을 때, 집을 그리워하게 됩니다. 사람들이 죽을 때, 우리는 그들이 '집으로 돌아갔다'고, 또는 마침내 영원히 쉬면서 평안히 안식할 수 있는 새집을 찾았다고 말합니다.

인간의 모든 역사에서, 집으로 돌아가고 싶은 마음은 줄곧 우리 삶의 모든 측면에서 스스로 표현되었습니다. 우리의 미술에서, 음악에서, 과학에서, 수학에서, 문학에서, 철학에서, 사랑의 추구에서, 영성의 추구에서……. 집으로 돌아가고 싶은 마음은 인간의 정신 속에 깊이 자리하고 있습니다.

미술에서는 찾는 자와 찾는 대상의 상호 작용, 전경과 배경, 빛과 그림자, 적극적인 공간과 소극적인 공간이 긴장과 드라마를 만들어 냅니다. 농담은 의표를 찔러 웃음을 유발하는 결정적인 어구를 추구합니다. 문장은 완결을 추구합니다. 하나의 그림이나 농담, 문장이 그렇게 매료시키고, 그렇게 극적이고, 그렇게 만족감을 주는 까닭은 해소에 대한 갈망이 우리 안에 내재해 있기 때문입니다. 인류의 모든 역사에서 수학자들, 철학자들, 물리학자들이 실재를 모두 포괄하는 원대하고 통일된 이론을 추구하도록, 혼돈 가운데에서 전체임을 찾도록, 비참한 참화의 한가운데에서 사랑을 찾도록 밀어붙인 것은 똑같은 갈망일 것입니다. 우리는 심지어 우주조차 확장하고 있고 수축하고 있다는 말을 듣습니다. 어떻게든 평형을 추구하며, 집을 추구하며……. 만물이 쉼을 갈망합니다.

집은 장소가 아니고, 물건이 아니며, 사람도 아닙니다. 집은 쉼입니다. '집(home)'의 어원은 '쉼' 또는 '누워 있음'을 의미합니다.

우리는 바다로 돌아가기를, 한 번도 떠난 적이 없는 그곳으로 돌아가기를 갈망하는 바다의 물결과 같습니다. 하나의 물결은 자기를 바다에서 '분리된' 것으로 경험하며, 그렇게 자기가 무엇인지를 오인하는 근본적인 오해의 자리에서 무수히 많은 방식으로 바다를 찾기 시작합니다. 그 물결은 자기 자신을 찾고 있는데, 그렇다는 사실을 깨닫지 못합니다. 집을 향한 물결의 갈망은 자기 자신을 향한 갈망입니다. 이것이 인간의 상태입니다.

이 분리감은 우리의 현재 경험에 어떤 형태로 나타날까요? 우리 곁에는 늘 우리 삶에 무언가 빠져 있다는 느낌이 있습니다. 그렇지 않은가요? 그것은 우리 안에 채워져야 할 구멍이 있는 듯한, 우리가 지금 이대로는 뭔가 부족한 사람인 듯한, 우리에게 뭔가 근본적으로 문제가 있는 듯한, 묘하게 텅 빈 느낌, 결핍된 느낌입니다. 우리가 참된 집을 찾아서, 완전한 휴식을 찾아서, 안식처를 찾아서, 충만함을 찾아서 시간과 공간의 세계로 떠나는 것은 바로 이 기본적인 텅 빈 느낌 때문입니다. 우리는 텅 빈 공간이 채워지고 충족되기를 추구합니다. 참된 집을 그리워하면서 신(神), 성령, 자연, 구루와 하나 되기를 추구합니다. 배부른 포만감과 돈으로 가득 채워진 은행 계좌를 추구합니다. 여성과 남성은 하나 되어 완전해지기를 바라며 서로를 추구합니다. 우리는 영혼의 짝을, 자신을 완전하게 해 줄 나머지 반쪽을 추구합니다. 자신의 운명을 찾으려 합니다. 우리가 이미 운명대로 살고 있음을 깨닫지 못한 채.

자신이 불완전하다는 근본적인 느낌 때문에 우리는 미래의 완전함을 추구하기 시작합니다. 지금 이 순간의 경험이라는 바다가 바로 참된 우리 자신임을 알아보지 못한 채, 우리는 그 바다를 추구하기 시작하며, 그것을 미래에는, '언젠가'는 찾을 것이라고 굳게 믿어 버립니다. 우리는 생각합니다. "나는 지금 불완전해. 하지만 만일 언젠가 내가 찾고 있는 것을 발견하면, 나는 완전해질 거야."

"언젠가 사랑을 발견하면 나는 완전해질 거야. 언젠가 영적으로 깨닫게 되면 나는 완전해질 거야. 언젠가 성공하면 나는 완전해질 거야. 언젠가는 부자가 될 거야. 언젠가는 치유될 거야. 언젠가는 그들이 나를 인정해 줄 거야. 언젠가는 완전히 현존할 거야. 언젠가는 완전히 알아차릴 거야. 언젠가는 '지금'을 살게 될 거야. 언젠가는 평화를 발견할 거야. 언젠가는 온전히 나 자신이 될 거야. 언젠가는 이해받게 될 거야. 언젠가는 스타가 될 거야. 언젠가는 그들이 나를 사랑해 주고 받아들여 줄 거야. 언젠가는 완전히 영적으로 진화할 거야. 언젠가는 아버지나 어머니가 될 거야. 언젠가는 자유로워질 거야. 언젠가는 행복해질 거야. 그래, 나는 완전해질 거야. 언젠가는. 하지만 아직은 아냐. 아직은 아냐."

우리는 미래의, '언젠가'의 부유함, 힘, 사랑, 성공, 그리고 깨달음을 추구합니다. 이런 것들은 우리에게 집을 상징하기 때문입니다. 우리는 원하는 것을 얻고 찾으려는 것을 찾으면 집으로 돌아가게 될 것으로 생각합니다. 집에 대한 그리움이 모든 것의 뿌리입니다.

때때로 우리는 원하는 것을 얻습니다. 새 차, 새로운 인간관계, 새 직장, 날씬하고 탄력 있는 몸매, 새로운 영적 경험, 명성, 사람들의 칭송, 성공…… 그러면 우리는 잠시 온전하고 완전하다고 느낍니다. 하지만 곧 그 텅 빈, 채워지지 않은 느낌이 돌아오고, 다시 추구가 시작됩니다. 마치 '지금 있는 것'에 늘 만족하지 못하는 무엇이 우리 안에 있는 것 같습니다. 그것은 언제나 '그 이상'을 원합니다. 그것은 아무리 많은 것을 얻어도 그 이상을 원합니다. 아무리 많은 것을 소유하고 성취하고 가지고 있어도 그 이상을 원합니다. 아무리 많은 경험을 하고 아무리 많은 것을 자신에게 더해도 그 이상을 원합니다.

내 삶의 이야기가 아무리 완전하더라도, 그것은 언제나 더 완전해질 수 있다고 믿습니다. 직장은 언제나 더 많은 급여를 지급할 수 있고, 인간관계는 언제나 더 많이 충족될 수 있으며, 나는 언제나 더 많은 돈을 벌고, 더 많은 성공을 이루며, 더 많은 칭송을 받을 수 있다고 믿습니다. 영적인 경험은 언제나 더 깊어지고 더 길어질 수 있다고 믿습니다. 나는 언제나 깨달음에 더 가까워지거나 더 많이 깨달을 수 있고, 더 많이 현존할 수 있으며, 더 많이 의식하고, 더 많이 자유롭고, 더 많이 사랑받을 수 있다고 믿습니다. 또는 내가 원하지 않는 것은 더 줄어들 수 있다고 믿습니다. 더 적은 아픔, 더 적은 두려움, 더 적은 슬픔, 더 적은 화, 더 적은 고통, 더 적은 에고, 더 적은 생각……. 그러니 내 삶의 이야기는 절대로 완전해지지 않을 것입니다. 다시 말해, 나는 절대로 시간 안에서는 완전해지지 못할 것입니다.

마흔 살도 되기 전에 백만장자가 된 남자를 알고 있습니다. 그는 열심히 일했고 항상 원하던 것을 얻었습니다. 평생 먹고사는 데 필요한 양보다 더 많은 돈, 크고 호화로운 저택, 아름답고 사랑하는 아내, 사랑스럽고 영민하며 순종적이고 열심히 공부하는 자녀들, 많은 친구, 사람들의 칭송과 존경……. 그는 서른일곱 살에 은퇴했습니다. 은퇴한 다음 날 집에 혼자 앉아 있는데, 문득 텅 빈, 충족되지 않은, 집을 그리워하는 느낌이 다시 떠올랐습니다. 그가 십대 때 느꼈던, 백만장자가 되기 위해 죽도록 일하게 만든, 평생 벗어나려 몸부림친 바로 그 느낌……. 그것은 많은 돈과 큰 집, 아내와 가족이 없애 줄 것이라 믿었던 느낌이었습니다. 그게 세상의 약속이었습니다.

이제 그에게는 큰 문제가 생겼습니다. 그는 원하는 것을 다 가졌는데도 여전히 완전하지 않았습니다. 여전히 집이 그리웠습니다. 그에게 무엇이 잘못된 것일까요? 이제 일에 관심을 돌리지 않게 되자, 다시 결핍감을 직면하게 된 것입니다. 그는 그 결핍감을 벗어날 수 없었습니다.

그날 저녁, 젊은 백만장자는 술을 한 잔 마셨습니다. 그리고 또 한 잔. 그리고 또 한 잔. 곧 그는 술에 의지하게 되었습니다. 일에 대한 중독은 술에 대한 중독으로 대체되었습니다. 결국, 그의 우주적인 결핍감은 어떻게든 잊혀야 했습니다.

이 남자의 이야기는 어째서 추구하는 사람이 원하는 것을 얻어도 만족할 수 없는지를 보여 주는 완벽한 사례입니다. 시간과 공간의 세계에서는 어떤 것도 우리가 경험하는 근본적인 결핍감을 없애 줄 수 없습니다. 당신이 원하는 것을 얻는다고 해도 근본적인 향수병이 없어지는 것은 아닙니다.

또 하나의 문제가 있는데, 불교인이라면 늘 알고 있던 문제입니다. 즉, 모든 것이 일시적인 세상에서는, 끊임없이 변동하고 변화하는 세상에서는, 어차피 당신이 통제할 수 없는 세상에서는, 설령 당신이 원하는 것을 얻는다 해도 그다음에는 얻은 것을 잃을 수밖에 없다는 사실입니다. 결국, 삶에는 보장된 것이 아무것도 없습니다. 나타나는 것은 언제나 사라집니다.

우리가 가진 것을 잃지 않도록 보호해 줄 수 있는 것은 아무것도, 절대로 아무것도 없음을 우리는 마음 깊은 곳에서 알고 있습니다. 우리가 삶에서 그토록 많은 근심을 겪는 까닭은 바로 이 때문입니다. 우리는 새집을 갖게 되면, 직장을 잃어서 대출금을 갚지 못할까 봐 걱정합니다. 은행 계좌에 많은 돈을 갖게 되면, 경제 붕괴로 저축한 돈을 다 잃어버릴까 봐 걱정합니다. 배우자나 연인 관계에서 아무리 행복하더라도 그녀가 당신을 떠날까 봐, 병에 걸릴까 봐, 또는 관계가 나빠질까 봐 걱정합니다. 자녀들이 다칠까 봐 걱정합니다. 자기 몸에 대해 걱정하고, 건강이 나빠져서 잘못될 수 있는 모든 문제에 대해 걱정합니다. 그리고 당신은 아무것도—당신의 큰 집도, 가구도, 멋진 차도, 수영장도, 은행 계좌에 있는 그 모든 돈도, 사랑하는 영적 구루조차—상실로부터, 변화로부터, 삶의 부침으로부터, 삶의 길로부터 당신을 보호해 줄 수 없음을 압니다.

물론 사람들과 사물들은 일시적으로 안전하고 안락하며 즐거운 느낌을 줄 수 있지만, 당신이 진정으로 갈망하는 것은 줄 수 없습니다. 모든 상실로부터의 자유, 결핍으로부터의 자유, 궁극적으로 죽음으로부터의 자유는……. 그들은 당신이 갈망하는 근본적인 안전을 줄 수 없고, 당신을 집으로 데려올 수도 없습니다. 당신 바깥의 그 무엇도 당신을 집으로 데려올 수 없습니다.

집을 향한 추구를 다른 식으로 볼 수도 있습니다. 당신이 갓 태어난 아기라고 상상해 보세요. 당신은 이전에 세상을 본 적이 없습니다. 그래서 모든 것이 낯설고 신비합니다. 그 모든 이상한 모습들, 소리들, 냄새들! 아직 이름을 모르는 그 모든 이상한 느낌들과 감각들! 당신은 한밤중에 깨어납니다. 혼자이고 배고프고 두렵습니다(비록 당신에게는 아직 이런 느낌들에 해당하는 단어가 없지만). 어떤 면에서 당신은 '좋지 않다'고 느끼는데, 울음과 소리 지르는 것 말고는 의사를 전달할 수단이 없습니다. 당신은 "실례합니다! 나는 좋지 않아요! 제발 와서 도와주세요, 누구든지요!"라고 말할 수가 없습니다. 큰 소리로 울면서 도움의 손길이 오기를 기다릴 수밖에 없습니다.

어머니가 들어와서 당신을 안고 달래며 젖을 먹입니다. 그러자 갑자기 모든 게 다시 좋게 느껴집니다. 갑자기 불편함이 그리 나빠 보이지 않습니다. 두려움이 그리 나빠 보이지 않습니다. 당신은 더이상 혼자가 아닙니다. 다시 안전하다고 느낍니다. 바깥의 존재들에게 보호받는다고 느낍니다. 좋지 않음이 좋음으로 바뀌었습니다. 당신 바깥의 어떤 것이 돌아와서 모든 것을 다시 좋게 해 주었습니다.

만일 아기가 얘기할 수 있다면, 아마 이런 식으로 말할 것입니다. "좋지 않은 느낌이 오면, 나는 소리를 지릅니다. 마침내 엄마가 왔고, 좋지 않음은 마법처럼 사라집니다. 엄마는 좋지 않음을 가져갑니다. 엄마는 좋지 않음을 사라지게 합니다."

그러나 모든 것이 좋아지게 만든 사람은 실제로는 어머니가 아닙니다. 어머니는 '좋지 않은' 느낌을 가져갈 능력이 없습니다. 단지 갓난아기에게 그렇게 보일 뿐입니다. 우리 바깥에 있는 대상이나 사람, 어떤 것이 우리를 좋게 해 주고, 우리를 집으로 데려올 수 있다는 믿음은 아름다운 환상입니다. 우리는 금세 믿기 시작합니다. 우리 바깥의 어떤 것을 찾으면 결국 모든 나쁜 생각, 감각, 느낌을 가져갈 것이라고……. 그런 추구의 기제(메커니즘)가 대개 아주 어린 나이에 갖추어집니다. 그래서 우리는 모든 것을 좋게 만들어 줄 어떤 것을 우리 바깥에서 찾게 됩니다. 어머니에 대한 집착은 아마 그런 추구의 첫 번째 표현일 것입니다. 하지만 우리가 집착하는 대상은 실제로는 '어머니'가 아닙니다. 그것은 집입니다. 대다수 아기에게 어머니는 집을 상징하는 첫 번째 사람일 것이라고 나는 생각합니다.

혹시 우리는 무수히 많은 방식으로 온갖 추구를 하면서, 실은 그저 자궁으로, 분리 없는 곳으로 돌아가려 애쓰는 게 아닐까 하고 나는 생각합니다. 자궁 속에서는 나와 자궁 사이에 분리가 없었고, 나와 '어머니' 사이에 분리가 없었습니다. 거기에서는 안도 바깥도 없이 오로지 전체임만 있었습니다. 자궁 속에는 '다른 것'이 전혀 없었습니다. 다시 말해, '모든 것'이 자궁이었습니다. 마치 그저 나를 돌보기 위해, 나를 보호하기 위해 온 세상이, 온 우주가 거기에 있는 것 같았습니다. 나는 언제나 사랑의 바다에 안겨 있었습니다. 그것은 상대가 없는 집이었습니다. 왜냐하면 자궁 속에 있을 때 내게는 안과 바깥이라는 관념이 없었기 때문입니다. 그것은 모든 경험의 물결 하나하나가 깊이, 깊이 받아들여지는 바다였습니다. 그것은 나 자신이었습니다.

사실 나는 자궁 '속에' 있지도 않았습니다. 내가 바로 자궁이었습니다. 그래서 그것은 완전했습니다. 그것은 나 '그리고' 자궁(두 가지)이 아니었습니다. 오로지 자궁(하나, 모든 것)뿐이었습니다. 그래서 나는 실제로는 자궁 밖으로 나오지 않았습니다. 나의 가장 깊은 본질상 나는 자궁이었고 자궁입니다. 나는 내가 찾으려 하는 전체임입니다.

그러나 아무 상대 없이 모든 것이 늘 완전하던 이곳에서, 나는 마치 아무 경고 없이 쫓겨난 것 같았습니다. 아무 노력 없이 유지되던 그 모든 안전이 갑자기 사라져 버렸습니다. 갑자기 나는 수많은 것으로 이루어진 세상, 분리된 대상들로 이루어진 세상, 불확실한 세상, 안락과 안전—좋음—이 언제든 나타나고 사라질 수 있는 곳을 마주하게 되었습니다. 그곳은 더이상 영원히 좋은 세계가 아니었습니다. 그곳은 이제 '좋음'이 '안 좋음'과 싸우는 세계였습니다.

이제까지 존재했고 지금 존재하는 모든 인간이 한때 자궁 속에 있었습니다. 그러니 우리 모두가 그곳에서 깊이 좋았던 느낌을 여전히 흐릿하게나마 기억하고 있고, 그곳으로 돌아가기를 갈망하리라고 보는 것은 타당한 추론일 것입니다. 아마 집을 향한 우리의 추구는 또한 자궁—신체의 자궁이 아니라, 거기에 있던 전체임—을 향한 추구일 것입니다. 우리는 안전하고 보호받기를 갈망하며, 모든 것과 하나되기를 갈망합니다. 우리는 다시 깊이 좋기를 갈망합니다.

어른이 된 우리는 이제 어머니를 부르기 위해 앙앙 울지 않습니다. 그 대신 더 미묘한 방식으로 불편함을 없애려 합니다. 우리는 다음번 담배 한 개비, 다음번 술 한 잔, 다음번 성적인 정복, 다음번 직장 승진, 다음번 영적 경험, 다음번 해방을 위해—모든 것이 좋아지게 해줄 어떤 것을 위해, 좋지 않음을 없애 줄 어떤 것을 위해—은유적으로 앙앙 웁니다.

부모에게 가장 많은 사랑을 받으며 평온하게 자란 아이들조차 이 기본적인 분리의 느낌, 결핍의 느낌을 벗어나지 못합니다. 이런 느낌은 개인이 되는 경험에 내재하는 것 같습니다. 그러니 이런 분리의 느낌, 결핍의 느낌은 어느 부모의 잘못이 아니며, 일부러 자녀를 '추구하는 자'로 만드는 부모는 없습니다. 추상적인 생각을 할 수 있는 갓 태어난 유기체(아기)들은 자연스럽게 미래의 관념적인 완전함을 추구하게 됩니다. 그들은 자기의 경험을 통해 무엇은 좋고 무엇은 좋지 않다는 온갖 견해를 자연스레 쌓아 갑니다. 그리고 좋지 않은 것으로 인식하는 모든 것에서 벗어나기 위해, 좋은 곳으로 가기 위해 노력하게 됩니다. 이 시각으로 보면, 분리의 느낌이 발달하고, 그 뒤 전체임을 발견하여 이를 바로잡으려 하는 것은 자연스럽게 전개되는 삶의 일부입니다. 추구는 잘못이 아니며 적도 아닙니다. 단지 자신이 누구인지를 오해하여 벌어진 일일 뿐입니다.

## 지금 이 순간에 대한 저항

나는 완전해질 것이다,

마침내 또래 집단, 직장 동료, 사회와 잘 어울리게 되면.

사람들이 마침내 나를 이해해 주고 내가 하는 일을 인정해 주면.

내 주위의 모든 사람이 변하면.

모든 사람에게 칭송받는 걸작을 만들면.

내 몸이 완벽하면.

마침내 내 운명을 실현하면.

영혼의 짝을 발견하면.

완전히 깨어나면.

금메달을 따면.

자녀를 갖게 되면.

찾고 있던 것을 마침내 찾게 되면.

우리는 완전해질 미래를 바라봅니다. 어떤 면에서는 우리가 지금 이 순간 불완전하다고 느끼기 때문입니다.

미래에 이해받고 싶나요? 그건 어떤 면에서 자신이 지금 이해받지 못한다고 느낀다는 뜻입니다. 미래에 깨닫고 싶나요? 그건 어떤 면에서 자신이 지금 깨닫지 않았다고 느낀다는 뜻입니다. 미래의 사랑을 원하나요? 그건 어떤 면에서 자신이 바로 지금 사랑받지 않는다고 느낀다는 뜻입니다. "당신이 미래에 얻으려는 것은 무엇인가요?"라는 질문은 "당신은 바로 지금 무엇을 피해 달아나고 있나요?"라는 질문과 같습니다.

미래에 어떤 추상적인 것—깨달음, 부유함, 힘, 성공, 사랑—을 얻으려 추구할 때, 그 추구의 깊은 근원에는 언제나 지금 이 순간에 대한 저항이 자리합니다. 이 점을 이해하는 것이 아주 중요합니다. 미래의 완전함을 추구할 때, 그 근원에는 언제나 지금 이 순간을 불완전하게 느끼는 경험이 자리합니다. 지금 이 순간을 불완전하게 느낄 때 우리의 모든 고통과 추구가 시작됩니다. 그리고 지금 이 순간을 깊이 받아들일 때 우리의 모든 고통과 추구가 끝날 수 있습니다.

이따금 사람들은 내게 와서, 어떻게 하면 깨달을 수 있느냐고 묻습니다. 그들은 내가 깨달았으며(나는 결코 내가 깨달았다고 말하지 않지만) 나처럼 깨닫게 되는 방법을 가르쳐 줄 수 있다고 믿습니다. 나는 주로 이렇게 대꾸합니다. "당신이 말하는 '깨달음'이란 무슨 뜻인가요? 당신이 깨닫게 될 때, 당신의 경험은 바로 지금 있는 그대로와 어떻게 다를까요?" 그러면 대개 그들은 이런 식으로 말합니다. "내가 깨닫게 되면 두려움이 사라질 거라고 생각해요. 슬픔과 아픔도 사라지 겠죠. 깨닫게 되면 나의 온갖 안 좋은 것들이 사라질 것 같아요."

보다시피, 정말로 '깨닫기'를 원하는 사람은 없습니다. 그들은 불만 족, 슬픔, 아픔, 분노, 좌절, 지루함이라는 '현재'의 느낌, 또는 사랑받 지 못한다는, 만족하지 못한다는, 아무도 자신을 원하지 않는다는 '현 재'의 느낌을 벗어나고 싶어 합니다. 그들은 단지 고통을 끝내고 싶어 할 뿐입니다. 그 고통을 바로 지금 똑바로 직면하여 그 안의 전체임 을 보는 대신, 자신에게 다가올, 자신을 위해 고통을 끝내 줄 미래의 사건이나 상태를 기다립니다. 그들은 단지 집으로 돌아오기를 원할 뿐입니다. 우리 모두 그러하듯이. 그들의 이야기를 보면, 그들은 깨달 음을 미래의 집으로 여기는 견해를 고수합니다.

우리는 아픔이 나타나기를 바라지 않지만, 그런데도 아픔은 나타 납니다. 우리는 두려움이 나타나기를 바라지 않지만, 그런데도 두려 움은 나타납니다. 사회에서 받은 교육 때문에 우리는 아픔이나 두려 움, 슬픔, 분노뿐 아니라 온갖 감정을 완전함의 일부로, 삶의 전체임 의 일부로 보지 않습니다. 우리는 우리 경험의 부분들을 불완전하거 나 더러워진 것으로, 비정상인 것으로, 불순한 것으로, '불완전함의 표현'으로 보도록 배웠습니다. 다시 말해, 우리 경험의 어떤 일부를 삶 자체에 대한 위협으로 보도록 배우고 훈련받았으며, 그렇게 세뇌 까지 당한 것입니다. 우리는 우리 경험의 부분들이 삶에 반하는 것들 이라고, 우리 안에 있을 자격이 없는 것들이라고 믿습니다. 화, 두려 움, 슬픔, 불편함, 아픔…… 이런 것은 우리 안에 들어오도록 허용하면 안 된다고 믿습니다. 우리는 그것들을 거부합니다. 그것들이 우리 안에 있으면 안 된다고 믿기 때문입니다. 우리는 그것들을 삶의 전체임의 일부로 보지 않습니다. 그것들은 우리의 안녕에 위험하다고 믿습니다. 그래서 그것들을 피해 달아나느라 삶을 소모합니다.

당신의 경험 가운데 자신의 것이 아니라고 느껴지는 부분들은 무엇인가요? 당신에게 이질적으로 느껴지는 생각이나 감각, 느낌은 무엇인가요? 당신 안에 있으면 안 된다고, 당신 자신이 아니라고 느껴지는 부분들은 무엇인가요?

단순하게 말하자면, 우리는 이 현재 경험의 '바깥'에 있는 순수함, 완벽함, 완전함을 추구합니다. 왜냐하면 우리의 현재 경험을 문제 있는 것으로, 불완전한 것으로, 불충분한 것으로, 어떤 면에서는 전체가 아닌 것으로 보기 때문입니다. 우리는 전체임을 추구합니다. 지금 이 순간에서 전체임을 보지 못하기 때문입니다. 우리는 현재의 이런 생각이나 감각, 느낌에서 전체임을 보지 못합니다. 그것을 미래에 얻으려 하기 때문입니다. 그래서 우리는 전체임을 추구하는 사람이 되고, 이제 우리 자신을 완전하게 해 줄 미래가 필요해집니다. 찾으려는 자는 언제나 자신이 찾고 있는 것을 찾을 시간이 필요합니다. 지금 이 순간은 목적을 위한 수단이 됩니다. 지금 이 순간의 상실, 우리 참된 집의 상실…… 여기에서 모든 고통이 시작됩니다.

## 지금 이 순간을 통제하려 하기

언젠가 어느 남성이 자녀에게 화를 많이 낸다면서, 화를 제어하는 문제에 관해 내게 얘기했습니다. 그는 마치 화산이 폭발하듯 갑자기 자녀에게 화를 분출한다고 말했습니다. 그는 사무실에서 긴 하루를 보낸 뒤 기진맥진하여 일터에서 집으로 돌아오는데, 자녀들은 소리를 지르고 여기저기 뛰어다니며 집 안을 엉망으로 만들어 놓고 있습니다. 그는 아이들을 진정시키려고, 아이들이 바르게 행동하도록 온갖 노력을 다합니다. 이제까지 배운 모든 방법을 다 써 봅니다. 좋은 말로 잘 타이르기도 하고, 논리적으로 설명하며 설득해 보기도 하고, 무시해 보기도 하고, 그들과 함께 '현존'해 보기도 하고, 엄하게 대해 보기도 하고, '영적'인 태도로 대해 보기도 하고, 칭찬과 보상으로 격려하기도 하고, 처벌도 해 보았습니다. 그러나 어떤 방법도 효과가 없었습니다. 아이들은 그의 말을 귀담아듣지 않았고, 그는 속에서 부글부글 들끓는 화를 느끼기 시작했습니다. 그는 필사적으로 화를 억눌렀습니다. 화를 참아 보기도 하고, 받아들여 보기도 하고, 사랑해 보기도 하고, 허용해 보기도 하고, 초월해 보기도 하고, '선택 없이 그냥 알아차려' 보기도 하고, 억제해 보기도 하고, 화가 '되어' 보기도 했습니다. 하지만 그가 무엇을 하든 하지 않든, 화는 언제나 폭발할 뿐이었습니다. 그러면 그는 아이들을 심하게 꾸짖고, 고래고래 고함을 지르고, 욕을 퍼붓고, 마음에 없는 말을 하고, 나중에 후회하는 행동을 했습니다. 그의 화는 통제 불능인 것 같았습니다.

남의 일 같지 않은가요? 당신도 때로는 스스로 이해되지 않는 방식으로 자녀에게, 배우자나 애인에게, 부모에게, 친구에게 반응하나요?

잊지 마세요, 이 책의 모든 사례는 당신에게도 적용됩니다. 그러니 이 책에 있는 사례를 볼 때마다 자신의 경험을 들여다보고, 그 사례가 자신의 삶과 관련되는 부분을 발견해 보세요.

이 남자는 영적 선생들을 찾아가서 그의 고민을 상담했는데, 그들은 이런 얘기를 해 주었습니다. "화내지 않겠다는 선택을 하십시오" 또는 "화가 나타나든 나타나지 않든 당신은 선택권이 없습니다" 또는 "오직 '하나'뿐입니다. 모든 것이 평등하므로 당신이 자녀에게 화를 내든 안 내든 아무 상관이 없습니다. 화를 내는 자가 없습니다." 이런 말들은 일시적인 안도감을 주었지만, 그의 고통을 실제로 끝내지는 못했습니다. 궁극적으로 분노의 폭발은 삶의 일부이며 자기의 자리를 가지고 있지만, 그런 식의 이해는 화의 일어남을 멈추거나 화로 인한 고통을 끝내지 못한다는 것을 그는 알 수 있었습니다. 영적 가르침들이 무엇이라 말하든지 간에 화는 거기에 있었고, 가장 사랑하는 사람들과의 관계를 파괴하고 있었습니다. 세상의 모든 영적 개념은 그가 고민하는 문제의 핵심에 가 닿는 것 같지 않았습니다. 그래서 그가 할 수 있는 일은 이제 아무것도 없고, 오로지 화를 참는 방법을 배우는 수밖에 없는 것처럼 느껴졌습니다.

나는 그에게 그 상황에서 무엇을 추구하고 있었느냐고 물었는데, 그는 대답하지 못했습니다. 그냥 화가 폭발한다고 여기는 것 같았습니다. 그는 화의 폭발이 전체임을 향한 추구와 어떤 연관이 있는지, 지금 이 순간의 경험에 맞서 벌이는 전쟁과 어떤 연관이 있는지 알아차리지 못했습니다. 자신이 무언가를 추구한다는 사실을 알아차리지 못했습니다. 그는 깨달음을 추구하고 있지 않았습니다. 명성이나 부유함을 추구하고 있지 않았습니다. 그저 몹시 힘든 상황에서 자신이 취할 수 있는 최선의 방식으로 반응하는 것 같았습니다.

어떤 상황에서 '추구'를 발견하려면 때로는 멈추고, 심호흡을 하고, 현재의 경험에 돋보기를 갖다 댈 필요가 있습니다. 나는 그 남성과 함께 그의 경험을 탐구하기 시작했고, 아주 단순하고 정직하게 몇 가지를 살펴본 결과, 그가 자녀들에게 진정하라고 정중히 요청하는 때로부터 화를 폭발하는 때까지 짧은 순간에 많은 일이 일어난다는 사실이 곧 분명히 드러났습니다.

자녀들이 소리 지르고 고함치는 모습을 볼 때 그에게는 갖가지 몹시 불편한 생각과 느낌이 일어났습니다. 무능한 아버지라는 생각, 그 상황을 어찌하지 못한다는 무력감 등등. "나에게 무엇이 문제일까? 나는 왜 이 아이들을 통제하지 못하는 걸까? 나는 어른이야. 그러니 이 상황을 통제해야 하지만, 그럴 수 없어. 나는 아버지로도 실패자고 어른으로도 실패자야." 심한 좌절감과 낙담, 전적인 무력감이 나타나고 있었고, 그는 이런 느낌들에 완전히 압도당하기 시작했습니다. 이 어른은 성숙하고 강한 아버지가 되고 싶었지만, 무력한 아이 같다고 느껴졌습니다. 그러자 그의 모든 정체성이 허물어지는 것 같았고, 일종의 존재적 공황 상태가 시작되는 것 같았습니다. 마치 자신의 육체적인 죽음을 직면하는 것 같았습니다. 사실, 그는 성숙하고 강한 아버지라는 자기 이미지(자아상)의 죽음을 직면하고 있었습니다. 그가 자기라고 생각했던, 그 순간 자신이 어떠해야 한다고 생각했던, 사람들이 그 남자라고 생각했던 이미지의 죽음을······. 그동안 함께 살아왔던 자기 이미지의 죽음을, 그가 세상에 투사했던 이미지의 죽음을 직면하고 있었습니다. 그의 자녀들이 조금 많이 떠들었을 뿐인데, 그런 일로 그는 그런 죽음을 직면하게 되었습니다.

그의 무력감, 무능함, 공황 상태로 인해 그는 아이들을 심하게 꾸짖고 싶은 충동을 느꼈습니다. 그의 약함으로 인해 다시 강하다고 느끼길 원했습니다. 그의 내면에는 무력감과 통제력 상실을 느끼고 싶어 하지 않는 무언가가 있었습니다. 특히 자녀들 앞에서는!

그 순간을 통제할 수 없고 완전히 무력하다고 느낄 때, 상대를 비난하고 힘을 과시하면 잠시나마 어느 정도 안도감을 느낄 수 있습니다. 다른 인간을 공격하는 것은 깊이 불편한 느낌들, 자기 안에 허용하고 싶지 않은 느낌들로부터 딴 데로 관심을 돌리는 완벽한 방법입니다. 우리가 가장 이성을 잃고 가장 폭력적이며, 간혹 사랑하는 사람들에게 상처를 줄 때는 우리 자신이 몹시 무력하다고 느끼는 (그리고 우리의 무력감을 직시할 수 없는, 우리가 이런 식으로 느낀다는 사실을 자기 자신이나 다른 사람들에게 인정할 수 없는) 때인 경우가 많습니다. 우리는 자신이 아픈 감정을 경험하도록 허용하는 대신에 다른 사람들의 마음을 아프게 합니다. 그러고는 그들을 비난합니다. 그들이 그런 대우를 받을 만한 짓을 했다고, 그들이 화를 폭발하게 했다고, 그들이 우리를 화나게 '만들었다'고 그들에게 말합니다. (그 뒤 만일 우리가 비이원성이라는 개념을 배웠다면, 우리에게는 다른 선택권이 없었다고 말합니다!)

살아오는 동안 어느 시점에, 우리 대부분이 그랬듯이, 그는 무력감과 무능함 같은 느낌은 좋지 않은 것이라고 배웠습니다. 그 순간을 통제할 수 없다는 느낌은 좋지 않다고, 나약하다는 느낌은 좋지 않다고 배웠습니다. 무력감 같은 느낌들은 안전의 결핍, 위험, 사랑받지 못하거나 받아들여지지 못함과 연관되고, 궁극에는 죽음과 연관된다고 배웠습니다. 많은 사람에게 무력감은 무슨 수를 써서라도 피해야 하는 것입니다. 우리가 겪는 고통의 상당 부분은 지금 이 순간에 직면하여 깊이 받아들여지지 않는 무력감, 무능함, 나약함, 안전하지 않다는 느낌에서 나옵니다.

우리의 모든 고통은 아마 이렇게 압축될 수 있을 것입니다.

"나는 이 순간을 통제하고 싶어. 하지만 그럴 수 없어!"

이 남자는 깨달음이나 명성이나 영예를 추구하지는 않았을지 모르지만, 그 순간만큼은 필사적으로 추구하는 자였습니다. 그는 삶에 직면하여 느끼는 나약함과 무력감이라는 느낌에서 벗어나기를 절박하게 추구했고 통제를 추구했습니다. 그 순간에 그는 힘을, 통제를 추구하는 자가 되었고, 궁극에는 사랑을 추구하는 자가 되었습니다. 그는 당시에 경험하는 느낌에서 벗어나기를 추구하고 있었습니다. 그리고 자녀들을 심하게 비난할 때면 잠시나마 그가 갈망했던 벗어남을, 놓여남을 느낄 수 있었습니다.

표면적으로는 그는 말을 듣지 않는 자녀들에게 화를 통제하지 못하는 아버지로 보였습니다. 하지만 그 사람이 실제로 경험한 것을 들여다보면, 그는 극심한 좌절감을 느끼고, 전적으로 어리석고 실패한 아버지이자 어른이라고 느끼며, 무능하고 무력하고 나약하다고 느끼고, 자신이 처한 곤경에서 빠져나오는 길을 필사적으로 찾으려는 사람입니다. 그리고 이 가운데 어느 하나도 자신에게나 자녀들에게 '인정'하지 못하는 사람입니다. 분노의 밑에는 언제나 우리가 아직 받아들이지 않은 아픔과 무력감이 있습니다.

자기의 경험 안에서 계속되고 있던 추구를 보기 전에는, 그는 이 고통이 그냥 자신에게 일어나고 있다고 느꼈습니다. 즉, 그는 삶의 무력한 희생자였다고, 아마 자신은 유전적으로 화를 내도록 프로그래밍 되었을 것이라고, 또는 그가 자녀들에게 보이는 반응은 어떤 면에서는 우주적으로 예정되어 있기 때문에 변화의 희망이 없다고 느꼈습니다. 하지만 함께 살펴보면서 그가 어떤 방식으로 추구하고 있었는지가 드러나자, 그가 정확히 무슨 이유로 고통을 겪었는지, 그 고통이 어떻게 만들어지고 있었는지가 분명해졌습니다. 그는 그 순간에 느끼는 감정을 느끼도록 자신에게 조금도 허용하지 않았습니다. 단 한 순간도 무력감을 느끼도록 허용하지 않았습니다. 현재 경험하는 무력감 안에서 깊은 받아들임을 보지 못했습니다.

자신이 무엇(무력감)을 피해 달아나고 있었는지를 알게 되자, 더는 그것을 피해 달아날 필요가 없음을, 무력감을 느껴도 좋음을, 그 순간 무력감이라는 느낌을 전적으로 받아들일 수 있음을 저절로 알게 되었습니다. 그는 이전에는 진실로 무력하다는 느낌을 단 한 순간도 자신에게 허용하지 않았습니다. (그런데 우리가 직면해야 하는 것은 한 순간의 무력감이 전부입니다.) 그런 감정은 좋은 것이 아니라고 그는 늘 믿었습니다. 지금 이 순간 무력감을 느끼는 것은 실제로는 깊이 좋다는 것을, 그리고 그 무력감의 한가운데에는 심지어 묘한 기쁨과 평화가 있음을 알게 되자, 그는 더이상 달아나고 싶은 충동을 느끼지 않게 되었습니다.

무력감을 받아들인다는 것은 그가 더는 삶의 희생자가 아니라는 뜻이었습니다. 그러자 이제는 무력감이 그를 통제하지 못했습니다. 왜냐하면 이제는 무력감이 그의 내면에서 나타나고 사라지도록 '허용'되었기 때문입니다. 마침내 자신이 나약하고 무력하다는 느낌, 전적으로 무력하다는 느낌을 느끼도록 허용하자, 그는 어느 때보다 덜 무력하며 화를 더 잘 제어할 수 있게 되었습니다. 힘은 나약함의 반대가 아닙니다. 진정한 힘은 나약함의 전적인 포용 속에 있습니다.

당신이 무엇을 추구하고 있는지 볼 때, 그리고 당신이 피하려 애쓰는 그것이 깊이 좋음을 볼 때, 그런 봄은 그 자체로 추구의 끝입니다. '봄(seeing)'이 추구의 끝입니다. 다음 단계는 없습니다. 그 뒤에는 '어떻게'가 필요하지 않습니다.

어째서 당신의 현재 경험이 낱낱이 순간순간 '이미' 깊이 받아들여지고 있는지는 나중에 더 자세히 얘기하겠습니다. 지금은 이 점만을 기억해 둡시다. 즉, 고통을 경험할 때마다 그 상황의 세부 사항, 외부 환경, 무슨 일이 일어나고 있다는 이야기에서 관심을 거두고, 현재의 경험—현재의 생각, 느낌, 몸의 감각—으로 정말로 돌아오면, 언제나

'추구'를 발견할 것입니다. 비록 그 추구가 아주 미묘한 방식으로 작용하고 있더라도……. 자신이 완전히 경험하도록 허용하지 않은 것이 있음을 언제나 발견할 것입니다. 그것은 당신 안에서 자기를 표현하려고 천진하게 애쓰고 있지만, 두려움과 저항에 부닥치고 있습니다. 당신은 언제나 지금 이 순간을 깊이 받아들이도록 부르는 초대장을 발견할 것입니다. 지금 이 순간이 아무리 받아들일 수 없는 것처럼 보이더라도.

# 3.
## 받아들임이라는 바다

우리는 사실 실재임에도 불구하고
실재를 추구합니다.
이보다 더 큰 미스터리는 없습니다.

_라마나 마하리쉬

지금 이 순간의 경험, 바로 지금 실제로 일어나는 일, 지금 자신이 있는 곳에 곧장 주의를 가져올 때, 당신은 무엇을 발견하나요? 여기에 고정된, 변하지 않는, 움직이지 않는 것이 있나요? 여기에 분리된, 영속하는 '자아'가 있나요? 여기에 '나'라고 불리는 견고한 것이 있나요? 아니면, 여기에 있는 모든 것이 순간순간 계속해서 변하고 움직이고 춤추고 있나요?

생각이 저절로 나타나고 사라집니다. 이미지, 기억, 견해가 불쑥 나타나서 지각되고 잠시 머물다가 사라집니다. 온갖 느낌이 오고 갑니다. 슬픔, 지루함, 낙담, 화, 두려움……. 온몸에서 감각이 일어납니다. 난데없이 소리가 나타납니다. 바깥의 자동차 소리, 텔레비전 소리, 문이 탁 닫히는 소리, 자기의 숨 쉬는 소리, 새가 쩍쩍 지저귀는 소리…….

하루 내내 온갖 생각과 감각, 느낌, 소리가 알아차림(앎, awareness)의 바다에서 일어나고 사라집니다. 그 알아차림(앎)의 바다가 바로 당신 자신입니다. 알아차림(앎) 속에서 나타나는 모든 것을 '경험의 물결'이라고 부를 수 있습니다. 생각은 물결입니다. 소리는 물결입니다. 느낌은 물결입니다. 감각은 물결입니다. 이 모든 생각 물결, 소리 물결, 느낌 물결, 감각 물결은 알아차림(앎)의 활짝 열린 공간에서, 본래 참된 당신인 그 드넓은 바다에서 나타나고 사라집니다.

당신이 경험하는 삶은 언제나 단순히 지금 이 순간에 일어나는 물결들의 춤이며, 모두가 참된 당신인 드넓은 바다에서 일어나고 있습니다. 그렇다는 것을 알아볼 수 있나요? ('바다'라는 말 대신에 '의식'이나 '알아차림(앎)', '있음', '현존'과 같은 단어를 써도 좋고, 말 너머의 이 실재에 적합해 보인다면 어느 단어로든 대체해도 됩니다. 나는 이 책에서 이런 단어들을 같은 의미로 사용할 것입니다. 그것을 무엇이라 부르든 참된 당신은 개의치 않습니다.)

이 작은 경험의 물결들이 일어나고 사라질 때, 태어나고 죽을 때, 참된 당신은 바다로서 이 모든 물결을 수용합니다. 생각, 감각, 소리, 느낌은 당신 안에서 오고 갑니다. 참된 당신은 당신의 생각이 아니고, 느낌이 아니며, 자신에 관한 견해나 판단이 아니며, 자신의 성공이나 실패에 관한 이야기가 아니며, 나타나고 사라지는 어떤 감각이나 소리도 아닙니다. 참된 당신은 모든 생각, 감각, 소리, 느낌이 그 안에서 나타나고 사라지도록 허용하는 활짝 열린 공간이지만, 동시에 그런 생각, 감각, 소리, 느낌과 분리될 수 없습니다. 참된 당신은 당신의 생각이 아니지만, 동시에 모든 생각은 당신 자신인 친밀함 속에서 오고 가도록 허용됩니다. 참된 당신은 소리가 아니지만, 모든 소리는 당신 안에서 나타나고 사라지도록 허용됩니다.

이런 말들이 지금 당장은 조금 혼란스럽고 모순되어 보이더라도 걱정하지는 마세요. 이 책 내내 우리는 당신 자신과 삶 자체의 이 '분리할 수 없음'으로, 이 '친밀함'으로, 이 '둘 아님(不二)'으로 돌아올 것입니다. 나는 수많은 관점으로 이것을 가리키면서 다양한 방식으로 설명할 것입니다.

참된 당신의 관점에서 보면, 바다의 관점에서 보면, 물결들은 저마다 모습은 달라도 본질은 같습니다. 물결은 모두 물입니다. 그래서 이 비유를 쓸 때, 바다는 모든 물결이 자기의 일부임을 '안다'고 말할 수 있습니다. 당신 안에서 나타나는 모든 생각, 모든 느낌, 모든 감각은 단지 춤추는 바다일 뿐입니다. 거칠고 세찬 물결뿐 아니라 부드럽고 잔잔한 물결까지 모두가 물입니다. 그러니 가장 깊은 수준에서, 바다에게는 어떤 물결도 '문제'가 없습니다. 바다는 어떤 물결도 참된 자기 자신을 위협할 수 없음을 알기 때문입니다. 그러므로 모든 물결에는 깊은 좋음이, 이해를 넘어선 평화가 있는데, 그 평화는 물결이 바다와 본래 분리될 수 없음을 알아보는 데서 나옵니다.

삶의 물결은 어느 것도 참된 당신인 바다를 해칠 수 없습니다. 어떤 물결도 당신을 파괴할 수 없습니다. 어떤 물결도 당신에게서 덜어질 수 없고, 어떤 물결도 당신에게 더해질 수 없습니다. 어떤 물결도 당신에게 이질적인 것이 아닙니다.

그래서 바다가 어떤 생각 물결, 아픔 물결, 두려움 물결, 슬픔 물결, 흥분 물결, 기쁨 물결, 또는 다른 어떤 물결로 나타나더라도 바다는 가장 깊은 수준에서는 이 모든 모습이 좋다는 것을 압니다. 그 모든 물결의 집은 참된 당신 안에 있습니다. 당신은 너무나 드넓어서 그 모든 물결을 수용할 수 있습니다.

먼 옛날부터 참된 영적 스승들이 우리에게 상기시켜 주었듯이, 당신은 실제로는 분리된 개인이 아니고, 개인적인 자아가 아니며, 모든 생각, 감각, 소리, 느낌 등 작은 경험의 물결이 전부 그 안에서 오고 가는 열린 공간입니다. 당신은 글자 그대로 당신이 찾으려 하는 것입니다. 당신은 모습의 춤을 수용하는 의식입니다. 당신은 세상이 그 안에서 나타나고 사라지는 드넓은 공간인 알아차림(앎)입니다. 당신의 경험 안에 무엇이 나타나고 사라지더라도, 당신은 폭풍의 한가운데에서 늘 고요하며, 가장 격렬하고 난폭한 물결이라도 해칠 수 없는 깊고 드넓은 바다입니다. 물결들은 일어나고 부서지지만, 깊은 바다에는 침묵이 있습니다. 침묵과 앎이……

당신은 이런 단어들의 뒤에 있는 백지와 같습니다. 당신은 이 책에 있는 모든 단어의 뒤에 있습니다. 단어들이 눈에 보이려면 꼭 필요한 것이지만 주목을 받는 경우는 거의 없고 그 진가를 알아보는 경우는 그보다도 훨씬 적은 채로 언제나 배경에 있으며 언제나 현존합니다.

여기에, 지금 이 순간의 경험 깊은 곳에 어떤 무엇—그것을 무엇이라 불러도 좋습니다(그것은 어떤 무엇이 아니므로 진실로 이름 붙일 수가 없습니다)—이 있습니다. 그것은 오지도 가지도 않으며, 극심한 슬픔이나 아픔이나 두려움의 한가운데에서도 부서지거나 썩거나 해를 입지 않습니다. 모든 종교적, 영적 가르침이 결국 가리키는 것은 이 사실이라고 나는 생각합니다. 그것은 언제나, 표면적인 상황이 좋아 보이지 않을 때도 깊이 좋은 곳입니다. 그것은 모든 반대되는 짝들 너머에, 생각의 이원적인 세계 너머에 있으므로 탄생과 죽음의 순환 너머에 있습니다. 그것은 태어난 적이 없으며 죽을 수도 없습니다. 그것은 분리된 물결이 찾고 있지만 절대로 발견할 수 없는 완전함입니다. 그것이 '참된 집'입니다.

우리는 불편함과 괴로움을 벗어나 미래의 완전함에 도달하려 애쓰느라 너무 바빠서, 결국 지금 이 순간의 이 완전함을 놓쳐 버립니다. 집에 돌아오려 애쓰느라 너무 바빠서, 우리가 이미 집에 있다는 불가피한 사실을 놓치고 있습니다. 자신의 이미지를 지키려 애쓰느라, 자신이 누구인지를 자기 자신과 세상에 증명하려 애쓰느라 너무 바빠서, 참된 우리 자신은 모든 이미지가 그 안에서 오고 가는 **활짝 열린 공간**이라는 사실을 놓치고 있습니다. 우리는 추구하느라 너무 바빠서, 결국 모든 것을 수용하는 이 열린 공간, 그 자체로 추구의 끝인 열린 공간을 놓치고 있습니다.

위대한 영적 스승들이 언제나 우리에게 말하듯이, 당신은 당신이 추구하는 것입니다. 그리고 당신은 미래에 그것을 발견하지 않을 것입니다. 그것은 오직 지금에만 발견될 수 있습니다.

**물결을 관리하기**

바다의 관점에서는 아무것도 문제가 아닙니다. 가장 깊은 의미에서는 그렇습니다. 아픔, 화, 두려움, 좌절…… 그것들은 바다에서 오고 가며, 가장 깊은 의미에서는 문제가 아닙니다. 하지만 자기 자신이 진정 누구인지를 알아보지 못하는 우리 인간은 그것들을 문제로 만들어 버립니다. 우리는 말합니다. "이 물결은 바다에 속한 게 아니야! 그것은 바다를 위협해. 나를 위협해. 그것은 어떤 식으로든 바다가 완전하지 못하게 가로막고 있어. 그것을 제거할 수만 있다면 바다는 다시 완전해질 거야."

우리가 하는 행위의 본질은 하나의 물결이 바다에 있도록 허용하지 않는 것입니다. 우리는 이미 삶의 완벽한 표현인 하나의 물결이 삶 속에 있도록 허용하지 않습니다! 우리는 물결들을 좋거나 나쁘거나 추하거나 아름답거나 안전하거나 위험하거나 긍정적이거나 부정적인 것이라고 판단하는 데 너무나 깊이 길들여져 있어서, 모든 경험의 물결―모든 생각, 모든 감각, 모든 느낌―하나하나에 본래 내재한 완전함을 놓치고 있습니다.

우리는 언제나 물결을 판단합니다. 가장 기본적인 수준에서, 우리는 어떤 물결은 좋고 어떤 물결은 좋지 않다고 판단합니다. 어떤 물결은 우리 안에 있도록 허용하고, 어떤 물결은 허용하지 않습니다. 그리고 거기에서 이른바 '저항'이 시작됩니다. 많은 영적 스승은 '지금 이 순간에 대한 저항'에 관해, 그것이 어째서 우리가 겪는 모든 심리적 고통의 뿌리인지를 얘기합니다. 우리는 왜 하나의 생각이나 느낌에 저항을 하는 걸까요? 우리가 저항하는 까닭은 그 생각이나 느낌의 완전함을 보지 못하기 때문이며, 어떤 수준에서는 그것을 우리 자신에 대한 위협으로 인식하기 때문입니다. 우리는 두려움으로 인해 저항합니다. 왜냐하면 지금 이 순간의 경험으로 나타나는 것과 우리 자신이 분리될 수 없으며 친밀함을 보지 못하기 때문입니다. 그래서 우리는 지금 일어나는 일이 좋지 않다고 느끼며, 그 일에서 벗어나려 합니다.

우리는 아주 다양하고 복잡한 방식으로 그렇게 하지만, 우리 노력의 본질은 아주 단순합니다—우리가 좋아하지 않는 물결을 제거하는 것. 우리는 물결들을 관리하여, 오로지 우리가 원하는 물결만 나타나도록 바다를 통제하고 싶어 합니다. 물결들이 어떠해야 한다는 우리의 견해와 관념에 들어맞도록 물결들을 통제하려는 시도, 지금 이 순간의 경험을 통제하려는 시도…… 인간의 모든 고통은 이 주제의 변주곡입니다. 만일 고통받고 싶으면, 지금 이 순간을 '지금 이 순간이 어떠해야 한다'는 당신의 이미지와 비교해 보세요.

과거에 나는 현재의 경험 가운데 완전함을 위협하는 것으로 보이는 것들을 피해 달아났습니다. 그야말로 나 자신과 전쟁을 치르고 있었죠. 나는 나 자신을 둘로 나누었습니다. 나 대(對) 내 안의 '나쁜 물결' 또는 '위험한 물결' 또는 '어두운 물결' 또는 '사악한 물결'로……. 내 안의 어떤 물결은 '위협'이 됩니다. 그래서 나는 지금 느끼는 느낌을 더는 느끼지 않으려고, 어떤 물결들을 회피하려고, 궁극적으로는 이 불완전함을, 이 텅 빈 느낌을, 내 존재의 중심에 있는 이 결핍감을 제거하려고 세상을 향해 손을 내뻗습니다. 또 한 개비의 담배, 또 한 번의 성적 만남, 또 한 잔의 맥주, 또 한 번의 영적 고양 상태. 나는 (연인들, 구루들, 물질들에) 중독되고, 완고한 믿음 체계에 집착하거나 죽도록 일을 합니다. 지금 경험하는 것을 경험하지 않으려고, 지금 이 순간 정말로 경험하는 느낌을 느끼지 않으려고, 인간으로서 겪는 아픔에 무감각해지려고……. 우리 인간은 지금 이 순간 겪는 불편한 경험을 피해 달아나려고 아주 복잡하고 위험하거나 폭력적이기까지 한 행위들을 합니다. 하지만 지금 저변에서 일어나는 일은 늘 매우 단순합니다. 우리는 '지금 있는 것'에 저항하고 있는 것입니다.

돈이나 담배, 성적 만남, 영적 경험은 이 불편한 상태를 한동안 덜어 주는 듯 보입니다. 외부의 대상이나 사람이 슬픔이나 외로움, 두려움을 없애 주고, 내가 바라는 완전함을 주는 듯 보입니다. 그래서 나는 나를 온전하게 해 준다고 여겨지는 것에 집착합니다. 많은 영적 가르침이 '집착'에 대해 얘기하는데, 이제 우리는 왜 집착하는지 알 수 있습니다. 이런 외부의 대상과 사람이 우리를 온전하게 해 준다고 생각할 때는 그것들을 놓을 수 없는 것입니다. 그것을 놓아주면 온전함을 잃는다고 믿기 때문입니다. 그것들에 매달리는 일은 생사가 달린 문제처럼 중요한 일로 여겨질 수 있습니다.

우리를 온전하게 해 준다고 여겨지는, 우리 세계 안의 그런 사람과 대상에게 우리가 어떻게 무의식적으로 힘을 부여하는지, 그러면서 어떻게 우리 자신의 힘을 상실하고 자신의 경험을 신뢰하지 않게 되는지는 나중에 얘기하겠습니다. 그래서 추구하는 자에게는 언제나 구루—자기보다 강한 힘을 가진 사람이나 대상—가 있습니다. 구루의 형태는 다양합니다. 영적 구루(깨달음의 능력이 있는 듯한 사람), 연인(사랑의 힘이 있는 듯한 사람), 한 병의 맥주(기분을 더 좋아지게 하는 신비한 능력이 있는 듯한 물질)……. 그런 대상이나 사람은 당신의 불편함을 한동안 없애 주는 듯 보입니다. 잠시나마 자아라는 짐, 추구라는 짐이 떨어져 나가고, 불편함과 아픔, 고통이 일시적으로 덜어집니다. 연인이나 영적 스승의 곁에 있을 때, 좋아하는 스포츠 팀의 경기를 지켜볼 때, 친밀한 애정 행위를 할 때, 위험한 극한 스포츠를 하면서 스릴을 느낄 때, 또는 깊은 명상에 잠겨 있을 때는 모든 것이 다시 '좋은' 듯 보입니다. 우리는 추구를 쉬고, 자신이 분리된 물결이라는 짐에서 한동안 놓여납니다.

하지만 알코올, 영적 스승, 연인, 활동 등에서 물러나면 불편함이 다시, 때로는 맹렬히 나타납니다. 이것이 문제입니다. 추구하는 대상—자신을 완전하게 해 준다고 상상했던 것, 중독의 대상—을 치우면 추구가 다시 돌아옵니다. 우리는 자신을 완전하게 해 준다고 생각했던 대상을 잃을 때 비로소 밑에서 들끓고 있던 추구를 알아차리는 경우가 많습니다. 우리는 완전해지려고 '구루'를 이용해 왔음을 깨닫지 못했습니다. 추구는 무의식적으로 이루어지고 있었습니다.

모든 일이 순조로울 때는, 원하는 것을 얻고 삶이 좋을 때는 자신이 아무것도 추구하지 않는다고 믿기 쉽습니다. 당신은 말합니다. "나는 나를 완전하게 해 줄 게 필요하지 않아! 나는 완전해!" 하지만 그 뒤 당신이 돈, 재산, 건강, 연인이나 배우자, 영적 구루, 명성, 성공, 외모, 깨달음 체험이라는 기억—당신을 완전하게 해 준다고 생각했던 대상이나 사람이나 경험—을 잃게 되면, 불완전함과 외로움, 삶에 대한 깊은 불만족—당신의 '힘 있는' 대상이나 사람이 없애 줄 것이라고 여겼던 모든 것—이 다시 올라옵니다. 그런 대상이나 사람, 지나가는 경험은 실제로는 아무 힘이 없었습니다. 적어도 당신이 정말로 갈망했던 그런 힘, 추구를 영원히 없애 줄 힘은 없었습니다.

'상실'을 경험하기 전에는 자신이 추구한다는 사실을 깨닫지 못할 때가 많습니다. 상실은 가혹한 일일 수 있지만, 당신이 완전해지는 데 필요하다고 생각했던 것이 실제로는 전혀 필요하지 않았음을 볼 진정한 기회일 수도 있습니다.

당신이 완전해지려면 무엇이 필요하다고 생각하나요? 당신이 잃을까 봐 두려워하는 것은 무엇인가요? 무엇을 잃으면 당신이 불완전해질까요?

참된 자유는 외부의 어떤 원천에도 의지하지 않습니다. 당신은 완전해지기 위해 바깥의 원천에 의지할 필요가 전혀 없습니다. 그것이 참된 자유입니다. 담배나 성적 만남, 구루의 사랑 어린 눈길이 당신을 영원히 자유롭게 해 줄 수는 없습니다. 오직 관심을 180도 안으로 돌려서, 자신이 피해 달아나는 '좋지 않은' 물결들을 바라볼 때, 자기의 경험 안에 있는 전적인 자유와 평화를 발견할 수 있습니다.

## 받아들임의 참된 뜻

'받아들임'이라는 개념으로, 아주 많이 오해되고 있는 듯한 이 단어로 더 깊이 들어가 봅시다.

참된 당신은 바다로서 모든 물결을 받아들입니다. 바다는 모든 물결이기 때문입니다. 바다는 받아들이지 않을 선택권이 없습니다! 바다는 어떤 물결은 받아들이고 다른 물결은 거부하지 않습니다. 이는 받아들임에 관해 우리가 배운 견해들을 훨씬 뛰어넘는 '조건 없는' 받아들임입니다. 바다는, 받아들임과 받아들이지 않음이라는 관념적인 양쪽의 너머에서, 자기의 물결을 받아들입니다. 받아들임은 바다와 물결의 '분리될 수 없음'이며, 그러므로 반대되는 양쪽이 없습니다. 모든 물결은 이미 바다에 받아들여지며, 이 '본래 이미 받아들임'이 바로 이 책이 말하고자 하는 핵심입니다. 이것이 삶의 가장 깊은 받아들임인데, 이는 개인으로서 당신이 이룰 수 있는 것이 아닙니다.

사실, 이 가장 깊은 받아들임은 이루기 위해 노력할 수 있는 문제가 아닙니다. 모든 낱낱의 경험에서 그것을 인식하고 보고 알아차리는 문제입니다. 당신은 이 가장 깊은 받아들임을 이룰 필요가 없습니다. 왜냐하면 가장 깊은 받아들임은 이미 늘 일어나고 있던 일이며, 우리에게 남은 일은 지금 이 순간 그리고 모든 순간 이 받아들임이 이미 일어나고 있음을 그저 노력 없이 '알아차리는' 것이 전부이기 때문입니다. 경험의 모든 물결―모든 생각, 모든 감각, 모든 느낌, 모든 소리, 모든 냄새―은 여기에 있도록 이미 허용됩니다. 하나의 물결은 나타나는 순간 이미 참된 당신에게 받아들여집니다. 하나의 물결은 도착하는 순간 받아들여집니다. 수문(水門)은 이미 열려 있습니다. 지금 이 순간은, 바로 지금 정확히 있는 그대로, 이미 들어오도록 허용되었습니다. 우리는 언제나 이미 들어오도록 허용된 것을 경험할 뿐입니다.

참된 당신은 지금 이 순간을, 정확히 있는 그대로, 이미 받아들였습니다. 당신은 이미 지금 있는 것에 "예(yes)"라고 했으며, 그렇지 않다면 지금 나타나는 것은 나타나지 않을 것입니다. 참된 당신은 지금 나타나는 것에 저항할 수가 없습니다. 지금 나타나는 모든 것이 참된 당신이기 때문입니다. 참된 당신은 어떤 것에도 결코 저항할 수가 없습니다.

그래서 받아들임에 관해 얘기할 때 나는 우리가 사회에서 배운 뜻으로 그 단어를 사용하지 않습니다. 나는 새로운 방식으로 그 단어를 사용하며, 이 가장 깊은 삶의 받아들임―이미 일어난 일을 받아들임, 허용함―을 가리키는 단어로 사용합니다. 그래서 만일 내가 당신에게 '지금 있는 것'을 받아들이거나 허용해 보라고 권한다면, 그것은 지금 이 순간 이런 생각, 감각, 느낌, 모습, 소리, 냄새가 이미 나타나는 까닭은 이미 허용되었기 때문이라는 사실에 관심을 향하게 하는 간단한 방식입니다.

생각과 느낌을 받아들인다는 것은, 지금 이 순간 그런 생각과 느낌이 이미 받아들여지고 있음을, 이미 허용되고 있음을 단순히, 부드럽게, 노력 없이 알아차리는 것입니다. 그것들은 이미 여기에 있습니다. 받아들임은 시간에 매인 성취가 아니며, 영원한 지금 이 순간의 현실입니다.

당신은 받아들일 수 없습니다. 참된 당신은 받아들임 자체이기 때문입니다. 당신은 실제로는 분리된 개인이 아닙니다. 당신은 지금 이 순간에 대한 노력 없는 "예(yes)"입니다.

이 정의는 많은 영적 가르침을 근본적으로 뒤엎어 버립니다. 이제 받아들임은 미래에 도달하는 상태가 아닙니다. 바라거나 기다리거나 구하는 것이 아닙니다. 오랫동안 노력하여 얻는 개인적인 성취나 어떤 무엇이 아닙니다. 미래의 어느 날 일어날 마법 같은 사건이나 의식의 변형, 에너지 전환이 아닙니다. 과업이 아닙니다. 영적인 과제가 아닙니다. 그건 지금 무슨 일이 일어나고 있든지 간에, 지금 여기에서, 현재 경험의 한가운데에서 재발견하는 것입니다. 받아들임은 미래의 목표가 아닙니다. 언제나 지금 실재하는 것입니다. 만일 그것이 은총이라면, 늘 현존하는 은총입니다. 모든 사람이 언제나 이용할 수 있는 은총.

이 정의는 받아들임과 거부에 대한 우리의 이해를 완전히 혁명적으로 바꾸어 버립니다. 이제 받아들임은 받아들이려 애쓰는, 끊임없이 받아들이는 상태에 있으려 애쓰는, 받아들임이라는 미래의 목표에 도달하려 애쓰는, 영적 선생들과 구루들이 광고한 받아들임이라는 어떤 도달할 수 없는 이상에 따라 살려 애쓰는 나, 분리된 개인에 관한 일이 아닙니다. 그런 애씀은 또 다른 형태의 추구입니다. 받아들임은 당신 자신을 받아들임이라는 열린 공간으로, 바다로, 자기의 모든 물결—받아들이지 못하는 물결까지 포함해서—을 지금 여기에서 이미 조건 없이 받아들이는 바다로 인식하는 일입니다.

여러 해 전의 일을 기억합니다. 그때 나는 나 자신을 영적 구도자로 여기고 있었고, 해방과 도피의 수단으로 깨달음을 갈망하고 있었는데, 하루 24시간, 일주 7일, 일 년 365일 동안 받아들이는 것, 또는 '받아들임을 행하는 것'이 깨달음의 열쇠라고 믿었습니다. 모든 것을 언제나 순순히 받아들일 수만 있다면 마침내 자유로워질 것이라고 믿었습니다. 그것은 근사한 생각이지만, 모든 것을 받아들이려고, 모든 것과 함께 현존하려고, 모든 것을 조건 없이 허용하려고, 모든 것을 선택 없이 알아차리려고 아무리 노력해도, 여전히 내가 도저히 받아들일 수 없는 것들이 남아 있었습니다. 극심한 신체 통증, 강간, 고문, 집단 학살…… 내가 이 모든 것을 어떻게 받아들일 수 있겠습니까? 내 경험 안에서 극심한 통증이 일어나면, 나는 그 통증을 받아들이려 필사적으로 노력해 보았지만 결국 기진맥진할 뿐이었고, 그 후 내가 세운 삶의 기준에 따라 살지 못하는 실패자라면서 나 자신을 책망했습니다.

돌아보면, 그렇게 받아들이려는 노력의 이면에는 하나의 주제(다른 말로는, 추구)가 있었습니다. 즉, 나는 통증을 받아들이면 '통증이 사라질 것이라고' 내심 믿고 있었습니다. 그것은 받아들임으로 가장한, 통증에 대한 '거부'였습니다! 아름다운 영적 수행이라니, 추구자가 숨기에 얼마나 교묘한 장소인가요! 어떤 희망이나 동기, 기대를 품고 하는 받아들임은 참된 받아들임이 아닙니다. 그것은 위장된 거부입니다.

그 당시 내가 깨닫지 못한 것은 이 깊은 받아들임의 조건 없는, 모든 것을 포함하는 본성이었습니다. 나는 받아들이려고 노력하느라 너무 바빠서, 이 삶의 깊은 받아들임을 놓치고 말았습니다. 사실은 받아들임에 대한 나의 실패마저도 받아들여지고 있었는데 말이죠. 이 받아들임은 얼마나 철저한지, 심지어 당신이 통증을 받아들이지 못하는 상태까지 참된 당신 안에 허용됩니다. 바다는 모든 물결을 받아들이며, 만일 바로 지금 일어나는 일이 통증을 받아들이지 못하는 상태라면, 그 역시 받아들입니다. 통증도 받아들이고, 통증을 싫어하는 마음도, 통증이 없기를 바라는 마음도 받아들입니다. 받아들임에 실패하는 추구자도 받아들입니다.

그리고 분명히 여기에 역설이 있습니다. 만일 내가 아픔을 받아들이지 못하는 상태를 삶이 받아들인다면, 전적으로 받아들인다면, 그것은 더는 받아들이지 못함이 아닙니다. 이제 받아들이지 못함은 질적으로 변화됩니다. 논리적, 철학적, 이성적으로는 말이 안 되겠지만, 그래도 그렇습니다. 그렇지만 나는 당신이 내 말을 믿기를 원하지 않습니다. 이 진실을 당신 스스로 발견하기를 원합니다. 이 책은 그런 발견에 관한 이야기입니다.

이 책에서 나는, 겉보기에 상황이 좋지 않을 때도, 더 깊은 의미의 좋음을 알아차리는 일에 관해 얘기합니다. 겉보기에 상황이 완전해 보이지 않을 때도, 더 깊은 완전함을 보는 일에 관해 얘기합니다. 궁극의 이완, 궁극의 평화, 궁극의 쉼에 관해 얘기합니다. 당신이 분리된 개인으로서 이완되거나 평화로워지거나 쉬는 방법에 관해 얘기하는 게 아닙니다. 모든 고통스러운 경험을 포함하여 모든 생각, 모든 감각, 모든 느낌이 당신 자신인 그 공간에 이미 받아들여지고 있음을 알 때 주어지는 더 깊은 의미의 이완에 관해 얘기합니다. 지금 이 순간, 당신이 받아들이지 못함까지도 깊이 받아들여지고 있음을 안다면, 가장 단단해진 고통마저도 그 핵심부에서 균열이 생길 수 있습니다. 모든 고통이란 단순히 이 가장 깊은 받아들임을 보지 못하는 것이라고 말할 수 있습니다.

이 새로운 시각으로 보면, 모든 고통은 지금 이 순간의 깊은 받아들임으로 부르는 초대장입니다. 고통이나 스트레스, 심리적인 불편함은 더이상 초월하거나 제거해야 하는 나쁘거나 악한 것이 아닙니다. 그것은 당신이 여전히 무엇과 전쟁을 벌이는지, 여전히 무엇을 추구하는지 볼 수 있는 아주 좋은 기회입니다. 당신이 고통 속에 있을 때면 언제나 이 전쟁을 보게 될 것입니다. 언제나 이 가장 깊은 받아들임을 알아보지 못하고 있음을 보게 될 것입니다. 그래서 전쟁은 언제나 이 가장 깊은 받아들임으로 돌아오라는 초대장입니다. 고통은 아프게 하고, 아픔은 우리에게 집을 가리킵니다.


집을 그리워하는 향수병(nostalgia)은 무척 아름다운 영어 단어이며, 이 말의 원래 의미는 '집으로 돌아오는 아픔'입니다. 하지만 '집의 발견, 심지어 아픔의 한가운데에서도'를 의미할 수도 있습니다. 집은 언제나 지금 여기에 현존하기 때문입니다. 당신이 피하려 하는 그 모든 경험의 한가운데에도. 마치 바다가 모든 물결 안에서, 모든 물결로 언제나 현존하듯이.

우리는 자기 안에서 사랑, 평화, 받아들임, 무집착 같은 성품을 기르려 노력합니다. 사랑하려 노력하고, 받아들이려 노력하고, 이완하려 노력하고, 판단하지 않고 분별하지 않으려 노력하면서, 심지어 추구를 영원히 중단하려 노력하면서 지칠 대로 지칩니다. 하지만 우리가 진정 누구인지를 발견할 때, 이런 성품들은 분리된 개인이 노력한 결과가 아님을, 자신을 분리된 개인으로 여기기 전부터 이미 참된 자기 안에 본래 현존함을 알아차리게 됩니다. 참된 자기는 본래 사랑하고 받아들이고 깊이 이완되어 있으며 언제나 평화롭고, 어떤 모습에도 집착하지 않으며, 어떤 것도 추구하지 않습니다. 본래 판단하지 않고, 선택하지 않으며, 어떤 정체성도 없습니다. 그것은 바다입니다. 폭풍처럼 휘몰아치는 삶의 한가운데에서도 언제나 휴식하는, 모든 물결을 판단이나 저항이나 집착 없이 영원히 깊이 허용하는…… 평생에 걸친 추구의 끝은 미래의 목표가 아니라, 이미 우리 자신인 것입니다.

이 깊은 받아들임의 자리에서, 이 늘 현존하는 완전함의 자리에서 볼 때, 삶이 어떻게 보이나요? 참된 당신은 집을 찾고 있는 분리된 개인이 아니라, 드넓은 바다에 있는 하나의 분리되고 불완전한 물결이 아니라, 무슨 일이 일어나든 상관없이 이미 완전하고 이미 집인 바다 그 자체임을 알아차릴 때, 삶이 어떻게 보이나요? 참된 당신은 활짝 열린 받아들임의 공간임을 알 때, 그 안에서 모든 생각, 모든 감각, 모든 느낌, 모든 경험의 물결이 오고 가도록 깊이 허용되는 그 공간임을 알 때, 삶이 어떻게 보이나요?

참된 당신은 이 드넓은 바다임을 알아차릴 때, 그 물결들과 당신은 어떤 관계에 있나요? 그 물결들은 참된 당신과 분리되어 있나요, 아니면 당신은 이제 그 하나하나의 물결과 친밀한가요?

# 4.
## 지금 이 순간의 알아차림

가장 쓸모 있는 배움은……
진실하지 않은 것을 잊는 것이다.
_안티스테네스

이제 현실에 관한 우리의 가장 기본적인 추정 몇 가지에 도전해 봅시다.

지금 잠시 시간을 내 보세요. 지금 이 순간의 경험으로, 지금 여기에서 실제 일어나는 일로 온전히 돌아와 보세요. 지금 경험하는 것을 새롭게 보고 듣고 바라보세요. 다시 시작해 보세요. 난생처음 세상을 바라보는 아이처럼……. 당신은 언제나 처음으로 그것을 보고 있기 때문입니다. 지금 이 순간, 삶은 언제나 새롭습니다. 당신은 지금 이 순간을 이전에 한 번도 경험해 본 적이 없고, 앞으로도 그럴 것입니다. 지금 이 순간 들리는 소리는 이전에 한 번도 들어 본 적이 없습니다. 지금 이 순간 느끼는 느낌은 이전에 한 번도 느껴 본 적이 없습니다. 지금 이 글은 이전에 한 번도 읽어 본 적이 없습니다. 당신은 이미 경험해 봤다고 믿을지 모르지만, 그런 믿음은 지금 이 새로운 순간에 나타나는, 과거에 대한 기억이자 생각일 뿐입니다.

지금 일어나는 일로 온전히 돌아오면, 당신은 순간순간 저절로 펼쳐지는 삶의 놀이만을 발견합니다. 삶은 생각, 소리, 감각, 냄새의 춤이고, 그 모두는 당신 자신인 공간 안에서 새롭고 자유롭게 나타나고 사라집니다. 그 모든 것이 '아무 노력 없이도' 저절로 보이고 들리고 느껴짐을 알아차려 보세요. 들어 보세요. 당신이 아무것도 하지 않고 가만히 있어도 소리는 저절로 나타납니다. 숨 쉬는 소리, 자동차들이 경적을 울리는 소리, 텔레비전에서 나는 요란한 소리, 새가 지저귀는 소리…… 이 모든 소리가 아무 노력 없이 저절로 나타나고 들립니다. 눈을 감고 싶으면 그렇게 한 뒤, 아무 노력 없이도 소리가 들림을 알아차려 보세요. 자신에게 소리를 들으라고 얘기할 필요도 없고, 귀에게 "들어 봐"라고 말할 필요도 없습니다. 아주 자연스럽게, 노력 없이 저절로, 들리는 일이 일어나고 있습니다. 당신이 전혀 개입하지 않아도 들리는 일이 일어납니다.

그 뒤 하나의 생각이 나타납니다. "내가 듣고 있어." 이 생각은 무슨 뜻일까요? 이런 것들을 의미합니다. "나는 이 소리를 듣고 있는 분리된 개인이야. 여기에 '내'가 있고, 저기에 소리가 있어. 나는 주체고, 소리는 대상이야. '지각되는 것'과 분리된 '지각하는 개인'이 따로 있어. 저 소리는 저기 바깥에 있고, 나는 여기 안에 있어."

생각은 현실에 관한 거대한 추정을 만들어 냅니다. 그리고 우리는 이런 추정들이 진실한지 확인해 보기 위해, 간단한 조사를 견뎌 내는지 보기 위해 잠시 멈추는 경우가 거의 없습니다.

"내가 소리를 듣는다." 그게 정말로 진실인가요?

지금 우리는 세계의 지각에 관한 가장 기본적인 추정에, 아마 아주 어릴 때부터 받아들였을 추정에 질문을 던지고 있습니다. 그런데 예수가 말했듯이, 하늘나라(지금 이 순간의 나라)에 들어가려면 우리는 어린아이와 같아져야 합니다. 그러니 한번 탐구해 봅시다.

"내가 소리를 듣는다." 정말로 둘—소리, 소리를 듣는 당신—이 있나요? '소리'와 '소리를 듣는 자'가 실제로 분리된 적이 있나요? 한 명의 분리된 개인이 여기에 있다는, 그가 소리를 듣는다는 증거가 현실—직접 경험, 걸러지지 않은 경험—속에 있나요? 소리를 듣는 한 명의 '나'가 여기에 실제로 있나요? 아니면, 듣는 일이 아무 노력 없이 저절로 일어나나요?

직접 확인해 보세요. 바로 지금, 당신의 직접 경험에서 둘—'소리를 듣는 자' 그리고 '소리 자체'—을 발견할 수 있나요? 아니면, 단지 하나—노력 없는 들림—만 있나요? 자신의 직접 경험에서, 소리를 듣는 일과 소리 자체를 구분 짓는 경계선을 발견할 수 있나요? '저기에' 있는 소리와 분리된, '여기에서' 소리를 듣는 자를 발견할 수 있나요? 아니면, 여기와 저기는 실제로는 당신의 직접 경험의 일부가 전혀 아닌가요?

과거에 나는 여기에 분리된 '나'가 있다는 추정, 경험의 한가운데인 여기에 분리된 자신이 있다는 추정, 듣는 일을 하고 보는 일을 하고 생각하는 일을 하는 하나의 실체가 있다는 추정을 믿으며 살았습니다. 그러나 조사를 해 보자, 검증되지 않은 그 이론은 허물어졌습니다. 여기에는 생활을 하는 사람이 없습니다. 그저 삶이 나타나고 있을 뿐이고, 다양한 경험의 물결이 일어나고 스러질 뿐이며, 그 모든 것의 한가운데인 여기에는 아무도 없습니다.

이 말을 믿지 말고 직접 확인해 보기 바랍니다. 듣는 자, 보는 자, 생각하는 자를 발견할 수 있나요? 아니면, 현실은 훨씬 단순하며─소리가 나타나고, 저절로 보이고, 생각이 떠오릅니다─, "내가 그 일을 하고 있어"라는 말은 또 하나의 생각일 뿐인가요?

직접 확인해 보세요. "소리가 저절로 나타난다"와 "내가 소리를 듣는다" 가운데 어느 쪽이 더 진실한가요? 직접 조사를 해 보면 어떤 말이 더 진실에 가까운가요? 이 질문을 숙고해 보세요. 이 질문에 관해 명상해 보세요.

그래도 여전히 "내가 소리를 듣는다"나 "내가 생각을 한다"라는 생각이 떠오르도록 허용됩니다. 그런 생각은 당신이라는 바다에 깊이 허용되는 또 하나의 물결입니다. 그리고 궁극에는 이런 생각이 진실은 아니지만, 이렇게 얘기하는 방식은 사람 사이의 소통에 유용합니다. 우리가 사는 세상에서는 이비인후과 의사에게 "소리가 저절로 나타나는데, 여기에서 그 소리를 듣는 사람은 찾지 못하겠어요"라고 말하는 건 그다지 유용하지 않을 겁니다. 그리고 그렇게 말하면 그는 당신을 다른 분야의 의사(정신과 의사를 가리킴─옮긴이)에게 보낼지도 모릅니다!

그래서 "내가 듣는다"는 생각이 떠오르도록 허용됩니다. 하지만 존재의 신비는, "내가 듣는다"는 생각이 없이도 듣는 일은 여전히 일어난다는 것입니다. 그렇지 않나요? "내가 듣는다"는 생각 자체는 아무것도 듣지 않습니다. "내가 본다"는 생각이 없이도 보는 일은 여전히 일어납니다. 그렇지 않나요? "내가 생각한다"는 생각이 없이도 생각은 여전히 나타납니다. 그렇지 않나요? 현실은 언제나 생각 이전입니다. 생각은 언제나 이후에 옵니다. 무한하고 하나이며 전체이고 완전한 현실을 붙잡아서, 그것을 언제나 제한되고 구별되고 이원적이고 불완전한 '현실에 관한 이야기'로 바꿔 버리려 필사적으로 노력하면서……. 아무 노력 없이 들리는데도 생각은 "내가 듣는다"고 말합니다. 아무 노력 없이 보이는데도 생각은 "내가 본다"고 말합니다. 아무 노력 없이 살아지는데도 생각은 "이것은 나의 삶이다!"라고 말합니다. 이런 식으로 생각은 삶의 소유권을 주장합니다. 생각은 말합니다. "내가 그 일을 했어! 내가 그 일이 일어나게 했어!" 생각은 모든 일에 대해 공을 차지하고 싶어 합니다. 생각은 통제하고 싶어 합니다. 생각은 신이 되고 싶어 합니다.

어린아이들은 아직 경험의 한가운데에서 신비감을 느낍니다. 어느 여성이 언젠가 어린 딸이 달려와서 한 말을 들려주었습니다. 아이는 몇 시간 동안 열심히 그린 그림들을 손에 쥐고서 놀라워하며 소리쳤다고 합니다. "엄마, 엄마, 내 손이 뭘 만들었는지 한번 보세요!" 아이는 "내가 만든 걸 한번 보세요! 나 정말 대단한 예술가죠?"라고 말한 게 아니라, "내 손이 전부 스스로 한 일을 보세요! 놀랍지 않나요!"라고 말했습니다. 소녀는 아직 생각으로 만들어진 역할들을 맹신하지 않았습니다. 소녀는 아직 자신을 예술가로 여기지 않았습니다. 소녀에게는 삶이 어떻게 저절로 일어날 수 있는지를 보며 놀라워하는 천진함이 있었습니다. 소녀의 창조성은 난데없이 나왔습니다. 사실, 그 창조성은 소녀의 것이 아니었습니다. 그것은 한 명의 분리된 '예술가'가 아니라 우주에서 나온 것이었습니다. 정직한 예술가라면 누구나 이 말을 인정할 것입니다.

진실을 말하자면, 우리는 삶의 '행위자'가 아닙니다. 삶은 자기의 방식으로 움직입니다. 생각이 직접 하지 않은 일을 자신의 공으로 여기는 것은 그 후의 일일 뿐입니다. 생각은 말합니다. "내가 그 일을 했어! 내가 그 일이 일어나게 했어! 내가 삶을 통제하고 있어!" 그리고 우리는 죽는 날까지 이런 이야기를 믿습니다.

그래서 우리는 "내가 나무를 본다"고 말하는데, 이런 말은 "그 나무를 보는 것은 '누구'인가?"라는 질문을 회피합니다. 나와 삶이라는 '둘'이 따로 있나요? '나무'와 '나무를 보는 자가 따로 있나요? 아니면, 이 음새 없고 뭐라 말할 수 없고 나뉘어 있지 않은 하나의 현실만이, 삶 자체인 그것만이, 나 자신과 결코 분리할 수 없는 현실만이 있나요? 지금 이 순간의 경험으로 돌아오면, 내가 발견하는 것은 오로지 '보는 자'와 '보이는 모든 것'의 구분이 없는, 바로 지금 일어나는, 아무 노력 없이 일어나는 봄(seeing)이 전부일 뿐입니다. 삶은 경계가 없습니다. 봄은 안도 없고 바깥도 없습니다. 그저 봄만이 있고, 그저 나 자신인 드넓고 열린 알아차림(앎) 안에 나타나는 모습, 색깔, 감촉만이 있을 뿐입니다. 나는 '나'와 '나타나는 모든 것'을 구분하는 경계선을 전혀 발견할 수 없습니다. 내가 끝나고 삶이 시작되는 지점도 발견할 수 없습니다. 아마도 그 선은 존재하지 않으며, 한 번도 존재한 적이 없을 것입니다.

"나. 내가 본다. 내가 나무를 본다"는 생각은 나중에야 일어납니다. 그러면 이제 둘—나, 나무—이 있는 것처럼 보입니다. 이제 나는 어떤 설명할 수 없는 방식으로 나무와 분리되었다고 느낍니다. 왠지 나무가 나의 바깥에 있는 것 같습니다. 어느 수준에서는 이제 나는 제한되었다고 느끼고, 집을 그리워하게 됩니다. 나무와 분리되었다고 느끼고, 하나 되기를 다시 갈망합니다. 하늘과 분리되었다고 느끼고, 하나 되기를 갈망합니다. 내 몸과 분리되었다고 느끼고, 하나 되기를 갈망합니다. 당신과 분리되었다고 느끼고, 하나 되기를 갈망합니다. 하지만 생각 이전에도, 안과 바깥이라는 꿈 이전에도, 우리와 분리된 어떤 것이 정말로 있나요? 오로지 '친밀함'만 있지 않나요? 이미 하나만 있는데 다시 하나 될 필요가 있을까요?

생각이 일어나기 이전에는 '누가' 삶과 분리되어 있나요? '누가' 불완전한가요? '누가' 하나 되기를 갈망하나요?

예수는 말했습니다. "생명을 구하려면 생명을 잃어야 합니다." 궁극의 역설로 보이는 이 말이 내게는 언제나 수수께끼 같았습니다. 아마 그는 참된 나 자신이 본질상 삶 자체와 다르지 않음을 가리켰던 것 같습니다. '나'라고 불리는 하나의 분리된, 고정적인 실체를 발견하는 대신, 내가 정말로 발견할 수 있는 것은 이 경이로운 물결들의 춤이 전부이며, 그것들과 나 자신을 분리할 수 있는 것은 아무것도 없습니다. '나'라는 개인이 부재할 때 나는 세계의 현존을 발견합니다.

세계와 나는 사랑 안에 있습니다. 진정한 의미의 사랑 안에……. 나는 '내 삶'이 아님을 알게 되고, 내가 삶 자체와 분리될 수 없음을 발견합니다. 내가 삶과 별개로 있는, 삶의 위나 너머나 뒤에 따로 떨어져 있는, 또는 삶의 이전이나 이후에 존재하는, 현실과 유리된 어떤 알아차림이나 의식이나 영혼이나 영(靈)이 아님을 발견합니다. 나는 삶 자체입니다.

지금 이 순간의 경험은 모습과 소리와 냄새와 감각으로 너무나 가득해서 '나'라는 분리된 개인이 있을 여지를 남기지 않습니다. 삶은 '나'라는 개인을 몰아냅니다.

영적 스승인 니사르가다타 마하라지는 이 아름다운 말을 했습니다. "지혜는 내가 아무것도 아니라고 말한다. 사랑은 내가 모든 것이라고 말한다. 그 둘 사이로 내 삶이 흐른다." 참된 당신은 '존재'의 드넓은 바다일 뿐, 특정한 어떤 것이 아닙니다. 당신은 한 명의 내가 아니고 한 명의 당신이 아닙니다. 참된 당신은 활짝 열린 드넓은 공간이며, 그 안에서 모든 일이 일어납니다. 그렇다는 것을 알아차리면 맑음과 지혜가 옵니다. 하지만 맑음과 지혜는 그들의 반영인 사랑 없이는 완전하지 않습니다. 그리고 사랑은, 열린 공간이며 바다인 참된 당신이 지금 나타나는 모든 물결—지금 나타나는 모든 모습과 소리와 냄새와 감각—을 조건 없이 깊이 '받아들인다'는 것을 알아차리는 데에서 나옵니다. '모든 것'은 당신 자신인 '아무것도 아닌 것'[4]과 분리될 수 없습니다. 당신의 눈 안에서는 모든 것이 사랑받습니다. 지혜

---

4  nothing. 이 단어는 '아무것도 없다'와 '아무것도 아니다'라는 두 가지 의미가 있다.—옮긴이

를 알아도 사랑을 알지 못하면 그 지혜는 진실로 불완전합니다.

많은 영적 구도자가 깨달음의 '아무것도 없음'의 측면에 갇혀 있으며, 깨어남에 대해 지적으로만 이해합니다. 그러면 전적인 자유와 휴식을 누리지 못합니다. 이 삶 자체와 전적으로 친밀함—다시 말해, 경험 안에 나타나는 '모든 것'이 깊이 받아들여짐—을 알아차릴 때, 괴로움이 진실로 끝나게 됩니다. 이 깊은 받아들임 안에서, 마음과 가슴은 하나입니다. 아무것도 아닌 것은 모든 것입니다. 그 둘은 결코 분리된 두 가지가 아니었습니다. 마음의 맑음과 분명함은 지금 이 순간의 깊은 받아들임으로 바뀝니다. 그리고 거기에서 전쟁이 끝납니다.

우리는 경험의 한가운데에서 모든 경험의 물결—생각, 소리, 냄새, 느낌, 감각—이 전혀 나뉠 수 없음을, 친밀함을 발견합니다. 이런 물결들은 서로 분리된 채로 우리 안에서 오고 가는 게 아니며, 우리의 바깥에서 나와 우리를 거쳐 가는 것도 아닙니다. 그것들은 우리 자신입니다.

이 친밀함은 우리 모두 무수히 많은 방식으로 추구하는 것입니다. 그것은 절대와 상대, 음과 양, 남성성과 여성성, 아무것도 아닌 것과 모든 것, 지혜와 사랑, 인간성과 신성의 완벽한 나뉠 수 없음입니다. 그것은 바로 여기에 있으며, 나무를 보고, 새의 노랫소리를 듣고, 극심한 아픔을 느끼는 단순한 경험 속에 있습니다. 그런데도 우리는 그 것을 '저기 바깥에서, 시간과 공간의 세계에서, 다른 사람에게서, 멀리 떨어진 곳에서, 다른 영역에서, 저 너머에서 찾습니다. 그러나 만일 우리가 주의 깊게 귀 기울여 들으면, 삶은 언제나 우리를 '여기'로, 우리가 이미 있는 곳으로, 말들의 너머에 있는 우리의 진정한 집으로, 참된 너머로 다시 돌아오라고 부르고 있습니다.

## "그 모든 것은 당신의 마음속에 있다"

영적 가르침에서 흔히 보이고 일부 과학자와 철학자도 지지하는 주장이 있습니다. 세계는 오직 우리의 마음속이나 두뇌 속에만 존재한다는 것입니다. 그들은 말하기를, 세계는 우리의 상상에 불과하다고, 또는 심지어 지각의 오류에 지나지 않는다고 합니다. 그런데 당신은 이것을 삶의 일부로 직접 경험해 본 적이 있나요? 당신은 세계를 다른 어떤 것, 마음이라는 것의 '안'에 있는 것으로 경험하나요? 세계가 그 안에 있다고 하는 이 개인의 마음은 정확히 어디에 있나요? 그리고 그것은 '누구의' 마음인가요? 나의 것인가요? 직접 경험하는 것 가운데 '나의 것'은 무엇인가요?

지금 다시 새롭게 바라볼 때, 내가 발견하는 것은—나 자신인 열린 공간에서—생각이 나타나고, 냄새가 나타나고, 소리가 나타나고, 느낌이 나타난다는 것입니다. 하지만 그것들이 개인의 마음이라는 다른 어떤 것 '안에서' 나타난다는 증거는 없습니다. 나는 개인의 마음이라는 것이 생각되고 보이고 냄새 맡아지고 들리고 느껴지는 모든 것을 만들어 낸다는 어떤 증거도 발견할 수 없습니다. 이런 경험의 물결들이 개인의 마음에서 나온다는, 또는 다른 어떤 것이나 어떤 곳에서 나온다는 어떤 증거도 발견할 수 없습니다. 어떤 마음도 발견할 수 없습니다. 지금 일어나는 생각 말고는……. 생각은 말합니다. "하나의 분리된 마음이 있어." 하지만 그것은 단지 나타나는 하나의 생각일 뿐입니다. 어린아이였을 때는 내가 마음을 '갖고' 있다고 배웠습니다. 하지만 그게 진실인가요?

내가 바라볼 때마다 늘 발견하는 것은 오로지 '현재'의 경험뿐입니다. 나는 과거나 미래를 발견하지 못하며, 오로지 '지금'만을 발견합니다. 그리고 만일 내가 과거와 미래를 발견한다면, 그것들은 지금 나타나는 기억과 상상으로 나타납니다. 늘 지금뿐입니다.

그리고 내가 지금 발견하는 건 경험은 '나'라는 개인의 안이나 바깥에 있지 않다는 것입니다. 나는 여기에서 어떤 안이나 바깥도 전혀 발견하지 못합니다. 오로지 나타나는 모든 것과의 전적인 친밀함만 있을 뿐입니다. 경험은 어떤 것의 안에 담겨 있지 않으며, 나는 그것이 어떤 것의 바깥에 있다는 증거도 전혀 발견할 수 없습니다.

그래서 내가 앉아 있는 방의 경험은 '내 마음속'에 있는 게 아닙니다. 나는 그것을 증명하는 어떤 증거도 발견하지 못합니다. 방의 경험은 바로 여기에 있습니다, 방으로서. 그 경험은 방과 분리된 것이 아닙니다. 그 경험이 방입니다. 방이 지각되고 있을 때는……. 경험은 특정한 위치가 없습니다. 경험은 머릿속에 있는 것이 아니고, 두뇌 속에 있는 것도 아닙니다. 마치 바다가 그 모든 물결 속에 있듯이 경험은 모든 곳에 있습니다. 경험은 지금 내가 마시는 차 한 잔입니다. 하늘과 별들입니다. 내가 우체국으로 걸어갈 때 발에 밟히며 바스락거리는 낙엽들입니다. 세계는 '저 바깥'에 있지 않으며, '내 마음속'에 있지도 않습니다. 그것은 참된 나 자신과 친밀합니다. 그것은 어디를 가든 언제나 나를 따릅니다. 나는 그것을 떨쳐 낼 수 없습니다. 나는 세계로 들어가지 않으며 세계를 떠나지도 않습니다. 세계는 언제나 바로 여기에 있습니다. 내가 세계 속에서 이동하는 것이 아닙니다. 세계가 나와 함께 움직입니다. 그리고 세계에서 분리된 나는 없습니다.

마찬가지로, 해의 경험도 내 두뇌나 머리, 마음 안에 있지 않습니다. 나는 어떤 식으로든 해를 '나'라는 개인 안에 있는 것으로 경험하지 않습니다. 해의 경험은 다른 무엇의 안에 있지도 않습니다. 해는 단순히 '여기'에, 지금 이 순간의 경험 속에 있습니다. 나는 해가 '나'라는 개인 안에 있다고 말할 수 없으며, 나의 바깥에 있다고도 말할 수 없습니다.

이제 세상의 지혜는 우리에게 말합니다. 해는 우리 몸에서 엄청나게 멀리 떨어져 있는 거대한 타오르는 가스 공이라고……. 상대적으로 보면, 그게 사실입니다. 그걸 부정하지는 맙시다. 하지만 또한 진실한 것은, 이게 진정한 기적인데, 해는 언제나 바로 '여기'에, 현재 경험의 친밀함 속에 있다는 것입니다. 해는 참된 나 자신인 친밀함 안에서 나타납니다. 해는 내 얼굴에 와 닿는 따스함입니다. 내 살갗에 와 닿는 열기입니다. 내 눈에서 반짝이는 빛입니다. 내 기억이 미치는 한, 언제나 나와 함께한 사랑하는, 오래된, 익숙하고 가까운 친구입니다. 해는 진정한 나 자신과 멀리 떨어져 있지 않습니다. 그것은 '여기'에 있습니다.

어떤 관점에서 보면, 바다에서 하나의 물결은 다른 물결과 멀리 떨어져 보일지 모릅니다. 그러나 바다의 관점에서 보면, 모든 물결은 바다 자체이므로 거리의 개념이나 그런 개념의 부재는 의미가 없어집니다. 바다는 특정한 위치가 없으며, 모든 곳에 동시에 있습니다. 다시 말해, 언제나 '여기'에 있습니다.

나 자신인 바다의 모든 물결은 본질상 나 자신입니다. 비록 그 물결들이 수백만 킬로 멀리 떨어져 있는 것처럼 보일지라도.

## 세상에 관한 이야기

당신의 세계에서 어떤 것—자동차, 나무, 아픔, 좌절, 치즈 샌드위치, 해, 숟가락—을 경험하려면, 어느 수준에서는 당신이 무엇을 경험하고 있는지 '자신에게 말해 주어야' 합니다. 어떤 것을 경험하려면 반드시 그것이 무엇인지 말해 주는 하나의 '생각 이야기'가 있어야 합니다. 그렇지 않으면 자신이 경험하는 것이 무엇인지 '알' 길이 없습니다. 이야기가 없다면, 자신이 바라보는 것이 무엇인지 알 길이 없습니다. 생각은 나타나는 모든 것에 꼬리표를 붙입니다. 해를 바라볼 때, 그것이 해라고 생각이 말해 주지 않으면, 해를 바라보고 있다는 것을 어떻게 알겠습니까? 치즈 샌드위치를 먹을 때, "이것은 치즈 샌드위치야"라는 이야기가 없다면, 치즈 샌드위치를 먹는다는 것을 어떻게 알겠습니까? 새를 새라고 말해 주는 그 모든 생각, 관념, 믿음, 기억이 없다면, 그것이 새라는 것을 어떻게 알겠습니까? 먼저 생각의 메뉴를 참조하지 않는다면, 삶이라는 식당에서 먹을 수 있는 음식의 이름을 어떻게 알 수 있겠습니까?

어떤 사람들은 이런 메시지를 과도하게 해석합니다. 그래서 생각이 없으면 아무것도 없다고 말합니다. 그건 오해입니다. 왜냐하면 '아무것도 없음(nothing)'은 — '어떤 것(something)'의 반대 개념으로서 — 또 하나의 생각일 뿐이기 때문입니다. 현실은 그조차 넘어서 있습니다. 당신이 경험하는 것이 무엇인지 말해 주는 생각 이야기가 없으면, '아무것도 없음'이라고 하는 '어떤 것'이 있는 게 아니라, 당신이 경험하는 것이 무엇인지를 '알' 길이 없는 것입니다. 거기에는 전혀 '알지 못함'이 있습니다. 당신은 난생처음 세계를 만납니다. 당신은 에덴동산에 있고, 아직 어떤 것에도 이름이 붙지 않았습니다. 이것은 '어떤 것'과 '아무것도 없음'이라는 모든 관념의 너머에 있습니다.

'어떤 것'을 경험하려면 — 당신이 경험하는 것이 무엇인지 알려면 — 어느 수준에서는 자신이 경험하는 것이 무엇인지를 반드시 '자신에게 말해 주어야' 합니다. 예를 들어 의자를 경험하려면, 반드시 어느 수준에서는 그것이 의자라는 것을 자신에게 말해 주어야 합니다. 의자에 관한 이야기가 실행되어야 하는 것입니다. 그러지 않으면 당신은 그것이 무엇인지 알 길이 없습니다. '의자'라는 생각이 나타나고, 갑자기 나는 내가 의자를 경험하고 있음을 알게 됩니다. 나는 이전에 의자에 대해 배웠습니다. 과거에 많은 의자에 앉은 적이 있습니다. 아마 의자의 역사에 관한 글도 읽었을 것입니다. 나는 의자가 무엇인지 알고, 그러므로 내가 의자를 경험하고 있음을 압니다. 생각이 없다면, 알 수 있는 세계가 있을 수 있을까요?

아기가 주변 환경을 탐험하는 것을 지켜보세요. 아기는 아직 사물의 이름을 배우지 않았습니다. 아직 사물의 가치도 배우지 않았습니다. 그래서 싼 것과 비싼 것, 쓸모 있는 것과 쓸모없는 것, 성스러운 것과 세속적인 것이 아기에게는 아무 의미도 없습니다. 쓸모없는 플라스틱 조각을 아기에게 건네면 아기는 매료됩니다. 굉장히 비싼 다이아몬드 반지를 건네도 아기는 매료됩니다. 그리고 흥미를 잃으면 아기는 다른 물건으로 관심을 돌립니다. 아기에게는 세상에 대한 고정된 이야기가 아직 없습니다. 그래서 모든 것을 난생처음 만나고 탐험합니다. 모든 것을 궁금해하면서 냄새 맡아 보고, 만져 보고, 맛봅니다. 아기는 글자 그대로 경이로움 속에 존재합니다.

우리가 세상에 이름을 붙이기 전에는 오로지 불가사의뿐입니다.

아이의 삶에서 어느 때 우리는 얘기해 줍니다. "그건 의자야." 이제 그들은 그것이 무엇인지 압니다. 그것은 '의자'라고 불리는 하나의 '대상'입니다. 그것은 참된 그들 자신과 분리됩니다. 그들은 더이상 그것을 탐험할 필요가 없고, 만져 볼 필요가 없고, 가까이 다가가서 자세히 들여다볼 필요가 없습니다. 더는 그것에 매료될 필요가 없고, 친밀할 필요도 없습니다. 그것은 이제 탐험해야 할 불가사의가 아니라, 한 조각의 유용한 정보이며 하나의 '사실'에 불과합니다. 남은 평생 그들은 의자를 볼 때마다 그게 무엇인지 안다고 믿을 것입니다. 하지만 그게 무엇인지 그들이 정말로 알까요? 말의 너머에는 오로지 불가사의만 있지 않나요? 거기에는 여전히 경이로움과 '알지 못함'이 있지 않나요?

자신의 어머니, 아버지, 자매, 형제를 경험하려면, 어느 수준에서는 그들이 누구인지 자기에게 말해(또는 상기시켜) 주어야 합니다. 그들이 누구라고 말해 주는 '자신의 이야기'가 없다면, 당신은 그들이 누구인지 알 길이 없습니다. 그렇지 않나요? 자신의 이야기가 없다면, 당신은 그들을 그야말로 난생처음 만나게 됩니다. 이야기가 없다면, 오로지 전적인 친밀함만이 있습니다. 이야기 너머에 사랑이 있습니다. 사랑은 '둘 아님'을 뜻합니다.

그러나 우리는 세상에 대한 우리 자신의 '이야기'—자신의 생각, 꼬리표, 해석, 기억, 편견, 두려움, 배운 것, 꿈—를 경험하고 있다는 사실을 망각합니다. 그리고 저 바깥에 실제로 하나의 분리된 세계, 분리된 대상과 사람이 있다는 믿음, 자신이 이 세계를 객관적으로 경험하고 있으며 잘 알고 있다는 믿음에 빠져듭니다. 자신이 꾸는 꿈의 투사를 경험하고 있음을 잊고서, 우리가 마치 '저기 바깥'에 있는 세계와 분리된 것처럼, 그리고 마치 그 세계의 노예와 희생자인 것처럼 살아갑니다. 우리는 삶의 한가운데에 있는 전적인 친밀함을 망각하고, 분리와 분열의 세계로 빠져듭니다. 나는 여기에 있고, 다른 모든 것은 저기에 있으며, 우리가 서로 영원히 떨어져 있는 세계로 빠져듭니다. 이 망각에서 모든 외로움, 고립감, 우울함이 나옵니다.

그 뒤 우리는 '내 마음' 같은 것들에 관해 얘기합니다. 마치 그게 우리의 세계에 실제로 있는 것, 실체, 독립체인 듯이. 우리는 자신이 진정 무엇인지—모든 모습을 담는 열린 공간—를 잊고, 우리 자신을 분리된 마음과 몸으로, 각자의 분리된 세계에 있는 분리된 개인으로 여깁니다. 그래서 분열되고 고립됩니다. 그다음에는 분열된 상태로 있으면서, 우리를 분열에서 해방해 줄 종교와 영성에 의지합니다. 그리고 이 모든 노력을 합니다. 왜냐하면 우리는 자기의 경험을 정말로 깊이 들여다보고 친밀한 진실을 볼 시간을 내지 않기 때문입니다.

만일 우리가 자녀에게 그들의 현재 경험을 들여다보고—정말로 자세히 들여다보고—그 안에 현존하는 친밀함을 발견하라고 가르쳤다면 그들이 누릴 수 있었을 자유에 대해 생각해 보세요. 그러면 그건 사회의 토대를 뒤흔들어 놓을 것입니다. 우리가 그리하지 않는 까닭은 아마 그 때문일 것입니다.

## 나에 관한 이야기

당신은 안도 없고 바깥도 없을 뿐 아니라, 자기를 한 명의 사람으로 직접 실제 경험한 적도 없습니다. 당신이 언제나 발견하는 것은 오로지 참된 자기 안에서 나타나는 생각, 소리, 느낌뿐입니다. 그 뒤 생각이 말합니다. "이것들은 나의 생각, 나의 느낌, 나의 감정이야. 삶은 언제나 '나'라는 개인에게 일어나고 있어." 이 지점에서, 즉 알아차림(앎)을 거쳐 지나가는 모습을, 생각과 느낌을, 참된 자기인 바다에서 나타나고 사라지는 물결을 '나의 것'이라고 여기는 데에서 개인의 이야기가 시작됩니다.

당신이 어릴 때 찍은 사진을 하나 꺼내 보세요. 사진 속에 있는 사람은 누구인가요? 아마 "나입니다"라고 대답하겠지만, 그 대답은 "당신이 자기라고 주장하는 이 '나'는 무엇인가요?"라는 질문으로 이어집니다. 사진 속의 '나'가 지금 여기에 있는 '나'와 똑같은가요?

지금 당신의 경험 안에서 나타나고 사라지는 생각, 느낌, 믿음, 견해는 분명히 그 어린 시절에 나타나고 사라진 것들과 똑같지 않습니다. 자기 자신에 관한 당신의 이야기는 그 후로, 아마 모르는 사이에, 바뀌었습니다. 그 무렵 당신은 소방관이나 발레 무용수가 되고 싶었을지 모릅니다. 벽장 속의 괴물을 무서워하고, 옆집 뒤뜰의 땅속에 작은 분홍 공룡이 살고 있다고 믿었을지 모릅니다.

요즘 당신이 중요하게 여기는 것들은 그때와 다릅니다. 이제 당신은 벽장 속의 괴물을 걱정하지 않으며, 자녀의 학비를 충분히 감당할 만큼 돈을 벌 수 있을지 걱정합니다. 연금, 주식 시장, 전쟁, 최근 발생한 테러 사건을 걱정하고, 이 생애에 깨닫지 못할까 봐 걱정합니다. 지금의 당신이 그때와 똑같은 '나'라고 자신 있게 말할 수 있을까요? 당신은 신체의 모습도 완전히 바뀌었습니다. 사실, 당신의 몸에는 그때의 '나'에게 있던 세포가 단 하나도 남아 있지 않습니다. 얼굴, 목소리, 머리카락 등 모든 것이 바뀌었습니다.

하지만 당신은 왠지 모르게, 설명하기는 어렵지만, 여전히 자기 자신인 것처럼 느낍니다. 여기에는 바뀌지 않은 어떤 '여기 있음'의 느낌이 있습니다. '내가 있다'는 느낌은 늘 변함없이 남아 있습니다. 바다는 그대로 남아 있습니다. 물결들만이 움직였을 뿐입니다. 수없이 많은 생각이 왔다 갔습니다. 온갖 느낌이 나타났다 사라졌습니다. 그러나 이 기본적인 '존재'의 느낌은 그대로 남아 있습니다. 하지만 그 '존재'가 무엇인지 자신 있게 말할 수는 없습니다. 그것은 왠지 친밀하게 느껴집니다. 왠지 온전히 자기 자신인 것 같고, 그런데도 왠지 알 수는 없는 것 같고, 왠지 당신의 너머에 있는 것처럼 느껴집니다.

이제 잠시 시간을 내어, 실제로 자기 자신인 듯 느껴지는 것에 부드럽게 관심을 돌려보세요. 여기에서 '당신'이라고 말할 때, 나는 당신 자신에 관해 오고 가는 생각과 판단, 하루 내내 일어나고 사라지는 감각과 감정을 의미하는 것이 아닙니다. 당신에 관한 과거의 이미지와 인상, 불확실한 미래에 관한 걱정을 의미하는 것도 아닙니다. 나는 그 모든 것 이전에 오는 어떤 무엇을 가리킵니다. 그저 당신 자신이라는 느낌, 그저 '당신', 지금 여기, 어린 시절부터 늘 여기에 있던 어떤 느낌을 가리킵니다. 그것은 아주 미묘하지만 아주 생생히 살아 있는 현존의 느낌이며, 당신이 무엇을 이루고 무엇을 잃었든, 얼마나 많은 영적 통찰이나 체험을 했든 상관없이 결코 떠난 적이 없는 느낌입니다. 나는 어떤 특별한 상태나 경험으로서의 '당신'에 관해 얘기하는 게 아닙니다. 더 높은 자아, 깨어난 자아, 특별한 상태의 자아가 아니라, 지금 이 순간 당신이라는 단순하면서도 아주 평범한 느낌에 관해 얘기하고 있습니다.

이 책에서 내가 하는 얘기를 이해하지 못해도 '나'라는 이 기본적인 느낌은 알 수 있습니다. 당신이 내 말을 이해하든 이해하지 못하든, 설령 지금 내가 무슨 말을 하는지 도통 모르겠고 혼란스럽더라도, 그 모든 마음 상태의 뒤에는 여전히 당신 자신이라는 단순한 느낌이 있습니다. 사실 나는 진실로 아주 아주 단순한 어떤 것을 가리키고 있습니다. 너무 단순해서 마음이 이해하지 못하는 것을……. 당신은 자신이 진정 누구인지를 이미 알고 있습니다. 무슨 일이 일어나든 상관없이, 당신은 이미 완전한 당신입니다. 이 단순한 알아차림이 바로 이 책이 말하는 내용의 핵심입니다.

요즘 나는 예전에 알고 지내던 사람을 만날 때마다 이상한 기분을 느낍니다. 나는 내가 지난 몇 년 사이에 아주 많이 변했다고 느낍니다. 너무 많이 변해서 과거의 내 모습을 알아보기 어려울 정도입니다. 그렇지만 다른 사람들은 예전의 내가 여전히 존재한다고 보는 것 같습니다. 십대 이후로 보지 못한 옛 학교 친구들이나 친척들을 만날 때면, 그들이 오래전 경험한 일들에 따라 갖게 된, 제프 포스터에 관한 옛이야기를 믿으며 살고 있음을 발견하는데, 그럴 때마다 놀라움을 느낍니다. 모든 사람에게 나는 제각기 다른 사람입니다. 설령 당신이 알아보지 못할 만큼 변했다 해도—심지어 죽었다 해도!—사람들은 여전히 당신이 어떤 사람이라는 자기의 이야기, 기억에 근거한 이야기를 믿을 것입니다. 우리는 서로에 관한 이야기를 믿으며 살고 있습니다. 우리가 진정으로 만난 적이 한 번이라도 있던가요?

내가 모임이 열리는 방으로 걸어 들어가면, 당신은 나에 관한 이야기를 이 몸으로 투사합니다. 하지만 당신이 나에 관한 이야기, 내가 살아온 인생사에 관해 시시콜콜 안다고 해도, 당신이 참된 나를 정말로 아는 걸까요? 당신이 나라는 개인에 '관해' 안다고 해서, 당신이 정말로 나를 '아는' 걸까요? 만일 당신이 나에 관해 얘기해 달라고 요청하여, 내 직업이 무엇이고, 내가 어떤 사람들과 알고 지내며, 어떤 성공과 실패를 경험했고, 무엇을 좋아하고 싫어하는지 얘기한다면, 내가 정말로 참된 나의 진실을 얘기하는 걸까요? 아니면, 나는 그저 나 자신에 관한 하나의 '이야기'를, 영화 속 한 명의 등장인물에 관한 이야기를 전할 뿐일까요? 만일 내가 과거에 어떻게 살았고 미래에 어떻게 살고 싶은지를 얘기한다면, 그게 지금 이 순간, 바로 지금 여기에 있는 사람에 관한 어떤 진실을 정말로 얘기하는 걸까요? 과거나 미래가 정말로 지금 이 순간을 붙잡을 수 있는 걸까요?

과거나 미래를 참고하지 않는다면, 바로 지금 당신은 누구인가요?

우리 자신에 관해 얘기할 때, 우리는 대개 자신에 관한 '이야기'를 얘기합니다. "나는 좋은 사람이야. 나는 나쁜 사람이야. 나는 성공한 사람이야. 나는 실패자야. 나는 친절해. 나는 강한 사람이야. 나는 지성적이야. 나는 흑인이야, 백인이야, 키가 작아, 키가 커, 잘생겼어, 아름다워, 부유해, 가난해. 나는 유대인이야. 나는 기독교인이야. 나는 불교인이야. 나는 변호사야, 가게 주인이야, 의사야, 정치인이야, 예술가야. 나는 수줍음이 많아. 나는 외향적이야. 나는 영적인 사람이야. 나는 음악을 좋아해. 나는 스포츠를 좋아해. 나는 깨달았어. 나는 깨닫지 못했어." 등등.

하지만 열린 공간인 참된 나는 이 세상의 어떤 이야기도 가 닿을 수 없는 존재입니다. 열린 공간인 참된 나는 지금 이 순간, 바로 지금 나 자신일 뿐입니다. 나는 이제까지 어떠했고, 과거에 어떠했고, 미래에 어떻게 될 사람이 아닙니다. 열린 공간인 참된 나는 시간 속에 있는 한 사람의 이야기가 아닙니다. 세계 속에 있는 한 사람의 이미지도 아닙니다. 나는 미래에 어떤 것을 얻어서 완전해지기를 바라는,

불완전한 추구자가 아닙니다. 지금 나타나고 있는 것이 나입니다.

우리는 자신의 '참된 정체성'을 찾는 일에 관해 얘기합니다. 그러나 우리의 참된 정체성은 우리의 삶에 관한 '이야기' 속에 있지 않습니다. 내가 무엇을 이루었거나 실패했다는 이야기는 나 자신이 아닙니다. 내 사회적 지위가 어떻다는 이야기는 나 자신이 아닙니다. 내가 부유하거나 가난하다는 이야기는 나 자신이 아닙니다. 내가 인간관계를 잘했거나 못했다는 이야기는 나 자신이 아닙니다. 내가 어떤 질병을 앓는다는 이야기, 어떤 신체장애가 있다는 이야기는 나 자신이 아닙니다. 어린 시절의 삶이나 과거의 삶, 미래의 삶에 관한 이야기는 나 자신이 아닙니다. 나의 인종이나 피부색, 종교에 관한 이야기는 나 자신이 아닙니다. 나의 종교나 신념에 관한 이야기는 나 자신이 아닙니다. 내가 깨달음을 추구한 이야기, 깨달음을 발견하는 데 성공했거나 실패했다는 이야기는 나 자신이 아닙니다.

나는 단지 지금 이 순간 일어나는 것일 뿐입니다. 나의 참된 정체성은 나에 관한 이야기, 시간에 매인 이야기 속에 있는 게 아니라, 지금 여기에 있습니다. 나는 지금 이 순간과 같습니다. '정체성(identity)'의 참된 의미는 '어떤 것과 같음'입니다. 참된 나는 지금 나타나는 삶과 같습니다. 마치 바다가 그 물결들과 언제나 같듯이.

셰익스피어의 희곡 《리어왕》에는 한때 위대했던 왕이 벌거벗은 채 거센 폭풍우가 휘몰아치는 황야를 헤매는 유명한 장면이 있습니다. 바람이 울부짖고 세찬 빗줄기가 그의 노쇠한 몸을 후려칩니다. 무시무시한 자연의 힘에 충격을 받은 그는 자신이 삶 앞에서 얼마나 하찮은 존재인지를 깨닫게 됩니다. 그는 더 큰 그림을 보지 않을 수 없게 됩니다. 즉, 그는 진정한 왕이 아니라는 것. 우주를 제어할 힘이 없는, 노쇠하고 연약하며 죽을 수밖에 없는 무력한 인간이라는 것. 그는 단지 왕의 '역할'을 행하고 있을 뿐이었지만, 그 사실을 '망각'했습니다. 그는 자신에 관한 거짓된 이미지를 믿으며 살아왔습니다. '리어왕'은 단지 의식이 그의 몸을 통해 취한 일시적인 모습에 불과했습니다. 왕의 역할은 진정한 그 자신이 아니었고 그의 본질도 아니었습니다. 왕의 역할—그의 옷, 성(城), 권력—이 벗겨진, 모든 이미지가 벗겨진, 세찬 비바람에 두들겨 맞고 있는 그는 그 순간 누구였을까요? '리어왕'이라는 그의 이미지가 없다면, 누가 리어왕이었을까요?

그 장면이 그토록 강렬한 인상을 주는 것은 놀라운 일이 아닙니다. 인간의 상태에 관한 심오하고 본질적인 무엇을 건드리기 때문입니다. 우리가 맡은 역할—왕, 왕비, 어머니, 아버지, 자매, 형제, 아내, 남편, 노숙자, 의사, 법률가, 치유자, 가게 주인, 춤꾼, 예술가, 영적 구도자, 영적 스승—의 아래에서 우리는 실제로는 누구일까요? 우리는 삶이라는 바다의 개별적인 물결이며, 서로 모습이나 체격, 피부색, 종교, 배경, 경험, 지식, 기술은 다를지 몰라도, 모두가 동등하게 '물'이 아닌가요? 우리는 서로 '겉모습'이 다르고 저마다 바다의 독특한 표현일지 모르지만, 우리의 '본질'은 같습니다. 왕이 정말로 궁정 광대보다 —'힘'이라는 단어의 진정한 의미에서—더 힘이 있는 걸까요?

우리가 맡은 모든 역할의 아래에서는, 우리 자신에 관한 모든 이미지의 아래에서는, 비록 우리가 왕과 왕비라도, 성인이나 죄인이라도,

우리 모두는 단순히 이 알아차림(앎)이라는 친밀한 열린 공간이 아닌 가요? 우리 모두는 지금 이 순간과 같지 않은가요?

열린 공간으로서 나 자신에 관해 얘기하는 건 사실 몹시 어려운 일입니다. 하나의 고정된 정체성에 관한 이야기를 하는 건 몹시 어려운 일입니다. 왜냐하면 나는 여기에서, 알아차림(앎)이라는 열린 공간에서, 모든 것이 끊임없이 변함을 목격하기 때문입니다. 생각들이 나타나고 사라집니다. 느낌들이 나타나고 사라집니다. 온갖 감각과 소리와 냄새와 맛이 오고 갑니다. 여기에서는 모든 것이 살아 있고 언제나 움직입니다. 나 자신에 관해 어떤 고정된 이야기를 얘기하려면 일시정지 버튼 같은 것을 눌러서 늘 변하는 이 풍경을 잠시 멈추어야 합니다. 늘 흐르는 삶의 강물을 어떻게든 정지시키고, 지금 이 순간을 고정시키고, 그것을 가리키며 "이 느낌, 이 생각이 나입니다!"라고 말해야 할 것입니다. 하지만 삶은 정지되거나 고정될 수 없으며, 그게 삶의 아름다움입니다. 삶은 언제나 움직이며 언제나 춤을 춥니다. 아무도 삶의 강물을 멈출 수 없습니다.

'순간(moment)'이라는 단어와 '움직임(movement)'이라는 단어의 어원(라틴어 movere, '움직이는 것'이라는 뜻)이 같다는 건 놀라운 일이 아닙니다. 지금 이 순간은 삶의 움직임과 따로 분리될 수 있는 것이 아닙니다. 움직이지 않음은 움직임과 사랑에 빠져 있습니다. 바다는 물결과 사랑에 빠져 있습니다.

"나는 없다"라거나 "자아는 없다"고 말하는 영적 가르침이 무슨 뜻인지 이제는 분명히 이해했기를 바랍니다. 현재의 경험을 들여다보세요. 그러면 참된 우리 자신인 이 열린 공간에는 '자아'라고 할 만한 분리되고 독립된 것이 없음을 발견하게 됩니다. 오직 삶의 춤, 물결들의 춤만이 있을 뿐입니다. 생각, 감각, 느낌 등 모든 물결은 나타나고 사라지며, 모두 지나갑니다. 그리고 궁극에는 "자아는 없다"라는 생각도 단지 나타나고 사라지는 또 하나의 생각, 또 하나의 관점일 뿐입니다. 다른 물결처럼 오고 가는 또 하나의 물결일 뿐입니다. 그러니 "나는 없다"라는 생각조차 참된 나 자신을 정의할 수는 없습니다!

"자아가 없다"라는 생각은 실제로는 몹시 오도할 수 있습니다. 그런 말이 가리키는 것을 분명히 보지 않으면……. 주의를 깊이 기울이지 않으면, 단순히 자아가 없다고 '믿게' 됩니다. "자아가 없다"라는 개념은 당신의 새로운 종교, 새로운 자기 이미지가 됩니다! 자아는 자아가 없다고 믿기 시작합니다. 자신을 여전히 분리된 물결로 경험하는 물결이 여전히 고통을 겪고 여전히 쉼을 갈망하면서 "물결은 없어"라고 자신에게 말합니다. 추구자는 교묘합니다. 그렇지 않나요?

몇 년 전 일이 기억납니다. 그 무렵 나 자신을 아주 진지한 영적 구도자로 여기고 있었는데, 어느 날 형이 내게 설거지를 하라고 말했습니다. 그러자 나는 몹시 진지한 말투로 대꾸했죠. "여기에는 설거지를 할 사람이 아무도 없어." 그리고 만일 그릇을 설거지할 필요가 있다고 믿는다면 형이 여전히 이원성과 망상에 갇혀 있는 것이라고 덧붙였습니다. 그 당시 나는 영적 관념들에 꽉 갇혀 있었습니다. 모든 종교에서 해방되었다고 믿었지만, 사실은 비이원성이라는 개념이 나

113

의 새로운 종교가 되어 있었습니다. 그때 나는 모든 존재의 진실을 발견했다고 생각했습니다. 나는 아무도 아니며, 자아를 잃었다고 생각했습니다. 나는 내가 진정 어떤 존재인지 알아보지 못하는 사람들, 심지어 그들을 위해 설거지까지 하기를 바라는 짜증 나는 사람들로 가득한 세상에서 살고 있다고 생각했습니다! 돌이켜 보면, 그때 나는 오만했고 무지했습니다. 사실 나는 내심 설거지하는 일에서 벗어나고 싶었고, 인간으로서 당연히 해야 할 일들을 피하려고 영적인 관념들을 이용하고 있었습니다.

영적 구도자들 사이에 혼란을 불러일으키는 또 한 가지는 자아가 환영에 불과하다는 개념입니다. '나'라는 것은 환영일지 모르지만, 내가 자동차에서 내리다가 실수로 머리를 쾅 부딪치면, 정말 아픕니다! 또는 닐 영이 노래하듯이, "내 문제들이 무의미하다 해서 그 문제들이 없어지는 건 아닙니다."

'환영(illusion)'이라는 단어가 실제로 어떤 의미인지 살펴보면 도움이 될 것입니다. 이 단어의 어원은 라틴어 illudere인데, '흉내 내며 놀리다' 또는 문자 그대로는 '가지고 놀다'라는 뜻입니다. 그래서 환영이라는 단어는 단순히 '놀이' 또는 '기만적인 겉모습'을 뜻합니다. 존재하지 않는다는 뜻은 아닌 겁니다.

이 점을 이해하면 많은 오해가 풀릴 것입니다. 자아, '나'라는 개인은 환영입니다. 그것이 존재하지 않기 때문이 아니라, 우리가 상상하는 방식으로 존재하는 것이 아니기 때문입니다. 우리는 고정되고 분리된 나—여기, 삶의 한가운데에 있는 하나의 분리된 독립체, 삶을 책임지는 하나의 실체—가 있다고 상상하지만, 충분히 조사해 보면 그런 추정은 무너집니다. 그런 환영은 간파됩니다. 참된 나 자신은 삶 자체와 친밀합니다. 어떤 물결이 환영이라는 것은 그 물결이 존재하지 않는다는 뜻이 아니라, 그 물결이 바다와 분리될 수 없다는 뜻입니다.

삶 자체와 분리된 '나'(또는 에고)라는 것은 환영이지만, 하나의 독특하고 비길 데 없는 표현, 결코 반복되지 않는 바다의 표현으로서 나는 여전히 존재하는 것처럼 보입니다. U2(아일랜드 출신의 록밴드)의 아름다운 노래 '하나(One)'에서 보노가 노래하듯이, "우리는 하나이지만, 우리는 똑같지 않습니다." 다양성이라는 겉모습이 없는 전체임은 없습니다. 전체임은 경이로울 만큼 다채롭고 다양한 삶의 모습으로 자신을 드러냅니다.

그러니 '나'라는 개인이 없는 것은 아닙니다. 바로 지금 새롭게 바라볼 때, 나는 '나'라고 불리는, 삶 자체와 분리된 것을 발견하지 못합니다. 시간과 공간 속에서 견고하고 영속하는 것을 여기에서 발견하지 못합니다. 나는 지금 이 순간과 분리된 것은 하나도 발견하지 못합니다. 오직 지나가는 모습만, 나타나고 사라지는 경험의 물결만 발견할 뿐입니다. 오직 생각, 기억, 이미지, 소리, 감각, 냄새, 느낌만을 발견하며, 그 모든 것은 참된 나 자신인 공간에서 오고 갑니다. '나'라는 개인의 이야기는 참된 나 자신인 공간에서 오고 가는 또 하나의 어떤 것일 뿐입니다. '나'는 참된 나 자신 안에서 오고 갑니다!

환영이란 단단하고 고정되고 분리된 것이 여기에 있다고 믿는 것입니다. 결국, 나는 말할 수 있습니다. "고정된 자아는 없습니다." 또는 실제로 이렇게도 말할 수 있습니다. "모든 것이 참된 자기입니다." 즉, 모든 물결은 참된 나 자신과 분리될 수 없습니다. 실제로 일어나는 일을 정말로 보게 될 때는 어떤 말을 쓰든 더는 중요하지 않습니다. 세상의 모든 단어는 공간으로, 침묵으로 돌아가 사라질 뿐입니다.

## 느낌과 존재의 차이

참된 당신은 모든 물결이 나타나는 열린 공간이며, 그 안에서 나타나는 어떤 물결도 당신을 규정할 수 없습니다. 화, 두려움, 슬픔, 지루함, 기쁨…… 이런 물결들은 단지 참된 당신 안에서 나타나고 사라질 뿐입니다. 당신은 그것들과 친밀하지만, 그것들이 당신을 규정할 수는 없습니다. 가장 행복한 느낌, 가장 슬픈 느낌, 가장 아픈 느낌, 가장 강렬한 느낌, 그리고 온갖 생각은 아무리 이상하고 불쾌하거나 비정상으로 보여도 모두가 참된 당신 안에서 오고 갈 수 있습니다. 그리고 참된 당신은 그런 것들에 닿지 않은 채 그대로 남아 있습니다. 어떤 것이 영화 스크린에 투사되더라도 스크린은 오염되거나 영향받지 않은 채 원래 그대로 깨끗하게 남아 있듯이.

참된 당신은 단순히 어떤 것을 생각하고 느끼는 능력입니다. 하지만 나타나는 어떤 생각이나 느낌도 당신을 규정하지 못합니다. 참된 당신은 인간의 모든 경험이 통과할 수 있는 체(가루를 치는 기구)와 같습니다. 당신은 어떤 영화도 절대로 들러붙을 수 없는 스크린과 같습니다.

116

화는 참된 당신 안에서 오고 갈 수 있지만, 화가 난 '사람'은 없습니다. 두려움은 있지만, 두려워하는 사람은 없습니다. 슬픔은 있지만, 슬퍼하는 사람은 어디에서도 발견되지 않습니다. 당신은 한 명의 제한된 사람이 아닙니다. 당신은 모든 삶을 가능하게 하는 무한하고 매이지 않은 능력입니다.

모든 물결을 가능하게 하는 능력이 무엇을 의미하는지 이해하려면, '무엇을 느끼는' 것과 '실제로 무엇인' 것의 차이를 이해하는 게 중요합니다. 당신은 지금 이 순간 자신이 추하거나 약하거나 절망적이거나 혼란스럽거나 두려워하거나 지루해하거나 흥분되었다고 '느낄' 수 있지만, 사실 참된 당신은 '실제로 그것일' 수 없습니다. 당신은 추하다고 '느낄' 수 있지만, 열린 공간인 참된 당신은 '실제로 추할' 수가 없습니다. 추한 '사람'은 없습니다. 추하다는 느낌은 당신을 규정할 수 없습니다. 열린 공간인 참된 당신은 모든 반대되는 짝들의 너머에 있습니다. 추함과 아름다움이라는 느낌은 둘 다 참된 당신 안에서 나타나며, 참된 당신은 어느 한쪽에도 닿지 않은 채 남아 있습니다. 추하다는 느낌은 참된 당신을 덜 완전하게 하지 않으며, 아름답다는 느낌도 참된 당신을 더 완전하게 하지 않습니다. 참된 당신은 추하지도 아름답지도 않습니다. 참된 당신은 추함과 아름다움을 둘 다 '허용'하지만, 둘 중 어느 것으로도 규정될 수 없습니다. 바다는 모든 물결을 '허용'하지만, 나타나는 어떤 물결도 바다를 규정하지 못하듯이.

그래서 참된 당신은 추할 수 없지만, 추하다고 느낄 수는 있습니다. 추한 사람은 없으며, 단지 추하다는 느낌이 지금 이 순간 당신 안에 나타날 뿐입니다. 당신은 실패자일 수 없지만, 실패자인 것처럼 느낄 수는 있습니다. 실패한 사람은 없습니다. 단지 실패했다는 느낌이 참된 당신 안에 나타나고 사라질 뿐입니다. 당신은 무력할 수 없습니다. 그러나 무력감을 느낄 수는 있습니다. 무력한 사람은 없으며, 단지 무력하다는 느낌이 당신 안에서 오고 갈 뿐입니다. 당신은 특정한 어떤 것일 수 없지만(참된 당신은 오가는 모든 감정을 수용하기 때문입니다), 당신은 어떤 느낌이든 느낄 수 있습니다. 모든 느낌—한 인간이 느낄 수 있는 느낌들, 어떤 인간이든 느껴 본 느낌들—은 참된 당신 안에서 오고 가도록 허용됩니다. 그런 면에서 당신은 인간의 모든 의식에 다가갈 수 있습니다. 당신이 느낄 수 있는 것은 나도 느낄 수 있습니다. 당신이 생각할 수 있는 것은 나도 생각할 수 있습니다. 의식의 바다에는 이질적인 물결이 없습니다. 참된 당신에게는 실제로는 이질적인 생각이나 느낌이 없습니다. 당신은 인간으로서 경험하는 모든 것을 수용하는 공간입니다. 당신은 인간의 의식이라는 강물 전체가 자신을 통해 흐르도록 허용합니다. 당신은 모든 것이 통과하여 흘러갈 때 '그 모든 것'을 수용하는 '어떤 것도 아닌 것'입니다. 분리된 사람의 부재 안에서, 당신은 인간으로서 경험하는 모든 것을 발견합니다.

우리가 겪는 괴로움의 상당 부분은 어떤 억측에 바탕을 둡니다. 즉, 만일 어떤 느낌을 너무 오래 또는 너무 강렬하게 느끼면, 우리는 그것이 되어 버릴 것이라고 믿는 것입니다. 우리는 만일 그런 느낌이 머물도록 정말로 허용한다면, 그것이 우리에게 달라붙어서 우리를 규정하게 될 것이라고 믿습니다. 우리가 겪는 괴로움의 상당 부분은 이런 미신 때문입니다! 그러나 자신이 실패자라고 느낀다고 해서 당신이 곧 실패자인 것은 아닙니다. 자신이 추하다고 느낀다고 해서 당신이 추한 것은 아닙니다. 자신이 하나의 물결이라고 느낀다고 해서 그 물결이 당신을 규정할 수 있는 것은 아닙니다.

우리는 자신을 규정하려는, 자신을 남과 구별하려는, 자신이 누구라는 일관된 이야기를 유지하려는 강한 욕구가 있습니다. 그 때문에 우리는 결국 자신이 유지하려는 이미지나 이야기와 어긋나는 느낌들을 허용하지 않게 됩니다. 우리는 "이 느낌은 나야" 또는 "이 느낌은 내가 아니야"라고 말합니다. 만일 나 자신을 아름답고 매력적인 사람으로 본다면, 나는 추한 물결이 들어오도록 허용하지 않을 것입니다. 나는 내가 추하다는 느낌을 허용할 수 없습니다. 추하다는 물결은 내가 보고 싶은 내 모습, 당신에게 보이고 싶은 내 모습에 들어맞지 않습니다. 만일 나 자신을 추하다고 느끼면, 나는 뭔가 잘못되었다고, 오늘은 내가 아닌 것 같다고 느끼게 됩니다. 만일 나 자신이 성공한 사람이라는 이미지를 가지고 있다면, 나는 실패자라는 물결이 들어오도록 허용하지 않을 것입니다. 그것은 내가 믿는 나의 이미지에 들어맞지 않습니다. 그러니 내가 실패자라는 느낌을 허용할 수 없습니다. 만일 나 자신을 강한 사람으로 본다면, 그리고 남들도 나를 강한 사람으로 보아 주기를 원한다면, 나는 내가 약하다고 느끼도록 허용할 수 없습니다. 그래서 내가 보고 싶은 나의 이미지를 위협하는 물결은 그 무엇도 내 경험 속으로 들어오도록 허용할 수 없습니다.

만일 나타나는 물결을 실제로 통제할 수 있다면, 우리는 우리가 믿고 싶은 '자신에 관한 이야기'와 배치되는 물결들은 모조리 차단해 버릴 것입니다. 하지만 결국 우리는 삶의 바다를 통제할 수 없습니다. 아무리 막으려 애써도 우리가 원치 않는 생각과 느낌은 계속해서 나타납니다. 우리는 추하고 두렵고 아프고 불편한 물결, 실패자라는 물결, 나약함이라는 물결, 이른바 '부정적인 에너지'라는 물결, 이른바 '어두운' 것이라는 물결을 몰아내려 합니다. 그렇지만 결국에는 그러는 게 불가능하다는 것을 발견합니다. 바다의 절반을 차단할 수는 없기 때문입니다. 삶의 바다는 거칠고 자유로우며, 길들거나 억압될 수 없습니다.

우리는 왜 물결을 통제할 수 없는 걸까요? 우리가 원치 않는 물결들은 왜 나타나는 걸까요? 왜냐하면 이원성의 세계에서는 반대되는 짝들이 반드시 함께 나타나야 하기 때문입니다. 이는 우리가 이해해야 할 아주 중요한 진실입니다. 우리의 경험은 완벽한 균형 상태에 있습니다. 아름다움이 있으면 추함도 있을 수밖에 없습니다. 성공이 있으면 반드시 실패도 있기 마련입니다. 깨달음이 있으면 반드시 깨닫지 못함도 있습니다. 사랑받음이 있으면 사랑받지 못함도 있습니다. 이것이 삶의 자연스러운 방식이며, 이 방식은 문제가 없습니다. 우리가 삶의 자연스러운 방식과 전쟁을 벌이지만 않으면, 삶의 균형에 맞서지만 않으면…….

삶은 끊임없이 변하고 움직입니다. 그것이 삶의 아름다움입니다. 우리가 같은 것을 언제나 느낄 수는 없습니다. 현재의 경험에는 '언제나'도 없고, '한 번도'도 없습니다. 오직 '지금'의 물결들이 추는 춤만이 있을 뿐입니다. 우리가 "나는 매력적이고 싶어. 아름답고 싶어"라고 말할 때, 이 말은 우리가 '언제나' 아름답다고 느끼기를 원하며, 추하다고는 '한 번도' 느끼고 싶지 않다는 의미입니다. 기억하세요. 참된 당신은 특정한 어떤 것일 수 없지만, 참된 당신은 지금 어떤 것이든 느끼는 능력입니다. 우리는 시간과 공간 안에서 고정되고 단단한 어떤 것이기를 원하지만, 있는 그대로 바라볼 때는 우리의 느낌이 시간 없는 순간에 끊임없이 움직이며 변하고 있음을 발견합니다.

우리는 어느 순간에는 자신이 아름답다고 느끼고, 어느 순간에는 추하다고 느낍니다. 그게 현실입니다. 때로는 성공한 사람이라고 느끼고, 때로는 실패자라고 느낍니다. 때로는 나약하다고 느끼고, 때로는 강하다고 느낍니다. 때로는 확실하다고 느끼고, 때로는 불확실하다고 느낍니다. 때로는 기쁨을 느끼고, 때로는 슬픔을 느낍니다. 때로는 어떤 것에 호감을 느끼고, 때로는 똑같은 것에 반감을 느낍니다. 이것이 삶의 자연스러운 방식이며, 상반되어 보이는 느낌들을 번갈아 느끼든 동시에 느끼든 모두가 전적으로 자연스러운 일입니다. 우리는 역설을 좋아하지 않습니다. 그러나 우리는 본질상 역설적인 존재이며, 그래도 깊이 괜찮음을 이해할 때, 우리가 언제나 똑같은 느낌을 느끼지 않는 게 얼마나 자연스러운 일인지 알게 될 것입니다!

본래 당신 자신인 바다에서는 모든 것이 변화하고 변동하며 일관되지 않은 것이 삶의 자연스러운 방식입니다. 변함없는 바다는 자기를 끊임없이 움직이는 물결로 표현하기를 좋아합니다. 하지만 우리는 일관된 자신이기를 추구하고, 자신이 누구라는 고정되고 일관되고 변함없는 이야기를 유지하려 애씁니다. 그래서 일관되지 않은 것에는 부정적인 것이라는 꼬리표를 붙인 뒤, 어떻게 해서든 그것을 피하려 애씁니다. 우리는 내일도 오늘과 똑같이 느끼고 싶어 합니다. 날마다, 해마다 똑같은 생각을 하고 싶어 하고, 똑같은 견해를 갖고 싶어 하고, 똑같은 것을 원하고 싶어 하고, 똑같은 믿음을 믿고 싶어 합니다. 표변하고 싶어 하지 않습니다. 일관성 없는 사람, 변덕스러운 사람, 신뢰할 수 없는 사람, 우유부단한 사람으로 보이고 싶어 하지 않습니다. 변화, 움직임, 흐름은 삶의 자연스러운 방식이지만, 우리는 고정되기를 원합니다. 자신의 고정된 '이미지'를 유지하고 싶어 하고, 자신에 관해 날마다 일관성 있는 이야기를 하고 싶어 합니다. 우리는 '어떤 것'이기를 원하지만, 우리의 본성은 우리가 어떤 고정된 '것'으로 있지 못하게 합니다. 우리는 자신이 진정 누구인지를 모르고 오해합니다. 그래서 삶의 자연스러운 흐름을 멈추려고 애쓰면서 온전한 경험과 전쟁을 벌이고, 그 때문에 수많은 좌절과 고통을 겪습니다.

우리는 반대되는 짝들과 전쟁을 벌입니다. 자기의 이미지에 어울리지 않는 반대되는 짝을 모조리 거부합니다. 우리는 아주 중요한 어떤 것을 깨닫지 못합니다. 즉, 실제로는 반대되는 짝들이 없다는 것. 반대되는 짝들은 마음이 만들어 낸 것에 불과합니다. 오직 마음만이 현실을 둘로 나누고 경험을 둘로 나누며, 그런 뒤에는 반대되는 짝들 중 하나는 추구하고 다른 하나는 피하려 애씁니다.

그렇지만 실상 느낌들은 반대되는 짝이 없습니다. 몸속의 에너지는 반대되는 짝이 없습니다. 삶 자체는 반대되는 짝이 없습니다. 이 점을 이해하는 것이 중요합니다.

새의 지저귀는 소리에 반대가 있나요? 지금 이 순간, 새가 지저귀는 소리를 들을 때, 거기에 반대되는 것이라는 게 있나요? 생각은 말할지 모릅니다. "새가 지저귀는 소리의 반대는 새가 지저귀지 않는 거야." 하지만 그건 단지 바로 지금 나타나는 하나의 생각일 뿐이고, 하나의 이미지일 뿐입니다. 새가 쩍쩍거리는 소리—지금 그 소리를 들어 보세요—에 반대가 있나요, 실제로?

지금 이 순간에 반대가 있나요? 지금 여기에 현존하는 삶에 반대가 있나요? 무언가가 실제로 그것에 반대되나요?

어떤 감각에 반대가 있나요? 지금 자신을 꼬집어 보세요. 그 때문에 일어나는 강렬한 감각을 알아차려 보세요. 이런 감각에 반대되는 것을 발견할 수 있나요? 예, 생각은 이렇게 말할 겁니다. "이 아픔의 반대는 이 아픔의 부재야." 하지만 그 역시 지금 나타나는 하나의 생각일 뿐입니다. 지금 느끼는 감각에 반대되는 것을 당신의 현재 경험에서 실제로 발견할 수 있나요?

추하다는 느낌이 아름답다는 느낌의 반대인가요? 아니면, 그 둘은 느낌이 다르고 맛이 다른 두 가지 색다른 경험인가요? 행복한 느낌이 슬픈 느낌의 반대인가요? 생각은 그 둘이 반대라고 말하겠지만, 생각의 바깥에서도 반대를 발견할 수 있나요?

실제로는 어떤 느낌이나 감정과 반대인 것은 없습니다. 모든 느낌과 감정은 그 자체로 하나의 완전한 경험입니다.

경험 자체는 아무 반대가 없습니다.

추하다는 느낌은 어떤 것의 반대가 아닙니다. 그저 추하다는 느낌일 뿐입니다. 만일 추하다는 느낌을 '부정적인 것'이라고 부르고 아름답다는 느낌을 '긍정적인 것'이라고 부르지 않으면, 만일 그 둘을 반대되는 것으로 만들지 않으면, 추하다는 느낌이란 단지 지금 일어나는 하나의 경험―단지 하나의 경험 물결, 단지 지나가는 어떤 것―일 뿐임을 보게 됩니다. 어떤 물결도 본질상 다른 물결보다 더 낫거나 나쁘지 않습니다. 어떤 물결도 다른 물결의 반대가 아니기 때문입니다. 모든 물결은 동등하게 물입니다. 추하다는 느낌은 어떤 것의 반대가 아니라 그저 추하다는 느낌일 뿐입니다. 그저 삶일 뿐이며, 특정한 방향으로 움직이는 에너지일 뿐입니다.

더 깊이 들어가 봅시다. 아름다움은 추함의 반대가 아니며, 추함은 그 자체로 하나의 개념에 불과하므로 지금 이 순간의 실제 경험을 담아낼 수 없습니다. 다시 말해, 내가 지금 경험하는 것을 추하다고 말하는 이야기가 없다면, 지금 여기에서 무슨 일이 실제로 일어나고 있나요?

내가 지금 경험하는 것을 실패라고 말하는 이야기가 없다면, 지금 여기에 무엇이 실제로 있나요?

내가 지금 경험하는 것을 아픔이라고, 비통함이라고, 지루함이라고, 화라고, 불편함이라고, 우울이라고, 혼란이라고, 심지어 추구라고도 말하는 이야기가 없다면, 지금 여기에 실제로 무엇이 있나요?

지금 일어나는 일에 관한 어떤 이야기도 없다면, 이 경험에 실패라는 꼬리표를 붙인 뒤 성공과 비교하지 않는다면, 추함이라는 꼬리표를 붙인 뒤 아름다움과 비교하지 않는다면, 화나 두려움이나 아픔이라는 꼬리표를 붙인 뒤 그 관념적인 반대와 비교하지 않는다면, 내가 지금 느끼는 것이 무엇인지를 내가 어떻게 알까요?

이야기가 없다면, 당신이 지금 경험하는 것이 무엇인지를 알 길이 없습니다. 어떤 이야기도 없다면, 물결들에 어떤 이름도 붙이지 않는다면, 삶이란 그저 움직이는 날것의 에너지일 뿐입니다. 삶은 바다입니다. 이름 없는 신비한 바다. 그런데 우리는 그 에너지에 꼬리표를 붙이려 합니다. 그것을 판단하고, 피하려 하고, 그것을 긍정적인 것의 반대인 부정적인 것으로 만들고는 긍정적인 것을 추구합니다.

그런데도 우리는 이 모든 것의 아래에서 자신이 애초에 무엇을 피해 달아나고 있는지를 정말로 알지는 못합니다. 우리는 그동안 배운 이름과 관념에 따라 하나의 물결을 두려움, 화, 슬픔, 지루함, 비통함, 기쁨 또는 아픔이라고 부릅니다. 그런 다음에는 이런 물결을 피하려 하거나 붙들려고 애씁니다. 그런데 한번 그런 꼬리표를 떼 보세요. 그러고 나서 보면 당신이 정말로 피하려 하고 붙들려 하는 것은 무엇인가요? 당신은 그게 무엇인지 정말로 아나요? 모든 꼬리표와 그동안 배운 모든 설명을 다 떼 버리고, 삶의 날것 그대로의 에너지를 — 바꾸거나 피하거나 붙잡으려 하지 않고—지금 이 순간 있는 그대로 직면할 때는 어떤 일이 일어나나요? 지금 이 순간이 어떠하거나 어떠하지 않다는 모든 설명을 떼 버리고 현재의 느낌을 깊이 느낄 때는 어떤 일이 일어나나요?

여기에서 삶의 진정한 모험이 시작됩니다.

자신이 지금 무엇을 느끼고 있다는 이야기를 넘어설 때, 자신이 사실은 무엇을 피해 달아나고 있었는지를 제대로 알지 못했음을 깨닫게 됩니다. 그리고 삶의 날것 그대로의 에너지를 만나게 됩니다. 당신은 삶 앞에 벌거벗고 서게 되는데, 이것이 참된 치유입니다. 참된 치유란 지금 이 순간이 어떠해야 한다는 모든 관념이 떨어져 나가는 것입니다.

물결에 꼬리표를 붙일 때 전쟁이 시작됩니다. 어떤 경험의 물결에 꼬리표를 붙이는 순간, 우리는 그 물결을 다른 물결의 반대로 세우게 됩니다. 하지만 실제로는 어느 한 물결에 반대되는 다른 물결이 없습니다. 모든 꼬리표에는 판단이 들어 있습니다. 아름다움과 추함이라는 반대를 만들어 낸 뒤 아름다움을 추구할 때, 우리는 우리가 추하다고 부르는 것과 전쟁을 벌이게 됩니다. 아름다워지려 노력할 때, 자신이 아름답다고 '느끼려' 노력할 때, 추하다고 느끼지 않으려 노력할 때, 우리는 결국 지금 이 순간의 경험과 전쟁을 벌이면서 그 반대에 도달하기 위해 노력합니다. 실제로는 반대가 없는데도! 그러니 우리가 괴로움을 겪는 것은 놀라운 일이 아닙니다. 우리는 생각합니다. "내가 추하다는 느낌은 나의 완전함을 위협해. 이 느낌을 제거할 수 있다면, 내가 추함을 떠나 아름다움으로 옮겨갈 수 있다면, 나는 완전해질 거야." 그리고 게임이 계속됩니다.

당신은 자기의 어떤 이미지를 고수하려 애쓰나요? 어떻게 보이기를 원하나요? 행복한, 아름다운, 성공한, 평화로운, 기쁨에 넘치는, 깨달은 사람? 전문가? 스승? 잘 아는 사람? 모든 문제를 척척 해결하는 사람? 당신은 어떤 사람으로 보이고 싶지 않나요? 슬픈, 스트레스 받는, 인기 없는, 못생긴, 멍청한, 실패자? 당신이 좋게 느끼지 않는 자기의 이미지는 무엇인가요? 당신은 어떤 느낌을 원하나요? 어떤 느낌을 원하지 않나요? 당신의 세계에서 좋지 않은 물결들은 무엇인가요?

아름다워지려고 평생 노력한 어느 여성과 대화한 적이 있습니다. 그녀는 남자들에게 매력적인 여성이 되고 싶었습니다. 간절히. 그녀는 그날 모임에 참석한 사람 가운데 가장 아름다운 여성이 되고 싶었습니다. 자신의 외모에 대해 밤낮으로 생각했고, 옷과 화장품과 성형수술에 많은 돈을 썼습니다. 모두가 아름다워지고 싶어서 한 일이었습니다. 나와 한동안 대화를 나누면서, 그녀가 아름다움에 강박적으로 집착한 원인이 밝혀졌습니다. 그녀는 무의식중에 자신이 지독히 못생겼다고 느꼈던 것입니다.

그녀는 평생 자신이 못생겼다고 느꼈고, 그 못생겼다는 느낌을 옷과 화장과 아름다워 보이는 겉모습으로 덮어 가리려 애썼습니다. 매력적인 사람이 되고 싶은 바람에는 아무 문제가 없고, 매력적인 사람으로 보이려 노력하는 것은 인생의 재밋거리일 수 있지만, 그녀의 추구는 아무 효과가 없었습니다. 그 모든 노력에도 불구하고 저변에는 자신이 불완전하다는 느낌이 그대로 남아 있었기 때문입니다. 아름다워지려고 온갖 노력을 다했지만, 자신이 못생겼다는 느낌은 그대로 남아 있었기 때문입니다. 사실은 오히려 이전보다 더 못생겼다고 느꼈고, 그 못생겼다는 느낌에서 벗어나려고 더욱더 필사적으로 노력했습니다.

자신이 세상에서 가장 못생긴 사람이라고 느껴질 때마다 한껏 치장한 뒤 나이트클럽에 가서 남자를 만났고, 그 사람과 표피적이고 충족되지 않는 섹스를 했습니다. 그러면 한동안은 자신이 매력적이고 아름답고 섹시한 사람이라고 느꼈고, 남자들이 자기를 원한다고 느꼈습니다. 한동안은 자신이 완전하다고 느꼈습니다. 마치 섹스에는 그녀가 못생겼다는 느낌을 없애 주는 힘이 있는 것 같았습니다. 그래서 섹스는 그녀의 구루가 되었습니다.

그러나 다음 날 아침이면, 자신이 못생겼다는 느낌은 오히려 더 심해져서 돌아왔고, 이제는 죄책감까지 더해졌습니다. 왜냐하면 마음 깊은 곳에서는, 자신이 진실하지 않았음을 알았기 때문입니다. 그녀는 그 순간의 진짜 자기 모습을 드러내지 않았던 것입니다. 자신이 못생겼다고 느꼈지만 그런 느낌을 드러내지 못하고 아름다운 척 가장했습니다. 그 모두가 연기였고, 그런 연기는 그녀가 진정으로 갈망했던 것을 주지 못했습니다. 사랑, 온전함, 추구의 짐에서 놓여남, 가장한 모습이 아니라 진짜 모습으로 사랑받음, 참된 안식처를……. 사랑을 추구하는 사람은, 설령 잠시뿐이라도, 사랑받는다고 느낄 수만 있다면 무엇이든 할 것입니다.

미래의 아름다움과 사랑을 추구하는 행위가, 현재 경험하는 못생겼다는 느낌을 벗어나려는 노력과 어떻게 같은지 보이나요? 어떤 면에서 못생겼다는 느낌은 그녀에게, 자신이 누구라는 믿음에, 자신이 되고 싶은 사람에게 위협이었습니다. 못생김은 '좋지 않음'과 동등했습니다. 그녀는 어릴 때 학대당한 경험을 고백했고, 못생겼다는 느낌에는 초라함, 죄책감, 실패자라는 느낌도 따라온다고 털어놓았습니다. 기본적으로 못생겼다는 느낌은 사랑받지 못한다는 느낌, 사랑스럽지 않다는 느낌과 연결되어 있었습니다. 그래서 그녀는 자신이 못생겼다는 느낌을 충분히 오래 허용하지 못했습니다. 이런 불편한 느낌을 느끼지 않도록 관심을 다른 데로 돌리는 아주 좋은 방법은 밖으로 나가서 충족되지 않는 섹스를 하는 것이었습니다. 그래도 결국에는 번번이 자신이 이전보다 더 못생겼다고 느껴졌고, 더 단절되어 있고, 더 거짓되고, 더 사랑받지 못한다고 느껴졌습니다.

때로는 못생겼다고 느끼더라도 깊이 좋을 수 있지만, 그녀는 한 번도 그렇게는 생각해 보지 못했습니다. 못생겼다는 '느낌'은 그녀가 정말로 못생겼다는 '사실'을 알려 주는 신호일까요? 그래서 그 느낌은 정말로 좋지 않은 걸까요? 그녀는 못생겼다는 '느낌'을 못생겼다는 '사실'로 받아들였습니다. 오직 못생긴 사람만이 못생겼다고 느낄 것이라고 믿었습니다. 이건 그녀의 미신이었습니다.

못생김이라는 물결이 이미 바다에 받아들여졌음을 보자—다시 말해, 심지어 못생겼다는 느낌에 완전히 사로잡혀 있을 때조차, 참된 그녀 자신인 열린 공간은 어떤 영향도 받지 않음을 보자—그녀는 못생겼다는 느낌을 허용할 수 있었고, 가장 깊은 수준에서는 이런 느낌도 괜찮다는 것을 알 수 있었습니다. 못생김은 그녀를 규정할 수 없습니다. 그래서 자신이 못생겼다고 '느낄' 수는 있지만, 알아차림(앎)

의 열린 공간인 참된 그녀 자신은 못생길 수가 없었습니다. 아무도 못생기지 않았습니다. 우리는 그저 이따금 자신이 못생겼다고 느낄 뿐입니다. 그리고 자신 안에서 그런 느낌들과 전쟁을 벌일 때, 우리는 그 거부를 세상에 투사한 뒤 다른 사람들을 못생겼다고 말합니다.

그 여성은 때때로 못생겼다고 느끼는 것은 그녀의 잘못이 아니며, 전체로는 균형을 이루는 인간 경험의 자연스러운 일부임을 알게 되었습니다. 많은 사람이 자신을 못생겼다고 느끼지만, 그런 느낌을 인정하지 않습니다. 아름다운 사람들, 적어도 아름다워 보이고 싶은 사람들은 이런 느낌에 관해 얘기하지 않습니다.

이 여성이나 우리가 내면 깊은 곳에서 정말로 원하는 것은 아름다움이 아닙니다. 우리는 '전체'이기를 원합니다. 그리고 전체라는 것은 모든 경험에 열려 있다는 뜻입니다. 그것은 참된 당신이 못생김과 아름다움이 오고 가는 공간임을 안다는 뜻입니다. 몹시 기이한 일이지만—그리고 이 말이 처음에는 조금 미친 소리처럼 들리겠지만—우리는 못생기기를 갈망합니다. 왜냐하면 내면 깊은 곳에서는 못생김도 바다의 일부임을 알기 때문이고, 자신이 못생겼다는 느낌을 진실로 허용할 때만 자신이 진실로 아름답다고 느낄 수 있음을 알기 때문입니다.

우리가 정말로 갈망하는 것은 우리가 찾으려는 대상을 찾는 것이 아닙니다. 우리 자신이 이미 우리가 찾으려는 것임을 발견하는 일이야말로 우리가 정말로 갈망하는 것입니다. 심지어 못생겼다는, 실패자라는, 나약하다는, 불안하다는 느낌, 또는 말할 수 없이 비참한 기분의 한가운데에서도 그렇다는 것을……. 우리는 우리가 피해 달아 나는 모든 것―못생김, 실패, 두려움, 나약함, 불안함, 비참한 기분 등 ―을 실제로는 갈망합니다. 왜냐하면 내면 깊은 곳에서는 이런 것들 안에 완전함이 있음을 알기 때문입니다. 우리는 모든 것을 허용하고 싶어 합니다.

자신의 못생김이 이미 받아들여졌음을 알게 되자, 그녀는 마침내 아름다워지려는 노력을 포기할 수 있었고, 때로는 자신이 못생겼다 고 느껴진다는 사실을 정직하게 인정할 수 있게 되었습니다. 자신의 못생김이 인정되었음을, 다시 말해 이미 허용되었기에 지금 경험할 수 있다는 사실을 알게 되자, 그녀는 자신의 못생김을 인정할 수 있 었습니다! 지금 이 순간의 진실을 인정하면, 진짜 자신이 아닌 다른 어떤 사람인 척 가장하는 짓을 마침내 그만두면, 얼마나 안도하게 되 는지요! 자신의 거짓된 이미지를 지키려 더는 애쓰지 않아도 되면, 얼마나 안도하게 되는지요! 진정한 의미의 '자기 자신'―모든 물결이 깊이 받아들여지는, 활짝 열린 의식의 바다―으로 있게 되면, 얼마나 안도하게 되는지요!

그리고 신기하게도, 못생겼다는 느낌을 인정하자, 그녀는 못생겼 다는 느낌을 덮어 버리기 위해 남자들을 찾고 그들 사이에서 아름다 운 척 가장할 필요를 더는 느끼지 않게 되었습니다. 이전까지 하던 방식으로 못생겼다는 느낌을 감출 필요를 느끼지 않게 되었습니다. 이제는 아름다운 사람이라는 정체성을 애서 지킬 필요를 느끼지 않 았기 때문입니다.

우리는 왜 자신에 관한 이야기들을 고수하려 하는 걸까요? 우리는 왜 자신에 관한 이야기가 필요하다고 믿는 걸까요? 우리는 왜 현재의 경험을 그냥 있는 그대로 허용하지 못하는 걸까요? 우리는 왜 자신이 어떤 사람이라는 이미지에 맞춰 살려고만 하는 걸까요? 우리는 왜 그러는 대신 그냥 현재의 경험에 정직할 수 없는 걸까요? 우리는 왜 지금 있는 것을 단순히 인정하지 못하는 걸까요? 참된 우리 자신은 지금 있는 것을 이미 인정하고 있음을 왜 알아차리지 못하는 걸까요?

그 여성은 더이상 아름다워지고 싶어 하지 않았습니다. 이제는 그냥 정직하고 싶었습니다. 그냥 진실하고 싶었습니다. 더도 말고 덜도 말고 그저 자신이 느끼는 대로 느끼고 싶었습니다. 나중에 듣기로, 그녀는 이제 남자들과 훨씬 깊은 수준에서 연결될 수 있게 되었다고 합니다. 왜냐하면 그들도 때로는 자신이 못생겼다고 느끼는데, 그런 느낌을 인정하도록 그녀가 허용해 주었기 때문입니다. 이렇게 깊은 수준에서 자신을 이해해 주는 여성을, 그들이 잘 보이려 연기하지 않아도 되는 여성을 만나는 것은 그들에게도 안심되는 일이었습니다. 못생겼다는 느낌에 정직한 사람을 만나는 것은 얼마나 아름다운 일인지요. 못생기면 그냥 못생긴 채로 있는 사람을 만나는 것, 그런 이미지 너머에서 만나는 것은 얼마나 친밀한 일인지요. 매력적이지 않다는 느낌이 들더라도 편안한 사람을, 매력적인 사람이 되려 애쓰지 않는 사람을 만나는 건 얼마나 매력적인 일인지요. 더이상 가장할 필요가 없다는 것은 모든 사람에게 얼마나 안심되는 일인지요.

"나는 못생겼다"라는 느낌은 이 여성이 절대로 인정할 수 없는 것이었습니다. 그 느낌을 인정해 버리면, 아름다운 사람이라는 그녀의 이미지가 사망 선고를 받기 때문입니다. 사람들이 그녀를 못생겼다고 볼지 모른다는 생각이 들 때마다 그녀는 공포에 사로잡혔습니다. 하지만 요즘 그녀는 "나는 못생겼어요"라고 말할 수 있는데, 이 말의 의미는 이전과 전혀 다릅니다. "나는 못생겼다"라는 말은 여기에 못생긴 사람이, 아름답지 않고 못생긴 성질을 가진 어떤 분리된 개인이 있다는 뜻이 아닙니다. 못생긴 사람은 없습니다. 사실은 어떤 사람도 없기 때문입니다. "나는 못생겼다"라는 말은 그저 못생겼다는 느낌이 때로는 여기에, 참된 나 자신인 열린 공간에 있을 수 있음을 의미할 뿐입니다. 그런 느낌은 나타날 때마다 여기에 있도록 허용됩니다.

"나는 못생겼다"라는 말은 분리된 사람에 대한 부정적인 판단이 아니라 삶의 축제일 수 있습니다. 삶은 모든 것―아름다움, 못생김, 그 사이의 모든 것―으로서 나타납니다. 그리고 참된 나 자신인 열린 공간에서 그 모든 것은 오고 가도록 허용됩니다. 나는 그 모든 것을 포함합니다. 나는 그 모든 것을 수용합니다. 나는 그 모든 것을 껴안습니다. 나는 그 모든 것을 나 자신 안에서 발견합니다―나는 아름답다, 나는 못생겼다, 나는 사랑받는다, 나는 사랑받지 못한다, 나는 성공한 사람이다, 나는 실패한 사람이다, 나는 기쁘다, 나는 슬프다, 나는 강하다, 나는 약하다, 나는 안다, 나는 모른다, 나는 깨달았다, 나는 깨닫지 못했다, 나는 확신한다, 나는 확신하지 못한다.

당신이 반대되는 짝들과 더는 전쟁을 벌이지 않을 때, 거기에는 이 모든 것을 위한 충분한 공간이 있습니다. 모든 인간 의식은 당신을 거쳐 지나갈 수 있습니다. 우리가 한때 '부정적'이라고 부른 모든 것은 이제 삶이라는 축제의 일부로 보입니다. 모든 물결이 바다에서 허용됩니다. '부정적인 것'과 '부정적이지 않은 것'이라는 우리의 개념들은 깊은 받아들임 안에서 완전히 놓여납니다.

아름다워지고 싶나요? 그렇다면 자신의 못생김을 깊이 받아들여야 하고, 못생김이 참된 당신 안에 허용됨을 볼 수 있어야 합니다. 그게 치러야 할 대가입니다. 강한 사람이고 싶나요? 그렇다면 자신의 약함을 깊이 받아들여야 하고, 자신이 약하다는 모든 느낌을 완전히 허용할 때만 진정한 강함―약함과 전쟁을 벌이지 않는 강함―이 드러난다는 것을 볼 수 있어야 합니다. 그게 치러야 할 대가입니다. 성공한 사람이고 싶나요? 그렇다면 자신의 실패를 사랑하는 데 성공해야 합니다. 가장 철저한 실패의 느낌조차 참된 자신 안에 허용됨을 깨달으면서……. 그게 치러야 할 대가입니다. 사랑받고 싶나요? 그렇다면 사랑받지 못한다는 느낌을 지금 여기에서 깊이 받아들여야 합니다. 거기에서 당신은 아무 반대가 없는 사랑, 반대될 수 없는 사랑을 발견합니다. 그게 치러야 할 대가입니다.

예전에 나는 성공에 강박적으로 집착하는 사업가에게 이런 질문을 했습니다.

"당신이 실패하면 어떤 일이 일어날까요?"

"돈을 다 잃겠죠." 그가 대답했습니다.

"다음에는요?"

"집과 차, 가족도 잃을 겁니다."

"그다음에는요?"

"집 없는 노숙자가 되어 보호받지 못하고 자신을 지킬 수 없는 상태로 거리를 떠돌겠죠. 사회에서 버림받은 사람이 될 겁니다. 누구에게도 사랑받지 못하는 사람, 아무도 원하지 않는 사람이 되겠죠."

여기에서 그가 느끼던 두려움의 핵심이 드러났습니다. 그가 정말로 두려워한 것은 실제로는 성공의 상실이 아니었습니다. 그건 사랑의 상실, 인정의 상실, 완전함의 상실이었습니다. 그는 성공을 완전함과 결부시켰고, 실패를 불완전함과 결부시켰습니다. 어쩌면 당연하게도 그는 어릴 때 부모에게 사랑을 받았지만, 왠지 모르게 성공할 때는 더 많이 사랑받고, 실패할 때는 아주 조금일지라도 거부당한다고 느꼈습니다. 이날까지 그는 "나는 실패하면 사랑받지 못하고, 성공하면 사랑받는다"라는 믿음을 고수하고 있었습니다. 그가 성공을 향해 매진해 온 까닭은 실제로는 돈이 아니라 사랑을 위해서였습니다.

만일 우리가 가장 깊고 어두운 두려움—추하다는 두려움, 실패의 두려움, 가난의 두려움, 질병의 두려움—을 통과하면서 내면의 맨 밑바닥을 향해 내려간다면, 우리가 거의 항상 발견하는 것은 "나는 사랑받지 못할 거야"라는 근본적인 두려움일 것입니다. "추하면 사랑받지 못할 거야." "아프면 사랑받지 못하고 외로울 거야." "실패하면 불완전하고, 집을 그리워하고, 죽음에 가까워질 거야." 우리가 두려워하는 것은 실제로는 실패나 추함이나 아픔이 아니라, 이런 것들이 우리의 세계에서 '상징하는' 것입니다. 그리고 많은 사람에게는 실패가 인정받지 못함, 거부, 버림받음, 궁극에는 사랑의 결핍과 결부됩니다. 가장 냉철하고 실리적인 사업가조차 자기도 모르게 사랑을 갈망하면서, 자신이 실패하면 사랑받을 자격이 없을 것이라는 느낌을 피해 달아나고 있습니다. 그는 자신이 지금 여기에서 완전함을 보지 못한 채, 실패를 두려워하면서 성공을 통해 완전해지기를 추구합니다.

자기 자신이 진정 누구인지―모든 것을 수용하는 활짝 열린 공간―를 발견할 때 실패나 질병, 추함, 무력함, 불안, 약함은 회피해야 하는 것이 아니라 껴안아지는 것임을 발견합니다. 모든 물결―우리가 가장 두려워하는 물결, 가장 큰 위협으로 보이는 물결을 포함한 모든 물결―은 이미 삶의 바다에 껴안아집니다. 참된 당신은 하나의 이미지가 아니며, 어떤 물결에도 위협받을 수 없습니다. 위협받을 수 있는 것은 오직 이미지뿐입니다.

모든 일이 일어나는 드넓은 공간을 자기 자신으로 여겨 보세요. 자기 자신이 바로 이 순간을 가능하게 하는 능력임을 아세요. 그리고 모든 느낌―좋거나 나쁜, 긍정적이거나 부정적인 느낌―이 이미 자기 자신에게 깊이 받아들여진다는 것을 알아차리세요. 그것들은 우리의 삶 내내 늘 나타나고 있었는데, 그게 우리에게 필요한 모든 증거입니다. 모든 경험의 물결을 전적으로 껴안음, 이게 바로 우리가 언제나 찾고 있던 사랑입니다.

**부정적인 생각이라는 것은 없다**

우리는 생각을 통제하려고 몹시 노력합니다. 그렇지 않나요? 우리는 긍정적인, 다정한, 친절한, 자비로운, 영적인 생각을 하려고 노력하고, 나쁜, 악한, 파괴적인, 냉담한, 폭력적인, 죄가 되는 생각을 몰아내려고 노력합니다. 어떤 생각들은 아예 생각하지도 말아야 한다고 믿습니다. 예를 들어, 살인에 관한 생각은 아예 떠올리지도 말아야 합니다. 사랑하는 사람들에 대해 나쁜 생각을 하면 안 됩니다. 판단하면 안 됩니다. 섹스에 대해 생각하면 안 됩니다. 미래에 일어날 일을 생각하면 안 됩니다. 부정적인 생각을 하면 안 됩니다. 너무 많은 생각을 하면 안 됩니다. 내 생각에 귀를 기울이면 안 됩니다. 나는 깨달아야 하고, 아무 생각도 하지 말아야 합니다.

생각을 통제하려 하면, 바다의 물결을 통제하려 하면, 결국 수많은 괴로움을 만들어 내게 됩니다. 그런 시도는 자기에 관한 환상에 기반을 두고 있기 때문입니다. 아마 5초 이상 명상을 해 본 사람이라면 생각을 통제할 수 없음을 알아차렸을 것입니다. 내일 일어날 생각은 고사하고, 다음번에 일어날 생각조차 알 수 없습니다. 생각은 삶의 드넓은 공간에서 자유로이 나타날 뿐입니다. 생각들은 하늘에 떠가는 구름처럼 알아차림(앎)으로 들어오고 나갑니다. 가장 시끄러운 생각의 한가운데에서도 아주 고요한 무엇, 깊이 평화로운 무엇이 있습니다. 그것이 참된 당신입니다. 그것은 모든 생각이 오고 감을 지켜봅니다. 그리고 모든 생각이 오고 가도록 허용합니다.

우리는 다음에 어떤 생각이 일어날지 알 수 없습니다. 우리는 심지어 어떤 것에 관해 생각하지 '않을' 능력조차 없습니다. 어떤 것에 관해 생각하지 '않으려' 노력할 때면 어떤 일이 일어나나요? 그 생각, 그 이미지가 나타납니다. 그러지 않을 수 없습니다. 우리는 어떤 것에 대해 생각하지 않을 수 없습니다. 생각하지 않아야 한다는 대상을 안다는 사실 자체가 그 생각이 이미 나타나고 있음을 의미합니다. 자기 자신이나 다른 사람에게 그 사실을 인정하고 싶지 않더라도!

우리가 품고 있는 수많은 환상 중 하나는, 자신이 '생각을 하는 자'라는 것입니다. 실제로는 생각들이 참된 당신인 드넓은 고요 안에서 나타납니다. 그리고 "내가 그 생각을 하고 있어!"라는 것도 또 하나의 생각일 뿐입니다. 생각들은 개인의 것이 아니지만, 우리는 생각들이 우리의 것이라고 믿습니다. 그래서 이제 우리에게는 둘이 있는 것처럼 보입니다. 하나의 생각, 그리고 그 생각을 하는 자인 '나'라는 개인. 하지만 이는 억측에 불과합니다. 우리는 실제로는 '생각'과 '생각하는 자'의 분리를 전혀 경험하지 못합니다. 그저 생각들이 참된 우리 자신 안에서 오고 가는 것을 발견할 뿐입니다. 생각을 하는 자는 없습니다. 지금 나타나는 생각이 있을 뿐입니다. "나는 생각하는 자다"라는 것은 단지 또 하나의 생각일 뿐입니다!

참된 명상의 본질은, 생각이 오고 가는 드넓은 열린 공간으로 편안히 이완되는 것이며, 생각은 개인의 것이 아님을 알아차리는 것입니다.

이제 이런 광경을 한번 상상해 보세요. 어린아이가 부모에게 다가가서 말합니다. "엄마 아빠, 형이 죽어 버리면 좋겠다는 생각이 들었어요! 컴퓨터를 쓰고 싶은데 형이 못 쓰게 하니까요!" 부모는 대답합니다. "아니! 그건 아주 나쁜 생각이야! 그런 생각을 하면 안 돼! 그런 생각을 하다니 넌 참 나쁜 아이로구나! 못된 아이야! 너 같은 애한테 줄 저녁밥은 없어! 네 방으로 가 버려!" 부모의 말에는 어린아이가 스스로 그 생각을 하고 있으며, 그러니 아이가 그 생각에 대한 책임을 져야 한다는 의미가 담겨 있습니다. '나쁜' 생각을 한 '나쁜' 사람이 존재하며, 나쁜 생각을 한 나쁜 사람은 잘못을 저질렀으니 반드시 처벌받아야 한다는 것입니다. 그들은 만일 어떤 '나쁜' 생각(그들이 나쁘다고 판단하는 생각)이 나타나면 분명히 그 사람이 그 생각을 만들어 냈다고 믿는데, 그건 그들의 억측입니다.

아이의 관점에서 보면, 그 아이는 그 생각을 하겠다는 선택을 하지 않았습니다. 그 생각은 그냥 불쑥 나타났을 뿐입니다. 그것은 형에 대한 화의 표현이었고, 현재 경험에 깊이 받아들여지지 않은 화의 표현이었습니다. 화가 지금 여기에서 깊이 받아들여지지 않을 때, 우리는 참된 자기 자신이 누구인지를 잊어버린 채 "나는 화가 난 '사람'이다"라는 이야기 속으로 들어갑니다. 그 뒤 화가 난 '사람'은 받아들여지지 않은 화의 불편함에서 놓여나기를 바라면서 다른 사람에게 화를 냅니다. "나는 형을 때리고 싶어"라는 생각은 단지 "나는 형에게 몹시 화가 났어. 너무 화가 나서 지금 이 순간, 딱 지금만 그를 때리고 싶다고 '느껴.' 나는 이 기분을 당신과 소통하기 위해 노력하고 있어. 나는 그저 '괜찮음'을 추구하고 있어"라는 뜻일 뿐입니다.

하지만 이제 아이는 '나쁜' 생각을 만들어 내는 '나쁜' 사람이 있다는 말을 들었습니다. 그것은 당신이 악마에게 사로잡혔다는(또는 적어도 당신에게 근본적으로 뭔가 잘못되었다는) 말을 들은 것이나 마찬가지입니다. 악한 생각을 하는 악한 자가 있다는 것입니다. 죄짓는 생각을 하는 죄인이 있다는 것입니다. 아이의 뇌에 문제가 있어 병든 생각을 만들어 내고 있다는 것입니다.

그래서 아이는 생각합니다. "나쁜 생각을 하면 안 돼(내면 깊은 곳에서는 애초에 내가 생각을 선택하지 않았다는 걸 알지만). 나쁜 짓을 하면 안 돼. 나쁜 짓을 하면 엄마와 아빠는 나를 사랑하지 않을 테니까."

이제 나쁜 생각은, 그리고 아마 화도 어떤 식으로든 억압될 것입니다. "사람들이 죽는 일에 관한 생각, 사람들에게 해를 입히는 일에 관한 생각, 사람들에 관해 좋지 않은 생각은 괜찮지 않아. 엄마와 아빠가 나에게 그렇게 말했어. 그런 생각을 해서 그분들의 사랑과 인정을 잃는 위험을 무릅쓰고 싶지 않아."

그렇게 해서 생각과 벌이는 전쟁이 시작됩니다.

이런 일이 이 사례처럼 언제나 극적으로 일어나는 것은 아니지만, 우리는 자라면서 어떤 생각은 나쁘거나 어둡거나 건강하지 않거나 병들거나 죄짓거나 부정적인 것이라고, 그리고 더 중요하게는, 우리 자신이 그런 못된 생각을 만들어 내는 사람이라고 믿도록 길들여졌습니다. 어떤 생각은 아예 하지도 말아야 합니다. 어떤 생각은 본래 좋지 않습니다. 그래서 우리는 이런 생각들을 없애고 몰아내려 갖은 노력을 다합니다.

우리가 생각과 전쟁을 벌이는 까닭은 아마 또 하나의 미신 때문일 것입니다. 만일 우리가 어떤 것을 너무 오래 또는 강렬하게 느끼면,

심지어 조금이라도 느끼면, 우리는 그것이 되고 말 거라고 믿는 것입니다. 우리는 이렇게 믿습니다. "만일 내가 그 일에 관해 계속 생각하면, 그 일이 이루어질 거야. 만일 내가 그 일에 관해 계속 생각하면, 그 일이 일어날 거야. 만일 내가 그것에 관해 계속 생각하면, 그것을 끌어당기게 될 거야. 만일 내가 그것에 관해 계속 생각하면, 나는 그것이 될 거야. 만일 내가 그런 생각을 하면, 부모님(또는 선생님, 상사, 구루, 배우자, 신)이 알아낼 테고, 나는 벌을 받을 거야. 만일 내가 그런 생각을 하면, 사람들은 내가 그런 생각을 하고 있다는 것을 '알게' 될 테고, 그들은 나를 비난할 거야. 그들은 감추고 싶은 나의 진짜 모습을 보게 될 테고, 온 세상이 나를 거부할 거야. 그들은 불순하고 흠 많은 내 진짜 모습을 보게 될 거야."

만일 내가 어떤 생각을 하는지 그들이 알게 되면, 그들은 나를 사랑하지 않을 거야.

환히 웃는 여성을 만난 적이 있습니다. 그녀는 자신이 얼마나 긍정적인 사람인지 얘기했습니다. 그녀의 말에 따르면, 그녀는 세상에서 가장 긍정적인 사람이었습니다! 무척이나 긍정적이었고, 가는 곳마다 긍정성을 퍼뜨렸습니다. 긍정성으로 온 우주를 환히 밝혀 주었습니다. 그녀는 사랑과 기쁨과 행복의 큰 횃불이었습니다. '밝은 존재'였습니다.

그런데 그녀를 괴롭히던 문제가 딱 하나 있었습니다. 이상하게 부정적인 존재, 불행한 유령 같은 것이 한시도 떠나지 않고 그녀를 따라다닌다는 것이었습니다. 그녀가 어디에 있든, 누구와 얘기하든, 무슨 일을 하든, 그 유령은 언제나 그녀 곁에 있으면서 부정적인 에너지를 퍼뜨리고 그녀의 머리를 부정적인 생각으로 가득 채웠습니다. 그녀는 왜 그 유령이 거기에 있는지, 떠나지 않는지 이해할 수 없었습니다. 그녀는 대단히 긍정적인 사람인데, 왜 불행한 유령이 스토커처럼 따라다니면서 괴롭히는 걸까요? 그녀는 그 유령을 쫓아내려 온갖 노력을 다해 보았지만, 그는 꿈쩍도 하지 않았습니다. 왜 그녀는 그 유령을 쫓아낼 수 없었을까요?

아마 짐작했겠지만, 그 유령은 그녀 자신이었습니다. 그녀는 너무 부정적이라고 여겨진 자신의 모든 부분, "나는 세상에서 가장 긍정적인 사람이야"라는 정체성(이미지)에 들어맞지 않는 모든 물결을 이 불행한 유령에게 투사했고, 다음에는 그를 자기 바깥의 존재로 경험했던 것입니다. "이 부정성은 내 안에 있는 게 아니야. 그건 그 유령 속에 있어!"

여기에서 추구하는 자가 얼마나 영리한지 보이나요? 우리는 믿고 싶은 자신의 이미지에 들어맞지 않는 것을 어떤 식으로든 몰아냅니다. 그 여성은 자신이 그러고 있다는 사실을 모르고 있었는데, 나는 그녀와 대화하면서 바깥에는 어떤 유령도 없음을, 그녀 자신이 바로 그 유령임을 알아차리도록 도왔습니다. 그리고 부정성도 괜찮다는 것을, 그 안에는 진실이 있다는 것을, 그건 참된 자기 자신에게 위협이 되지 않는다는 것을 알게 되었습니다. 그녀는 단지 그 유령을 더욱더 사랑하고, 그를 자기 자신으로 통합할 필요가 있었을 뿐입니다. 참된 자기 자신은 모든 긍정성과 모든 부정성을 허용한다는 것을 그녀는 깨닫게 될 것입니다. 참된 그녀 자신은 양극단의 너머에 있었습니다. 그리고 거기에서는 사실 긍정적인 사람이라는 이미지를, 또는 어떤 이미지라도 지킬 필요가 없었습니다.

어떤 면에서 우리 모두는 이 사랑스러운 여성과 같아서, 보고 싶은 자기 모습, 남들에게도 그리 보이고 싶은 자기 모습에 들어맞지 않는 경험의 물결을 몰아냅니다. 자신의 긍정적인 이미지를 지키고 싶을 때는 부정적으로 인식되는 것(이미지, 생각)들과 전쟁을 벌이지 않을 수 없게 됩니다.

하지만 참된 우리 자신은 긍정적인 생각과 부정적인 생각을 구분하지 않으며, 긍정적인 것과 부정적인 것을 보지 않습니다. 모든 생각은 참된 우리 자신 안에서 오고 가도록 허용됩니다. 우리는 영화 스크린에 어떤 영화든—로맨틱 코미디 영화든 전쟁 영화든 공포 영화든 '긍정적'이고 행복한 영화든 불쾌하고 '부정적인' 영화든—투사할 수 있지만, 스크린은 그 어떤 것에도 닿지 않은 채 그대로 있습니다. 스크린 위에 나타나는 어떤 영화도 스크린을 손상할 수 없습니다. 어떤 생각도, 아무리 '부정적인' 생각이라도 스크린을 상하게 하거나 오염시키거나 더럽히거나 부서뜨릴 수 없습니다. 어떤 생각이든 모든 생각은 알아차림(앎)이라는 스크린 위에 허용됩니다. 우리는 이 영화 스크린과 같습니다. 우리는 생각하는 자가 아닙니다. 생각들이 그저 나타날 뿐입니다.

"나는 아무짝에도 쓸모없는 인간이야"라거나 "나는 완전히 실패자야" 같은 생각, 심지어 "친구가 미워"라거나 "그가 죽어 버리면 좋겠어" 같은 폭력적인 생각이 나타날 때면, 일종의 공황 상태가 시작될 수 있습니다. "그런 생각을 하면 안 돼. 맙소사, 그런 생각이 어디에서 나온 거야? 난 뭔가 문제 있는 인간인가 봐. 아냐, 나는 좋은 사람이야! 나는 친구를 사랑해. 나는 절대로 그 애가 그렇게 되기를 바라지 않아. 세상에, 그런 생각을 했다는 건 내가 그 애를 정말로 죽이려 한다는 뜻인지도 몰라! 아니, 그럼 안 돼. 나는 살인자가 아니잖아. 맙소사, 나는 그 생각을 없애야 해. 그 생각은 내가 아니야. 그건 사악해!" 우리는 "나는 그런 생각을 하면 안 돼"라는 생각을 믿어서 고통을 당합니다.

우리는 어떤 일에 대해 생각하면 그 일이 실현될까 봐 두려워하지만, 앞에서 말했듯이 그건 미신입니다. 진실은, 어떤 생각이 나타나도록 더 많이 허용할수록 그 생각이 행동으로 옮겨질 가능성은 더 작아진다는 것입니다. 그 생각을 무시하고 억누르고 없애려 애쓸수록 우리는 그 생각과 더욱더 전쟁을 벌이게 되고, 자기 자신과 더욱더 싸우게 되고, 우리가 두려워하는 일을 실제로 저질러 버릴 것 같다는 느낌이 더 강해집니다. 내면에서 더 많이 전쟁을 벌일수록 그 전쟁이 세상으로 표출될 가능성은 더 커집니다.

자녀들에게 분노를 폭발했던 아버지는 이 역학이 작용한 사례를 보여 줍니다. 자녀들을 통제할 수 없어서 무력감을 느끼며 좌절했던 그 아버지는 온갖 생각을, 아버지로서 '절대 해서는 안 되는' 생각들을 했습니다. 그는 어린 자녀들을 해치고 싶다는, 심지어 아이들을 죽이고 자신도 죽어 버리고 싶다는 생각을 했습니다(그 아버지가 그런 생각을 했다는 사실을 인정하고 나에게 털어놓는 데는 참된 용기와 굉장한 정직이 필요했습니다.) 그는 비밀로 간직해야만 할 것 같은, 남들은 아무도 하지 않을 것 같은, 자신에게 무언가 문제가 있다고 여겨지게 되는 생각들을 했습니다.

그런 '폭력적인' 생각들이 떠오르자, 그 아버지는 자신이 그런 생각을 했다는 사실에 충격을 받았습니다. "나는 얼마나 나쁘고 악하고 잔인한 '생각하는 자'란 말인가!" 그런 생각들은 그가 믿었던 모든 것—아버지로서, 남자로서, 인간으로서 마땅한 도리라고 믿었던 모든 것—에 위배되는 것이었습니다. 그런데도 그런 생각들은 나타났고, 그는 그런 생각을 통제할 수가 없었습니다.

그리고 그럴 때 공황 상태가 정말 시작됩니다. "오 맙소사, 그런 생각을 하면 안 돼! 대체 나한테 무슨 문제가 있는 거지? 나는 세상에서 최악의 아버지야. 실패한 아버지야. 형편없는 인간이야. 나는 영적인 깨어남과는 너무나 거리가 먼 인간이야! 나는 병든 인간이야! 어떻게 하면 그런 생각들을 없앨 수 있지? 나는 마음에 병이 든 것 같아! 누가 나 좀 도와주세요! 나 좀 도와주세요!"

그렇게 완전한 공황 상태와 무력감에 빠져든 그는 자녀들을 맹렬히 비난했습니다. 다시 말하지만, 맹렬한 분노는 '위험한' 생각에서 벗어나고 놓여나기 위한 하나의 방법입니다. 그런데 아이러니하게도 진정한 위험은 그런 생각 자체에 있는 게 아니라, 그 생각에서 벗어나기 위해 맹렬히 분노하는 데에 있습니다. 그 생각들은 아무 잘못이 없습니다. 괴로움이 시작되는 까닭은 그런 생각들을 잘못되었다고 판단하고 거부하기 때문입니다.

"내 아이들을 죽여 버리고 싶어"라는 생각은 좋은 아버지의 이미지에 들어맞지 않습니다! 이런 생각들은 아버지—또는 누구든 그런 문제를 겪는 사람—가 해서는 안 된다고 여겨지는 생각입니다. 하지만 진실은, 그 순간에 그런 생각들이 나타나고 있었다는 것입니다. 그것이 '현실'이었습니다. 그리고, 현실이 아무리 괴롭더라도, 현실을 부정하고 싶어 하는 자는 누구일까요? 오직 '추구하는 자'만이 그렇게 합니다. 추구하는 자는 부정을 먹으며 번성합니다. 추구하는 자는 부정에서 빠져나와 그냥 진실을 '인정'하는 것을 두려워할 수 있습니다. 그러면 추구하는 자가 지키려 하는 이미지가 파괴되기 때문입니다.

그 아버지는 내면 깊은 곳에서는 자신이 자녀들에게 손찌검하지 않으리라는 것을 알았지만, 여전히 '나쁜' 생각들이 나타났습니다. 그 상황을 통제할 수 없다는 무력감과 좌절, 절망의 표현으로……. 추구하는 자는 그런 불편함에서 벗어날 출구를 애타게 찾고 있었고, 마음은 극단으로 치달았습니다. "내 아이들을 죽이면 나는 평화로워질 거야." 추구하는 자는 점점 더 필사적으로 벗어나고 싶어 했고, 극단적인 생각들이 나타나고 있었습니다. 그리고 그런 생각들에는 순식간에 악한 생각, 병든 생각, 해로운 생각이라는 꼬리표가 붙었습니다. 그리고 자신이 스스로 그런 생각을 했다고 믿었기 때문에 그 아버지는 이제 자녀를 통제할 수 없을 뿐만 아니라 자녀를 가질 자격도, 살아갈 자격도 없는 악한 아버지, 병든 남자, 끔찍한 사람이 되어 버렸습니다. 그렇게 고통 위에 고통이 더해졌습니다.

만일 그런 생각을 그냥 허용했다면, 아마 공황 상태가 시작되지 않았을 것이고, 자신에게 그렇게 화가 나지도, 그렇게 겁에 질리지도 않았을 것이며, 무력감에 빠져 자녀들에게 고함을 지르지도 않았을 것입니다. 우리는 두려워서 가장 부정적인 생각들을 허용하지 못합니다. 왜냐하면 그런 생각이 '우리에 관해 말하는' 바를 두려워하기 때문입니다. 그리고 그런 생각을 허용하면, 그런 생각이 참된 우리 자신인 공간 안에 있도록 허용하면, 그 생각들이 우리를 점령해 버릴 것이라고 상상하기 때문입니다. 사실은 그 반대입니다. 우리가 그런 생각을 거부할 때, 그런 생각을 벗어나려 할 때, 그런 생각을 했다는 이유로 자신을 처벌할 때, 대체로 그런 생각은 점점 더 커지고 중요해지는 것입니다. 그래서 벗어나려는 욕구와 추구가 몹시 강렬해지면, 심지어 가장 평화로워 보이는 사람조차 폭력적으로 변할 수 있습니다. 연쇄살인을 저지른 범인이 알고 보니 평소에 평범한 사람이었다는 텔레비전 뉴스를 떠올려 보세요. 그 살인자의 친구와 지인들은 기자와 인터뷰하면서 말합니다. "하지만 그는 평소에 차분하고 점잖은 사람 같았는데……"

참 신기하게도, 폭력적인 생각을 온전히 허용할 때 폭력이 끝납니다. 참된 평화는 폭력과 전쟁을 벌이지 않습니다. 영화 스크린은 어떤 것을 다른 것보다 더 좋아하지 않습니다. 긍정적인 영화, 부정적인 영화, 사랑 영화, 폭력적인 영화…… 그것들은 모두 스크린 위에서 오고 가도록 허용됩니다. 폭력적인 영화가 상영된다고 해서 스크린이 더욱 폭력적으로 변하지는 않습니다. 스크린은 절대로 공황 상태에 빠지지 않습니다. 왜냐하면 스크린은 모든 생각이 자기 위에서 뛰어놀도록 허용됨을 알기 때문입니다.

만일 우리가 자기의 어떤 이미지를 유지하려고 애쓰지 않는다면, 우리가 거부하는 이 모든 생각은 전혀 문제가 되지 않을 것입니다. "나는 비폭력적인 사람이야." "나는 긍정적인 사람이야." "나는 행복한 사람이야." "나는 백 퍼센트 사랑인 빛의 존재야." 훌륭합니다! 하지만 그런 이미지를 가지고 있으면, 그런 자기 이미지에 들어맞지 않는 모든 생각과 전쟁을 벌이게 될 것입니다.

만일 긍정적인 사람이라는 자기 이미지를 지키려 애쓴다면, 부정적인 생각을 거의 허용하지 않을 것입니다. 성공한 사람이라는 이미지를 지키려 한다면, 실패에 관한 생각을 허용하지 않을 것입니다. 깨달은 사람, 영적인 사람이라는 이미지를 지키려 한다면, 깨닫지 못한 듯한, 영적이지 않은 듯한 생각―화난 생각, 성적인 생각, 두려운 생각―을 허용하지 않을 것입니다. 순수하려고 애쓰는 사람은 불순하다고 믿게 된 생각을 허용하지 않을 것입니다. 더 심한 경우, 만일 자신이 생각을 완전히 초월한 깨달은 존재라고 믿는 사람이라면, 아예 어떤 생각도 허용하지 않으려 할 것입니다. 자기의 어떤 이미지를 유지하려는 순간, 우리는 생각과 갈등을 빚을 것입니다. 가장 비폭력적인 사람이라는 이미지를 유지하려는 개인은 자기의 비폭력적인 이미지를 위협하는 생각을 상대로 전쟁을 벌일 것입니다. 우리는 자기의 이미지를 방어하려고 전쟁을 벌이며, 우리의 이미지들은 언제나 생각에 위협받는 것처럼 보입니다.

사람들은 긍정적인 생각과 부정적인 생각에 관해 많이 얘기하지만, 이제 우리는 부정적인 생각이라는 것이 없음을 알게 되었습니다. "나는 못생겼어"라는 생각은 부정적인 생각이 아닙니다. 그것은 우리가 '부정적'이라고 꼬리표를 붙이는 생각이며, 우리가 그러는 이유는 그 생각이 우리에 대해 말하는 바를 좋아하지 않기 때문입니다. "나는 못생겼어"라는 생각이 우리를 화나게 하는 이유는 우리가 못생겼음을 경험하도록 허용하고 싶지 않기 때문입니다. "나는 실패자야"라는 생각이 우리를 화나게 하는 이유는 우리가 실패를 깊이 껴안고 싶지 않기 때문이며, 실패를 껴안으면 성공한 사람이라는 자기 이미지에 위협이 될 것이기 때문입니다. 우리는 '부정적인' 생각을 모두 몰아내고 오로지 '긍정적인' 생각만을 하려고 노력합니다.

요즘 긍정적인 생각이 크게 유행하고 있습니다. 그러나 이런 방법은 결국에는 효과가 없습니다. 반대되는 생각이 언제나 함께 올라오기 때문입니다. 흔히 우리는 긍정적인 생각을 하고 있다고 생각하지만, 실제로는 부정적인 생각을 긍정적인 생각으로 덮을 뿐입니다. 부정적인 생각은 여전히 저 밑에 남아 웅성거리고 있으며, 아무런 예고 없이 불현듯 우리의 모든 즐거움을 망쳐 버릴 준비가 되어 있습니다! 자신이 못생겼다고 느낄 때 그 못생겼다는 느낌을 받아들이지 않으면, 우리는 긍정적으로 생각하고 느끼려 애쓰면서 못생김을 억누르려 합니다. 하지만 그러면 우리의 아름다움은 자신에게도, 남들에게도 공허해지고 표피적인 것이 되며, 우리가 진실로 갈망하는 것을 주지 못합니다.

긍정적인 생각을 추구할 때 실제로는 부정적인 생각이 창조된다고 말할 수도 있습니다. 그 둘은 서로가 없이는 존재할 수 없습니다. 그래서 긍정적인 생각은 실제로는 부정적인 생각을 창조합니다.

어떤 사람들은 부정적인 생각이 자신을 공격하거나 괴롭힌다고 말합니다. 그렇지만 기억하세요, 참된 우리 자신은 공격받을 수 없습니다. 공격받을 수 있는 것은 오직 이미지뿐입니다. 그러므로 어떤 생각을 부정적인 것으로 경험하거나, 개인적으로 공격받는다고 느낄 때는 자기의 어떤 이미지를 방어하고 있다는 신호입니다. 자기의 이미지를 방어하고 있지 않을 때는 모든 생각이 일어나고 사라지도록 허용합니다. 그러면 모든 생각이 진실함을, 다시 말해 모든 생각에 진실이 담겨 있음을 보게 됩니다. 우리가 정직하다면 모든 것이 자기 안에 있음을 볼 수 있으며, 그럴 때 생각은 우리의 적이 아닙니다. 우리가 '부정적'이라고 여기는 모든 생각은 실제로는 소중한 친구입니다. 우리가 여전히 방어하는 자기의 거짓된 이미지를 보여 주려 하는…….

그것은 마치 삶이 그 무한한 연민으로 우리의 거짓된 이미지를 파괴해 주려는 것과 같습니다. 만일 우리가 아름답다는 이미지를 고수하려 하면, 추함이 함께 와서 그 이미지를 파괴해 주려고 할 것입니다. 만일 우리가 성공한 사람이라는 이미지를 고수하려 하면, 실패가 우리를 계속 때리기 시작할 것입니다. 마침내 우리가 실제 현실을 볼 때까지. 그건 마치 삶이 완벽한 균형을 이루고 싶어 하는 것과 같습니다. 삶은 아름답고 추하기를 원합니다. 둘 중 하나만 원하는 것이 아니라……. 삶은 모든 것을 원합니다. 삶은 모든 것이기 때문입니다. 그래서 우리가 부정적인 생각이라고 경험하는 것은 사실은 스스로 균형을 잡으려 하는 삶인지도 모릅니다. 우리가 고통에 정말로 귀를 기울이면, 고통은 우리가 여전히 전쟁을 벌이는 대상이 무엇인지 언제나 보여 줍니다. 우리가 무엇을 추구하는지 언제나 보여 줍니다.

그래서 "나는 못생겼어"라는 생각은 못생겼다는 느낌을 깊이 허용해 보도록 부르는 초대장입니다. "나는 실패자야"라는 생각은 우리가 그 순간 실패자라는 느낌을 깊이 허용하도록 초대합니다. 우리는 자신이 누구인지를, 자신이 바로 삶 자체를 가능하게 하는 막대한 능력임을 너무나 쉽게 잊어버린 채, 하나의 생각과 전쟁을 벌이면서 '부정적'이라는 꼬리표를 붙일 뿐, 그 생각에 담긴 진실을 보지 못합니다. 우리가 열려 있다면 하나의 생각에서, 심지어 우리 자신에 관한 가장 '부정적인' 생각에서도 언제나 진실을 발견할 수 있습니다. 그럴 때 우리가 여태 자기라고 생각한 것은 참된 자기 자신이 아님을 보게 됩니다. 우리는 무한하고 자유로우며, 모든 삶을 담을 만큼 드넓습니다.

우리는 자기 이미지를 보호하려 노력하면서도 그 사실을 알아차리지 못할 때가 많습니다. 언젠가 어느 여성은 자신이 얼마나 '정체성이 없는지'를 얘기했습니다. 그녀는 오랫동안 비이원성—아드바이타—에 대해 공부했고, 열 명 이상의 유명한 영적 스승에게 배웠으며, 온갖 종류의 깨어나는 경험을 한 뒤, 마침내 자신의 모든 정체성을 벗어 버렸다고 말했습니다. 그녀의 말에 따르면, 이제 그녀는 어떤 개인이 아니었습니다. 이제 그녀는 아무도 아니었습니다. 그녀에게는 어떤 이미지도 없었습니다. 그녀는 단순히 알아차림(앎)의 열린 공간이었습니다. 그녀는 모든 역할—어머니, 아내, 딸, 영적 구도자—을 초월했습니다.

하지만 그녀를 괴롭히는 문제가 하나 있었습니다.

"그건 나의 자녀들이에요!" 그녀는 말했습니다. "내 아이들을 이해하지 못하겠어요. 그 아이들은 나를 자기의 어머니로 봐요! 그 아이들은 내가 실제로는 자기의 어머니가 아니라는 걸 왜 보지 못하는 걸까요? 궁극적으로 나는 아무것도 아니고 아무도 아니라는 걸 왜 보지 못하는 걸까요?" 그녀는 자녀들이 자신을 실재의 관점으로 받아들이지 못해서 자기 삶에 많은 고통과 혼란이 일어나고 있고, 그 때문에 더 혼란스럽다고 말했습니다. '깨어남' 뒤에는 전혀 혼란스럽지 않을 것이라고 생각했기 때문입니다! "내가 진정 누구인지를 아이들이 볼 수만 있다면 얼마나 좋을까요!" 그녀는 말했습니다. "아이들은 내가 실제로는 자기의 어머니가 아니라는 걸 볼 수 없는 걸까요? 나에겐 어떤 정체성도 없다는 걸 볼 수 없는 걸까요? 이제 나는 나에 관한 어떤 '이야기'도 가지고 있지 않다는 걸 볼 수 없는 걸까요?"

나는 말했습니다. "하지만 당신은 '이야기'를 가지고 있습니다. '나는 아무 이야기도 가지고 있지 않아'라는 게 당신의 이야기죠. 그리고 '나는 그들의 어머니가 아니야'라는 게 당신의 정체성입니다. 그래서 자녀들이 당신을 어머니라고 부를 때마다, 그건 '나는 어머니가 아니야'라는 당신의 정체성과 이미지에 위협이 되죠. 아이들이 당신을 어머니라고 부를 때마다 당신이 괴로움을 느끼는 것은 그 때문입니다.

아이들의 이미지가 당신의 이미지와 충돌하는 겁니다."

그녀는 자신이 겪는 모든 고통의 원인이 무엇인지 깨달았습니다. 그녀는 자녀들이 자신에게 줄 수 없는 것을 추구하고 있었던 것입니다. 그녀는 '어머니 아님'이라는 자기 이미지를 지키기 위해 마음속에서 자녀들과 전쟁을 벌이고 있었습니다. 그래서 자녀들의 말에 귀를 기울이지 않았습니다. 그리고 자신에게 정체성이 없으며 자신은 어떤 것도 추구하지 않는다고 생각했지만, 실제로는 추구가 여전히 계속되고 있었습니다.

심지어 "나는 어떤 정체성도 없다"라거나 "나는 아무도 아니다"라는 영적 정체성조차 또 하나의 정체성, 또 하나의 함정, 또 하나의 지키고 싶은 이미지, 또 하나의 방어하려는 이야기가 될 수 있습니다. 만일 자신이 아무도 아니라는 이미지를 지키려 한다면, 그 이미지를 받아들이지 않는 사람과 마음속으로 전쟁을 벌이게 될 것입니다. 그럴 때는 "나는 아무도 아니지만, 당신은 여전히 어떤 사람이야"라는 등의 말을 하게 되고 내적인 갈등을 겪게 될 것입니다. 어떤 이미지를 방어할 때는 언제나 갈등을 겪고, 그 때문에 고통을 당하게 됩니다. 자신이 아무리 많이 '깨어났다'고 생각하더라도……. 이 여성에게 집으로 돌아오는 길을 가리켜 준 것은 결국 그녀의 고통이었습니다. 모든 이미지는 삶 앞에서 허물어집니다.

자신이나 남들의 어떤 생각과 판단이 당신을 힘들게 하나요? 당신이 '부정적'이라고 인식하는 것은 어떤 생각들인가요? 이 인식을 통해, 자신이 지금 어떤 이미지를 여전히 방어하고 있는지 알 수 있나

153

요? 자기의 거짓된 이미지를 방어하기 위해 전쟁을 시작하는 곳은 어디인가요? 어떤 경험의 물결로부터 자신을 보호하려 애쓰나요? 당신이 허용하지 않는 것은 무엇인가요? 그리고 자신이 허용하지 않으려 하는 것이 이미 허용되었다는 사실을 알아차릴 수 있나요?

모든 고통, 모든 갈등에는 자신을 어떤 이미지와 동일시하는 짓을 그치고, 지금 이 순간의 경험 속에 있는 가장 깊은 받아들임을 발견하도록 부르는 초대장이 담겨 있습니다.

우리는 이제 추구의 기본 원리를 알게 되었습니다.

• 우리는 자신을 바다에서 분리된 물결로 경험하고, 지금 이 순간의 경험에 있는 완전함을 보지 않으며, 미래의 '완전함'을 추구합니다.

• 돈, 섹스, 깨달음, 명성, 아름다움…… 이 가운데 어느 것이 당신에게 추구의 끝을 상징하나요? 우리가 이런 것들에 힘을 부여하면, 그것들은 우리를 완전하게 해 줄 힘을 가진 것처럼 보입니다. 그러면 우리는 그것들을 신비화하고 갈망하며 좇고 숭배하고, 그것들이 되기를 원합니다. 우리는 미래의 온전함에 중독되었습니다. 하지만 우리가 정말로 찾으려 하는 것은 찾지 못합니다. 우리가 지금 이 순간 진정 누구인지를 발견하기 전에는.

• 우리는 자신의 완전함에 위협이 된다고 여겨지는 경험—추함, 나약함, 실패, 무력감—을 피하려 합니다. 그러나 이런 것들은 우리의 완전함을 실제로 위협하는 것이 아닙니다. 바다가 모든 물결을 받아들이듯이 그 모든 것이 이미 깊이 받아들여지고 있으며, 우리에게

필요한 것은 이 받아들임을 지금 이 순간 알아차리는 게 전부입니다. 모든 생각과 느낌은 참된 우리 자신 안에서 오고 가도록 허용됩니다.

- 깊은 받아들임은 우리가 성취하는 것이 아닙니다. 그것은 우리의 본질입니다. 참된 우리 자신은 열린 공간이며, 모든 경험의 물결이 그 안에서 오고 가도록 허용됩니다. 열린 공간은 그 안에서 나타나는 모든 것과 분리될 수 없습니다. 그것은 모든 물결과 분리될 수 없는 바다입니다. 이게 바로 우리가 언제나 갈망했던 친밀함과 사랑입니다. 우리 현재 경험의 한가운데에 있는 친밀함.

- 겉보기에 반대로 보이는 것—좋은, 나쁜, 건강한, 건강하지 않은, 깨달은, 깨닫지 않은—은 열린 공간인 우리 자신을 규정할 수 없습니다. 우리는 부정적인 것을 피해 달아나고 긍정적인 것에 도달하려 애쓰는데, 삶을 피하려는 이 시도가 바로 고통입니다. 고통은 언제나 우리가 지금 깊이 받아들이지 않는 것이 무엇인지를 발견하고, 우리가 받아들이지 않는 것이 이미 받아들여지고 있음을 보도록 부르는 초대장입니다.

- 열린 공간인 참된 우리 자신은 추구하는 자가 아닙니다. 우리는 추구가 일어남을 보는 무엇입니다. 우리는 시간 속에서 자신을 완전하게 만들려 하는 하나의 불완전한 개인이 아닙니다. 추구의 끝은 추구자가 미래에 발견하는 게 아닙니다. 지금 이 순간, 우리 자신이 바로 추구의 끝입니다. 지금 이 순간, 우리는 우리가 추구하는 것입니다.

추구 기제의 비유는 놀라우리만큼 원리를 잘 설명해 줍니다. 다른 방법으로는 우리가 이해하기 힘든 고통을 이해하도록 도와줍니다. 이 기제의 기본 원리를 이해했으니, 이제는 이 역학이 우리의 일상생활에서 어떻게 드러나는지 더 자세하게 들여다볼 것입니다.

앞으로 우리는 이제까지 얘기한 내용과 통찰을 기본으로, 가장 친밀한 관계에서 일어나는 추구를 탐험해 볼 것입니다. 우리가 어떻게 남들에게서 사랑과 인정을 구하는지, 그리고 그것이 어떻게 갈등과 가식, 거짓, 불편한 대화로 이어지는지 볼 것입니다. 추구의 기제가 어떻게 다양한 중독과 해로운 반복 행동으로 이어지는지, 그리고 어떻게 우리가 무언가를 추구하면서 자기의 힘을 내주고 다른 사람들 —구루, 사교 집단의 교주 등 진정한 힘을 가지고 있지 않지만 그런 힘이 있다고 우리가 믿는 사람들—의 지배에 복종하는지를 보게 될 것입니다. 육체적인 통증에서 벗어나려 애쓸 때 어떻게 고통이 일어나는지, 지금 이 순간을 거부할 때 어떻게 세상에서 폭력적이고 악하다고 여겨지는 모든 행위로 이어지는지 보게 될 것입니다.

또한 우리가 도저히 받아들일 수 없다고 생각하는 상황에서도 어떻게 가장 깊은 받아들임을 발견할 수 있는지 보게 될 것입니다. 우리는 가장 어두운 곳에서도 빛을 발견할 것입니다. 우리 자신인 빛, 깨달음 자체를.

미묘하거나 덜 미묘한 모습으로 있는 추구자를 드러내면서, 이 인간 경험의 모든 측면으로 있는 추구자에게 빛을 비추면서, 우리가 어떻게 자신과 남들에게 불필요한 고통을 일으켜 왔는지 보게 될 것이며, 동시에 그 고통에서 빠져나오는 길을 발견할 것입니다. 고통에서 빠져나오는 길은 고통 속에 있습니다. 앞으로 나오게 될 상황 중에 당신에게 해당하는 상황이 있는지 한번 보기 바랍니다. 당신이 나와 같은 인간이라면, 앞으로 나오는 내용 중에 당신과 관계있는 부분이 분명 있을 것입니다!

과거나 미래에서는 당신 자신을 발견할 수 없습니다.
당신 자신을 발견할 수 있는 유일한 곳은 '지금'입니다.
추구하는 사람에게는 미래가 필요합니다.
그렇게 믿으면 당신에게는 정말 그렇게 될 것입니다.
당신은 시간이 필요해질 것입니다. 당신이 자신으로
있는 데는 시간이 필요하지 않음을 깨달을 때까지.
_에크하르트 톨레

## 2부
## 일상생활에서 깊은 받아들임

당신의 삶을 바라보세요.

초대는 어디에나 있습니다.

그것은 기쁨 속에 있고, 아픔 속에 있으며,

지루함 속에, 흥분 속에, 비통함 속에,

환희 속에, 달콤함 속에, 쓰라림 속에 있습니다.

당신이 태어날 때도 죽을 때도······.

# 5.
## 통증과 질병

암 환자를 주로 치료해 온 의사와 대화한 적이 있습니다. 그는 극심
한 신체 통증에 자주 시달리는 환자를 치료하는 데 많은 시간을 들였
습니다. 그는 환자의 신체를 치유하는 일에 우선 관심을 기울이고 있
지만, 그들이 '치유가 필요한 암 환자'라는 이야기 너머의 참된 자기
자신을 깨닫도록 돕고 싶다고 했습니다. 그러면서 어떻게 하면 이 두
가지를 조화롭게 통합시킬 수 있겠느냐고 물었습니다. 그는 신체 통
증에 시달리는 환자를 돕는 일과, 그들이 통증을 넘어서도록 돕고 싶
은 바람 사이에서 갈등을 느낄 때가 많다면서 말했습니다. "알다시
피, 나는 그동안 온갖 영적 개념을 배웠어요. 통증이라는 것은 존재
하지 않으며, 통증은 환영이라는 것, 우리는 몸이 아니며, 여기에는
아무도 없다는 것 등등. 하지만 그런 개념이 극심한 통증으로 고생하
는 사람에게 실제로 어떤 도움이 될까요?"

이 의사는 아주 중요한 점을 지적하고 있었습니다. 그 모든 영적 개념("나라는 개인은 없다", "나는 몸이 아니다", "통증은 환상이다", "죽음은 없다")은 무척 아름답고, 올바르게 이해되고 이용되면, 모든 경험—가장 고통스러운 경험을 포함하여—의 한가운데에 늘 현존하는 자유로 돌아오는 데에 정말로 도움이 될 수 있습니다.

그렇지만 동시에 이런 개념은 쉽게 오해되고 오용될 수 있습니다. 이런 개념은 우리의 현재 경험을 실제로 부정하는 데 이용될 수도 있는데, 그러면 이전보다 더 큰 고통을 일으킬 수 있습니다. "통증은 실재하지 않는다"라는 개념은 '추구하는 자'가 지금 이 순간 느끼는 통증을 느끼지 않으려고 회피하는 수단으로 이용될 수 있는 것입니다! "이것은 나의 몸이 아니다"라는 개념은 자기 몸에 관한 불편한 생각과 느낌을 직면하지 않고 회피하는 데 이용될 수 있습니다. "자아는 없다"라거나 "모든 것은 비개인적이다"라는 개념은 인간의 친밀하며 개인적인 느낌과 감정을 회피하는 데 이용될 수 있는데, 그런 느낌과 감정은 단지 참된 우리 자신인 비개인적인 공간에 깊이 허용되기를 요청할 뿐입니다. 받아들이기 힘든 인간의 감정과 느낌을 부정하기 위해 영적 개념을 이용하는 것을 가리켜 흔히 '영적 우회'라고 합니다.

마찬가지로, 극심한 통증을 겪는 사람에게 "통증은 없는 거예요. 오직 '하나'만 있을 뿐이죠"라고 말한다면, 설령 선의로 하는 말이라도 그들의 현재 경험을 부정하는 말일 수 있습니다. 그들이 틀렸고 당신이 옳다는 말일 수 있습니다. 이런 말은 일종의 오만일 수 있습니다. 영적 가르침의 어두운 면은 마음이 현실을 부정하는 데, 심지어 현실을 부정하고 있다는 사실조차 부정하는 데 쉽사리 이용될 수 있다는 점입니다. 진정한 영성은 이런 식의 부정과는 아무 관계가 없습니다. 진정한 영성은 부정의 종말입니다. 그리고 지금 이 순간의 진실을 단순히 인정할 때, 그 때문에 아무리 고통스럽고 우리의 환상이 무참히 부서지더라도 그냥 진실을 인정할 때, 우리는 부정에서 완전히 빠져나오게 됩니다.

"그 통증은 당신의 것이 아니에요"라는 말은 극심한 통증을 겪는 사람이 가장 듣고 싶지 않은, 또는 듣기 힘든 말일 것이라고 나는 의사에게 말했습니다. 그들이 지금 이 순간 경험하는 통증은 그들에게 실제이며, 만일 우리가 현재의 경험에서 온전함을 발견하고 싶다면, 설령 그 통증을 환상에 불과한 것으로 인식하더라도, 먼저 그 현재의 경험을 인정하고 존중해야 합니다. 그리고 그 바탕 위에서 정말로 진실한 것이 무엇인지를 발견하기 위해 나아가야 합니다. 나는 당신의 꿈속에서 당신을 만나고, 우리는 그 꿈의 본질이 무엇인지 간파하기 위해 함께 탐구합니다.

만일 어떤 사람이 고통을 겪고 있다면, 그가 실제로는 고통을 겪는 게 아니며 고통은 환상일 뿐이라고 얘기해 주어도 고통이 끝나지는 않습니다. 만일 당신이 고통을 겪고 있다면, 자신은 아무도 아닌 깨어난 존재이며, 그러므로 실제로는 고통을 겪는 게 아니라고 믿어도 달라지는 것은 전혀 없습니다. 하나의 물결은 궁극적으로 바다이지만 여전히 하나의 물결로 보인다는 점을 기억하세요. 물결의 겉모습을 무시하고 인정하지 않으면, 실제로는 바다 자체를 거부하는 것입니다.

자유는 언제나 지금 당장 진실한 것과 관계있습니다. 지금 당장 진실한 것이란 우리가 진실하다고 생각하는 것, 진실하다고 전해 들은 것, 진실하다고 믿는 것, 영적 스승이 진실하다고 말한 것이 아니라, 지금 이 순간, 지금 이 현재의 경험에서, 이 생각, 이 감각, 이 느낌에서 실제로 진실한 것입니다. 참된 자유는 지금 진실한 것을 인정하는 데에 있습니다. 그리고 지금 당장 진실한 건 통증은 분명히 아프다는 것이며—그 통증이 나의 것이든 아니든, 실제이든 꿈에 불과하든, 여기에 어떤 사람이 있든 아무도 없든, 여기에 하나만 있든 둘이 있든 셋이 있든 다른 무엇이 있든—세상 모든 교묘하고 영리한 마음의 술책을 모조리 동원한다 해도 지금 이 순간의 통증을 멈추지는 못한다는 것입니다. 아무리 지성적인 사색을 하고 철학적인 사유를 하고 생각을 해 봐도 통증에서 벗어날 수는 없습니다. 그런 통증을 경험할 때는 "나는 몸이 아니야"라거나 "여기에는 아무도 없어"라는 믿음을 동원해 봐도 그 상황이 나아지지는 않을 것입니다. 만일 이 상황에서 당신이 영적인 사람이나 깨달은 사람처럼 보이고 싶다면, 괜찮지 않은데도 괜찮은 척 가장해야 합니다. 만일 고통을 초월한 사람이라는 이미지를 계속 고수하려 한다면, 고통당하면서도 그렇지 않은 척 가장해야 합니다. 이 얼마나 피곤한 일인지요!

아뇨, 내가 얘기하는 자유는 지금 이대로의 삶을 회피하거나, 자신이 아닌 다른 무엇인 척 가장하는 것과는 아무 관계가 없습니다. 그 자유는 철저하고 전적인 정직과 깊은 관계가 있으며, 이런 정직은 현실을 실제 있는 그대로 보는 것이며, '인정'이라는 단어의 두 가지 의미로 현실을 인정하는 것입니다. 아름다운 단어인 인정(admit)은 '진실을 말하다'와 '허용하다'라는 두 가지 의미가 있습니다. 현재의 경험을 인정하는 것—지금 실제로 현존하는 것에 관한 진실을 말하는 것—은 지금 현존하는 것이 이미 삶에 인정되었음을 인식하는 것입니다. 지금 나타나는 물결들은 이미 바다에게 인정되었고, 그 물결들이 존재한다는 사실을 인정하는 것은 이 가르침의 절대적인 핵심입니다. 깨어나는 것은 진정한 자기 자신을 인정하는 것이 전부입니다!

참된 치유는 고통을 회피하면서 미래의 어느 시점에 온전해지는 것이 아니라, 바로 지금, 여기, 고통의 한가운데에서 그 온전함을 보는 것입니다. '온전하다(whole)'라는 단어와 '치유하다(heal)'라는 단어의 어원이 같다는 것은 놀라운 일이 아닙니다. 치유란 지금 여기에서 온전함을 다시 발견하는 것입니다. 그래요, 진실한 치유는 아픔을 회피하면서 미래에 온전해지는 것과는 아무 관계가 없습니다. 진실한 치유는 사실 여기 아픔 '속'에 있습니다. 이 말이 처음에는 모순되고 상식에 어긋나는 말로 보이겠지만.

우리는 '미래의 어느 날'(다시 말하지만, 이건 추구자의 목소리입니다)에 치유되지 않을 것입니다. 우리는 이미 치유되어 있습니다. 바다의 물결이 바다 자체와 이미 분리될 수 없듯이 참된 우리 자신은 이미 온전합니다. 그렇다는 사실을 아직은 깨닫지 못하더라도. 심지어 통증을 느끼고 있을 때도 당신은 치유되어 있습니다.

앞에서 얘기한 영적 믿음들이 그렇듯이, 이런 말도 아주 아름다운 말입니다. 그렇지만 어찌해야 가장 심한 통증을 경험하는 중에도 우리가 그 치유를 '알아볼' 수 있을까요? 우리가 이미 치유되어 있다는 사실을 단순히 '믿는' 것만으로는 충분하지 않기 때문입니다.

## 통증과 고통의 차이

치유에 관해 더 깊이 살펴보기 전에 통증과 고통의 차이가 무엇인지 알아봅시다. 이 차이가 아주 중요하기 때문입니다. 우리는 정확히 무엇을 치유하려고 하는 걸까요? 통증인가요, 아니면 고통인가요?

살 수 있는 날이 두세 주밖에 남지 않은 상태에서 심한 통증으로 괴로워하던 어느 여성과 대화한 적이 있습니다. 그녀는 평생 영적 구도자였습니다. 여러 영적 스승에게 배웠고, 몇 년간은 인도의 어느 아쉬람에 가서 깨달음을 추구하며 생활하기도 했습니다. 그녀는 영적으로 꽤 진보한 사람이라고 자부하고 있었지만, 이제 질병에 시달리면서 그 모든 허울이 무너지고 있었습니다. 그녀는 자신이 완전한 실패자 같다고 말했습니다. 그 모든 세월 동안 영적 추구를 하고 자기를 성찰하고 수많은 통찰을 경험했지만, 자신에게 일어나고 있는 일을 여전히 깊이 긍정할 수 없었습니다. 그녀의 자기 이미지는 통증의 한가운데에서 속절없이 허물어지고 있었습니다.

다음 날이면 깨어나지 못할 수도 있다는 생각에 극심한 두려움을 느꼈고, 몸 상태에 낙담하며 좌절했고, 살아 있는 동안 이루지 못한 모든 것을 후회했고, 죽어서 놓치게 될 모든 것에 대해 깊은 슬픔을 느꼈습니다. 삶의 도전에 직면하자, 평정심에 관한 그녀의 모든 개념에 무슨 일이 일어난 걸까요? 자신이 순간순간 완전히 현존하며 삶을 긍정하고 있다는 확신에 무슨 일이 일어난 걸까요? 깨어난 사람이라면 최악의 상황에서도 완전히 평화로워야 한다는 개념에 무슨 일이 일어난 걸까요? 자신은 '아무도 아닌 자(nobody)'라는 그녀의 확신에 무슨 일이 일어난 걸까요? 스스로 펼쳐지는 삶의 현실에 직면한 그녀는 자신이 실패자이자 엉터리 같다고 느꼈습니다. 그동안 잘 살아왔다고 생각했지만, 이제는 자신이 알던 모든 것이 의심스러웠습니다.

깨달은 사람이라는 그녀의 허울이 허물어지고 있었습니다. 얼마나 좋은가요! 마음이 만든 모든 허울은 결국 무너지게 되어 있습니다. 그것은 자기의 이미지를 넘어서 지금 이 순간 자신이 진정 누구인지를 발견하라는 삶의 초대장이었습니다. 내일이 아니라, 어제가 아니라, 바로 지금 이 순간…….

모든 일이 순조로울 때는, 건강하고 튼튼하며 에너지로 가득 차 있을 때는 자신이 깨달았다고 느끼고 "이것은 나의 몸이 아니야"와 "자아는 없어"라고 말하기가 쉬웠습니다. 하지만 지금처럼 허약한 몸으로 온종일 병원 침대에 누워 있으면서 통증에 시달리며 생명 유지 장치에 의지해 있을 때는 그녀의 모든 영적 진보가 화장실 변기의 물과 함께 쓸려 내려가 버린 것처럼 느껴졌습니다. 그녀는 영적 추구를 시작하기 전의 상태로 퇴보해 버린 것 같은 느낌이라고 말했습니다. 마치 아기가 되어 버린 것처럼 삶에 전혀 대처할 수 없다고 느꼈고, 신체를 전적으로 자기 자신이라고 여기게 되었으며, '이렇게 실패하고 말았다'는 데 대해 자기 자신에게 엄청나게 화가 났습니다. 왜 그녀는 더 '현존'할 수 없었고, 그 상황에 더 '깨어 있을' 수 없었고, 더 좋을 수 없었던 걸까요? 그녀는 자신이 분명 깨어 있지 않다고 느꼈고, 지난 30년 동안 착각하고 있었다고 느꼈습니다. 그래서 날이면 날마다 병원 침대에 누워, 영적으로 더 진보하지 못했다는 이유로 자기를 정신적으로 두들겨 패고 있었습니다.

이 사랑스러운 여성은 깨어남과 깨달음에 관한 개념에 몹시 집착하고 있었습니다. 깨어난 사람은 어떻게 보여야 한다는 고정관념을 가지고 있었습니다. 깨어난 사람은 언제나 기분이 좋거나 행복하거나 평화로워야 하고 좋게 느껴야 한다는 개념을 배웠는데, 남에게 들어서 갖게 된 이런 믿음은 그녀에게 엄청난 고통을 일으켰고, 자신이 완전한 실패자이자 엉터리라고 느끼게 했습니다. 참된 당신인 바다에서는 어떤 느낌을 언제나 한결같이 느끼는 일이 불가능합니다. 이 점을 기억하기 바랍니다.

쇠약한 몸과 통증은 그나마 어느 정도 감당할 수 있었지만, 그녀를 가장 속상하게 한 것은 자기 정체성의 실패(죽음)였습니다. 그녀를 괴롭힌 것은, 아마도 통증 자체보다 더 괴롭힌 것은 그녀가 그동안 배운 모든 '······해야 한다'와 '······하지 않아야 한다'는 믿음들이었고, 지금 이 순간이 어떠해야 한다는 그 모든 개념이었습니다. 그녀는 자신이 처한 상황에서 괜찮기 위해 갖은 노력을 다하고 있었지만, 현실은 그녀의 마음이 괜찮지 않았고, 그 때문에 자기를 심하게 자책하고 있었다는 것입니다. 평정심을 유지하려 아무리 애를 써 봐도 통증은 그녀의 현실을 갈가리 찢어 놓을 것만 같았습니다. 그래서 하루하루는 자기의 정체성을 고수하기 위한 투쟁이었습니다.

그녀의 상황을 견딜 수 없고 감내할 수 없고 절망적이라고 느끼게 한 것은, 그녀가 통증에 관해 얘기하고 있던—그 통증이 얼마나 안 좋은지, 얼마나 악화할 것인지, 결국 그 때문에 자신이 어떻게 죽을 것인지 하는—'이야기'들이었습니다. 그녀의 마음을 정말로 무겁게 내리누른 짐은 통증 자체가 아니라, 통증에 시달리는 여성이라는 그녀의 정체성이었습니다. 통증의 희생자라는, 통증에 갇힌 사람이라는, 통증의 덫에 걸린 채 출구를 찾지 못하는 사람이라는 자신에 관한 이야기, 그게 그녀의 고통이었고, 치유가 필요한 것은 바로 '그 이야기'였습니다. 그녀는 그 순간을 정신적으로 벗어나려 했지만 번번이 좌절되었고, 간절히 통제하고 싶었지만 통제하지 못했습니다. 그녀가 고통을 받은 것은 그 때문이었습니다. 삶에 직면하여 드러난 자신의 전적인 나약함을 깊이 받아들이지 못해서 고통당한 것입니다.

신체의 통증은 흔히 우리에게 가장 극적인 방식으로 현실을 보여 줍니다. 우리가 통증을 정말로 느끼려 한다면, 신체의 통증은 우리의 모든 이미지를 부수는 데 큰 도움이 될 수 있습니다.

우리는 "나는 지금 통증 속에 있어"라고 말합니다. 하지만 그 말의 진짜 뜻은 무엇일까요? 통증에 관한 '이야기'를 분석해 보고, 지금 이 순간 실제로 일어나는 일이 무엇인지 알아봅시다. (그리고 궁극적으로 내가 하는 모든 말은 신체의 통증뿐 아니라 모든 종류의 감정적인 아픔—두려움, 화, 슬픔, 죄책감, 질투, 좌절, 지루함, 비통함—에도 적용됩니다. 통증이나 아픔이란 그 순간에 아픈 것입니다.)

현재의 경험으로, 지금 실제 일어나는 일로 돌아와 보세요. 여기에 무엇이 있나요? 온갖 생각, 느낌, 소리, 감각이 참된 당신 안에서 나타나고 사라집니다.

통증으로 가 보세요. 그리고 실험 삼아 통증에 관한 이야기—통증에 관한 결론이나 추정, 통증에 관해 아는 모든 것, 통증의 묘사, 과거에 경험한 통증의 기억—를 잠시 놓아 버리세요. 그리고 대신에, 지금 이 순간의 경험을 마치 난생처음 보듯이 자세히 살펴보세요. 지금 여기에 무엇이 있다는 모든 개념 말고, 여기에 실제로 무엇이 있나요? 지금 이 순간의 진실은 무엇인가요?

그동안 당신이 통증이라고 부른 것은 실제로는 전혀 통증이 아님을 알아차릴지도 모릅니다. 무슨 말일까요? 정지해 있고 견고하며 분리되고 고정된 것은 아무것도 없으며, 통증이라고 하는 어떤 견고한 것도 발견할 수 없다는 뜻입니다. 통증이 매우 견고하게 느껴지겠지만, 가까이 다가가서 살펴보세요. 이제 더 가까이 다가가서 관찰해 보세요. 그러면 지금 이 순간의 경험이 실제로는 전혀 고정되어 있지 않음을 알 수 있습니다. 하나의 물결은 멀리서 볼 때는 정지해 있는 것처럼 보이겠지만, 사실은 늘 움직이고 있습니다. 우리는 "그건 하나의 물결이고, 나는 그 물결이 무엇인지 알아"라고 말하지만, 그렇게 말하는 순간, 그 물결은 이전과 똑같은 물결이 아닙니다. 그 물결에 해당하는 단어는 변하지 않으므로 물결도 고정되어 있는 것처럼 여겨지지만, 그 물결은 실제로는 전혀 고정되어 있지 않습니다. 그것은 언제나 새로운 물결이며, 다음 순간에는 이전과 다른 새로운 물결입니다. 현실은 언제나 모습을 바꿉니다. 그래서 우리가 어떤 물결을 가리켜 "그 물결은 이렇다"라거나 "그 물결은 저렇다"라고 말하면서 묘사하려 할 때, 그 순간은 이미 가 버렸고, 그 물결의 모습은 이미 변해 버렸으며, 우리가 한순간 전에 말한 것은 이미 더는 '지금 이' 순간에 적용될 수 없습니다.

삶은 늘 움직이고, 생각은 삶을 따라잡으려 늘 애를 씁니다. 삶은 언제나 생각 이전에 옵니다. 어떤 면에서 모든 생각은 '뒤늦은 생각'입니다!

그러니 이런 경험의 물결들로 돌아오고, 당신이 통증이라고 부르는 것으로 돌아오세요. 그리고 그 통증이 어떻게 견고하지 않은지, 실제로는 온갖 '더 작은' 물결로 이루어지는지, 늘 변하고 움직이고 춤추는 갖가지 감각으로 이루어지는지 알아차려 보세요. 당신이 어떤 감각에 대해 마음속으로 결론을 짓는 순간, 어떤 면에서는 실제로 있는 것을 보고 느끼기를, 제대로 느끼기를 멈춘 것입니다. 당신은 자기의 경험에 관한 마음의 이야기 속으로 들어갔습니다. 그러니 지금 실제 일어나는 일로 돌아오고, 지금 다시 한 번 잘 바라보세요.

"지금 경험하는 것은 틀림없이 통증이야"라는 결론을 놓아 버리고, 지금 여기에 실제로 있는 것이 무엇인지 다시 한 번 확인해 보세요. 통증이라고 하는 감각은 실제로는 무엇인 것 같은가요? 그 감각들을 느껴 보세요. 정말로 깊이 느껴 보세요. 그 감각들에 애정 어린 관심을 직접 기울여 보세요. 그 감각들이 어떤 식으로든 바뀌기를 기대하지 않으면서, 그 감각들을 사라지게 하려 애쓰지 않으면서……. 아무것도 바라지 않으면서, 지금 여기에 있는 것을 만나 보세요. 그 감각들이 정지해 있고 견고하며 고정되어 있나요? 아니면, 지금 이 순간의 경험 속에서 움직이며 춤추고 있나요? 그 감각들이 어떻게 움직이나요? 빨리 움직이나요, 아니면 느리게 움직이나요? 그 감각들이 어디로 가나요? 따라가 보세요. 그 감각들이 특정한 방향으로 가는 것 같나요, 아니면 한꺼번에 사방팔방으로 가는 것 같나요? 작은 원을 그리며 가나요? 위아래로 움직이나요, 좌우로, 아니면 안팎으로 움직이나요? 그 감각들은 작은 면도날처럼 가장자리가 예리한가요? 아니면, 더 부드럽고 완만하고 순하게 느껴지나요? 깊게 느껴지나요, 아니면 얕게 느껴지나요? 어떤 결이나 패턴이 있나요? 거친가요, 부드러운가요, 울퉁불퉁한가요, 우둘투둘한가요, 꺼끌꺼끌한가요? 진동하나요, 고동치나요, 두근거리나요, 가볍게 떨리나요, 물결처럼 파동치나요, 시계추처럼 왔다 갔다 하나요, 덜덜 떨리나요, 규칙적으로 맥동하나요, 세게 빨리 뛰나요? 리듬이나 박자가 있나요? 열기가 있나요? 타는 듯이 뜨거운가요? 따뜻한가요? 차갑거나 얼음처럼 냉한가요? 그 감각들은 어떤 영역으로 국한되고, 어떤 방식으로 제한되고, 그 안에 갇히나요? 아니면, 물처럼 자유롭게 흐르나요? 그 감각들의 느낌은 끈끈한가요, 유동적인가요, 딱딱한가요, 걸쭉한가요, 둔한가요, 끈적끈적한가요, 간질간질한가요, 뾰족뾰족한가요? 그 감각들과 연관되어 떠오르는 색깔, 모습, 소리가 있나요? 붉은색인가요, 자주색인가요, 주황색인가요, 노란색인가요, 초록색인가요? 검은색인가요, 흰색인가요, 투명한가요? 원형인가요, 사각형인가요, 삼각형인가요, 타원형인가요, 아니면 전혀 다른 모양인가요? 그 감각들은 노래하나요, 꽥액 소리를 지르나요, 윙윙거리나요, 아니면 침묵하나요? 수줍어하나요, 아니면 당당한가요? 젊게 느껴지나요, 아니면 늙게 느껴지나요?

지금 여기에 있는 것이 무엇인지 확신하지 마세요. 아는 척하지 마세요. 언제나 '탐험가'가 되세요. 지금 실제로 있는 것과 언제나 친밀해지세요. 그토록 오랫동안 거부당하고 무시당하고 사랑받지 못하고 집을 잃은 이 가엾은 작은 물결들에게 사랑의 관심을 주세요. 그러는 동안 그 모든 것이 여기에 있도록 허용되고 있음을 알아차리세요. 그 물결들이 아무리 이상하고 불편해 보여도 참된 당신은 이미 허용했습니다. 감각들은 아무리 극심하게 느껴져도 당신의 적이 아닙니다.

'통증'이라는 단어—아주 많은 짐을 지고 있는 단어—를 넘어설 때, 자기의 현재 경험에서 실제로 직접 발견하는 것은 무엇일까요? 당신은 통증이라고 불리는 포괄적인, 정지된, 움직이지 않는 덩어리를 결코 발견하지 못할 것입니다. 통증은 당신의 몸속에 있는 것이 아닙니다. 통증은 언제나 그보다 훨씬 더 살아 있습니다. 실제 경험은 그 경험에 관한 이야기보다 늘 한없이 더 풍부합니다. 당신은 결코 어떤 것을 발견하지 못합니다. 오로지 지금 이 순간 감각, 모습, 감촉, 온도의 춤을 발견하며, 그것들을 말 속에 담을 수는 없습니다. 내가 위에서 사용한 단어들—날카로운, 부드러운, 따뜻한—조차 여전히 묘사에 불과합니다. 아마 그런 단어들은 실제 경험에 조금 더 가까워진 것처럼 보이겠지만 여전히 묘사일 뿐이고, 그런 단어들조차 실제로 벌어지고 있는 일을 포착하지는 못합니다. 모든 묘사를 쉬고, 거기서부터 탐험해 보세요.

이야기가 없다면, 통증이 무엇인지 정말로 알 길이 있을까요?

더 나아가 봅시다. 이야기가 없다면, 감각들이 실제로 무엇인지 정말로 알 길이 있을까요?

이야기가 없다면, 삶은 온통 불가사의입니다. 그렇지 않나요? 불가사의는 심지어 통증이라는 경험 속에도 있습니다. 통증은 불가사의를 훼손하거나 가로막지 않습니다. 그것은 불가사의로 가득합니다. 통증조차 불가사의로 이루어져 있습니다. 통증조차 의식으로 이루어져 있습니다. 모든 것이 참된 당신으로 이루어져 있습니다.

그리고 이야기 너머의 이 자리에서는, 이런 감각들이 '나의 몸'이라는 것 안에서 일어난다고 말할 수 없다는 걸 알아차리세요. 현실에 관한 우리의 수많은 억측 가운데 하나는 감각들이 몸 안에서 일어난다는 것입니다. 그러나 지금 이 순간의 실제 경험으로 돌아올 때, 감각들이 일어나는 곳이라는 이 견고하고 분리된 몸을 실제로 발견할 수 있나요? 아니면, 참된 당신인 한없고 끝없는 수용력 안에서 나타나는, 단순히 지금 이 순간 일어나는 감각들의 놀랍도록 활발한 춤을, 욱신거리며 일정한 형태가 없고 경계가 보이지 않는 무리를 발견하나요? '몸'이란 참된 당신 안에서 나타나는 또 하나의 관념, 이미지, 그림, 생각, 기억일 뿐인가요? '나의 몸'이라는 생각이나 이미지가 놀

174

랍도록 활발하고 직접적인 현재의 경험을 단 한 번이라도 접촉할 수 있을까요? 한없이 넓은 현재의 경험이 단 한 번이라도 하나의 생각으로 축소될 수 있을까요?

만일 당신이 어떤 사람에게 잠시 멈추고서 눈을 감고 몸을 느껴 보라고—자신의 팔, 다리, 발, 가슴, 치아, 혀를 제대로 느껴 보라고—한 뒤, 그가 느끼는 것을 묘사해 보라고 요청하면, 그는 십중팔구 몸에 관한 '이야기'를 할 것입니다. 지금 이 순간 자기의 팔, 다리, 발, 가슴, 치아, 혀를 느끼는 대신, 또 그런 감각들을 실제로 느끼면서 탐험하고 친밀해지고, 모든 설명을 내려놓고서 자신이 그런 감각들과 친밀하며 분리될 수 없음을 발견하는 대신, 자기의 팔, 다리, 발, 가슴, 치아, 혀에 관해 '생각'할 것입니다. 자기의 몸에 직접 관심을 기울이고 현재의 감각으로 정말로 돌아오는 대신, 몸의 이미지와 그림, 기억, 자신이 안다고 믿는 것들 속에 빠져들 것입니다. 지금 이 순간의 모든 것을 직접 느끼는 대신, 자기의 몸에 '관해' 생각할 것이고 몸에 관한 간접적인 이야기들을 얘기할 것입니다.

당신의 오른손은 지금 이 순간 어떻게 느껴지나요?

이 질문에 당신은 갑자기 오른손의 이미지를 떠올리고 그 이미지를 묘사하기 시작하나요? 잠시 손을 느낀 다음, 그런 느낌들을 포괄적으로 묘사하기 시작하나요? 발에서 느껴지는, 팔에서 느껴지는, 또는 두통에서 느껴지는 느낌의 불가사의를 말로 옮기는 것보다는 이미지를 묘사하기가 더 쉽습니다. 두통의 불가사의를 누가 정말 말로 포착할 수 있을까요? 아마 그 때문에 우리는 그리도 재빨리 이야기 속으로 들어가는지도 모릅니다. 그러는 편이 어쨌든 더 쉽고 안전하기 때문입니다. 어쩌면 우리는 상대방에게 '올바른' 대답을 주고 싶은 것인지도 모릅니다. 어쩌면 우리의 이야기로 되돌아가는 것은 한결같은 자아를 찾는 추구의 일부인지도 모릅니다. 누가 알겠습니까?

자신의 통증이나 불편함에 관해 얘기해 달라고 요청하면, 사람들은 대개 지금 당장의 통증을 실제로 느끼기보다는 곧바로 통증에 '관한' 이야기 속으로 들어갈 것입니다. 자신의 통증을 얘기하기보다는 통증에 '관해' 얘기할 것입니다. 그 통증이 얼마나 심한지, 얼마나 아픈지, 어제의 통증보다 얼마나 나아지거나 악화했는지, 그 때문에 얼마나 속상한지, 그 때문에 그들의 계획이 얼마나 많이 방해받고 있는지, 그들이 받은 치료가 얼마나 끔찍했는지 또는 훌륭했는지 등등에 관해 얘기할 것입니다. 과거의 통증에 관한, 미래의 통증에 관한, 통증에 대해 아는 모든 것에 관한 이야기를 얘기하고, 자기의 통증과 타인의 통증을 비교하는 것은 지금 당장의 '통증을 느끼지' 않고 회피하는 영리한 방법입니다.

이야기는 언제나 지금 실제로 일어나는 일의 어렴풋한 모방입니다. 모든 이야기는 엄청난 축소입니다. 이야기는 삶의 불가사의를 몇 마디 단어로 축소하려 합니다. 예를 들어, 바로 지금 당신은 의자에 앉아 있거나 침대에 누워 있을지 모릅니다. "나는 의자에 앉아 있어"나 "나는 침대에 누워 있어"라는 말은 이 경험에 관한 이야기입니다. 그 이야기를 놓아 버리세요. 당신이 있는 곳은 지금 이 순간, 여기에서 실제로 어떤 것 같은가요? 그 이야기는 몸이 누워 있거나 앉아 있다는 것이지만, 만일 우리가 그 이야기를 잠시 놓아 버리고 지금 이 순간의 실제 감각으로 돌아온다면, 무엇이 여기에 있나요? 현재의 직접 경험에서는 바로 지금 무슨 일이 일어나고 있나요? 지금 경험하는 얼얼하고 뜨듯하고 욱신거리는 감각으로 돌아오세요. 이 현재의 경험이 말이나 이미지에 한 번이라도 정말로 포착될 수 있을까요?

우리가 실제 현재의 경험으로 돌아오고, 모든 결론과 이야기를 놓아 버리고, 다시 갓난아기의 천진함으로 이 경험을 있는 그대로 탐험할 때, 우리는 이 감각들의 경이로운 춤을 발견합니다. 순간순간 한 번도 똑같지 않은 춤을……. 현실은 현실에 관한 우리의 이야기보다 언제나 훨씬 신비롭고 훨씬 알 수 없습니다. 그런데 우리는 "이런 감각들은 내 몸 안에서 일어나고 있어"라고 말하면서, 그 말이 진실인지 아닌지 조사해 보지 않습니다. 이야기 속에서는 아픔이 '나'라는 개인에게 일어납니다. 이야기 속에서는 아픔이 내 몸 안에 위치합니다. 하지만 실제로는 늘 변하는 놀라운 감각들의 춤이 참된 나 자신 안에서 계속 이어집니다.

실제로는 감각들이 참된 당신인 공간—알아차림(앎) 자체의 공간—안에서 춤을 출 뿐입니다. 당신은 감각들을 '바깥'의 반대인 '안'에 있는 것으로 경험하지 않습니다. 그렇지 않나요? 그것들은 단순히 지금 여기에 있고 활발히 살아 있습니다. 그런 감각들이 '내 몸속'에 있다는 것은 그 후에 덧붙인 여분의 생각 아닌가요? 당신은 여기 현재의 경험에서 몸의 안과 밖을 나누는 경계, 틈, 구분선을 실제로 발견할 수 있나요? 눈을 감아 보세요. 바로 지금 일정한 형태 없이 춤추는 감각들의 무리로 돌아오세요. 당신이 몸을 가지고 있다는 개념은 단순히 이 공간에 나타나는 또 하나의 이미지 아닌가요? 잠시 그 이미지를 놓아 버리고, 실제 경험으로 돌아와 보세요. 여기에는 그저 지금 이 순간의 감각만이 있습니다. 그렇지 않나요? 감각들이 몸 안에서 일어난다는 개념을 놓아 버릴 때, 우리는 지금 현실과 정렬되어 있습니다.

생각은 반대되는 짝들의 세계에서 작동합니다. 그래서 이제 생각은 현재의 감각에 '통증'이라는 꼬리표를 붙이는 순간, 즉시 그 감각을 '즐거움'이나 '통증 없음'이라 불리는 다른 것과 비교하고 대조합니다. 그래서 '통증'이라는 단어에는 이미 판단이 담겨 있습니다. 이제 통증은 어떤 것의 반대가 되었고, '통증'이라는 단어는 많은 사람에게 다음처럼 갖가지 부정적인 의미를 내포하게 되었습니다. '통증은 나쁜 것이다. 통증은 위험을 뜻한다. 통증은 악하다. 통증은 신의 벌이다. 통증은 내가 사랑받지 못한다는 뜻이다. 통증은 내가 약하다는 뜻이다. 통증은 내가 실패했다는 뜻이다. 통증은 내게 뭔가 잘못되었다는 뜻이다.' 이처럼 통증은 아주 무거운 단어가 되어 버렸습니다. 그것을 통증이라고 부르는 순간, 우리는 여기에 정말로 있는 것이 무엇인지 더는 보지 않습니다. 우리는 여기에 있는 것에 관한 이야기 속으로 들어가 버렸습니다. 그것을 통증이라고 부르는 것은 환상의 첫 번째 층입니다. 이 단어에는 온갖 종류의 판단, 믿음, 두려움이 숨겨져 있습니다. 사실 '통증'이라는 꼬리표는 하나의 판단이나 의견일 뿐, 당신과 따로 존재하는 것이 아닙니다.

환상의 두 번째 층은 통증의 소유권입니다. 통증은 '나의 통증'이 됩니다. (소유권이라는 이 환상은 '나의 두려움', '나의 슬픔', '나의 화', '나의 지루함', '나의 혼란' 등 다른 느낌에도 똑같이 적용될 수 있습니다.) 앞에서 본 대로, 통증―또는 적어도 우리가 통증이라고 부르는 것―은 그저 참된 우리 자신 안에서 춤추는 한 무리의 감각일 뿐입니다. 이런 감각들은 아직 누구에게 속한 것이 아닙니다. 개인적인 것이 아니며, 삶에 깊이 받아들여집니다. 어떤 감각을 소유하는 사람이 있나요? 어떤 소리를 소유하는 사람이 있나요? 어떤 느낌을 소유하는 사람이 있나요? 호흡을 소유하는 사람이 있나요? 새의 노랫소리를 소유하는 사람이 있나요? 얼굴에 와 닿는 햇볕의 따스함을 소유하는 사람이 있나요? 삶을 소유하는 사람이 있나요? 삶을 있는 그대로 볼 때는 삶의 어느 하나도 소유되고 있지 않음을 보게 됩니다. 삶과 자신을 분리할 수 있는 사람은 아무도 없기 때문입니다. 돌아서서 "저건 내 것이다"라고 말할 수 있는 사람은 아무도 없습니다. 소유권은 환상의 두 번째 층입니다. 삶 자체는 누구에게도 속하지 않습니다. 가장 친밀한 감각, 개인의 감각으로 보이는 것들도……

하지만 우리는 이 과정에 질문을 던져 보기 위해 멈추지 않습니다. 그래서 그것이 무엇인지 알지 못하며, 그 통증은 글자 그대로 '나의 통증'이 됩니다. 통증이 깊이 받아들여지지 않을 때, 우리는 '나와 나의 통증'이라는 이야기 속으로 들어갑니다. "이 통증은 나의 것이다." "나는 통증을 소유하고 있다." "나는 통증이 있다." "나는 통증 속에 있다." "나는 통증 속에 있는 사람이다." 이 가운데 어떤 형태를 선택하든 그 이야기는 이제 우리의 새로운 정체성이 됩니다. 우리는 통증의 피해자가 됩니다. 이렇게 해서 통증에 관한 우리의 고통이 시작됩니다.

추구의 전체 기제를 떠받치는 토대에는 분리와 소유권이라는 환상—삶이 당신에게 일어난다는 개념—이 있습니다. 우리 고통의 중심에는 어떤 나쁜 일이 '우리에게' 일어나고 있다는 인식이 있습니다. 사실, '고통(suffering)'이라는 단어는 원래 '(안 좋은 일 등을) 당하다 또는 견디다'라는 뜻이 있습니다. 여기에는 수동성('나는 고통을 당한다'라는 뜻의 라틴어 passio에서 온 단어)이라는 의미, 통제하지 못한다는, 삶의 피해자라는 의미가 있습니다. 하지만 이런 수동성—삶이 '당신에게' 일어난다는, 통증이 '당신에게' 일어난다는 개념—은 환상, 즉 실제가 아닌데도 실제인 것처럼 속이는 모습입니다. 실제로는 통증은 당신에게 일어나는 것이 아니며, 어떤 분리된 존재에게 일어나는 것이 아닙니다. 그것은 그저 참된 당신 안에서 나타날 뿐입니다. 통증은 당신을 공격하는 것이 아니며, 열린 공간에서 춤추고 있을 뿐입니다. 통증이 당신에게 일어난다는 개념은 참된 당신 안에서 나타나는 또 하나의 개념에 불과합니다. 이런 의미에서 우리는 "통증은 실제이지만 고통은 환상이다. 왜냐하면 고통은 통증이 당신에게 일어난다는 이야기이지만, 실제로는 그렇지 않기 때문이다. (통증의 소유권으로 정의되는) 고통은 환상이다"라고 말할 수 있습니다.

환상의 세 번째 층은 통증을 회피하려는 시도입니다. 통증이 지금 이 순간 깊이 받아들여지지 않을 때, 나는 '통증 속에 있는 사람'이 됩니다. 그러면 추구를 하게 됩니다. 나는 통증 속에 있는 사람이 되고 싶지 않습니다. 통증에서 벗어나고 싶습니다. '통증 속에 있지 않은 사람'이 되고 싶습니다. 통증의 피해자가 되고 싶지 않습니다. 나는 새로운 정체성을 원합니다! 그래서 통증 속에 있는 사람은 피해자 상태에서 벗어나기를 바랍니다.

마음은 이원적이기에 '통증 없음'이라는 통증의 반대 개념을 만들어 냅니다. 그래서 이제는 통증(지금 있는 것)을 벗어나 통증 없음(지금 없는 것)으로 이동하려 하게 됩니다. 그런데 앞에서 보았듯이, 실제로는 반대가 없습니다. 지금 이 순간의 실제 경험은 순간순간 감각들의 춤이며, 반대가 없습니다. 우리가 추구를 통해 정말로 하려는 것은 현재의 감각들을 벗어나 그것들의 부재(不在)로 이동하는 것입니다. 우리는 지금 이 순간의 통증을 벗어나 통증 없음이라는 이미지로 이동하려고 합니다. 그러나 이런 이동은 분명히 불가능합니다. 왜냐하면 통증을 벗어나 통증 없는 곳으로 이동하려면 '시간'이 필요하기 때문입니다. 우리는 지금 이 순간, 바로 지금 통증에서 해방되고 싶어 합니다. 하지만 삶은 우리가 바로 지금 원하는 것을 줄 수 없습니다. 우리는 시간 없는 이 순간에 '여기'에서 '여기 아닌 곳'으로 이동하려고 합니다. 우리는 '지금 있는 것'을 벗어나 '지금 없는 것'으로, '지금 있는 것'을 벗어나 '지금 어떠해야 하는 것'이라는 우리의 이미지로 이동하려고 합니다. 우리가 고통받고 좌절하며 절망하는 것은 바로 그 때문입니다.

우리가 고통받는 이유는 불가능한 시도를 하기 때문이며, 고통이 그리도 괴로운 이유는 그 때문입니다.

우리는 치유란 통증이나 질병, 불편함의 '부재'라고 믿습니다. 하지만 참된 치유는 이런 경험의 물결을 회피하는 것과는 아무 관계가 없습니다. 우리가 정말로 갈망하는 치유는 통증의 가장 깊은 받아들임이며, 모든 환상의 종말입니다. 우리가 정말로 갈망하는 치유는 통증의 피해자라는 자기 정체성의 치유입니다. 우리가 정말로 원하는 것은 통증에서 해방되는 것이 아니라, '통증 속에 있는 사람'이라는 자기 이미지에서 해방되는 것입니다. 우리가 진정으로 원하는 것은 통증에서 해방되는 것이 아니라, 통증 속에 있을 때도 가장 깊이 받아들이는 것입니다.

통증의 공격을 받는 사람이라는 이야기는 참된 우리 자신이 아닙니다. 참된 우리 자신은 활짝 열린 공간이며, 통증은 그 안에서 나타나는 것입니다. 그 사실을 깨닫는 것이 참된 치유입니다. 참된 치유는 정체성의 치유이며, 신체의 치유보다 훨씬 중요한 것입니다.

심한 통증에 시달리는 사람들은 "마치 내 몸이 적이 되어 나를 공격하는 것처럼 느껴져요"라고 말하는 경우가 많습니다. 하지만 자신이 진정 누구인지를 깨달으면, 자기의 몸이 자기를 공격할 수는 없음을 알게 됩니다. 몇 년 전에 나는 몹시 민감한 신체 부위를 수술받은 적이 있는데, 그로 인해 극심한 통증에 시달리면서 몇 주 동안 병원 침대에 누워 있었습니다. 칼로 찌르는 듯한 예리한 느낌이 일어날 때면 저절로 눈에서 눈물이 나왔습니다. 요즘 나는 지성적인 인간으로서 "필요 이상의 통증을 경험할 필요는 없다"는 것을 압니다. 더 많은 고통을 겪을수록 자유에 더 가까이 다가간다는 개념은 우리가 남에게 전해 들은 영적 관념 중 하나에 불과합니다. 고통은 미래의 자유로 가는 길이 아니라, 현재의 자유로 부르는 초대장입니다. 그래서 당연히 나는 통증을 줄여 주는 약을 요청했습니다. 의사에게 받은 진통제는 분명히 도움이 되었지만, 그래도 통증이 가신 것은 아니었습니다.

사람들은 자주 이렇게 질문합니다. "만일 모든 것을 정말로 허용하고 통증까지 허용한다면, 진통제를 복용할 필요가 있을까요?" 나는 대답합니다. "여기에서는 모든 것이 허용되며, 그 안에는 진통제도 포함됩니다." 진통제도 삶의 일부입니다. 필요 이상의 통증을 겪는 것은 나에게 지성적인 행동으로 보이지 않습니다. 하지만 만일 당신이 진통제를 복용하지 않겠다고 선택한다면, 그것도 괜찮습니다.

결국 진통제의 복용 여부는 우리가 정말로 갈망하는, 그리고 이 책이 정말로 가리키는 참된 치유와는 관계가 없습니다. 진통제는 신체의 통증을 덜어 줄 수 있겠지만, 삶의 진정한 아픔은 고통 속에, 추구 속에, 정체성 속에, 현재의 경험을 통제하려는 시도 속에 있습니다. 그리고 그것을 치유해 주는 마법 같은 약은 없습니다. 추구를 끝내 주는 마법 같은 약은 없습니다. 만일 그런 것이 있다면, 영적 스승, 구루, 그리고 치유자들이 오래전에 일자리를 잃었을 것입니다. 아뇨, 이 책은 어떤 물질이나 사람도(또는 그것들의 결핍도) 당신에게 줄 수 없는 종류의 것, 즉 참된 우리 자신인 전체임에 대해 말합니다. 진통제는 감각과 느낌을 마비시킬 수 있습니다. 뇌의 화학 물질을 변화시킬 수 있습니다. 몽롱하고 기분 좋은 상태를 줄 수 있습니다. 그렇지만 진통제는 전체임을 제공할 수 없고 제공하지도 않을 것입니다. 깊은 받아들임을 가져올 수도 없습니다. 진통제는 아마 더 편안한 상태를 줄 수 있겠지만, 우리 자신에 관한 상상에서 깨어나게 할 수는 없습니다.

가장 극심한 통증을 경험하는 동안에도 삶의 가장 깊은 받아들임을 발견할 수 있을까요? 몇 년 전, 몹시 민감한 신체 부위를 날카롭게 찌르는 것 같던 극심한 통증에 시달리며 침대에 누워 있는데, 가장 깊은 수준에서는 '그 아픔이 괜찮다'는 것을 알게 되었습니다. 그것은 고통의 한가운데를 관통한 놀라운 깨달음이었습니다. 통증은 적이 아니었습니다. 통증은 그저 아픔으로 나타나는 삶일 뿐이었고, 이 이야기 너머에서는, 그저 늘 변하는 감각들의 춤일 뿐이었습니다. 통증은 삶에 장애물이 아니었으며, 그것이 바로 그 순간의 삶이었습니다. 통증은 삶을 방해하는 것이 아니었으며, 삶의 충만하고 완전한 표현이었습니다. 통증은 깊이 살아 있었습니다. 그것은 통증이라는 물결로 나타나는 바다였습니다. 통증은 여전히 아팠습니다. 어떤 식으로든 그렇지 않은 척 가장하면서 현실을 부정하지는 맙시다. 통증은 여전히 아팠지만, 가장 깊은 수준에서는 괜찮았습니다. 통증은 아팠지만, 나는 '아픈 사람'이 아니었습니다. 통증은 아팠지만, 어떤 불가해한 면에서는 나를 아프게 할 수 없었습니다. 그리고 통증은 있는 동안에는 있도록 허용되었습니다. 통증은 내 안에 편안히 머무를 수 있었습니다.

이 깊은 받아들임은 본래 한없이 드넓어서 모든 것을 포함하며 예외가 없다는 깨달음은 꽤 충격적이었습니다. 통증은 깊이 괜찮았습니다. 그리고 통증을 원하지 않던 '나', 즉 제프라는 등장인물도 깊이 괜찮았습니다. 많은 영적 구도자는 어떤 일이 일어나든 '개인적으로' 언제나 괜찮아야 한다고 믿는데, 이런 믿음은 큰 오해라는 걸 알게 되었습니다. 무슨 일이 일어나든 자신은 언제나 괜찮아야 한다는 믿음은, 자신이 괜찮지 않을 때조차 괜찮은 척 가장해야 한다는 믿음은 얼마나 무거운 짐인지요! 가장 깊은 받아들임은 당신이 아플 때도 괜찮아야 한다고 요구하지 않습니다. 당신이 통증 때문에 괜찮지 않을 때, 삶은 그것까지 완전히 껴안습니다. 이 깊은 받아들임은 그림에서 '당신'을 제외하지 않습니다! 그것은 "나는 괜찮아"와 "나는 괜찮지 않아"를 초월하는 우주적인 괜찮음입니다.

그래서 통증은 여전히 있고, 통증을 싫어하거나 회피하고 싶은 마음도 나타날 수 있습니다. 병원 침대에 누워 있으면서 나의 어떤 이미지도, 깨달은 사람이나 깨어난 사람이라는 이미지도, 통증에 시달려도 괜찮은 사람이라는 이미지도 지킬 필요가 없다는 사실을 발견하면, 얼마나 안도하게 되는지요! 여러 해 동안 영적 회피를 하고, 안 그런 척 가장하고, 실제 현실을 부정했던 나는 다시 진실하고 정직하며 인간적인 방식으로 통증에 완전히 자유롭게 반응하게 되었습니다. "나는 이 통증을 좋아하지 않아"라고 솔직히 말하면서 통증이 싫음을 인정했고, 더 깊은 수준에서는 그 상황 전체에서 모든 것을 품는 전적인 괜찮음을 경험했습니다. 모든 일의 아래에는 결코 사라질 수 없는 우주적인 괜찮음이 있습니다.

　그것은 사실은 괜찮지 않은데도 괜찮다고 말하는 것이 아니었습니다. 괜찮은 것처럼 가장하는 것이 아니었습니다. 괜찮기 위해 노력하는—영적이기 위해 노력하는, 평화롭기 위해 노력하는, 나 아닌 다른 무엇이기 위해 노력하는—것이 아니었습니다. 그것은 철저한 정직의 문제였습니다. 통증을 똑바로 보고 시인하고, 통증이 삶에 완전히 수용되고 있음을 발견하는 것이었습니다. 통증을 인정할 때 통증은 인정되었습니다. 통증은 거기에 있었고, 제프는 그것을 특별히 좋아하지는 않았습니다. 대체 누가 통증을 좋아할까요? 만일 선택권이 있다면, 누가 통증을 선택하려 할까요?

　통증은 아주 훌륭한 선생입니다. 왜냐하면 결국 통증은 그 순간 당신에게는 선택권이 없음을 보여 주기 때문입니다. 당신은 통제할 수가 없습니다. "내 뜻이 아니라 당신의 뜻이 이루어지게 하소서"라고 예수가 말했듯이. 그리고 바로 거기에 해방이 있습니다.

　통증은 품어졌고, 통증에서 벗어나려 하지만 실패하던 사람도 품어졌습니다. 통증은 품어졌고, 통증에서 해방되기를 추구하던 사람도 그러했습니다. 그러면 무슨 문제가 있을까요? 통증에, 불편함에 시달리는 채로 나는 온전했습니다. 통증에, 극심한 불편함에 시달리는 채로 나는 치유되었습니다. 완전히 치유되었습니다. 불가사의하게 치유되었습니다. 전혀 이해할 수 없는 방식으로 치유되었습니다. '통증에 시달리는 사람'이라는 짐에서 치유되었습니다. '내 과거와 미래의 통증'이라는 이야기에서 치유되었습니다. 통증이 '나'라는 개인에게 일어나고 있다는 환상에서 치유되었습니다. 이 치유는 통증이 즉시 사라졌다는 뜻은 아니었습니다. 그렇지만 어쨌든 아픔은 부차적인 것이 되었습니다. 늘 현존하는 이 치유는 내가 정말로 갈망하던 것이었습니다.

"그분의 상함으로 우리가 치유되었다"고 성경에서는 말합니다. 나의 상함으로 나는 치유되었습니다. 치유—즉 온전함, 완전함, 우리가 정말로 찾고 있던 집—는 실제로는 바로 여기에, 상처 속에, 통증의 한가운데에, 우리가 회피하려 애쓰는 그 경험의 한가운데에 있다는 것, 그것은 놀라운 깨달음이었습니다. 우리는 피해 달아나려 하는 모든 것의 한가운데에서 치유됩니다. 우리는 '통증으로부터' 치유되는 것이 아닙니다. '통증 속에서' 치유되며, 이미 치유되었습니다.

나아가, 사실은 통증이 우리를 치유한다고 말할 수도 있습니다. 있는 그대로 관찰해 보면, 통증은 우리의 관심을 지금 여기로, 오고 가는 모든 경험을 품는 활짝 열린 공간으로 돌아오게 합니다. 통증은 우리의 관심을 '통증에 시달리는 사람이 없다'는 사실로, 참된 나 자신인 여기 이 공간에서 그저 통증이 나타난다는 사실로 데려옵니다. 그리하여 통증은 당신을 통증의 피해자라는 생각에서 치유합니다. 통제의 환상에서 치유합니다. 당신을 지금 이 순간으로, 참된 집으로 데려옵니다. 통증은 말합니다. "네가 아무리 뭐라고 생각하든 나는 여기에서 허용되고 있어. 봐, 나는 이미 참된 너 자신 안에 허용되었어. 나는 이미 현존해. 너는 나에게 저항할 수 없었어. 하지만 두려워할 건 하나도 없어. 나는 오직 너 자신으로 이루어져 있으니까. 나는 참된 너 자신을 파괴할 수 없어."

그렇게 통증은 우리가 이해할 수 없는 방식으로 당신을 통증에서 치유합니다. 치유는 우리가 회피하려 하는 모든 것 안에 담겨 있습니다. 슬픔은 당신을 슬픔에서 치유합니다. 두려움은 당신을 두려움에서 치유합니다. 화는 당신을 화에서 치유합니다. 극심한 두려움의 한가운데에는, 두려움 속에 있는 사람이 없습니다. 두려움과 분리된 사람이 없습니다. 두려워하는 사람이 없습니다. 십자가에 못 박힌 상태의 한가운데에는, 극심한 신체 통증의 한가운데에는 치유가 있습니다. 모든 종교와 영적 가르침은 아마 결국에는 그 진실을 가리킬 것입니다.

이 깊은 받아들임은 통증에 관한, 통증과 우리의 관계에 관한, 통증과 연관된 두려움에 관한 우리의 태도를 혁명적으로 바꿉니다. 갑자기 이제 통증은 아무리 아파도 더는 적이 아닙니다. 통증은 지금 이 순간 참된 우리 자신에게 돌아오는 길을 가리키는 표지판이며, 우리가 누구인지에 관한 모든 거짓 개념을 파괴합니다. 통증은 우리 자신에 관한 모든 환상을 파괴합니다. 실재하지 않는 것은 그 무엇도 통증의 격렬한 사랑을 이기고 살아남을 수 없습니다.

## 통증과 시간

신체의 통증과 함께 자주 나타나는 현상은 스트레스를 받는, 두려워하는, 불안해하는, 걱정하는 정신적 반응입니다. 미래에 무슨 일이 일어날지, 일어나지 않을지에 관한 이야기가 쇄도하는 것입니다. 바로 지금 통증(또는 두려움이나 슬픔이나 어떤 불편한 감정)을 경험하지만, 그 통증이 얼마나 지속할지, 언제 끝날지 또는 끝나기나 할지, 얼마나 심할지 생각하며 걱정합니다. 남은 인생에도 이런 통증을 또 겪을까? 그 통증은 이 정도 수준으로 지속할까, 아니면 더 악화할까? 통증이 감당할 수 없이 심해져 버리면 어쩌지? 그 때문에 내가 죽게 되면 어쩌지? 만일 어띠어띠하면 어쩌지?

마음은 언제나 상황을 실제보다 더 나빠 보이게 하는 것 같습니다. 당신은 현실에 관한 자신의 이야기가 현실 자체보다 훨씬 안 좋다는 것을 늘 발견할 것입니다. 당신은 실제로는 언제나 오직 '지금 이 순간'의 통증만을 다루어야 합니다. 오직 지금 이 순간만. 오직 지금 당장 일어나고 있는 일만. 하지만 이야기에 빠져 있을 때는 '시간' 속의 통증까지 다루어야 합니다. 이야기에 빠져 있을 때는 모든 과거와 미래의 통증까지 다루어야 합니다! 당신은 심지어 평생의 아픔까지 다루어야 한다고 믿을지 모르는데, 그건 생각하는 것조차 감당하기 힘들게 느껴질 것입니다. 그것은 글자 그대로 마음이 생각해 낸 지옥입니다. 하지만 실제로는 삶은 당신에게 해를 입히지 않습니다. 삶은 당신에게 지금 이 순간만을 주며, 당신은 결코 평생의 아픔을 '직접' 경험하지 않습니다. 실제로는 '항상'이나 '영원히'나 '절대 끝나지 않는' 같은 것은 없습니다. 지옥이란 생각의 산물에 불과합니다.

난기류를 만나 심하게 요동치는 비행기 안에 앉아 있을 때를 생각해 봅시다. 비행기가 심한 난기류를 견디지 못해 추락할지 모른다고 상상하기 시작하면, 심한 스트레스를 받게 됩니다. 생각은 미래에 닥칠 재난의 이야기를 아주 잘 얘기합니다. 하지만 그 상황의 현실은 무엇인가요? 비행기는 거친 공기를 뚫고 나아가며, 그 때문에 당신의 몸이 이리저리 심하게 흔들립니다. 당신이 바로 지금 의자에 앉은 채 심하게 흔들린다는 것, 그게 현실입니다. 그게 일어나고 있는 일의 전부입니다. 하지만 생각은 시간 속에서 살아갑니다. 그래서 말합니다. "음, 지금 이 순간은 괜찮지만 '다음' 순간에는 괜찮지 않을 거야. 지금 이 순간은 견딜 수 있고 나는 살아 있지만, 다음 순간에는 견디지 못할 테고 나는 죽고 말 거야. 난기류가 점점 더 심해질 거야." 이 이야기에 반응하여 속이 메스꺼워지고, 호흡이 가빠지고, 가슴과 목이 답답해지고, 심장이 두근거릴 수 있습니다. 기억하세요, 몸은 실제 위협과 상상된 위협을 구분하지 못합니다. 이 상황이 곧 훨씬 악화하기라도 할 것처럼 심한 두려움이 나타납니다. 몸은 '싸우거나 도망칠' 준비를 하고, 비행기가 추락할 것 같으면 죽을 각오를 합니다.

그렇게 당신은 거기에 있으면서 죽음을 각오하지만, 조종사는 아주 평온하게 비행기를 몰고 있습니다. 이런 난기류를 수백 번 이상 경험한 조종사에게는 이 일이 별것 아닙니다. 진짜 난기류는 당신의 생각 속에 있습니다. 상상 속에서는 당신이 타고 있는 비행기가 이미 추락해 버렸습니다! 상상 속에서는 이미 피할 수 없는 운명을 경험하고 있습니다.

당신은 이렇게 말할지 모릅니다. "음, 비행기는 추락할 수 있어요. 그러니 내가 완전히 미친 건 아니에요!" 그러면 나는 대답할 것입니다. "그래요. 하지만 비행기는 아직 추락하지 않았습니다." 그런 일이 일어날 수도 있다고 생각하는 동안에는 그 일이 일어나지 않았습니다. 지금 이 순간, 당신이 가장 두려워하는 일은 아직 실현되지 않았습니다. 또 지금 이 순간, 그 일은 여전히 실현되지 않았습니다. 그리고 또 지금 이 순간에도. 사실, 우리는 마음이 그토록 두려워하는 그런 견딜 수 없는 순간에는 단 한 번도 도달한 적이 없습니다. 오직 견딜 수 없는 순간에 대한 두려움만이 있을 뿐, 그 순간 자체는 결코 오지 않습니다. 만일 당신이 정말로 상황을 견딜 수 없다면, 만일 몸이 정말로 통증을 감당할 수 없다면, 만일 당신이 화나 두려움에 정말로 압도당한다면, 만일 당신이 정말로 비통함을 견디지 못한다면, 몸은 의식을 잃어버릴 것입니다. 의식하고 있는 한, 당신은 무슨 일이 일어나고 있든 그 일을 이미 감당하고 있습니다. 설령 그 일을 감당할 수 없다고 생각하거나 느끼더라도……. 감당할 수 없는 통증이란 존재하지 않습니다. 당신은 의식 자체이므로, 만일 어떤 일이 일어나고 있다면, 그 일이 현재 경험에 나타나고 있다면, 당신은 그 일을 감당하고 있습니다. 마치 물결은 그 순간을 감당할 수 없다고 '느낄'지라도 바다는 모든 물결을 감당하고 있듯이.

어떤 일을 감당할 수 없다고 '느낄' 수 있습니다. 곧 죽을 것 같다고 느낄 수 있고, 대처할 수 없다고 느낄 수 있고, 완전히 압도당한다고 느낄 수 있으며, 그 상황 앞에서 희망이 없고 무력하다고 느낄 수 있습니다. 하지만 당신은 어떤 일을 그렇게 감당하지 못할 수가 없습니다. 앞에서 보았듯이, 참된 당신은 열린 공간이므로 결코 희망이 없는 자, 무력한 자, 압도당하는 자일 수가 없습니다. 왜냐하면 참된 당신은 가장 압도적인 듯한 느낌조차 받아들이는 순수한 수용력이기 때문입니다. 당신은 대처할 수 없다고 '느낄' 수 있지만, 참된 당신은 지금 이 순간—오직 지금 이 순간만 있습니다—언제나 잘 대처하고 있습니다. 당신은 곧 죽을 것 같다고 느낄 수 있지만, 참된 당신은 아주 생생히 살아 있습니다. 알아차림(앎)인 참된 당신은 지금 나타나는 일에 이미 잘 대처하고 있습니다. 그렇지 않다면 지금 나타나는 일이 나타나지 않을 것입니다. 만일 그 일이 정말로 감당할 수 없는 일이라면, 만일 지금 일어나는 일을 삶이 정말로 감당할 수 없다면, 당신은 살아 있지 않을 것이며, 그러므로 그 일을 알지도 못할 것입니다.

이 깨달음은 삶에 대한 우리의 기본적인 두려움을 없애 줄 수 있습니다. 당신은 결코 감당할 수 없는 순간에 도달하지 못합니다. 마치 물결이 정말로 뭍에 도달하지는 못하듯이. 뭍에 도달하는 순간, 물결은 더는 물결이 아니기 때문입니다. 아무도 죽음을 경험한 적이 없는 것은 그런 이유입니다. 죽음은 '당신'이 하는 경험이 아닙니다. 물결은 자기의 부재를 경험할 수 없습니다. 궁극에는 두려워할 것이 하나도 없습니다. 가장 극심한 두려움이 나타나더라도.

"나는 그걸 이겨 내지 못할 거야. 견딜 수 없어. 내겐 너무 벅찬 일이야. 그 때문에 나는 죽고 말 거야." 이런 생각은 두려움의 강렬한 표현일 뿐입니다. 깊이 받아들여지지 않은 두려움. "나는 그것을 감당할 수 없어"라고 느낀다고 해서 당신이 정말로 그것을 감당할 수 없는 것은 아니며, '그것을 감당할 수 없는 사람'이 정말로 참된 당신인 것은 아닙니다. 당신은 이것을 감당할 수 없다고 '느끼'지만, 그 두려움은 당신을 규정할 수 없습니다. 진실은, 당신이 지금 이 순간 이미 그것을 감당하고 있다는 것입니다. 그리고 지금 이 순간, 당신은 감당하고 있는데, 당신이 그것을 감당할 수 없다는, 당신에겐 그럴 힘이 없다는 깊은 두려움이 일어난다는 것입니다. 그것을 감당하기에는 자신이 너무 약하다는 느낌이 일어납니다. 그리고 가장 깊은 받아들임 안에서, 이 모든 물결은 나타나도록 허용됩니다. 통증도, 그 통증을 감당할 수 없다는 느낌도 여기에서 전적으로 받아들여집니다. 그리고 당신은 이미 둘 다 완벽히 감당하고 있습니다. 그게 그렇게 감당할 수 없는 정도는 아닙니다. 그렇지 않나요?

결국, 당신은 감당할 수 없는 일을 직면할 필요가 없습니다. 삶은 당신이 감당할 수 없는 일을 주지 않습니다. 심지어 삶을 감당할 수 없다는 느낌조차 예외가 아닙니다. 당신이 삶이기 때문이며, 삶은 당신과 대립하지 않습니다. 기억하세요. 만일 어떤 물결이 현재의 경험에 나타나고 있다면, 진정한 당신은 이미 그것에게 '예(yes)'라고 말한 것입니다. 그 물결이 여기에 있는 까닭은 그 때문입니다. 당신은 이미 허용되지 않은 것은 직면할 일이 없습니다. 받아들일 수 없는 것은 직면할 일이 없습니다. 진실로 감당할 수 없는 것은 감당할 일이 없습니다.

고통이 시작되는 것은 오직 지금 이 순간을 다음 순간이나 미래의 어느 순간과 비교할 때입니다. "지금 이 순간 나는 이 일을 감당하고 있어. 하지만 다음 순간에는 그럴 수 없을 거야. 지금 이 순간은 괜찮

아. 하지만 다음 순간에는 괜찮지 않을 거야. 지금의 난기류는 괜찮아. 하지만 다음 순간에는 훨씬 더 악화할 거야." 우리는 현재의 난기류를 실제보다 훨씬 심한 것처럼 만들어 버립니다.

난기류는 더 심해질지도 모릅니다. 그렇지만 난기류를 감당하지 못할 것이라는 이야기가 없다면, 지금 이 순간을 다음 순간이나 과거의 순간과 비교하는 이야기가 없다면, 가장 깊은 받아들임은 여전히 거기에 있을 것입니다. 어떤 일이 일어나더라도 가장 깊은 받아들임은 절대 어디로 가지 않습니다. 참된 당신은 '늘' 현존합니다. 깊은 받아들임은 여전히 거기에 있을 것이며, 가장 심한 두려움의 한가운데에서도 발견될 수 있습니다.

실제로는 언제나 지금 이 순간만 있습니다. 미래는 결코 도착하지 않습니다. 그렇지 않나요? 미래는 오직 하나의 이야기로만 존재합니다. 그리고 지금 나타나는 그 이야기에 대한 우리의 반응으로만……. 이 끔찍할 것 같은 미래의 순간이 올 때, 그 순간은 실제로는 지금, 지금 이 순간일 것입니다. 그 경험은 이 공간에서, 바로 지금 여기라는 공간에서 일어날 것입니다. 그리고 이 공간으로서 나는 나한테 오는 어떤 것도 참된 나 자신을 파괴할 수 없음을 압니다. 그러니 난기류가 오면 오게 놓아둡니다. 나는 난기류가 올지 알 수 없고, 난기류가 오기를 바란다거나 오면 좋겠다고 말하는 게 아닙니다. 하지만 난기류가 오면 오게 놓아둘 것이고, 난기류를 직면할 때도 참된 나는 활짝 열린 공간이며 그 안에서 삶이 일어나고 있음을 알아차릴 것입니다. 참된 나는 폭풍의 한가운데에서도 고요합니다. 나는 폭풍과 전쟁을 벌이지 않습니다. 참된 나는 열린 공간이며 그 안에서 폭풍은 오고 가도록 허용됩니다. 폭풍우를 두려워하지 않는 이유는 내가 강하고 용감해서가 아니라, 폭풍을 나 자신으로 보기 때문입니다. 가장 깊은 수준에서는 폭풍이 나를 위협할 수 없습니다. 그러니 폭풍이 오면 오게 놓아둡니다.

그래서 나는 이제 다가올 일에 맞서 버티지 않습니다. 나는 삶을 맞아 편안히 이완할 수 있고, 삶이 온전히 펼쳐지도록 허용할 수 있습니다. 비록 그 펼쳐짐이 통증을 가져오더라도⋯⋯. 나는 통증이 일어나는 공간으로서 통증보다 큽니다. 두려움보다 드넓습니다. 나는 활짝 열려 있고 넓어서 삶의 모든 것―모든 생각, 소리, 감각, 느낌―이 여기에 자리할 수 있습니다.

사실, 통증에 맞서 버티면 실제로 통증이 더 커지는 경향이 있습니다. 현재의 통증을 느끼지 않으려 회피하고 미래의 통증을 예상하다 보면 온몸이 더 긴장되며, 그러면 어떤 통증이든 실제로 더 심하게 느껴집니다. 통증을 회피하면 통증이 부풀려집니다. 우리가 통증에 맞서 버티는 대신에 편안히 이완하며 통증 속으로 들어갈 때, 통증을 적으로 보는 대신에 통증의 한가운데에서 가장 깊은 받아들임을 발견할 때, 우리는 그 치유가 늘 아주 가까이 있음을 발견합니다. 우리는 여전히 신체적인 수준에서 자신을 치유할 수 있는 모든 행동을 할 수 있습니다. 하지만 앞에서 보았듯이, 참된 치유는 몸과는 아무 상관이 없습니다. 몸은 이리저리 흔들리지만, 참된 당신은 그 난기류의 한가운데에서도 변함없는 공간이고, 맹렬한 폭풍의 한가운데에서도 평화로운 바다이며, 이미 온전하며 이미 치유되어 있습니다.

## 희생자 정체성

내가 만난 사람 중에는 자신을 삶의 희생자나 피해자로 보는 사람이 많습니다. 나도 수많은 나날을 희생자라고 느끼며 살았습니다. 만일 당신이 종교를 믿는 집안에서 자랐다면, 당신의 통증(또는 슬픔, 두려움, 어떤 힘든 느낌이나 감정)은 신이 내린 벌이나 시험이라는, 또는 당신이 이번 생이나 전생에 죄를 지은 죄인이라서 벌을 받는 것이라는 말을 들었을지 모릅니다. 아니면, 당신이 통증을 겪는 이유는 카르마 때문이라는, 더 열심히 기도하지 않았기 때문이라는, 또는 심지어 어떤 저주를 받았기 때문이라는 말을 들었을지도 모릅니다. 내가 만난 영적 구도자 중에는 충분히 현존하지 않아서, 충분히 긍정적이지 않아서, 스스로 무의식중에 질병을 발현시켜서, 또는 영적 수행을 알맞게 하지 않거나 스승의 가르침을 정확히 따르지 않아서 질병에 걸렸다는 뉴에이지 믿음을 누구에게 전해 듣고서 믿는 사람이 많았습니다. 기본적으로 그들은 자신이 어떤 면에서 삶을 통제하는 데 실패했다고, 그들이 겪는 현재의 통증은 더 깊은 수준에서는 자신에게 책임이 있다고 믿습니다.

아마 우리는 '삶을 통제할 수 없다'는 진실을 직면하고 싶지 않아서 이 모든 이야기를 지어낼 것입니다. 아마 그 진실을 직면하는 것보다는 삶을 통제하는 데 실패했다는 이야기를 지어내는 편이 더 쉬울 것입니다.

"만일 내가 더 열심히 기도했더라면, 이런 일은 일어나지 않았을 거야." 하지만 정말 그런지 당신은 알 수 없습니다. "만일 내가 더 긍정적이고 더 현존하고 더 사랑했다면, 이런 일은 일어나지 않았을 거야." 정말 그런지 당신은 알 수 없습니다. "만일 내가 구루에게 더 온전히 헌신했다면, 이런 일은 일어나지 않았을 거야." 정말 그런지 당신은 알 수 없습니다. 나는 누구에게 전해 들은, 검증되지 않은 관념들을 믿어서, 통증을 겪는 자신을 자책하는 사람을 많이 보았습니다.

통증과 질병은 우리의 계획을 방해하는 경향이 있습니다. 중요한 업무 회의나 파티를 계획했는데, 수련회 참석을 계획했는데, 성공할 계획을 세웠는데, 세계를 여행할 계획을 세웠는데, 재미있게 놀 계획을 세웠는데, 질병에 걸리지 않을 계획을 세웠는데…… 이제는 질병 때문에 정상적인 생활을 하지 못하고 병원 침대에 누워 있습니다. 그러면 정말로 질병이 '나의 삶'을 방해하는 것처럼 느껴집니다. 질병은 내가 하고 싶은 일을 하지 못하게, 만나고 싶은 사람을 만나지 못하게, 가고 싶은 곳을 가지 못하게 방해합니다. 통증은 삶 자체를 위협할 수 없지만, '나의 삶'에 위협이 되는 것처럼 보일 수 있습니다. 다시 말해, 질병은 나의 계획에, 내가 어떤 사람이라는 나의 이야기에, 내가 되고 싶은 사람에 관한 나의 이야기에, 내가 어디로 가고 있다고 생각한 이야기에, 세상에서 내가 맡은 역할에 위협이 됩니다. 어쩌면 우리의 모든 고통은 단순히 우리의 계획들이 좌절되어 느끼는 비통함일지도 모릅니다.

병을 앓고 있을 때, 특히 온종일 침대에 누워 있어야 할 때는 삶을 놓치고 있는 것 같다는 느낌이 가장 견디기 힘들다고 말하는 사람을 많이 만났습니다. 그들은 마치 버림받은 사람, 쓸모없는 사람처럼 삶과 단절되어 있다고 느낍니다. '저 바깥세상에 있는' 사람은 모두가 재미있게 지내고, 자기 삶을 살고, 원하는 것을 추구하며 찾고 있는데, 여기에 있는 나는 감옥에 갇힌 채 원하는 곳에 있을 수 없고 원하는 것을 계속 추구할 수 없다고 느낍니다. 우리는 통증과 질병을 불완전함─사회에 필요하지 않고 사랑받지 못하는 사람, 삶에게 버림받은 사람 같다는 느낌─과 결부시키는 경향이 있습니다. "왜 삶은 내게 이런 일을 겪게 하지? 왜 삶은 내게 이런 통증을 주지? 삶은 나를 사랑하지 않는 게 분명해." 삶은 건강한 사람들만 편애하는 것 같고, 질병에 걸리고 아픈 나는 버림받은 것처럼 느껴집니다. 그것은 아주 오래된 미신입니다.

하지만 진실을 말하자면, 당신은 삶에 더 가까이 다가갈 수도, 더 멀어질 수도 없습니다. 더 살아 있을 수도, 덜 살아 있을 수도 없습니다. 당신은 삶에게 버림받을 수 없습니다. 당신이 바로 삶이기 때문입니다. 그래서 삶은 심지어 당신의 통증 속에도, 질병 속에도 있습니다. 질병에 걸리거나 통증을 겪는다고 해서 당신이 덜 온전한 것이 아니며, 삶이 당신을 덜 사랑하는 것도 아닙니다. 당신은 여전히 이 활짝 열린 공간이며, 그 안에서 모든 것이 오고 갑니다. 아무리 심한 통증이나 질병도 참된 당신을 어찌할 수는 없습니다. 그런 의미에서 참된 당신은 질병에 걸릴 수 없고, 아플 수 없으며, 다칠 수도 없습니다. 오직 이야기만이 다칠 수 있습니다. 오직 정체성만이 '아플' 수 있습니다. 우리 자신에 관한 개념, 어떤 일이 일어나거나 일어나지 말아야 한다는 개념—그런 것들은 둘로 나뉠 수 있습니다. 참된 당신은 언제나 '하나'입니다.

통증과 질병은 삶에 대한, 통제에 대한 우리의 이야기를 산산이 부수어 버립니다. 사실은 이게 중요한 점입니다. 통증과 질병으로 고통을 겪을 때, 우리는 사실 '삶이 어떠해야 했다'는 우리의 꿈을 생각하며 한탄합니다. 삶이 과거에 어떠해야 했다는, 현재 어떠해야 한다는, 미래에 어떠해야 한다는 그런 생각들이 없다면, 그저 지금 있는 것이 있을 뿐입니다. 끊임없이 변하는 지금 이 순간의 풍경은 우리가 삶에서 늘 직면할 수밖에 없는 모든 것입니다. 그리고 우리는 지금 이 순간이 정확히 지금 이대로여야 하는 게 아닌지 알 수 없습니다. 모든 것이 바로 지금 정확히 있는 그대로여야 하는 게 아닌지 알 수 없습니다. 우리의 삶이 어떤 우주적인 각본을 벗어났는지 알 수 없습니다. 사실 우주적인 각본이라는 게 있는지도 알 수가 없습니다.

내 질병에 관한 이야기 너머에서, 내 삶이 내 계획대로 가고 있지 않다는 이야기 너머에서, '어떠해야 한다'와 '어떠하면 안 된다'는 믿음들의 너머에서, 나는 바로 지금 여기에 있습니다. 숨을 쉽니다. 심장이 뜁니다. 소리가 나타납니다. 갖가지 생각, 감각, 느낌이 춤을 춥니다. 아마 약간의 통증. 아마 약간의 두려움. 아마 사랑받지 못한다는, 버림받았다는, 희망이 없다는, 허약하다는, 지쳤다는, 외롭다는 느낌. 다음에 어떤 물결이 올지 누가 알까요? 그 모든 것이 여기 이 공간에서 전부 깊이 허용되고 있다는 사실, 그게 크나큰 발견입니다. 현재의 경험은 언제나 참된 나 자신에게 깊이 받아들여집니다. 비록 현재 일어나는 일이 지금 당장은 받아들일 수 없는 것처럼 느껴지더라도……. 참된 나 자신은 이미 그 모든 것을 허용했습니다. 참된 나 자신은 그 모든 것에 이미 "예(yes)"라고 말했습니다. 지금 이 순간이 지금 이대로인 것은 그 때문입니다. 삶의 수문(水門)은 영원히 열려 있습니다. 그래서 내가 현재의 경험으로 돌아올 때—지금 당장은 그것을 감당할 수 없다고 '느낄'지라도, 마치 바다가 감당할 수 없는 물결은 전혀 없듯이—나는 지금 이 순간이 결코 감당할 수 없는 게 아님을 발견합니다. 참된 나는 모든 것을 껴안고, 모든 것을 허용하고, 모든 것을 인정합니다. 그리고 여기에는, 통증과 질병의 한가운데에서도, 모든 이해를 넘어선 평화가 있습니다.

오직 지금 이 순간뿐 시간이 없으며,
전부와 모든 것뿐 아무것도 없다.
그러니 실제로는 얻을 것이 없다.
비록 게임의 즐거움은
마치 그런 것이 있는 척하지만.
_앨런 왓츠

# 6.
## 사랑, 관계,
## 그리고 철저한 정직

그대의 할 일은 사랑을 구하는 것이 아니라,

사랑을 막으려 쌓아 놓은 내면의

모든 장벽을 찾아 발견하는 것이다.

_루미

## 인간관계의 이유

내가 주최한 모임에서 어느 젊은 여성이 말했습니다. "제프, 전체임, 완전함, 깊은 받아들임, 고정된 자아 없음에 관한 당신의 모든 이야기는 무척 아름답고 감명 깊어요. 하지만 내가 정말 알고 싶은 건 내가 인간관계에서 수많은 갈등을 경험하는 이유예요.." 그것은 중요한 질문이었고, 우리는 영적 깨어남과 인간관계의 연관성에 관해 긴 대화를 나누었습니다. 분리의 꿈에서 깨어난 뒤에는 인간관계가 중요할까요, 아니면 의미를 잃어버릴까요? 만일 분리된 자아가 없다면, 만일 내가 단순히 활짝 열린 공간이며 그 안에서 삶이 일어나고 있다면, 우리가 아는 인간관계라는 것이 가능하기나 한 걸까요? 열린 공간이 열린 공간과 관계할 수 있는 걸까요?

모임이 끝날 무렵, 그녀는 내게 다가와서 말했습니다. "이제 알겠어요. 나는 영적 깨달음을 추구하고 있던 게 아니었고, 부유함이나 명성, 성공을 갈망하는 것도 아니었어요. 이제 보니 실제로는 다른 사람들과 같은 것을 추구하고 있었어요. 사랑을 갈망하고 있었고, 나를 사랑하고 완전하게 해 줄, 나를 온전하다고 느끼게 해 줄 짝을 찾으려 했던 거예요. 인도의 아쉬람에서 생활하거나, 하루 내내 명상하거나, 승진이나 스포츠카를 위해 죽도록 일하는 사람들도 결국은 똑같이 그걸 추구하고 있다는 걸 이젠 알겠어요. 방식은 수없이 달라도 결국은 모두가 온전함을 추구하고 있는 거죠. 이걸 인정하니까 무척 겸손해지는 것 같아요."

인류의 역사에서 전통 종교는 진정한 안전감과 소속감을 제공했고, 우리 내면의 공허감을 다루도록 도왔습니다. 무슨 일이 일어나더라도 우리는 위안과 의미, 관점, 지혜를 얻기 위해 언제나 성경이나 부족 원로, 성직자, 랍비, 구루에, 더 높은 권위자에 의지할 수 있었습니다. 우리는 고대 경전의 한 구절을 가리키면서 "이게 바르게 사는 방법이야'라거나 "그건 이걸 의미해"라고 말할 수 있었습니다. 현대에는 개인의 재산이나 직업, 은행 계좌, 회사, 주식 시장이 우리의 새로운 신(神)이 되었습니다. 점점 더 많은 사람이 자신을 무신론자, 불가지론자, 인본주의자, 합리주의자, 회의론자, 세속주의자, 또는 '영적이지만 종교적이지는 않은' 사람이라고 여깁니다. 많은 사람은 과학적으로 증명된 것만을 믿을 것입니다. 하지만 우리가 진정 누구인지를 과학이 발견하려면 아직 갈 길이 멉니다. 과학적인 대답들은 저마다 천 개의 새로운 질문으로 이어집니다. 그리고 최근 우리는 금융기관, 은행, 기업, 정부에 대한 신뢰를 잃었습니다.

그래서 많은 사람에게는 추구하는 에너지의 마지막 통로로 남아 있는 것이 이성과의 관계입니다. 세상의 모든 돈도 우리를 완전하게 해 주지 못하고, 교회나 절, 모스크도 이제 더는 우리가 갈망하는 해방을 주지 못하며, 과학이 우리의 가장 깊은 갈망을 채워 주리라고는 더더욱 기대할 수 없습니다. 그렇지만 우리가 모든 것을 잃은 것은 아닙니다. 우리는 여전히 다른 인간을 통해 완전해질 수 있다고 믿습니다. 그래서 그 특별한 사람, 다른 반쪽, 짝, 동반자를 발견하고, 그 사람과 함께하며, 건강할 때든 질병을 앓을 때든 죽는 날까지 그 사람에게 사랑받고 보살핌 받을 것이라고 생각합니다. 우리는 온전할 것입니다. 완전할 것입니다. 타인에게 받는 사랑은 우리가 가슴 깊이 느끼는 공허감을, 편안하지 않고 부족하다는 느낌을, 참된 집을 향한 갈망을 없애 줄 것입니다. 타인에게 받는 사랑은 우리의 한없는 외로움을 치유해 줄 것입니다.

그렇게 믿기에 우리는 동반자 관계를 위해, 후손을 위해, 즐거움을 위해 서로를 찾으려 합니다. 하지만 우리는 무엇보다 온전함을 위해 서로를 추구합니다. 그리고 인간관계가 우리를 우리 자신에게서 구원할 것이라는 이 기대는 많은 기쁨의 원인이자 많은 슬픔의 원인입니다.

**'그 한 사람'을 발견하기**

라디오를 틀자, 추구자의 열망을 담은 노래가 울려 퍼집니다. "당신은 나를 완전하게 해. 당신은 언제나 내 곁에 있어. 난 당신 없이는 살 수 없어. 난 당신 없이는 아무것도 아니야. 당신은 내가 기다린 바로 그 한 사람……" 우리는 '그 한 사람'을 찾는 일에 대해 얘기하는데, 추구자가 언제나 진정으로 갈망하는 것은 바로 그것입니다―무수히 많은 모습 너머에 있는 '하나'의 삶 또는 생명. 하지만 우리가 다른 인간의 모습 속에서 이 '하나'를 정말로 발견할 수 있을까요? 그리고 우리가 찾는 모든 완전함을 다른 인간이 정말로 늘 우리에게 줄 수 있을까요? 아니면, 그 완전함은 어떤 사람에게 바라기에는 너무 거대한 것일까요? 그것은 다른 누구의 어깨에 지우기에는 너무 거대한 짐일까요?

연애하고 있지 않을 때는 외롭고 불완전하며 혼자라고 느끼는 사람이 많습니다. 돌아보면 청소년기에 나는 애인이, 즉 나의 삶을 함께 나눌 사람이 없을 때는 내게 뭔가 큰 문제가 있다고 느꼈습니다. 주위를 둘러보면 밝고 행복한 사람들, 완전히 충족되어 보이는 사랑의 연인들, 외로움이라고는 눈곱만큼도 느낄 것 같지 않은 연인들이 보였고, 나도 그들처럼 그런 것을 간절히 갖고 싶었습니다. 내 삶에는 커다란 무언가가 빠져 있는 것 같았습니다. 아, 이게 바로 추구자의 목소리입니다! "무언가 빠져 있어!" 깨달음이 빠져 있어. 사랑이 빠져 있어. 성공이 빠져 있어. 기쁨이 빠져 있어. 평화가 빠져 있어. 추구자는 무언가 빠져 있는 세계, 결핍의 세계에서 살고 있으며, 그는 바깥세상을 내다보고, 자신에게 결핍된 것을 가지고 있는 다른 사람들을 바라봅니다. 이렇게 자기를 남들과 비교할 때는 열등감과 질투심이 일어날 수 있습니다.

'그 한 사람'을 찾는 데 강박적으로 집착하는 인간관계 추구자는 자기를 완전하게 해 주고 사랑의 추구를 끝내 줄 그 한 사람을 찾아서 이 사람과의 관계, 저 사람과의 관계로 옮겨 다닙니다. 마찬가지로, 영적 깨달음에 강박적으로 집착하는 영적 추구자는 깨달음을 추구하며 이 구루, 저 구루를 추종합니다. 하지만 구루들은 계속해서 그를 실망시킵니다. 마침내 그가 추구를 멈추고, 사실은 그 끝없는 추구가 자신이 갈망하는 깨달음과 오히려 더 멀어지게 할 수 있음을 알아차릴 때까지……. 이미 여기에 현존하는 깨달음을 깨닫지 못하도록 방해하는 것은 바로 이 깨달음의 추구일 것입니다.

인간관계 안의 친밀함을 알아보지 못하도록 방해하는 것은 바로 인간관계를 통해 우리 자신을 완전하게 하고 싶은 갈망일 것입니다. 자신을 완전하게 해 줄 그림 하나를 발견하기 위해 세상의 모든 화랑과 전시회, 박물관을 방문하는 사람을 상상해 보세요. 그는 그 그림이 어떤 모습을 하고 있는지, 또는 자신이 그 그림을 언제, 어떻게 발견할지, 또는 우연히 그 그림을 보게 되더라도 자신이 찾는 바로 그 그림이라는 걸 어떻게 알아볼지 모릅니다. 오로지 그것을 찾아야 한다고 굳게 믿을 뿐입니다. 그는 절박한 마음으로 추구합니다. 그래서 이 그림 저 그림, 이 조각상 저 조각상을 흘깃흘깃 보면서 지나치느라, 눈앞에 있는 것을 제대로 알아보지 못합니다. '그 하나'를 찾느라 너무 바쁩니다. 그가 지나치는 모든 그림은 어쩐지 '그 하나'에는 조금씩 모자라 보입니다. 덜 아름답고, 덜 매혹적이고, 덜 훌륭해 보입니다. 이런 다른 그림들은 단지 목표를 위한 수단에 불과할 뿐입니다. 그 모든 그림은 '그 하나'의 신비한 완전함과 비교하면 어쩐지 불완전해 보입니다.

그리고 당연히 그는 결코 '그 하나'를 발견하지 못합니다. 왜냐하면 '그 하나'는 실물로는 존재하지 않기 때문입니다.

'그 하나'는 어디에 있었을까요? 그것은 그가 추구하면서 지나치고 간과하고 묵살한 모든 그림 하나하나 속에 있었습니다. '그 하나'는 하나의 그림이 아니었으며 모든 그림 속에 있었습니다. 그 하나는 많은 것 속에 숨겨져 있었습니다. 바다는 예외 없이 모든 물결 속에 있었습니다.

우리가 찾는 사랑은 어느 한 사람 속에 들어 있지 않습니다. 영적 깨달음이 어느 한 스승이나 구루 속에 들어 있지 않듯이. 우리가 찾는 사랑은 어디에나 있지만, 우리는 그것을 찾느라 눈앞에 있어도 보지 못합니다. 도마 복음에서 "하느님의 나라가 언제 오겠습니까?"라고 제자들이 묻자 예수는 대답합니다. "그 나라는 찾는다고 해서 오지는 않을 것입니다. 그 나라는 '여기에 있다'거나 '저기에 있다'고 말할 수 있는 것이 아닙니다. 그 나라는 지상에 펼쳐져 있으나 사람들이 보지 못할 뿐입니다."

우리의 참된 연인은 이미 지상 어디에나 펼쳐져 있으며, 단지 우리가 보지 못할 뿐입니다.

## 사랑에 빠짐

언젠가 당신은 사랑에 빠져 본 적이 있을 것입니다. 어떤 사람(또는 그림, 꽃, 음악, 저녁노을…… 사랑에 빠지는 길은 무수히 많습니다)과 함께 있는데, 문득 그저 경이로움과 매혹, 경외감만이 있습니다. 과거와 미래가 사라지고, 시간이라는 환상이 무너지며, 오직 지금 있는 것만이 있습니다. 그건 말할 수 없는 기적입니다. 당신은 앞에 있는 사람이나 사물을 정말로 봅니다. 그 순간, 이제껏 찾고 있던 것을 마침내 발견한 것처럼 느껴집니다. 그동안 찾으려 했던 것이 바로 여기 눈앞에 있습니다. 그럴 때면 마치 집에 돌아온 것 같고, 내면의 무언가가 드디어 안식하는 것처럼 느껴집니다.

그런데 사실 당신은 사랑을 찾은 것이 아닙니다. 사랑을 찾은 사람은 이제껏 아무도 없습니다. 사랑은 애초에 잃어버릴 수 있는 것이 아니기 때문입니다! 당신은 그동안 찾고 있던 것을 정말로 찾은 것이 아닙니다. 실제로 일어난 일은 잠시 사랑 추구가 떨어져 나간 것입니다. 추구자가 사랑을 찾은 것이 아니라, 추구자가 사라진 것입니다! 추구를 쉬었습니다. 사랑 추구를 잠시 멈추자, 언제나 여기에 있던 사랑이 스스로 드러났습니다. 문득, 추구자가 없어졌고, 추구할 시간이 없어졌습니다. 문득, 삶과 분리된 사람이 없었습니다. 단순히 삶만이 있었습니다. 삶의 모든 신비와 경이로움, 시간 없는 단순함으로…….

우리 자신과 다른 사람 사이의 분리가 사라질 때 남아 있는 것, 이

것을 가리키는 말로 '사랑'보다 더 좋은 단어가 있을까요. '사랑'은 현재 경험의 한가운데에 있는 친밀함을, 언제나 여기에 있지만 알아차리는 사람이 몹시 드문 그 친밀함을 가리킵니다.

생각이 "나는 너를 사랑해"라고 말할 때, 분리의 환상이 시작됩니다. 다시 말해, '나'라는 하나의 분리된 사람이 '너'라는 하나의 분리된 사람을 사랑한다고 말할 때……. 당신은 내가 찾고 있던 사랑을 줍니다. 당신은 나의 사랑 추구를 완성해 줍니다. 당신이 내 추구의 끝입니다. 그처럼 우리의 추구를 체현해 주는 사람과 함께 있으면 강렬하고 벅찬 감정을 경험하게 됩니다. 그건 마치 신을 마주 보는 것과 같습니다. 연인이나 영적 구루에 대한 사랑에 빠지면, 그 사람과 함께 있을 때 무릎에 힘이 빠지는 것은 놀라운 일이 아닙니다. 그러니 때때로 당신이 그들에게 압도당하는 듯한 기분이 느껴져도 놀라운 일이 아닙니다. 그들에게 당신을 지배하는 기이한 힘이 있는 것처럼 느껴져도 놀라운 일이 아닙니다. 그럴 때 무의식적으로 당신은 그들이 가지고 있지 않은 힘을 그들에게 투사하고 있습니다.

'나'는 '당신'과 사랑에 빠지지 않습니다. 빠져나가는 것은 '나'와 '당신'이라는 환상입니다. 그리고 그게 바로 사랑입니다. 우리가 그걸 사랑에 빠진다고 말하는 이유는 그 때문입니다. 분리되어 있다는 환상이 빠져나가고, 남아 있는 것은 늘 현존하는, 하지만 우리가 그 이상의 무엇을 찾느라 간과하는, 사랑입니다.

두 사람이 사랑에 빠진 적은 한 번도 없습니다. 사랑은 '둘'의 죽음입니다. 사랑은 분리되어 있다는 환상이 빠져나간 것입니다.

어떤 사람이 나를 완전하게 해 줄 수 있다고 믿는 순간, 나는 그에게 집착하고 싶어지고, 그를 소유하고 싶어지고, 갖고 싶어지고, 내 곁에 머물게 하고 싶어집니다. 언제나 여기에 있는 사랑, 본래 나 자신인 사랑을 잊어버리고, 사랑이 다른 사람 속에 있을 수 있다는 환상에 빠지면, 나는 그를 '나의 것'으로 만들고 싶어집니다. 인간관계에서 가장 심한 갈등의 근원을 거슬러 올라가 보면, 아마도 이 소유라는 기본적인 환상을 만나게 될 것입니다. "당신은 나에게 속해. 당신은 내 것이야. 내 여자친구. 내 남자친구. 내 남편. 내 아내. 내 애인. 내 친구. 당신은 계속 내 것으로 있어 줘야 해. 당신이 없으면 나는 아무것도 아닐 테니까."

당신을 완전하게 해 줄 힘을 정말로 가진 사람이 있을까요? 당신이 찾고 있는 온전함이 어떤 사람에게 있을까요? 당신에게 정말로 사랑을 줄 수 있는 사람이 있을까요? 아니면, 당신은 다른 사람에게서 사랑을 찾고 있지만, 사실은 당신 자신이 바로 그 사랑—깊은 받아들임—인 게 아닐까요? 당신은 실제로는 수없이 많은 방식으로 자기 자신을 찾고 있는 게 아닐까요?

어떤 사람이 정말 실제로 '내 것'일 수 있을까요? 당신은 어떤 사람을 정말로 '가질' 수 있나요? '내 것'이라는 단어는 실재하는 어떤 것을, 이 순간 나타나는 생각-이야기가 아닌 어떤 것을 가리키는 걸까요? 물론, 어떤 사람이 당신의 것이며 그가 당신을 완전하게 해 줄 것이라고 믿는 데에는 아무 잘못이 없습니다. 만일 그런 믿음이 당신에게 기쁨을 준다면, 그것은 얘기하고 또 얘기해도 좋은 아름다운 이야기일 것입니다. 하지만 여기에는 이런 문제가 있습니다. 즉, 어떤 사람을 계속 붙잡으려 할 때면, 의식적으로든 무의식적으로든, 그 사람을 교묘히 조종하게 될 것입니다. 누구든지 다른 사람에게 사랑이나 인정, 수용, 칭찬이나 이해를 받으려 추구할 때면, 그의 비위를 맞추거나 그를 통제하거나 그에게 영향을 미치려는, 그를 자기편으로 만들려는, 그가 계속 머물게 하려는, 당신 곁을 떠나지 않게 하려는 의도로 말하고 행동하게 될 것입니다. 그 모든 것은 상실을 두려워하기 때문이며, 궁극적으로는 다시 혼자되고 불완전해질까 봐 두려워하기 때문입니다. 아픔은 언제나 이런 통제의 결과입니다. 당신에게도, 당신이 통제하려 하는 사람에게도.

사랑하는 사람을 붙잡으려 할 때, 우리의 사랑은 조건적인 사랑이 됩니다. 바다가 아무 조건 없이 모든 물결을 품듯이 사랑은 본래 아무 조건이 없지만, 우리는 그 사실을 잊어버립니다. 우리가 진정 누구인지를 잊고 우리의 바깥에서 사랑을 찾기 시작합니다. 그리고 사랑은 결코 통제의 결과가 아니라는 사실을 잊어버립니다. 사랑은 결코 잃어버리거나 얻을 수 없습니다. 사랑은 그저 존재할 뿐입니다.

당신은 깨달음이나 재산, 명성, 성공은 추구하지 않을지 모릅니다. 하지만 사랑을 추구하는 동안, 어떻게 다른 사람에게 집착하고, 그를 조종하거나 바꾸려고 하나요? 그런 추구는 가장 친밀한 관계에서 어떻게 갈등을 일으키나요? 당신이 좋아하는 사람에게 거부당하거나 그를 완전히 잃어버릴까 봐 두려워서, 그 사람에게 자기 마음을 솔직히 표현하지 못하고 있나요? 만일 당신이 친밀한 인간관계에서 갈등을 경험한다면, 다른 사람이 줄 수 없는 것을 찾고 있을 가능성이 큽니다. 더 깊이 살펴봅시다.

## 파워 게임

어찌하면 더 낫고 더 행복하고 더 오래가고 더 풍요로운 인간관계를, 가장 중요하게는 더 정직한 인간관계를 할 수 있는지 가르쳐 주려는 책과 자기계발 구루, 관계 치유자, 인생 상담 코치가 많습니다. 그러나 우리의 인간관계에서 기본적으로 어떤 일이 일어나고 있는지, 추구의 기제가 어떻게 작용하고 있는지 이해하기 전에는, 그리고 우리가 서로 정직하지 못하고 관계의 단절을 경험하게 되는 원인이 무엇인지 먼저 알아보기 전에는 우리는 진정으로 정직할 수 없을 것입니다. 그럴 때는 정직한 척 가장할 뿐입니다. 참된 정직이란 정말로 무엇인지, 그리고 그게 우리의 추구와 어떤 연관이 있는지 한번 살펴보려 합니다.

인간관계에서 가장 중요한 것이 무엇이냐는 질문을 받으면, 많은 사람은 정직이라고 대답할 것입니다. 자기의 생각과 느낌을 솔직하게 얘기하고, 서로를 진심으로 대하고, 자기를 방어하려 하지 않으며, 깊이 인간적인 태도로 관계하는 것이 가장 건강하게 살아가는 방법이라고 여겨집니다. 하지만 우리가 무언가를 추구할 때는 아무리 노력해도 진정으로 정직할 수 없는데, 그럴 만한 이유가 있습니다.

연인이나 배우자에게, 친구에게, 어머니에게, 아버지에게 진실을 말하고 싶고, 자기에게 정말로 진실한 것을 인정하고 싶나요? 훌륭합니다. 그러나 당신이 상대방에게서 무언가—사랑이나 인정, 받아들임, 안전이든 다른 무엇이든—를 얻으려 하는 한, 또는 그저 상대방이 당신을 좋게 생각해 주기만을 원해도, 그럴 때는 언제나 두려움이, 상실의 두려움이 뒤따릅니다. 간단히 말해, 추구를 하는 한, 당신은 의식적으로든 무의식적으로든 언제나 그들과 그리고 자기 자신과 작은 게임을 하게 됩니다. 그들에게서 원하는 것을 계속 얻어내기 위해 은밀히 자기의 행동을 조정하고, 말을 바꾸고, 진짜 감정을 숨기고 조심합니다. 그들을 잃지 않으려, 그래서 완전해질 가능성을 잃지 않으려 자기의 진짜 생각과 진짜 감정을 숨깁니다. 관계하는 대신 연기하기 시작합니다. 열린 공간으로서 열린 공간과 관계하는 대신, 하나의 이미지로서 다른 이미지와 관계합니다. 그러면 결국 상대방과의 관계가 전적으로 불완전하고 불만족스럽게 느껴질 수 있습니다.

이런 얘기를 들으면 당신은 실제보다 부풀려졌다고 느끼며 이렇게 말할지 모릅니다. "아니, 아니, 그 말은 너무 과장된 것 같아요. 나는 애인에게서 완전함을 추구하는 것 같지 않아요. 연기를 하는 것도 아니죠. 나는 그냥 이런 사람일 뿐이에요!" 하지만 이런 추구는 아주 미묘한 방식으로 일어날 수 있습니다. 자기도 모르는 사이에 그런 추구가 이루어질 수 있는 것입니다. 우리는 사랑에 대한 추구를 '직접' 경험하지 않습니다. 단지 그 추구의 '부작용'만을 경험할 뿐입니다. 인간관계에서 느끼는 긴장, 정직하지 못함, 화, 연인이나 배우자를 향한 좌절, 그리고 상대방이 당신의 바람이나 기대 수준에 모자란다며 계속 불평하는 느낌……. 무언가를 추구하면 남들과 단절되었다는 느낌, 삶 자체와 단절되었다는 느낌을 자주 경험하게 됩니다. 만일 당신이 인간관계에서 갈등을 경험하고 있다면, 당신은 자기도 모르게 연인이나 배우자에게—또는 친구나 부모, 자매, 자녀, 상사, 치유자, 선생에게—무언가를 '추구'하고 있을 수 있습니다. 당신이 무엇을 추구하는지 정직하게 인정하는 것이 언제나 열쇠입니다. 그리고 이 정직함은 언제나 당신에게서 시작하고 끝납니다.

추구는 언제나 어떤 식의 갈등으로 이어집니다. 결국 당신은 다른 사람이 줄 수 없는 것을 갈망하기 때문입니다. 당신이 완전해지기 위해 무의식적으로 다른 사람에게 힘을 내줄 때 모든 괴로움이 시작됩니다. 당신을 완전하게 해 줄 힘을 가지고 있는 사람은 아무도 없습니다. 당신이 진정으로 갈망하는 힘—완전함과 교감, 친밀함의 힘—은 다른 사람 안에 있는 것이 아니기 때문입니다. 당신이 정말로 추구하는 교감은 삶 자체와의 교감입니다. 당신이 정말로 갈망하는 것은 자기 경험과의 깊은 친밀함입니다—모든 생각, 모든 감각, 모든 느낌의 가장 깊은 받아들임. 그리고 그것은 당신의 바깥에서 올 수 없습니다.

가장 깊은 수준에서, 당신이 정말로 갈망하는 것은 당신 자신입니다. 당신이 자기에 관해 얘기하는, 마음이 만든 생각-이야기 속의 당신 자신이 아니라, 모든 삶을 수용하는 활짝 열린 공간으로서의 당신 자신, 이야기 너머에 있는 참된 자기로서의 당신 자신……. 당신이 추구하는 것은 이미 당신 자신인 것입니다. 그리고 이것을 보지 못할 때, 당신은 밖으로 나가 세상으로 들어가서 '다른' 사람 안에서 완전함을 추구합니다.

당신을 완전하게 해 줄 힘을 한번 다른 사람에게 주어 버리면—당신의 힘을 한번 남에게 주어 버리면(궁극에는 그 힘이 당신의 힘인 것도 아니지만, 지금은 편의상 그렇게 말하겠습니다)—언제든지 '완전함을 앗아 갈' 힘도 그에게 무의식적으로 주어 버린 것입니다.

만일 당신이 나를 완전하게 해 준다면, 당신은 언제든 그 완전함을 앗아 가 버릴 수도 있습니다. 만일 당신이 내게 사랑을 줄 힘을 가지고 있다면, 당신은 사랑을 앗아 가 버릴 힘도 가지고 있는 것입니다. 이것이 우리가 남들과 놀이하는 게임입니다.

당신에게 사랑을 줄 수도 있고 철회할 수도 있는 힘을 누구에게 주는 순간—그들을 구루(나중에 설명하겠지만, 모든 추구자에게는 일종의 구루가 있습니다)로 만드는 순간—어떤 면에서 당신은 그들을 두려워하기 시작합니다. 왜냐하면 이제 그들은 즉시 당신을 다시 불완전하게 만들 수 있는, 당신을 거부할 수 있는, 당신이 사랑받지 못한다고, 받아들여질 만하지 않다고, 보잘것없는 사람이라고 느끼게 할 힘을 가지게 되었기 때문입니다. 그래서 당신은 그들을 조심스럽게 대해야 한다고 느낍니다. 그들을 화나게 하면 당신에게서 완전함을 앗아갈 수도 있기 때문입니다. 그러니 이건 얘기하지 말아야 하고, 저건 언급하지도 말아야 하며, 그건 아주 조심해야 하고, 어떤 일은 아예 일어나지도 않은 척 가장해야 하고, 자기의 생각이나 감정을 너무 자유롭게 표현하면 안 되며, 그들이 듣고 싶은 말만 하고, 바른말을 하지 않도록 조심해야 합니다. 아니면, 당신은 그들을 통제해야 하거나 그들을 지배할 힘을 가져야 한다고 느낍니다. 그래서 강한 힘이나 지성, 성적 매력, 우월성을 과시하여 그들을 당신 곁에 머물게 하려 합니다. 어느 쪽이든, 당신의 추구가 수동적인 성향이나 지배적인 성향으로 표현되든, 열등한 쪽이나 우월한 쪽으로 표현되든 목표는 같습니다. 즉, 당신 자신을 너무 완전히 드러내지는 않는 것. 그래서 당신은 억제합니다. 자신에게 정말로 진실한 것을 인정하지 않습니다. 그리고 그들의 비위를 맞춰 주고 그들을 달래거나 통제하기 위해 '자기의 이미지'를 고수하기 시작합니다. 자기 자신을 있는 그대로 인정하지 않고, 자기 자신이 아닌 것으로 살아갑니다.

이 힘의 역학은 많은 사람이 인간관계에서 그토록 많은 드라마를, 난데없이 터져 나오는 듯한 드라마를 경험하는 이유를 설명해 줍니다. "당신을 사랑해! 당신은 나를 완전하게 해 줘!"가 얼마나 빨리 — 때로는 잠깐 사이에 — "끝났어! 당신을 증오해! 당신을 떠날 거야!"로 바뀔 수 있는지요. 평화는 눈 깜짝할 사이에 전쟁으로 바뀔 수 있습니다. 왜 그러는 것일까요? 사람들의 본성이 정말로 비이성적이고 변덕스러운 것일까요? 아니면, 더 깊은 어떤 일이 일어나고 있는 걸까요? 왜 인간관계는 그리도 쉽게 전쟁터로, 목숨 걸고 싸우는 전쟁터로 변해 버리는 걸까요?

우리는 사랑하는 사람에게 상처를 준다고들 말합니다. 우리가 그러는 까닭은 사랑하는 사람에게 너무 많은 것을 추구하기 때문이며, 우리가 기대하는 사랑을 그들이 주지 않거나 철회할 때, 우리는 심한 상처를 받습니다. 인생 최고의 연인은 금세 최악의 적으로 변할 수 있습니다. 가장 친밀한 관계에서 가장 큰 아픔을 느낄 수 있습니다. 친밀함과 아픔은 언제나 함께 간다는 말은 일리가 있습니다. 우리에게 가장 큰 상처를 줄 힘을 가진 듯한 사람은 우리가 가장 많은 것을 얻어 내려 하는 사람입니다. 그런데 우리는 추구를 하면서 무의식적으로 그들에게 힘을 주어 버립니다. 우리가 그 힘을 주기 전에는 그들은 그런 힘을 가지고 있지 않습니다. 우리는 추구를 하면서 상대방이 우리 세계에서 힘을 갖게 해 주며, 그 뒤 우리는 그 힘의 노예가 됩니다.

조건적인 사랑, 추구에 기초한 사랑, 소유에 기초한 사랑, 원하는 것을 얻고 가진 것을 잃지 않으려 애쓰는 '나'에 기초한 사랑은 쉽사리 좌절과 공격으로, 심지어 감정 폭력이나 신체 폭력으로 돌변할 수 있습니다. 상대방에게 원하는 것을 얻지 못하면, 자신이 완전해지는 데 필요하다고 믿는 것을 박탈당하면, 그 때문에 갈등이 일어납니다. 이런 식의 조건적인 사랑은 내가 진정으로 갈망하는 것을 결코 주지 못할 것입니다.

조건적이지 않은 사랑이 있을까요? 당신에게 원하는 것을 얻으려는 '나'에게 좌우되지 않는 사랑이 있을까요? 완전히 열려 있어서 아무 보답도 원하지 않는 사랑이 있을까요? 상처받기를 두려워하지 않는 사랑이 있을까요? 당신을 조금도 바꾸려 하지 않는 사랑이 있을까요? 지금 이 순간, 당신을 있는 그대로 사랑하는 사랑이 있을까요? 우리의 자기 이미지를 넘어서는 사랑이?

## 관계의 갈등은 초대장이다

영적 지도자인 람 다스는 말했습니다. "당신이 깨달았다고 생각한다면, 가족과 함께 일주일을 생활해 보십시오." 당신과 가까운 사람들, 당신과 길고 복잡한 역사를 함께한 사람들은 당신 안에서 온갖 작은 경험의 물결을 일으킬 것입니다. 그 물결은 당신의 현재 경험에서 아직 완전히 받아들여지지 않는─바다의 일부로 보이지 않는─물결입니다. 이미 깊이 받아들여진다고 여겨지지 않는 물결들은 친밀한 관계에서 표면으로 올라올 것입니다. 부모는 어린 시절 이후 표면으로 올라오지 않은 당신 안의 물결들, 당신이 평생 회피해 왔을지 모를 그런 물결들을 불러일으킬 것입니다. 직장 상사나 동료들은 당신의 능력과 솜씨에 관한 이미지들을 위협하는 버튼을 어김없이 누를 것입니다. 영적 스승은 당신이 여전히 고수하며 방어하는 거짓되거나 낡은 자기 이미지를 직면하게 할 것입니다. 사람들은 언제나 당신이 거부하는 물결들을 직면하게 만들 것입니다. 당신은 자신이 보고 느끼는 것을 좋아하지 않을지 모릅니다. 그래서 그것들을 외면할지 모릅니다. 그 뒤 재미있는 놀이와 게임이 시작됩니다.

당신이 아무리 깨달았다고, 깨어났다고, 자아가 없다고 생각해도, 그리고 '에고가 없는' 또는 '추구가 끝난' 또는 '완전히 해방되고 평화로운' 같은 자기 이미지를 아무리 꽉 붙들고 있어도, 가까운 인간관계에서는 아직 받아들여지지 않은, 사랑받지 않는 자기 경험의 물결들을 직면하지 않을 수 없을 것입니다. 그래서 관계는 자기를 비추어 보는 거울이라고 합니다.

이른바 가장 깨달았다고 하는 사람조차 친밀한 인간관계에서는 여전히 갈등을 겪을 수 있습니다. 이는 그들이 정말로 깨달은 것은 아니라는 뜻일까요? 아니면, 깨달음의 의미에 관한 우리의 견해를 전적으로 수정할 필요가 있다는 뜻일까요?

인간관계는 우리가 참된 자신으로 깨어났는지를 보여 주는 분명한 시험대입니다.

친밀한 인간관계는 우리에게 거부당하고 사랑받지 못한 물결들을 늘 불러일으킨다는 점을 알게 되면, 어떤 사람은 이런 반응을 보일지 모릅니다. "나는 그런 물결들을 원하지 않아. 나는 모든 관계를 회피할 거야! 영적 은둔자가 되어 외딴 동굴에서 지내며 모든 사람과 떨어져 지낼 거야. 독신으로 살면서, 친밀한 감정을 억제하고, 사람들을 멀리할 거야. 사람이 고통의 원인이야. 사람 때문에 고통받고 싶지 않아." 그렇지만 이런 관계의 회피도 실제로는 일종의 관계입니다. 즉, 그건 당신이 다른 사람들에게서 물러나는 관계이며, 그러는 이유는 아마 스스로 받아들이지 않은 자기의 모습을 직면하고 싶지 않기 때문일 것입니다. 관계에 반하는 관계도 분명히 관계입니다. 그건 다른 사람을 향한 태도이며, 그들과 관련되는 하나의 방식인데, 그러는 이유는 아마 거부당하는 것을 두려워하기 때문일 것입니다.

그래서 결국 당신은 관계를 회피할 수 없습니다. 좋아하든 싫어하든 언제나 사람들과 관계하고 세상과 관계합니다. 언제나 모든 것과 관계합니다. 태양, 바다, 나무, 하늘, 동물, 생각, 느낌, 소리, 냄새, 의

자, 탁자, 그리고 다른 사람들과……. 크리슈나무르티가 말했듯이, 당신이 세상이고, 세상이 당신입니다. 당신은 모든 것의 존재를 허용하는 '없음(nothing)'입니다.

오래전 나는 무척 진지한 영적 구도자였고, 내가 깨달았다고 믿었습니다. 내게는 자아가 없다고, 나는 아무도 아니라고 믿었습니다. 그때 나는 "나라는 개인은 없어"와 "다른 사람은 없어" 같은 절대적 비이원론 개념에 몹시 집착하고 있었습니다. 모든 관계는 환상이라고 믿었고, 관계 속에 있는 사람은 누구나 망상에 빠져 있으며 분리의 꿈속에 갇혀 있다고 믿었습니다. 자아가 없다면, 어떻게 관계가 있을 수 있을까요? '아무도 아닌 자(nobody)'가 어떻게 누구와 관계할 수 있을까요? 나와 너라는 개인이 없다면, 대체 어떻게 서로 관계할 수 있을까요? 그 당시에는 "당신을 사랑해요"라는 사람들의 말을 들을 때마다 그들이 망상에 빠져 있다면서 속으로 웃곤 했습니다. 그렇게 나는 세상에서 물러나는 기간을 경험했고, 그게 깨달음이라고 생각했습니다. 나는 삶과 유리되었고, 내가 자유롭다고 느꼈습니다. 한동안은.

돌아보면, 그때 내가 살고 있던 방식은 깨달음과는 아무 관계가 없었습니다. 나는 그저 깨달음에 관한 나의 관념들 속에 빠져 있었을 따름입니다. 사실 나는 '아무도 아닌 자'라서 사람들과 관계할 수 없었던 게 아니었습니다. 사실은 친밀한 실제 인간관계를 두려워했고, 심지어 무서워하고 있었습니다. 다른 사람에게 나의 벌거벗은 모습을 내보이는 게 무서웠습니다. 왜 그랬을까요? 왜냐하면 그럴듯하게 꾸며 놓은 나의 겉모습을 누가 꿰뚫어 볼까 봐, 내가 꾸며낸 거짓된 이미지를 간파하고 내가 사기꾼이라는 사실을 까발릴까 봐 나도 모르게 두려워했기 때문입니다. "여기에 아무도 없어"와 "다른 사람이 없어"라는 말은 존재의 궁극적인 진실을 가리키는 아름다운 손가락이지만, 추구자는 그런 손가락들을 쉽사리 가로채서 완고한 믿음들로 바꿔 놓은 뒤, 지금 여기에 있는 진정한, 정직한, 진짜 인간관계를 '회피'하는 데 그런 믿음들을 이용할 것입니다.

내가 깨달음의 동굴 깊이 들어가서 친밀한 인간관계를 회피한 것은 놀라운 일이 아닙니다. 나는 들킬까 봐 겁이 났습니다. 내가 붙들고 있던 나 자신에 관한 모든 이미지―내가 나의 이미지를 가지고 있지 않다는 이미지까지 포함하여―가 가짜라는 것을 나는 어느 수준에서는 알고 있었기 때문입니다! 나는 내가 사기꾼이라는 사실이 들통날까 봐, 들킬까 봐 몹시 두려웠습니다. 어떤 초월적 무존재라는 내 이미지를 잃어버리고 다시 인간으로 돌아갈까 봐 두려웠습니다!

추구의 종말은 삶, 사람, 관계와 거리를 두는 차갑고 비인간적인 초연함이 아닙니다. 이게 어떤 사람들에게는 여정의 한 단계로 거쳐 가는 과정일 수 있지만……. 추구가 끝나면 진정한, 잔인할 정도로 정직한, 진짜 인간관계가 가능해집니다. 왜냐하면 아무것도 추구하지 않을 때, 완전해지려 더는 다른 사람을 찾지 않을 때, 자기의 유익을 위해 더는 다른 사람을 조종할 필요가 없을 때, 더는 분리를 보지 않을 때, 당신은 마침내 자유로워져서 다른 사람의 말을 정말로 귀 기울여 들을 수 있고, 그들을 정말 있는 그대로 만날 수 있고, 당신

앞에 있는 사람과 존재를 정말로 보고 듣고 이해할 수 있기 때문입니다. 추구의 종말은 거대한 공간을 열어 주며, 그 안에서 당신은 "나라는 개인은 없어"나 "관계는 환상이야" 같은 영적 관념이나 그 어떤 관념의 뒤에도 숨지 않은 채 인간관계에서 정말로 정직할 수 있습니다. 모든 관념은 실제 삶의 불길 속에서, 친밀함의 용광로 속에서 불타 사라집니다. 자신이 진정 누구인지 알아차릴 때, 당신은 앞에 있는 사람을 두려움 없이, 방어하지 않고, 진실로 자유로이 사랑하게 됩니다. 사랑은 본래 진실로 조건이 없음을 알게 됩니다.

전체임과 추구자 없음에 관한 우리의 아름다운 영적 통찰들은 모두 훌륭하지만, 만일 그런 통찰들이 우리 삶의 가장 밀접한 부분들로 확장되지 않는다면, 개인의 경험으로 깊이 내려가지 않는다면, 모든 추구의 소멸로 이어지지 않는다면, 그것들은 단지 말로만 남을 뿐입니다. 자신은 자아가 없고 아무도 아니며 모든 것이 '하나'라는 믿음은 아주 훌륭하지만, 당신이 방금 내뱉은 말 때문에 연인이나 배우자, 아들이나 딸, 어머니나 아버지가 울음을 터뜨릴 때, 그런 통찰들에 어떤 일이 일어나나요? 당신은 그들이 '이원적인 이야기에 빠져 있다'면서 그들을 냉담하게 대하나요? '여기에는 아무도 없다'는 이유로, 당신을 내버려 두라고 말하나요? 당신처럼 깨달아야 한다고, 그러면 고통받지 않을 것이라고 말하나요? 그들과 거리를 두고, 그들이 고요해지고 분명히 볼 때까지 어디 가서 명상하거나 자기탐구를 하거나 그들 자신에 대해 성찰해 보라고 요구하나요? 인간관계란 없으며, 만일 그들이 인간관계가 있다고 생각한다면 '여전히 에고를 가지고 있는' 것이라고 그들에게 강의하나요?

아니면, 당신은 열려 있어서, 완전히 열려 있어서 그들이 하고 싶은 말을 귀 기울여 듣고, 그렇게 듣는 동안 자기의 경험 안에서 가장 깊은 받아들임을 발견하나요? 당신이 그들에게 더는 무언가를 얻으려 하지 않을 때, 방어할 자기 이미지가 전혀 없을 때, 자기 자신을 열린 공간으로 인식할 때, 거기에는 단순히 경청하는 공간만이 있지 않나요? 그들의 눈을 통해 세상을 보고, 그들의 말이 어떤 면에서 진실일 수 있는지 알아보고, 그들에게 동의하는 지점들을 발견할 수 있는 공간이 있지 않나요? 또한 그들의 말에 반응하여 일어나는 당신의 느낌들에 정말로 정직할 수 있는 공간, 당신의 그런 느낌에 대해 그들이 반응하도록 허용할 수 있는 공간이 있지 않나요? 비록 그게 당신이 희망한 것은 아니더라도, 비록 그게 당신의 꿈과 희망, 계획을 망치더라도, 비록 그게 당신의 소중한 자기 이미지를, 당신이 평생 보호해 온 그 이미지를 파괴하더라도? 무슨 일이 있어도 계속 열려 있을 수 있나요?

## 서로 민낯을 드러내기

인간관계에서 추구와 부정직이 직접 연관되어 있음을 알아보지 못하는 영적 가르침이 많은 것 같습니다. 당신은 깨달았다고, 어떤 분리도 없고 어떤 추구도 없다고 주장할 수 있습니다. 하지만 만일 뒤에서는 아내나 자녀, 직장 상사, 부모, 제자, 가까운 사람들과 여전히 심한 갈등을 겪고 있다면, 그 모든 것이 무슨 의미가 있을까요? 이 모든 갈등에 대해 "추구가 끝났다고 해서 인간적인 결점까지 없어지는 것은 아니다. 그런 결점들은 등장인물의 비개인적인 기능일 뿐이며, 삶에 의해, 운명에 의해, 우주적인 각본에 의해 미리 정해진 부분일 뿐이다"와 같은 말로 변명하는 것은 쉬운 일입니다. 그러나 추구의 기제를 이해하면, 이런 말은 "나는 이제 더는 추구하지 않는다. 하지만 여전히 추구한다"고 말하는 것과 같음을 알 수 있습니다.

추구의 종말은 정직하고 분명하며 두려움 없는 소통과 함께 갑니다. 사실, 정직하게 말하고 듣는 일에 많은 분량을 할애하지 않고서 깊은 받아들임과 추구의 종말에 관해 책을 쓰는 것은 불가능에 가까울 것입니다. 자신의 감정을 상대방에게 정직하게 드러내지 않을 때, 지금 이 순간 자신이 느끼는 진짜 감정을 숨길 때, 어떤 이미지를 고수하기 위해 자기 경험의 일부를 숨기려고 할 때, 바로 지금 자신에게 실제 일어나는 일을 정직하게 인정하는 대신 상대방에 맞추려 할 때, 그럴 때마다 당신은 그들에게서 무언가를 추구하고 있을 수 있습니다. 당신은 그들이 자신을 어떤 식으로 보아 주기를 원합니다. 당신은 그들이 당신에 대해 갖는 이미지(실제로는 '그들이 당신에 대해 갖는 이미지'에 대한 당신의 이미지)를 조작하려고 노력합니다. 그리고 당신은 그들과 함께 있을 때 자기 자신을 어떤 식으로 보기를 원합니다. 이러는 이유가 두려움 외에 다른 무엇일 수 있을까요?

우리는 자기를 삶에게서, 서로에게서 보호하려 합니다. 우리는 두려워서 그리며, 추구자는 무엇보다 까발려지는 것을 두려워합니다. 추구자에게는 이런 노출이 죽음과 같습니다. 쉽게 말해, 만일 당신이 내가 정말 어떤 사람인지 본다면, 만일 나의 모든 약점, 실패, 불안함, 불완전한 모습을 본다면, 당신은 나를 거부할 것입니다. 만일 당신이 완전히 벌거벗은 내 모습을 본다면, 모든 가면이 벗겨지고 겉으로 꾸민 모습이 제거되고 아무것도 방어하지 않으며 모든 게임을 중지한 상태의 나를 본다면—만일 당신이 여기에 정말로 있는 것을 본다면, 만일 당신이 이미지의 너머를 본다면—당신은 나를 거부할 것입니다. 만일 당신이 나의 두려움, 나의 좌절, 나의 의심, 나의 슬픔, 그리고 실패자라는, 추하다는, 불완전하다는, 무력하다는 나의 느낌을 본다면, 당신은 나를 사랑하지 않을 것입니다. 또는, 만일 당신이 이전에 나를 사랑했다면, 그 좋은 이미지가 사라질 때 당신은 나에 대한 사랑을 금세 잃어버릴 것입니다. 내가 즐기던 모든 작은 게임들이 진실의 빛에, 삶의 빛에 노출되어 버리면, 나는 사랑받지 못하고 버림받고 집에서 멀리 추방된 사람으로서 벌거벗은 채 부끄러워하며 그 자리에 서 있을 것입니다. 그럴까 봐 나는 두려워합니다.

추방된 자가 될까 봐 두려워하는 마음은 인간의 정신 속에 깊이 박혀 있는 것 같습니다. 추방된 자의 원래 뜻은 부족에서 쫓겨난 사람, 사회적인 단체나 공동체에서 축출된 사람이며, 그들은 마을과 집에서 멀리 쫓겨나 아무 보호도 받지 못한 채 숲속에서, 거친 들판에서 죽음을 맞게 됩니다. 추방된 자가 될까 봐 두려워하는 마음은 춥고 외롭고 잊히고 보호받지 못하고, 야생동물의 공격에 노출되고, 죽음이 가까워지는 상황에 대한 두려움입니다.

우리는 이제 숲에서 야생동물에게 잡아먹힐까 봐 두려워하지는 않을지 모르지만, 무의식적으로는 여전히 사회의 거부를 죽음과 비슷한 것으로 여깁니다. 그래서 만일 나를 당신에게 있는 그대로 노출하면 내가 죽을지도 모른다고 느낍니다. 추방된 자가 되는 건 인간의 바다에서 몹시 괜찮지 않은 물결입니다. 그래서 우리 인생의 많은 부분은 친밀함을 회피하는 시간으로 채워지고, 우리는 친밀함 대신에 인기와 명성 같은 피상적인 목표를 추구하거나, 자신을 무리에 끼워 맞추려 합니다.

내가 다니던 대학에는 모두가 사랑한 학생이 있었습니다. 그는 언제 어디서나 늘 친구들에 둘러싸여 있었습니다. 그 모든 친구와 함께 어울려 다니는 그를 보며, 나는 그 학생이 분명 세상에서 가장 행복한—가장 온전한, 가장 완전한, 가장 충족된—사람일 것이라고 생각했습니다. 나는 그를 조금은 경외했고 조금은 두려워했고 조금은 질투했습니다. 졸업식 날, 그와 얘기를 나누었는데, 그는 자신이 얼마나 외로운지, 모두가 자기를 알지만 자기는 늘 얼마나 외로웠는지 모른다고 말했습니다. "모두가 나를 알지만, 나를 정말로 아는 사람은 아무도 없어. 나는 수많은 사람을 알지만 혼자 동떨어져 있는 것 같아." 그러고는 다시 맥주 한 잔을 벌컥벌컥 마셨습니다.

사람들에 둘러싸여 있으면서도 여전히 외로울 수 있습니다. 당신의 삶은 가족 모임, 만찬 모임, 사회적인 행사, 밤 외출, 회의, 수련회, 모임, 연수회, 축제로 가득 찰 수 있지만, 당신은 여전히 사람들과 완전히 단절되어 있다고 느낄 수 있습니다. 당신은 완벽한 짝을 발견할 수 있고, 두 사람은 완벽한 한 쌍, 언제나 행복하게 살 것이라고 모두가 생각하는 한 쌍일 수 있지만, 과거 어느 때보다 더 심한 외로움과 고립감, 어쩌면 더 심한 혼란을 느낄 수도 있습니다. 아무리 많은 인간관계를 하고 아무리 많은 사람과 소유물로 삶을 가득 채운다 해도, 만일 깊은 연결, 진정한 정직, 참된 의미의 친밀함이 없다면, 결코 충족감을 느끼지 못할 것입니다. 여전히 무언가가 빠져 있을 것입니다. 여전히 공허함과 결핍감이 있을 것입니다.

그리고 온갖 약속에도 불구하고 사랑을 잃을지 모른다는 염려와 불안감에 늘 시달릴 것입니다. 겉으로는 더없이 안전해 보여도, 온갖 맹세와 서약, 가장 견고해 보이는 미래의 계획들에도 불구하고, 당신은 인간관계에서 안전하지 않다고 느낄 것입니다. 유일하게 참된 안전은 지금 여기에서의 철저한 정직뿐입니다. 그 정직은 자기 이미지의 상실을 기꺼이 감수하는 것, 자기를 방어하지 않고 보호하지 않으면서 솔직한 모습으로 다른 사람과 만나는 것을 의미합니다.

## 서로에 대한 우리의 이야기

다른 사람을 정말로 안 적이 있나요?

우리는 '다른 사람'에 대해 얘기합니다. 그들과 사랑에 빠지고, 관계를 맺고, 갈등하고, 관계를 끝내고, 만나고, 이해하고, 가지고 또 잃는다고 말합니다. 그런데 우리는 정말로 다른 사람을 우리 바깥에 있는 존재로 직접 경험하는 걸까요? 아니면, 다른 사람에 대한 우리의 경험은 그들에 대한 우리의 이야기—그들에 대한 우리의 생각, 믿음, 억측, 투사, 편견—와 언제나 분리될 수 없는 걸까요? '다른 사람'은 정말로 우리와 '다른' 존재일까요? 정말로 참된 우리 자신과 분리되어 있는 걸까요?

우리는 실제로는 바깥의 세계—현재 경험의 바깥에 있는 세계—를 전혀 경험하지 못합니다. 그러니 어찌 다른 사람을 '바깥'에서 경험할 수 있을까요? 우리가 어떤 사람에 대해 얘기할 때, 실제로는 누구에 대해 얘기하는 걸까요? 우리는 지금 여기, 지금 이 순간의 실제 그들에 대해 얘기하는 게 아니라, 우리가 지어낸 그들의 '이미지'에 대해 얘기하는 게 아닐까요? 우리는 그들에 대한 우리의 이야기, 우리의 견해를 고수하면서 지금 이 순간의 실제 그들을 놓치고 있지는 않나요? 우리는 다른 사람을 언제나 역사와 미래라는 필터를 통해서 보며, 지금 현존하는 것을 놓치고 있지는 않나요?

당신의 친구, 연인이나 배우자, 어머니, 아버지, 형제, 자매는 누구인가요? 그들이 어떤 사람이라는 당신의 이야기 없이 그들을 볼 때는? 그들이 무엇을 믿는지 믿지 않는지, 그들이 누구 또는 무엇을 사랑하는지 사랑하지 않는지, 그들이 어떻게 했고 어떻게 하지 않았는지, 그들이 어떤 말을 했고 어떤 말을 하지 않았는지, 그들이 어떻게 당신에게 상처를 주었는지, 당신을 칭찬했는지 무시했는지 등의 이야기 없이 그들을 볼 때는? 만일 당신이 과거의 어떤 잔재도 없이 지금 여기에서 난생처음 그들을 만난다면 어떨까요? 만일 어떤 기대나 실망, 희망도 없이 난생처음 여기에서 그들을 만난다면 어떨까요? 만일 여기에 있다고 당신이 상상하는 사람이 아니라, '실제로 여기에' 있는 사람을 만난다면 어떨까요?

아무 역사 없이, 투사 없이, 상상 없이 만난다면, 정말로 만난다면, 그것은 무엇을 의미할까요?

나는 서로에 대한 이야기를 없애 버리자고 제안하는 게 전혀 아닙니다. 과거의 일, 서로가 살아온 삶, 우리의 이름, 우리의 역할 등등을 잊어버리자고 제안하는 게 아닙니다. 서로에 대한 이야기에 빠져서 살면, 바로 지금 여기에 실제로 있는 것을 놓친다는 말입니다. 당신에 대한 내 이야기를 단단히 붙잡을 때, 당신에 대한 나의 기억이나 편견, 그동안 굳어진 시각을 단단히 붙잡을 때, 당신을 시간 속에서 활동하는 하나의 분리된 등장인물로 볼 때, 나는 지금 이 순간의 당신을 놓치게 됩니다. 내 앞에 실제로 있는 존재를 놓쳐 버립니다. 당신에 대한 과거의 이미지, 당신이 어떤 사람이라는 나의 견해, 당신에 대한 기대, 실망과 두려움에 단단히 갇혀서 지금 있는 그대로의 당신을 정말로 보지 못합니다. 당신이 바로 지금 하는 말을 정말로 듣지 못합니다. 당신의 현재 경험보다 과거를 더 중시합니다. 그건 마치 당신이 입을 열기도 전에 나는 당신이 누구인지, 당신이 어떤 말을 할지, 어떤 생각을 하는지, 어떤 행동을 하려는지, 무엇을 믿는지, 무엇을 원하는지를 이미 안다고 믿는 것과 같습니다. 나는 글자 그대로 당신의 경험을 미리 판단합니다. 모든 편견은 여기에서 시작합니다.

여러 해 전, 주방에 갔다가 아버지를 처음 보았습니다. 물론, 글자 그대로 아버지를 처음 보았다는 말은 아닙니다. 이전에 수천 번은 보았지만, 그분을 정말로 본 것은 그때가 처음이었습니다. 거기에 실제로 있는 무엇―거기에 있다고 상상한 무엇, 거기에 있기를 희망한 무엇, 거기에 있어야 한다고 생각한 무엇이 아니라, 눈앞에 실제로 있는 무엇―을 본 것은 그때가 처음이었습니다. 나는 "그는 나의 아버지야"라는 이야기 너머를, "나는 그의 아들이야"라는 이야기 너머를 보았고, 내가 본 것은 단지 '거기'에 있는 무엇이었습니다―주방 의자에 앉아 콘플레이크를 먹는, 머리가 희끗희끗한 초로의 신사.

이 남자는 누구였을까요? 내가 실제로는 알지 못했다는 진실을 인정해야, 정말로 인정해야 했습니다. 오랜 세월 그분을 안다고 생각했고 그분이 누구인지 확실히 안다고 생각했지만, 그분을 정말로 만난 적은 한 번도 없었습니다. 나는 나의 아버지-아들-관계의 이야기에 너무 깊이 사로잡혀 있어서, 거기에 실제로 있던 사람을 정말로 보지 못했습니다. 그 모든 세월 좋은 아들이 되려 애쓰느라, 바람직해 보이는 아들의 역할을 해내려 애쓰느라, 그 거짓된 정체성을 유지하려 애쓰느라, 그분을 아버지로만 보면서―아버지라는 단어에 자연히 뒤따르는 모든 기대와 요구를 품은 채―아버지와 관계하려 애쓰느라, 실제 그분을 놓쳤습니다. 그분을 '나의 아버지'라고 불렀고, 그 호칭이 무엇을 의미하는지 안다고 믿었습니다. 하지만 '나의 아버지'라는 그런 단어가 실제로 여기에 있던 사람과 무엇을 한 번이라도 포착할 수 있었을까요? 이 남자가 한 번이라도 정말 나의 것일 수 있었을까요? 어느 누가 나의 것일 수 있었을까요? 이야기가 없다면, 지금 이 순간, 이 사람과 나의 관계는 무엇이었을까요?

이야기 너머에서는 내 앞에 있는 사람과의 '친밀함'만 있었습니다.

우리가 진정으로 만난 것은 그 '모름' 안에서였습니다. 그 역할들의 너머에서, '아버지' 이야기, '아들' 이야기의 너머에서, 아버지는 어떻게 행동해야 하며, 아들에게 무엇을 주어야 하고 무엇은 주면 안 된다는 관념들 너머에서, 아들이 아버지에게 당연히 기대할 수 있는 것이라는 견해들 너머에서, 우리의 역사 너머에서, 우리는 정말로 만났습니다. 과거와 미래는 벗겨졌고, 우리가 함께하는 전부는 지금이었습니다. '이것'이 유일한 순간이었습니다. 그건 얼마나 귀중했는지요. 그분은 얼마나 귀중했고, 얼마나 연약했으며, 얼마나 신비했는지요. 그분은 또한 얼마나 매혹적이었는지요. 나는 그분의 손등에 있는 주름들, 얼굴에 있는 주름살들, 뺨을 타고 흘러내리는 약간의 침을 보았습니다. 그분이 숟가락을 들어 입으로 가져갈 때 손은 조금 떨렸습니다. 그분의 가늘고 흰 머리카락은 뒤쪽이 조금 말려 올라가 있었습니다. 그분의 호흡은 조금 거칠었습니다.

마치 사랑 안에 있는 것 같았습니다. 그분은 하나의 예술작품이었습니다.

이야기―기대들에 관한 이야기, 내겐 어떤 아버지가 필요했다는 이야기, 그분이 어떻게 내게 필요하고 바람직한, 내가 원하고 기대한 아버지였는지 아니었는지 하는 이야기―가 벗겨지자, 그분은 얼마나 무고했는지요. 나는 그분에게 수많은 것을 기대하여, 그분이 결코 줄 수 없는 것을 얻으려고 추구하여 그분을 '잘못한 사람'으로 만들어 버렸습니다. 나는 그분의 어깨에 무거운 짐을 올려놓았습니다. '아버지'

라는 짐, '아들'을 완전하게 해 주어야 하는 사람이라는 짐……. 추구하면서, 집을 추구하면서, 아들이라는 내 이미지를 고수해야 한다고여기면서, 나는 그분을 '아버지'라는 이미지 안에 가두었고, 그 단어에뒤따르는 모든 기대를 고수했습니다. 우리는 진실로 서로 만난 적이없었습니다.

하지만 그분은 '아버지'라는 나의 이미지, 내 안에 프로그래밍 된그 이미지에 맞추어 살 수 없었습니다. 아무도 어떤 이미지에 맞추어 살 수 없습니다. 이 '아버지' 이미지에 비교하면 그분은 언제나 불완전할 것입니다. 그분은 너무 이렇고 너무 저럴 것입니다. 너무 냉담하거나, 돈에 너무 관심이 많거나, 마음이 너무 닫혀 있거나, 너무세속적일 것입니다. 내 삶에 너무 많이 관여하거나 너무 적게 관여할것입니다. 너무 아버지처럼 굴거나 너무 아버지답지 못할 것입니다.

하지만 그런 이미지를 제외하면, 여기에는 부정할 수 없는 완전함이 있었습니다. 그분은 너무 이렇지 않았고 너무 저렇지도 않았습니다. 그분은 지금 이 순간 그냥 자기 자신이었습니다. 그리고 지금 이순간 외에는 아무것도 가능하지 않았습니다.

이 만남은 쏩쓸하면서 달콤했습니다. 그것은 친밀하고 아름다웠지만, 한편으로는 일종의 상실이었습니다. 역할의 상실, '아버지'와 '아들'의 상실. 과거와 미래의 상실. 시간 자체의 상실. 그리고 남은 것은오로지 이름 없는, 시간 없는 사랑뿐이었습니다. 철저히 비개인적이면서 동시에 친밀하게 개인적인……. 단어들은 가장 평범한 일상의한가운데에 있는 신비―아침밥으로 콘플레이크를 먹는 남자의 신비

―를 결코 포착하지 못할 것입니다. 이 장면은 당신의 가슴에 오래 남아 두고두고 애틋한 감정을 느끼게 할 수 있습니다.

물론 나는 그분을 여전히 '내 아버지'라고 부르지만, 저 아래에서는 그분이 결코 나의 것일 수 없음을 압니다. 나는 그분을―다른 누구도―소유할 수 없습니다. 나는 그분을 소유하고 싶어 하지 않을 것입니다. 소유는 친밀함을 파괴하기 때문입니다. 하지만 여기에 역설과 신비가 있는데, 그 상실에서, 그 소유의 죽음에서 내가 실제로 잃은 것은 아무것도 없었습니다. 잃은 것은 '환상'뿐이었습니다. 잃은 것은 꿈뿐이었습니다. 내 앞에 있는 사람이 언젠가는 내가 기대하는 이미지에 들어맞을 수 있으리라는, 언젠가는 내가 기대한 모습의 아버지가 될 수 있으리라는 꿈…….

우리의 '아버지 그리고 아들 관계'라는 생각은 내 앞에 있는 남자와 지금 이 순간 관련되는 방식을 실제로 방해했습니다. 우리의 관계에 관한 이야기, 공간과 시간 속 아버지와 아들의 이야기를 고수하느라, 우리는 지금 여기에 있는 서로를 보지 않게 되었습니다. 우리의 관계에서 우리는 순간순간 관련되기를 멈추었습니다.

'우리'라는 이야기 너머, 꿈 너머, 서로에 대한 우리의 모든 이미지 너머…… 참된 관계가 정말로 가능한 곳은 바로 그곳입니다. 아버지 이야기, 아들 이야기, 어머니 이야기, 딸 이야기, 남편 이야기, 아내 이야기, 애인 이야기, 학생 이야기, 선생 이야기 너머…… 참된 친밀함이 있는 곳은 그곳입니다. 그리고 실제로는 우리는 늘 이야기 너머에서 만납니다. 우리는 늘 이미지 너머에서 만납니다. 참된 나 자신, 참된 당신은 열린 공간이며, 그 안에서 모든 이미지가 오고 갑니다. 참된 나 자신, 참된 당신 자신은 어떤 이야기로도 규정될 수 없습니다. 의식으로서 나는 언제나 참된 당신입니다. 나는 참된 당신이며, 그것이 조건 없는 사랑입니다.

나와 당신이 분리된 자아로서 분리된 자아와 관계할 때, 하나의 이야기로서 다른 이야기와 관계할 때, 어떤 면에서 거기에는 진실한 친밀함이 없습니다. 나는 하나의 역할을 하고, 당신도 하나의 역할을 합니다. 나는 아들이라는 역할을 하고, 당신은 아버지라는 역할을 합니다. 그런 단어에 따르는 모든 기대와 요구를 짊어지고서……. 나는 딸의 역할을 하고, 당신은 어머니의 역할을 합니다. 나는 누이의 역할을 하고, 당신은 형제의 역할을 합니다. 나는 구루의 역할을 하고, 당신은 제자의 역할을 합니다. 나는 '나'의 역할을 하고, 당신은 '당신'의 역할을 합니다. 나는 하나의 역할을 나 자신으로 여긴 뒤, 당신이라는 다른 역할과 관계하려 합니다. 나는 나의 배역을 고수하고, 당신은 당신의 배역을 고수합니다.

그러나 내가 하나의 분리된 자아가 아니라, 모든 생각, 느낌, 감각이 그 안에서 일어나고 사라지는 '활짝 열린 공간'으로서 당신과 관련될 때, 그곳은 진정한 친밀함이 가능한 곳입니다. 우리는 과거의 역사 없이 열린 공간 대 열린 공간으로 만나며, 그것은 진정한 관계의 시작입니다. 그것은 하나의 이야기 대 다른 이야기의 관계가 아니고, 두 이미지의 만남이 아니며, 존재의 두 가지 '열린 장(場)'의 만남입니다. 모든 생각, 이야기, 느낌, 소리, 감각이 그 안에서 오고 가도록 깊이 허용되는 '열린 장'들의 만남입니다. (실제로는 두 개의 열린 장이 함께하는 것은 아니지만, 당분간은 유용하게 쓸 수 있는 말입니다. 궁극에는 어떤 말도 이 친밀함을 담을 수 없습니다. 말 너머의 이곳에서는 모든 말이 임시방편입니다.)

당신을 통해 완전해지려 하는, 당신을 통해 해답을 찾으려 하는, 당신을 통해 집에 돌아오려 하는 하나의 '이야기'를 나 자신으로 여길 때, 나는 당신을 조종하고, 당신에게 정직하지 않으며, 당신에게 어떤 역할을 할 것이고, 당신을 잃을지 모른다는 두려움 때문에 느끼는 진짜 감정을 숨기고, 당신에게 상처받았다고 느낄 때는 응징하려 할 것입니다. 반면에 참된 나 자신이 열린 공간임을 알 때는 당신과 정직하고 진실하게 소통합니다. 나는 이미 내가 찾던 사랑이며, 내가 완전해지는 데는 당신이 필요하지 않으며, 내면 깊은 곳에서는 결코 당신을 잃을 수 없음을 알기 때문입니다. 온전한 나 자신으로 존재하는 데는 당신이 필요하지 않습니다. 더는 내 이야기를 엮고 유지하기 위해 당신을 필요로 하지 않습니다.

모든 생각과 느낌이 오고 가도록 허용되는 열린 공간이 참된 나 자신임을 알아차릴 때, 참된 나 자신은 '아들' 너머에 있음을, 참된 나 자신은 완전해지는 데 '아버지'가 필요하지 않음을 알아차릴 때, 나는 내 앞에 있는 남자와 정직하게 진심으로 관계합니다. 나는 그분이 온전히 그 자신으로 존재하도록, 그 자신을 자유롭게 표현하도록 허용할 수 있습니다. 그분이 자신의 진실한 생각과 느낌을 탐험하고 표현하도록 격려할 수 있습니다. 왜냐하면 결국 나는 그분의 경험을 나의 정체성에 대한 위협으로 보지 않기 때문입니다. 궁극적으로는 그가 내 곁을 떠난다 해도 나의 완전함은 손상되지 않습니다.

어떤 사람에게 "나는 당신이 필요하지 않아요. 당신을 사랑하지만, 당신이 필요하지는 않아요"라고 말한다면, 그건 세상에서 가장 사랑하는 말입니다. 다시 말해, "내가 완전해지는 데 당신이 필요한 건 아니에요. 나는 당신 없이도 완전해요. 하지만 나는 바로 지금 당신과 함께함을 즐기고, 당신과 함께 있는 것이 좋아요. 당신이 떠난다 해도 나는 여전히 당신을 사랑할 수 있을 거예요. 그 때문에 아픔이나 슬픔을 경험하더라도."

진정한 사랑은 아무 보답도 요구하지 않습니다.

## 다른 사람의 관점으로 보기

할 수만 있다면
신과 거래를 해서
우리의 입장을 서로 바꿔 달라고 하겠어요……
_케이트 부시, 'Running up that hill' 가사 중에서

내가 모임에서 얘기하는 동안 한 남자가 맨 앞줄에 조용히 앉아 있었습니다. 모임이 끝나고 모두들 집으로 떠나갈 때, 그가 내게 다가왔습니다. 그는 벌겋게 상기된 얼굴로 땀을 줄줄 흘리고 있었고 분노로 부들부들 떨고 있었습니다. 눈은 부릅뜬 채 깜박이지 않았습니다. 그는 코앞까지 다가와서는 단호히 말했습니다. 내가 가짜이고 사이비이며 사기꾼, 거짓말쟁이라고, 위험한 사람이라고, 사람들을 잘못된

길로 이끌고 있다고, 그러니 당장 깨어나야 한다고…… 그러지 않으면 가만두지 않겠다고. 그는 내가 세상의 모든 악에 책임이 있다고, 히틀러의 환생이라고, 그동안 내가 세상에 저지른 잘못에 모든 책임을 져야 한다고 말했습니다. 그리고 자신은 완전히 깨달은 사람이며, 나를 깨어나게 하러 왔다고, 내가 할 일은 오로지 그에게 복종하는 것뿐이라고 했습니다. 지금이 바로 내가 깨어날 마지막 기회라고 덧붙였습니다.

"당신은 지금 이 순간을 꿈에서 보았을 겁니다. 그렇죠? 당신은 내가 두려울 겁니다. 맞죠?"

이제, 그를 문제 있는 사람으로 만들고, 그에게 미쳤다고 말하고, 그를 강당에서 내쫓고, 그에게 반격하고, 내가 구루가 되어 나의 힘과 우월함을 증명하려 하고, 내가 영적으로 얼마나 진보했는지를 과시하는 건 무척 쉬운 일이었을 겁니다. 그런 식의 분노와 위협을 겪으면 그를 철저히 거부하고 싶은 유혹이 들 수도 있습니다. 그는 나에 관한 모든 것을, 내 모든 가르침과 내 모든 존재를 거부했기 때문입니다. 게다가 그는 나를 나 자신에게서 구원하러 왔다 하고, 나를 그에게 복종시키고 싶어 했으니 말입니다!

그렇지만 나는 깊이 인간적인 방식으로 그와 관계하고 싶었습니다. 그는 정말로 나를 공격하려고만 온 걸까요? 아니면, 다른 어떤 일이 진행되고 있는 걸까요? 그 모든 일에도 불구하고 나는 우리가 만날 수 있는 자리를 찾고 싶었습니다. 모든 물결이 이미 받아들여지는 드넓은 의식의 바다에는 내가 이야기 너머에서 다른 사람을 만날 수 있는 자리가 언제나 있습니다. 비록 그 자리가 아득히 멀리 떨어져 있는 듯 보여도……. 내가 어디에서 이 남자를 만날 수 있을까요? 그의 눈이 그렇게 비뚤어진 방식으로 상황을 보고 있는 듯할 때, 내가 어떻게 그의 눈을 통해서 볼 수 있을까요?

나는 그에게 정직하게 말했습니다. 그렇지 않다고, 그를 두려워하지 않는다고, 하지만 그의 눈싸움에 동참하고 싶지는 않다고……. (그는 일부러 눈을 깜박이지 않았고, 내가 눈을 깜박이는 것을 자신에 대한 두려움으로, 자신과 달리 내가 깨닫지 않았음을 보여 주는 명백한 표시로 해석했습니다.) 그리고 그가 나의 메시지를 오해했다고, "오직 '하나'만 있습니다"라거나 "어떤 사람도 없습니다"라는 나의 말은 그가 이해하는 의미와 다르다는 점을 설명했습니다. 그리고 말했습니다. "아뇨, 나는 당신을 꿈에서 본 적이 없습니다. 하지만 당신이 하고 싶은 말에는 관심이 있습니다. 아뇨, 나는 내가 깨어나야 한다거나 사람들을 잘못 인도한다고 느끼지 않습니다. 하지만 당신이 왜 그렇게 내게 화가 났는지는 꼭 알고 싶군요." 나도 한때 영적 스승들에게 몹시 화가 난 적이 있습니다. 그래서 그의 분노가 이해되었습니다. 아마 우리는 그 자리에서 만날 수 있을 것입니다. 나는 그의 입장에 서 보려고, 그의 눈으로 보려고, 그가 어떻게 해서 그런 결론에 도달하게 되었는지 알아보려고 했습니다. 그의 '깨달은 구루' 연기는 제쳐두고, 그에게 무슨 일이 실제로 일어나고 있는지 알아보고 싶었습니다. 그는 무엇을 추구하고 있는 걸까요? 그는 무엇을 정말로 원하는 걸까요? 그가 진정으로 원하는 것은 무엇일까요?

나는 그에게 잘 설명해 보라고, 알아듣게 표현해 보라고 권유했습니다. 그리고 그의 말에 정직하게 응답하면서도 그를 공격하지 않았고, 나의 경험에 대해 부드럽고 분명하게 얘기했습니다. 나는 그의 경험에 대해 어떤 것도 안다고 여기지 않았습니다. 나는 내 경험에 대해서만 말할 수 있기 때문입니다. 우리가 다른 사람의 경험을 정말로 알 수는 없습니다. 내가 그 자리에 머물면서 그와 대화를 나누고 우리가 진실로 만날 수 있는 자리를 찾으려 할 때, 흥미로운 일이 일어났습니다. 내가 그를 거부하지 않고 그에게서 마음을 거두어들이지 않고 그의 화에 반응하지 않으니, 그를 두려워하지 않으니, 그리고 내 경험 속의 가장 깊은 받아들임을 알아차리면서 참된 의미의 나 자신으로 존재하니, 그가 조금씩 편안히 이완되었습니다. 공격을 받는 대신 이해하는 태도를 만나자, 그의 방어 자세가 누그러지기 시작했습니다.

함께 대화를 나누면서 알게 되었는데, 그는 나를 공격하러 온 게 아니었습니다. 그는 내가 그의 견해에 동의해 주기를, 그의 얘기를 들어 주기를 바라며 찾아왔습니다. 그동안 아무도 그의 말에 귀 기울이지 않은 것 같았습니다. 그가 그렇게 큰 소란을 피워도(자주 그랬나 봅니다)……. 그가 무슨 얘기를 하는지 종잡기는 꽤 힘들었지만 결국 그가 말하고 싶었던 요지는, '모든 것이 하나'라는 가르침은 사람들이 자기 삶에 책임을 지지 않으려고 둘러대는 핑계가 되기 쉽다는 것이었습니다. 그가 보기에 "개인이란 없다"는 개념은 잘못된 것이었습니다. 왜냐하면 그는 사람들이 고통받는 세상을 보기 때문이었습니다.

그는 누구든지 그런 상대적인 현실을 부정하는 것을 용납하지 않았습니다. 그는 사람들이 세상을 초월하기를 원하지 않았습니다. 그는 사람들이 세상의 일부이기를, 영성으로 도피하는 대신 세상에 완전히 참여하기를 원했습니다. 그래서 그는 사람들을 초월이라는 꿈에서 깨우기 위해 왔다고 했습니다. 처음에 그는 내가 상대적인 현실을 부정하는 그저 또 하나의 아드바이타(비이원론) 선생이라고 여겼는데, 그가 나를 히틀러의 환생이라고 말한 것은 그런 의미였던 것 같습니다. 그는 내가 나를 인류보다 높은 자리에 있는 사람으로 본다고 생각했고, 나를 히틀러라고 부른 것은 나를 지상으로 다시 내려오게 하려는 영리한 방식이었습니다. 내가 나의 입장을 분명히 얘기하고, 그에 관해 질문하고, 그의 말을 경청하고, 그의 말에 실제로 동의하는 지점들을 발견하자, 또는 적어도 그의 말에 담긴 진실을 보자, 그는 긴장이 풀렸습니다. 나는 방어할 것이 아무것도 없었습니다. 그의 온몸이 구붓해지기 시작했습니다.

"예, 비이원론이 상대적인 현실을 부정하는 데 쉽사리 이용될 수 있다는 말씀에 동의합니다. 예, 어떤 수준에서 개인적인 책임은 아주 중요합니다. 예, 나는 당신과 같은 인간입니다. 예, 나는 사람들을 오도하지 않는 게 중요하다는 말씀에 동의합니다. 예, 만일 모든 대답을 알고 있는 영적 스승이라는 거짓된 이미지를 나 자신이라고 믿는다면, 나는 사기꾼일 것입니다."

아주 이상한 일이었습니다. 겨우 10분 전에 나를 악마라고 부르고 나의 메시지 전체를 거부한 그 사람에게 나는 여러 부분에서 동의했기 때문입니다. 그는 점점 더 조용해졌습니다. 그는 입이 마르다며 물을 조금 달라고 부탁했습니다. 나는 내 물 잔을 건네주었습니다. 그는 길 잃은 어린 소년처럼 보였습니다. 우리는 한동안 침묵하며 앉아 있었습니다. 그는 자기의 삶에 관해 얘기하면서 개인적인 경험을 자세히 털어놓기 시작했습니다. 그는 (나를 포함하여) 지상의 모든 비이원성(非二元性) 선생을 찾아가서 그들 모두를 깨우는 것이 평생의 사명이라고 말했습니다! 그동안 찾아간 비이원성 선생들 가운데 그를 꾸짖거나 방에서 내쫓지 않은 사람은 내가 처음이라고 했습니다. 이 남자가 비이원성 선생들을 비이원성이라는 꿈에서 깨우려고 애쓰면서 삶을 보낸다는 것이 내게는 꽤 재미있고 심지어 사랑스러워 보이기까지 했습니다. 나는 그 사람 안의 반항아를 얼마간 존중했습니다. 내 안에도 그런 반항아가 있었기 때문입니다. 우리는 둘 다 반항아라면서 잠시 함께 웃기도 했습니다.

그가 떠나려 할 때, 왠지 그를 포옹하고 싶어졌습니다. 그러자 그가 경고했습니다. "나를 포옹하지 마세요, 제프. 위험한 일입니다." 문득 어린 소년이 보였습니다. 아무도 포옹해 준 적이 없는, 그래서 자기는 포옹받을 수 없는 위험한 사람임이 분명하다고 믿게 된……. 어쨌든 나는 그를 포옹했습니다. 내 경험에 따르면, 포옹은 전혀 위험하지 않습니다.

아주 지성적이고 중요하기까지 한 얘깃거리를 가지고 있었지만, 사람들을 위협하는 방식을 통하지 않고는, 깨달은 구루라는 자기 이미지 뒤에 숨지 않고는 어떻게 얘기해야 하는지 몰랐던 이 남자에게 나는 연민을 느꼈습니다. 그는 자신을 인류의 구원자로 여기며 행동하느라 주위의 모든 사람을 떠나게 만들었습니다. 사람들과 충분한 대화를 나누고, 사람들을 받아들이고, 자기의 요지를 사람들이 들을 수 있는 방식으로 분명히 전달하는 등 인간적인 수준의 관계를 하지 않았습니다. 그에게는 그런 관계가 너무 친밀하고, 너무 정직하고, 너무 인간적이고, 너무 진실하고, 너무 위험했기 때문입니다! 친밀함 안에서 진실한 만남은 그가 자신에 관해 갖고 있는 모든 이미지를 파괴했을 것입니다. 그 심정이 이해되었습니다. 나 역시 과거에는 두려움과 단절과 영적 우월성이라는 자리에서 날마다 살았기 때문입니다.

그에게 최악의 적은 분명히 그 자신이었습니다. 그는 사람들이 자기의 말을 들어 주기를 간절히 원했지만, 그리고 그 아래에서는 우리 모두 그러하듯이 사랑받기를 갈망했지만, 그의 소통 방식은 사람들이 그의 말을 들을 수도, 그를 사랑할 수도 없게 만들었고, 심지어 그와 함께 한 방에 있을 수도 없게 만들어 버렸습니다. 그는 사람들과 소통할 수 없었기 때문에 계속해서 거부당했고, 세상에서 가장 '깨달았다'는 스승들 중 몇 사람에게도 같은 일을 당했습니다. 나는 그와 이런 게임을 하지 않았고(그리고 어쨌든 그를 거부하는 건 나의 일부를 거부하는 것입니다), 대신에 가면 뒤에 있는 인간을 만났습니다.

내가 성인(聖人) 같은 사람이라고 주장하기 위해 이런 이야기를 하는 게 아닙니다. 나는 성인과는 거리가 먼 사람입니다. 이런 이야기를 하는 이유는, 심지어 가장 겁이 나고 적대적인 사람과 마주했을 때도 어떻게 서로의 공통 기반을 발견할 수 있는지, 그리고 모든 면에서 당신을 거부하는(당신이 자신에 관해 갖고 있는 이미지를 위협하는) 사람과도 어떻게 진정으로 만날 수 있는지를 보여 주고 싶었기 때문입니다. 나는 비이원성 선생들에 대한 그의 공격으로부터 나 자신을 방어할 필요를 느끼지 않았습니다. 왜냐하면 모든 이미지와 느낌이 오고 가도록 허용되는 '활짝 열린 알아차림(앎)의 공간'이 참된 나 자신임을 알기 때문이고, 모든 대답을 아는 비이원성 구루나 선생이라는 이미지를 나의 것으로 고수하지 않기 때문이며, 불확실성과 의심, 실패조차 나의 경험에 깊이 허용됨을 알기 때문입니다. 그렇게 어느 이미지도 방어하지 않으면서 경청하고 있었기 때문에 그가 진심으로 하는 말을 편안히 들었고, 그의 말에 담겨 있는 진실도 충분히 발견할 수 있었습니다.

내가 그의 모든 말에 동의한 것은 아닙니다. 전혀 그렇지 않습니다. 그가 사람들에게 말하는 방식이나 폭력으로 위협하는 방식을 용납하는 것도 분명히 아닙니다. 나는 그에게 앞으로는 나의 모임에 참석하지 말아 달라고 요청할 수도 있었습니다. 그러는 편이 지성적이면서 잘 배려하는 처사였을지 모릅니다. 이 깊은 받아들임의 자리에서, 우리는 어떤 상황을 지성적으로 해결하는 데 필요하다면 어떤 조치든 늘 자유롭게 취할 수 있습니다.

하지만 그건 중요하지 않습니다. 중요한 건, 그 모든 문제에도 불구하고 우리가 만날 수 있는 자리를 발견했다는 점입니다. 그는 적이 되어 떠나지 않았습니다. 우리의 만남은 깨끗하게 끝났고, 해결되지 않은 문제는 하나도 남지 않았습니다. 우리는 서로 분리될 수 없음을 발견했고, 서로 전쟁을 벌이지 않는 자리를 발견했습니다. 나는 그를 나 자신 안에서 발견했습니다.

어떤 사람의 말을 정말로 경청할 때는, 그의 시각과 관점, 그가 경험한 삶에 관한 이야기, 그가 자기의 세계에서 알아차린 것들에 관한 이야기를 정말로 경청할 때는 언제나 그의 말 속에서 어떤 진실을 발견할 수 있습니다. 그의 견해와 태도가 처음에는 아무리 도전적이고 적대적이고 이상하고 극단적이며 터무니없어 보일지라도…… 이 말은 당신이 그의 행동을 용납해야 한다는 뜻이 아닙니다. 그가 당신의 절친한 친구가 되고, 두 사람이 주말마다 밖에 나가 맥주를 마시는 관계가 된다는 뜻이 아닙니다. 그저 당신이 그의 말 가운데 얼마간의 진실을 발견한다는 뜻이며, 그 순간 심리적인 갈등이 끝나게 됩니다. 나는 여태껏 어떤 수준에서도 만날 수 없는 사람은 한 번도 만난 적이 없습니다. 그들이 하는 말에 아무리 동의하지 않아도, 그들이 아무리 나('나'라는 개인의 이야기)를 파괴하려 해도…… 참된 내가 누구인지 알 때, 바다에는 이질적인 물결이 하나도 없듯이, 가장 깊은 수준에서는 어떤 생각이나 느낌, 감정도 나와 이질적이지 않음을 봅니다. 심지어 접점이 전혀 없어 보이는 사람과도 연결될 수 있는 자리가 있는 것은 이 때문입니다. 철학자 켄 윌버가 말하듯이 "백 퍼센트 틀릴 수 있는 사람은 없습니다. 항상 틀릴 수 있을 정도로 영리한 사람은 없기 때문입니다."

나는 할 수 없지만 당신은 할 수 있는 생각은 없습니다. 나는 느낄 수 없지만 당신은 느낄 수 있는 감정은 없습니다. 당신은 근본적으로 나와 다르지 않습니다. 다를 수가 없습니다. 모든 인간 의식은 우리를 거쳐 갑니다. 그래서 우리는 늘 어딘가에서 만날 수 있습니다. 그 자리를 찾는 데 시간은 조금 걸리더라도.

무척 신비한 방식으로, 당신의 생각은 나의 생각입니다. 당신의 느낌은 나의 느낌입니다. 어떤 생각이든 어떤 느낌이든, 나이며 당신인 열린 공간을 통해 흘러가는 인간 의식이라는 강물의 일부입니다. 그런 면에서, 인간 의식 가운데 연결될 수 없거나 이질적이거나 인간적이지 않은 측면은 하나도 없습니다. 당신이 인간이라면, 나는 어딘가에서 당신을 만날 수 있습니다. 비록 우리가 연결되는 그 만남의 자리를, 우리가 더는 전쟁을 벌이지 않는 자리를 발견하는 것이 처음에는 꽤 힘든 일이더라도. 비록 몰아내고 싶은 나의 일부들에 다가가야 하더라도.

이게 바로 어떤 사람과 공통 기반을 찾는다는 말의 진정한 의미입니다. 우리에게 공통 기반은 알아차림(앎)이라는 기반입니다. 우리는 거기에서 만나 우리의 관점을 공유합니다. 그 자리에서는 동의하거나 동의하지 않을 필요가 없습니다. 거기에서는 오직 다른 사람의 말에 담긴 진실을 경청하고 보고 느낄 뿐입니다. 결국에는 그들의 말에 동의하지 않더라도……. 나는 볼테르의 이 말을 사랑합니다. "나는 당신의 말에 동의하지 않지만, 당신이 그 말을 할 권리는 목숨 걸고 지키겠습니다."

전쟁의 끝은 언제나 우리의 공통 기반―알아차림(앎)이라는 기반―을 발견하는 데 있습니다.

그리고 나는 이전에 적이라고 여긴 사람한테서 무언가를 배울지도 모릅니다. 내 적은 나의 가장 위대한 스승일 수 있습니다. 왜냐하면 그가 내 안에서 불편함을 일으킬 때, 그는 내가 여전히 방어하는 나의 이미지를 알아차리게 해 주기 때문입니다. 다시 말해, 그는 내가 내 경험의 어떤 부분과 아직 전쟁을 벌이는지 보여 줍니다. 내가 어떤 물결을 나의 바다에 받아들이지 않는지 보여 줍니다. 그는 이른바 내 안의 적—본래 완전함을 보지 못해 내가 적으로 만들어 버린 내 경험의 일부—을 나에게 반사해 줍니다. 그는 나에게 거부당한 물결에 빛을 비추어 주는 최고의 스승입니다. 설령 그렇다는 것을 그가 알아차리지 못해도.

내 적은 나의 이미지를 나 자신으로 여기는 꿈에서 깨어나도록 나를 일깨웁니다.

그런데 다른 사람과의 경험을 가장 깊이 받아들이는 것은 당신이 매우 만만한 상대가 된다는 뜻이 아닙니다. 이제 누군가는 이런 이의를 제기할 것입니다. "제프 포스터는 우리가 무조건 모든 사람과 동의해야 한다고, 모든 사람이 뭘 어떻게 하든 그냥 내버려 두라고 말하고 있어. 그렇게 내버려 두기만 하면 극심한 혼란과 파괴로 이어질 거야!" 아니요, 전혀 그렇지 않습니다. 이 받아들임은 '언제나 당신이 틀리고 다른 사람들이 옳다'고 여겨야 한다는 뜻이 아닙니다. 깊은 받아들임은 수동성과 같은 것이 아닙니다. 당신의 시각을 숨겨야 한다는 의미도 아니고, 친절하거나 영적이거나 분별하지 않는 것처럼 보이려고, 자신의 시각을 갖지 않은 척 가장한다는 의미도 아닙니다. (가장 큰 분별은 '모든 분별은 나쁜 것이다'라는 분별입니다!) 이 깊은 받아들임의 자리에서 나는 당신의 경험에 진심으로, 애정으로 반응할 수 있습니다. 그 반응은 이제 "당신이 어찌 감히 그런 말을 하거나 생각할 수 있지!"라는 자리에서 나오는 게 아닙니다. 그 반응은 이제 당신에 대한 사랑을 거두어들이는, 어떤 식으로 생각하고 느꼈다는 이유로 정신적으로 당신을 벌하는, 당신이 틀렸다고 보는 자리에서 나오는 게 아닙니다. 그것은 이제 나의 이미지가 위협받는다고 느끼며 자동으로 방어하려는 반응이 아닙니다. 그것은 진정한 의미의 반응입니다. 나는 단지 지금 나타나는 이 순간에, 지금 이대로의 삶에—내가 생각하거나 희망하거나 기대하는 모습의 삶이 아니라—반응할 뿐입니다. 나는 깊은 받아들임의 자리에서, 이 반응으로 무언가를 얻으려 하지 않으면서, 지금 실제로 일어나는 일에 반응합니다. 이것이 참된 책임입니다. 참된 책임(responsibility)이란 반응하는 능력(response ability)이며, 곧 이미지 너머에서 반응하는 능력입니다. 갈등의 끝은 반작용 안에 있지 않으며, 지금 이 순간의 가장 깊은 받아들임을 발견할 때 나오는 이 온전한 책임 안에 있습니다.

"적을 사랑하십시오"라고 예수는 가르쳤습니다. 바꿔 말하면, 애초에 적이 있다는 꿈에서 깨어나세요. 적이 당신을 그 꿈에서 깨우게 하세요. 당신이 여전히 방어하는 자기의 거짓된 이미지가 무엇인지 보여 달라고 적에게 요청하세요.

## 악을 용서하기

우리는 모두 사랑을 갈망합니다. 성인도 죄인도 그렇습니다. 서로 다른 방식으로 그 추구를 표현할 뿐입니다. 앞의 이야기에서 내게 적대적인 태도를 보인 남자는 '제프 포스터'의 이미지를 부수고 싶어 한 것으로 보였을지 모르지만, 그가 정말로 원한 것은 사랑이었습니다. 알코올 중독자는 또 한 잔의 맥주를 원하지만, 그가 정말로 원하는 것은 사랑입니다. 그는 현재의 경험에서 불편함을 느끼고―모든 생각, 감각, 느낌 가운데에서 사랑받지 못한다고 느끼고―출구를 찾으려 하는데, 그 불편함을 덜어 주는 듯 보이는 것은 오직 맥주뿐입니다. 맥주는 한동안 '괜찮지 않음'을 없애 주고 '괜찮음'을 가져오는 듯 보입니다. 맥주는 한동안 자궁을 가져오는 듯 보입니다. 연쇄살인범이나 강간범, 살인자조차 모두가 나름의 방식으로 자궁을 갈망합니다. 우리는 모두 자궁 추구자입니다.

어떤 사람들은 다른 사람에게 상처를 주는 것 말고는 사랑을 얻는 방법을 알지 못합니다. 완전히 힘없고 무력하며 삶에 완패했다고 느끼면서 다시 힘과 통제력을 갈망하는 사람들은 남에게 상처를 주거나 심지어 죽일 때 한동안 해방감을 느낄 수도 있습니다. 이처럼 추구자는 무슨 수를 써서라도 전체임에 도달하려 할 수 있습니다. 우리는 할 수만 있다면 어떤 방법을 동원해서든 전체임을 얻으려 할 것입니다. 전체임을 위해 싸울 것입니다. 전체임을 위해 죽을 것입니다. 그래서 천국에 가고, 집으로 돌아오고, 분리의 짐을 벗어 버리기 위해 꼭 그래야만 한다면 자살 폭탄까지 터뜨릴 것입니다.[5] 어떤 사람

---

5  종교인들에게는 흔히 천국이나 낙원이 '전체임'을 상징하기도 한다. 그러니 이

들은 곳곳에 적이 있는 길 말고는 집으로 돌아오는 다른 길을 알지 못합니다. 만일 내가 집으로 가는 길을 당신이 가로막는다고 여겨지면, 당신은 용납할 수 없는 나의 적이 됩니다.

인간이 서로 전쟁을 벌이는 이유는 이 때문입니다. 인간은 단지 땅, 식품, 재산을 얻거나 방어하기 위해서만이 아니라, 시각이나 철학, 이념, 종교적인 믿음이 다르다는 이유로 전쟁을 벌입니다. 사람들 사이—두 사람 사이든, 두 나라의 시민들 사이든—의 견해 차이는 금세 거룩한 전쟁으로 돌변합니다. 당신이 내 견해에 동의하지 않을 때, 내 시각을 거부할 때, 나는 어떤 면에서 위협을 느낍니다. 이상하지 않은가요? 당신은 내게 신체적인 위협을 가하지 않지만, 나는 여전히 어떤 공격을 받는다고 느낍니다. 왜 그럴까요? 여기에서 정말로 공격받는 것은 무엇일까요?

만일 내가 어떤 견해나 믿음 체계, 이념을 붙들고 있고, 그 믿음 체계를 전체임으로 가는 내 길—전체임으로 가는 내 유일한 길—로 삼았는데, 당신이 말이나 행위로 내 믿음 체계가 잘못되었음을 지적한다면, 당신은 내 전체임을 위협하고 있습니다. 당신은 집으로 가는 내 길을 가로막고 있습니다. 당신은 내 삶—실제로는 내 삶이라는 이야기—을 위협하고 있습니다. 우리는 이념을 두고 싸우는 것이 아니라, 전체임으로 가는 길을 두고 싸웁니다. 물결은 바다로 돌아가려

---

맥락에서는 '전체임'이나 집을 '천국'으로 바꿔 읽으면 이해하기 쉬울 수 있다. 이 맥락에서 '전체임'이란, 비유하자면, 하나의 분리된 물결이 전체인 바다로(또는 근원으로, 집으로, 본성으로) 돌아가서 편안하고 행복하게 쉬는 상태를 가리킨다고 볼 수 있다.—옮긴이

애쓰는데, 만일 무엇이든 그 길을 가로막으면 그 물결은 가장 끔찍한 가능성에 부닥친 것입니다. 앞으로 다시는 집에 돌아가지 못할 가능성, 언제나 분리되어 있을 가능성. 그래서 그 물결은 이런 위협을 완전히 없애 버리려고 극단적인 수단을 쓸 것입니다. 어떤 사람들은 집으로 돌아가는 여행을 확실히 보장받기 위해 자살 폭탄을 터뜨리며 당신까지 죽이려 합니다.

내면 깊은 곳에서는 심지어 자살 폭탄 테러범조차 다른 사람들이 그러하듯 단지 집으로 돌아오려 할 뿐입니다. 어찌하면 자살 폭탄 테러범의 행위를 어떤 식으로든 용납하지 않으면서, 그런 사람에게 조금이나마 연민을 느낄 수 있을까요? 자살 폭탄 테러범의 이면에는 집을 그리워하는 추구자가 있음을 발견할 때, 우리는 연민을 느끼게 될지 모릅니다. 이는 폭력을 용납하려는 게 전혀 아니며, 단지 강한 폭력 욕구가 일어나는—그들 안의, 우리 안의—근원을 이해하려는 것입니다. 무슨 일이 실제로 일어나고 있는지 제대로 이해할 때, 세상에서 일어나는 폭력을 훨씬 잘 다룰 수 있습니다. 세상에 폭력을 더하는 게 아니라, 폭력을 근원적으로 해결할 수 있습니다. 마침내 '그들 그리고 우리'라는 이야기를 넘어설 때, 마침내 선과 악이라는 환상을, 우리가 분리된 개인이라는 저변의 환상을 넘어설 때, 아마 우리는 그럴 기회를 얻게 될 것입니다.

기본적으로 모든 인간은 저마다 집으로 돌아오려 한다는 것을 깨달을 때, 폭력적이거나 미쳤거나 병들었거나 악하다고 여겨지는 사람들의 행동을 이해할 수 있는 완전히 새로운 길이 주어집니다. 이런 관점으로 보면, 본래 정말로 악한 사람은 없고, 우리와 근본적으로 다른 사람도 없습니다. 어떤 사람은 극단적인 방식으로 전체임을 추구할 뿐이며, 이 필사적인 추구에서 나오는 파괴적인 행위를 우리는 '악하다'고 부릅니다.

우리가 '악하다'고 꼬리표를 붙이는 사람들도 본질적으로는 우리 모두가 찾으려는 것을 찾고 있습니다. 하지만 그들의 독특한 교육 환경, 그들이 자라면서 배우고 경험한 것들, 어린아이일 때 대우받은 방식, 살아오면서 써먹은 책략 때문에 그들은 현재의 전체임을 찾을 방법은 오로지 폭력뿐이라고 믿게 되었습니다. 자신의 현재 경험에서 깊이 완전함을 느끼지 못해서, 본래 지금 이 순간에 있는 사랑을 경험하지 못해서, 그들은 필사적으로 사랑을 추구하는 자가 되었고, 그렇게 사랑을 추구하면서 세상과 전쟁을 벌입니다. 그들은 완전함을 추구하다가 결국 '저 바깥'의, 세상의 불완전함으로 인식되는 모든 것을 파괴하게 되었습니다.

우리는 자기 안의 악이라고 여기는 모든 것을, 일어나고 사라지도록 깊이 허용되지 않은 그 모든 경험의 물결을, 우리의 자기 이미지에 위협이 되는 그 모든 물결을 저 바깥세상에 있는 이른바 적들에게 투사할 것입니다. 적을 해치거나 쓸어버리려 할 때, 우리는 실제로는 자기 안의 악을 쓸어버리려 합니다. 다른 사람들 안의 불순함을 파괴하려 할 때, 우리는 실제로는 우리 자신의 순수함을 추구합니다. 다른 사람들 안의 어둠을 파괴하려 할 때, 우리는 실제로는 빛을 추구합니다. 만일 내가 당신 안의 불완전함을 파괴하고 싶어 한다면, 그것은 내가 실제로는 내 안의 불완전함을 파괴하여 완전해지고 싶기 때문입니다.

우리의 적은 우리의 속죄 염소(희생양)가 됩니다. 추구자는 언제나 '속죄 염소'를 갖는데, 이 단어의 기원이 흥미롭습니다. 고대의 부족 사회에서는 마을 사람들이 자기의 죄를 없애고 싶을 때 염소를 신에게 희생 제물로 바쳤습니다. 그들은 염소가 마법처럼 그들의 죄를 흡수할 것이고, 염소가 죽임을 당할 때 그들의 죄도 염소와 함께 죽어 자신이 다시 깨끗해질 것이라고 믿었습니다. 속죄 염소에게 죄를 전가하는 행위는 우리 자신이 심리적으로 깨끗해지려는 방법이었습니다. 다시 말해, 우리 자신에게서 이른바 '더러운', 사랑받지 못하는 물결들을 제거하려는 방법이었습니다. 무언가를 추구할 때 우리는 항상 속죄 염소를 만들어 냅니다. 우리는 자기 안의 어떤 것들을 내보내기 위해 계속해서 우리 바깥을 바라보며, 극단적인 경우에는 함께 살고 싶지 않은 우리의 부분들을 파괴하기 위해 다른 사람들을 파괴하려 합니다.

내가 내 안에 허용하지 않는 것은 당신 안에도 허용하지 않을 것입니다. 내가 내 안에서 없애고 싶어 하는 물결은 '당신' 안에서도 없애려 합니다. 흔히 역사상 가장 악한 인물 중 하나로 여겨지는 아돌프 히틀러는 속죄 염소에게 죄를 전가하는 대표적인 사례입니다. 그는 동성애자를 박해했지만, 정작 자기 안의 동성애 충동과 깊이 전쟁을 벌인 것으로 보이는 강력한 증거가 있습니다. 그는 자신의 적들, 유대인들을 성적으로 불결하다며 비난했지만, 정작 그가 남몰래 몹시

'불결한' 성적 페티시를 즐긴 것으로 보이는 증거가 있습니다. 그는 유대인의 피가 유해하며 전염성이 있다고 말했지만, 어린 시절 그는 자신의 피가 유해하다며 무서워했음을 보여 주는 증거가 있습니다. 히틀러는 정말로 적을 파괴하면 자신이 진정 갈망하던 것이 주어지리라고 믿었던 것일까요? 이 투사 게임은 얼마나 단순한지, 그런데도 그게 세계적인 규모로 광포하게 내달리도록 허용될 때는 얼마나 많은 파괴를 일으킬 수 있는지, 참으로 놀라울 따름입니다. 속죄 염소에게 죄를 전가하더라도 진정한 의미의 평화가 오지는 않음을 보여 주는 사례는 인류 역사에 차고 넘칩니다. 우리의 적이 진짜로 파괴될 수는 없습니다. 그들은 우리 안에 있기 때문입니다. 분리는 여기 이 방에서 '나와 당신'으로 시작하며, 결국에는 고문과 집단 학살로 이어질 수 있습니다.

다른 사람 안에서 작용하는 이 기제를 알아보기는 얼마나 쉬운지요! "이 기제를 우리 자신 안에서도 볼 수 있는가?" 문제는 그것입니다. 당신의 속죄 염소는 누구인가요? 당신이 거부하는 남들의 어떤 점은 자기 안에서도 은밀히 거부하는 것입니다. 그게 무엇인가요? 약함인가요? 실패인가요? 두려움인가요? 동성애 성향인가요? 폭력성인가요? 세상 사람들에게 자기 이미지를 유지하기 위해 당신이 자기 안에서 인정하지 않는 생각과 느낌은 무엇인가요?

이런 말을 한다고 해서 불친절하거나 폭력적이거나 파괴적인 행위를 용납하는 것은 아닙니다. 단지 우리가 더 깊이 들여다보고, 그런 행동이 나오는 근원을 발견해 보자고 제안하는 것입니다. 어떤 경험을 하든 깊이 평화로운 사람, 모든 생각과 감각, 느낌 안에서 가장 깊은 받아들임을 알아보는 사람⋯⋯ 이런 사람이 진심으로 세상에 폭언을 퍼붓고 폭력을 행사하려 할까요? 이런 사람이 극적이고 극단적인 방식으로 해방을 추구하려 할까요? 삶이 자신의 모든 경험—모든 생각, 모든 소리, 모든 감각, 모든 느낌—을 이미 깊이 껴안고 깊이 받아들임을 보는 사람이 자기의 완전함을 위해 목숨을 내버리며 사람들을 죽이러 나설까요? 그 완전함을 발견하기 위해 주변 세계를 정말로 파괴하려 할까요? 사람들을 해치면 그들이 갈망하는 것이 정말로 주어질까요?

다른 사람이 본질에서는 당신 자신임을 볼 때, 그들에게 '고의로' 해를 끼치면 정말로 어떤 만족을 얻을 수 있을까요? 당신의 거짓 이미지(참된 자기를 조금도 담을 수 없는 이미지)를 더는 방어하지 않을 때, 다른 사람이 그 이미지를 위협한다고 보지 않을 때, 그들을 공격할 필요를 정말로 느낄까요? 앞에 있는 사람을 더는 두려워하지 않을 때, 폭력이 정말로 필요할까요?

나는 폭력적이거나 파괴적이거나 고의로 불친절한 행위는 '늘' 어떤 사람의 경험 안에서 나타나는 추구의 표현이라고 여깁니다. 폭력과 갈등은 내 경험 안에서 추구로 시작하고, 그다음에 바깥세상으로 투사됩니다.

과거에 당신이 비열하고 불친절하고 잔인하거나 폭력적인 말이나 행동을 했을 때를 떠올려 보세요. 정직하세요. 어떤 사람을 해치고 싶은 충동은 어디에서 나왔나요? '지금 경험하는 모든 것이 깊이 괜찮음'을 분명히 보는 자리에서 나오고 있었나요? 그때 당신은 현재의 경험 안에 있던 가장 깊은 받아들임을 알아보았나요? 아니면, 그 충동은 상처 입은 자리에서, 그 순간 괜찮지 않다는 느낌에서, 다시 괜찮다고 느끼고 자기의 힘을 보여 주려면 남들을 공격할 필요가 있다고 느끼는 자리에서 나오고 있었나요? 그렇게 공격하고 나서 결국 정말로 괜찮다고 느꼈나요? 아니면, 그런 기분은 잠시뿐이었나요? 나중에 죄책감이 나타나던가요? 다시 말해, 당신이 다른 무엇인 척 가장했다는 죄책감이?

이런 시각으로 보면, 세상은 단순히 우리가 추구하는 행동이 펼쳐지는 빈 캔버스가 된다고 할 수 있습니다. 만일 내가 나의 경험과 전쟁을 벌인다면, 나는 외부세계와도 —다양한 방식으로, 미묘하거나 덜 미묘한 방식으로— 전쟁을 벌일 것입니다. 물론, 궁극에는 우리가 '내부'라고 부르는 것과 '외부'라고 부르는 것이 정말로 분리되어 있는 것은 아닙니다. 세상과 나는 하나입니다. 폭력의 충동은 나와 세상의 친밀함을 —열린 공간인 나는 본질에서는 당신과 분리될 수 없음을— '보지 않음'에서 나옵니다. 그것은 모든 경험의 물결이 완전하며 본래 괜찮음을 '보지 않음'에서 나옵니다. 나의 일부를 악하다고 볼 때, 나는 세상의 같은 악과 전쟁을 벌입니다. 전체임에 도달하기 위해 필사적으로 노력하면서…… 의식하지는 못하지만, 나는 내 안의 악을 파괴하려 노력하고 있을 뿐입니다. '악한 사람'—독재자, 살인자, 강간범, 연쇄 살인범, 테러리스트—들은 실제로는 그들이 아는 유일한 방법으로 세상을 다시 온전하게 만들려, 자신을 다시 온전하게 만들려 노력하고 있습니다. 이 말이 너무 이상하게 들리겠지만, '악한 사람'들은 실제로는 악을, 자기 안의 악을 파괴하려 노력하고 있습니다. 그러니 그들과 전쟁을 벌여서 더 많은 악을 일으키지 말고, 그들의 행동을 용납하지도 맙시다. 우리가 그들과 분리될 수 없는 존재임을 봄으로써 이전보다는 더 깊은 수준에서 그들을 이해해 봅시다. 혹시 모르죠. 그러면 정말로 악이 끝날 가능성이 있을지.

악의 본성을 깨달을 때 진정한 용서가 시작될 수 있습니다. 십자가에 못 박혔을 때 예수는 자신을 박해한 사람들을 내려다보며 용서했습니다. 사람들이 폭력적이고 공격적이며 당신의 입장을 용납하지 못하는 것은 그들이 악하기 때문이 아니라 무언가를 추구하기 때문입니다. 갈망하는 것을 얻을 다른 방법을 알지 못하기 때문입니다. 그들은 전체임을 '보지' 못하기 때문에 바깥세상으로 나가서 전체임을 '추구'하며, 전체임에 위협이라고 여겨지는 모든 것을 파괴합니다. 전체이지 않음에 책임이 있다고 생각되는 모든 것을 파괴합니다. 전체임을 보지 않을 때, 그들은 밖으로 나가서 자신의 속죄 염소들을 파괴합니다.

십자가 위에서 죽어 가며 예수는 말합니다. "아버지, 저들을 용서해 주십시오. 그들은 자신이 하는 일을 알지 못하기 때문입니다." 바꿔 말하면, "나의 적을 용서해 주십시오. 그들은 '보지' 못합니다. 그들은 전체임을 알아보지 못합니다. 참된 자신을 알아보지 못합니다. 물결 속에 있는 바다를 보지 못합니다. 자신을 분리된 사람으로 여깁니다. 그래서 아무것도 모른 채 추구하고 있습니다. 그들은 저를 죽이면 자신이 다시 전체로 회복될 것이라 생각하지만, 그렇지는 않을 것입니다. 그들은 이미 전체이기 때문입니다. 하지만 그들은 그 사실을 깨닫지 못합니다. 저를 천 번이나 죽이더라도 그들이 정말로 갈망하는 것—참된 자기 자신—이 그들에게 주어지지는 않을 것입니다. 나는 그들 자신입니다. 아마 그들도 언젠가는 알게 되겠지요."

당신은 둘 중 누구이고 싶나요? 자신이 진정 누구인지 알고, 자기의 경험 가운데 있는 깊은 받아들임을 알던 예수이고 싶나요? 아니면, 자기의 본성을 모른 채 거짓된 이미지를 완전히 자기라고 믿으면서 자기 자신과 깊이 전쟁을 벌이는 예수 박해자들이고 싶나요? 당신은 가해자이고 싶나요, 아니면 희생자이고 싶나요? 그리고 누가 진정한 희생자일까요? 깊이 받아들여지지 않은 아픔 때문에 남을 해치는 사람일까요, 아니면 아픔을 경험하지만 참된 자신은 그 경험 가운데 있음을 아는 사람일까요? 누가 여기에서 진실로 해치는 사람인가요?

흥미롭게도, '용서받은(forgiven)'이라는 단어는 원래 '모든 것이 주어진'이라는 뜻입니다. 지금 이 순간 완전함이 주어짐을 볼 때—다시 말해, 무슨 일이 일어나거나 일어났더라도, 누가 나에게 무슨 말이나 행위를 했더라도, 지금 이 순간 나는 여전히 전체이며 이 현재 경험이 깊이 받아들여짐을 볼 때—상대방은 말하자면 죄의 짐에서 놓여납니다. 그들은 이제 적이 아닙니다. 그들은 이제 내 완전함의 상실에 책임이 없습니다. 다른 물결은 당신의 완전함을 앗아 갈 수 없습니다. 다른 물결은 당신이라는 바다를 불어나게도 줄어들게도 할 수 없습니다. 당신에게서 깊은 받아들임을 빼앗을 수 있는 사람은 아무도 없습니다. 이 수준에서는 누구에게도 아무 잘못이 없습니다. 이제 용서는 남들을 용서하기 위해 노력해야 하는 문제가 아닙니다. 이 깊은 받아들임의 자리에서는, 용서란 모든 사람이 이미 용서받았음을 보는 일입니다. 당신을 포함하여 모든 사람이 이미 모든 것을 받았습니다. 용서는 당신 안에 이미 갖추어져 있는 것입니다. 당신에게서 실재하는 것을 앗아 갈 자는 아무도 없습니다. 그리고 《기적 수업》에서 상기해 주듯이, 실재하지 않는 것은 존재하지 않습니다.

**우리의 구루를 용서하기:**
**자기 바깥에서 받아들임을 추구하지 않기**

당신이 앞에 있는 사람에게 짐―당신을 완전하게 해 줄 사람이라는 짐, 당신의 완전함을 위협할 수 있는 사람이라는 짐―을 지우지 않을 때, 그들은 구루의 지위라는 짐을 벗게 되며, 당신이 상상했던 그들의 '완전하게 해 주는 능력'도 제거됩니다. 이런 일이 일어날 때, 마침내 당신은 그들을 정말 있는 그대로 볼 수 있습니다. 파워 게임은 그때 끝이 나며, 당신과 그는 인간 대 인간으로, 진실한 진짜 모습으로 만날 수 있게 됩니다.

내 추구의 책임을 더는 당신에게 전가하지 않을 때, 나는 당신의 불완전한 점도 가감 없이 보게 됩니다. 당신을 있는 그대로 볼 수 있습니다. 당신의 인간적인 결점, 단점, 약점, 슬픔, 아픔을 볼 수 있습니다. 마침내 당신을 있는 그대로 사랑할 수 있습니다. 내가 생각했던 모습의 당신, 또는 내가 원했던 모습의 당신이 아니라……. 나는 아파하는, 비통해하는, 결점들이 있는, 모든 인간성을 가지고 있는 당신을 사랑할 수 있습니다. 역할들의 너머에서는, 이야기들의 너머에서는, 당신의 불완전한 점들은 너무나 완벽합니다.

만일 추구자가 구루에게 기대들의 짐을 지운다면, 그는 자신에게도 그런 기대들의 짐을 지웁니다. 우리가 어떤 사람—연인이든 친구든 치유자든 부모든 영적 스승이나 구루든, 심지어 정치가든 연예인이든, 또는 지도자든—에게서 어떤 것을 추구할 때, 우리는 그들이 갖고 있지 않은 힘을 그들에게 주어 버립니다. 그 뒤 우리는 어떤 식으로든 그 힘에 매여 있고 그들에게 매여 있어서, 얽매여 있어서 마음대로 떠날 수 없다고 느낍니다. 그들은 어떤 기이하고 신비해 보이는 힘으로 우리에게 영향을 미치는 것처럼 보입니다.

추구자는 언제나 추구하는 대상에 얽매입니다. 그들은 구루, 즉 자신을 완전하게 해 주리라고 믿는 사람을 떠날 수 없다고 느낍니다. 사람들은 영적 구루를 계속 만나면서, 무언가 얻기를 기다리면서, 자신이 갖지 않은 무엇을 구루가 갖고 있다고 정말로, 진심으로 믿으면서 수십 년을 보냅니다. 구루에게 집중하고 구루의 어떤 영적 전수나 계시를 기다리느라, 자기의 경험에 대한 신뢰를 잃어버립니다. 그들은 다른 사람의 권위에 기대어 살아가면서 깨달음을 인가받을 날만 계속 기다립니다. 비록 구루가 말로, 신체적으로, 감정적으로 자신을 학대해도, 추구자는 여전히 거기에 머무릅니다. 자기의 의심들을 잠재우기 위해 필사적으로 노력하고, 결국에는 그 모든 것이 가치 있는 일일 것이라는, 거기에 온 목적을 이루게 될 것이라는 희망에 필사적으로 매달리면서…….

언젠가 어느 남성이 내게 이야기를 들려주었습니다. 그는 20대 초반에 친구 집 거실에서 어떤 인도 남자의 사진을 우연히 보았다고 합니다. 그때까지 그는 영성(靈性)에 관심이 없었고, 영적인 길도 모르고 있었고, 사진 속 남자를 본 적도 없었습니다. 하지만 그 사진을 보는 순간 아주 이상한 일이 일어났는데, 그 사진에서 마치 에너지가 뿜어져 나오는 것 같았습니다. 거기에는 어떤 힘이, 존재감이 있는 것 같았고, 그를 자석처럼 끌어당기는 강력한 힘이 있었습니다. 그 순간 사진 속의 남자는 그의 구루가 되었고, 그는 그 사람을 만나러 인도로 떠났습니다.

그가 말했습니다. "정말 이상한 일이었어요. 저는 그 당시 아무것도 기대하고 있지 않았죠. 전혀 깨달음을 추구하고 있지 않았어요. 그런데 그런 힘이 사진에서 뿜어져 나오더군요. 그 힘은 저와는 아무 상관이 없었어요. 그 힘은 오로지 거기에, 사진 속에 있었죠. 한번 보세요."

그는 내게 그 사진을 보여 주었습니다. 그때까지 지갑에 넣고 다니던, 많이 닳아 해어진 사진. 분명 아름다운 사진이었습니다. 구루는 그 순간 아주 고요하고 행복하고 평화로워 보였습니다. 이 구루는 분명 사람들에게 나누어 줄 아름다운 통찰들을 지닌 것 같았습니다. 하지만 힘이라…… 나는 그 사진에서 뿜어져 나오는 어떤 힘도 느끼지 못했습니다. 다른 사람에게 끌리는 것 이상으로 이 남자에게 더 끌린다는 느낌도 받지 못했습니다. 그는 참된 나 자신과 근본적으로 다르지 않았습니다. 그는 그저 이 우주적인 바다에 있는 또 하나의 아름다운 물결이었고, 색다르지만 다른 모든 음악과 근본적으로 다르지는 않은 노래였습니다. 우리가 추구하지 않을 때는 거기에 정말로 있는 것을 보게 됩니다. 투사 없이.

그 사진을 간직하고 있던 남자가 묘사한 경험은 추구의 기제가 작동하는 것을 보여 주는 완벽한 사례였습니다. 그는 우연히 그 사진을 보았을 때 아무것도 추구하고 있지 않았다고 주장했습니다. 하지만 모든 개인은 추구자입니다. 설령 그들이 그 사실을 깨닫지 못하더라도. 모든 물결은 바다를 추구합니다. 이 남자는 특별히 깨달음을 추구하지는 않았을지 모르지만, 사랑을, 완전함을, 깊은 받아들임을 추구하는 사람이었습니다. 그리고 자신이 찾고 있던 것을 마침내, 사진 속 인도 남자의 모습에서 발견했다고 생각했습니다.

모든 사람은 조건 없는 사랑을 추구합니다. 부모에게서, 연인이나 배우자에게서, 직업에서 그것을 얻지 못하면, 영적 구루나 치유자의 모습을 한 그것을 찾아 나섭니다.

우리는 어떤 것을 추구하고 있다는 사실을 거의 깨닫지 못합니다. 그저 사람들에게 끌리고, 사람들에게 매이고, 그들의 에너지에, 기이한 힘에 끌린다고 느낄 뿐입니다. 그러면 우리는 모든 것을 그만두고, 샅가리개를 입고 있는 남자를 만나러 인도로 떠납니다. 유명한 사람이 강당에 걸어 들어올 때는 무릎에 힘이 빠집니다. 숭배하는 사람을 실물로 만날 때는 넋을 잃고 맙니다. 강력한 지도자에게 복종하고, 그들이 지시하는 대로 정확히 따라 합니다. 우리는 그들을 기분 좋게 해 주기 위해 모든 비판적인 사고와 지성과 직관을 보류합니다. 사랑하는 여인이 방으로 걸어 들어올 때, 우리는 황홀해하며 그녀를 기분 좋게, 행복하게 해 주고 그녀의 호감을 사기 위해 온갖 행위를 합니다. 그러는 게 진심에서 우러나온 행위가 아니라고 느껴져도……. 추구자는 추구하는 대상에게 지배당합니다. 그렇지만 이 같은 외부 힘의 경험은 언제나 우리 자신의 투사이며, 참된 자기 자신이 무엇인지를 오해해서 벌어지는 일입니다.

'에브리씽 벗 더 걸(Everything But The Girl)'이라는 밴드는 '당신을 만나기 전에는 내가 사랑을 찾고 있는 줄 몰랐어요'라는 노래를 불렀습니다. 이 말의 정확한 요지는 이와 같습니다. '당신을 만나기 전에는 내가 사랑을 찾고 있는 줄 몰랐는데, 당신을 만나는 순간 사랑의 추구는 끝이 났죠. 어느 인도 남자의 사진을 발견하기 전에는 내가 깨달음을 추구하는 줄 몰랐는데, 그 사진을 본 순간 내 추구의 끝을 그에게 투사했죠.' 그러나 우리가 사랑하는 사람에게 힘을 주기 전에는 그는 아무 힘도 가지고 있지 않으며, 우리가 구루에게 힘을 투사하기 전에는 그는 아무 힘도 가지고 있지 않습니다. 추구를 끝내는 힘, 즉 우리가 '깨달음'이나 '사랑', 심지어 '명성'이나 '천재'나 '권력'이라고도 부르는 그것은 그 사람에게 투사되고, 우리는 그 모든 것이 우리의 투사임을 잊어버립니다. 사실 그 힘은 어떤 사람이 정말로 가질 수 있는 게 아니라는 사실을 잊어버립니다. 그래서 우리는 그 힘을 찾으러 세상으로 들어가며, 그 힘에 더 가까워지려 하고, 그 힘과 접촉하려 하고, 그 힘에 도달하려 하고, 그 힘을 흡수하려 하고, 그다음에는 그 힘을 잃어버리지 않으려 합니다.

모든 사람이 구루와 좀 더 가까워지고 싶어 합니다. 모든 사람이 유명인사와 좀 더 가까워지고 싶어 합니다. 모든 사람이 성자, 교황, 영적 지도자의 옷을 만지고 싶어 합니다. 우리는 왠지 모르게 이런 사람들에게 끌리지만, 왜 그런지는 알지 못합니다. 그저 이런 말을 무심코 내뱉을 뿐입니다. "그는 정말 대단해! 그는 깊이 현존해. 그에게는 이런 에너지가 있어. 그는 무언가를 내뿜고 있어. 그는 아주 다른 세계에 있는 것 같아."

그들이 방으로 들어올 때, 우리는 실신합니다. 우리는 우리가 스스로 투사한 것을 보고 정말로 실신합니다. 그들이 걸어오면서 우리를 지나칠 때 우리는 그들의 에너지를 느끼는데, 그것은 사실 우리에게서 투사된 우리 자신의 에너지입니다. 그들이 우리의 눈을 응시할 때면 그들이 우리에게 현존을 전수하는 것처럼 느껴집니다. 하지만 사실 그때 당신은 정말 글자 그대로 자기 자신을, 자기의 현존을 경험하고 있습니다. 우리가 힘을 바깥에서 나오는 것으로 경험할 때, 그것은 실제로는 우리에게서 투사된 우리 자신의 힘입니다. 실제로는 내부의 힘도 없고 외부의 힘도 없습니다. 오직 생명의 힘만 있을 뿐이며, 그것은 안도 없고 바깥도 없습니다. 바다는 안도 없고 바깥도 없습니다. 모든 것이 물입니다. 지금 이 순간은 안도 없고 바깥도 없습니다.

언젠가 어느 모임에서, 깨달음을 추구하던 어떤 사람이 내게서 나오는 에너지를 느꼈다고 말했습니다. 그는 강당 입구의 건너편에서부터 '나의 현존을 느꼈다'고 말했습니다. 나는 추구의 기제를 이해하고 있었기에 즉시 무슨 일이 일어났는지 알 수 있었습니다. 깨달음을 추구하던 그는 자신이 가지고 있는 '깨달은 존재라는 이미지'를 나에게 투사했던 것입니다(그는 추구자였으므로 그럴 수밖에 없었습니다). 그래서 그에게는 마치 내가 그런 힘을 가진 것처럼 보였고, 현존을 방사하는 것처럼 보였으며, 어디를 가든 에너지의 자취를 남기는 것처럼 보였습니다.

그런데 나는 내가 방사하지 않음을 압니다. 나는 에너지의 자취를 남기지 않습니다. 나는 어떤 면에서도 특별하지 않으며, 누구를 완전하게 해 줄 힘도 가지고 있지 않습니다. 그리고 만일 내게 그런 힘이 있다고 믿는다면, 나는 얼마나 오만한 사람이겠습니까! 하지만 나는 이 남자의 경험을 부정하지는 않았습니다. 대신에, 그가 '저 바깥에' 있다고 보는 것은 그 자신의 에너지, 그 자신의 힘, 그 자신의 현존이라는 것을 부드럽게 상기시켜 주었습니다. 그는 '추구의 끝'을 자기 바깥에서 찾고 있었는데, 그것은 추구를 계속하기 위한 행위였습니다. 그것은 깨어서 꾸는 꿈이었으며, 본질에서는 밤에 꾸는 꿈과 다르지 않습니다.

당신을 완전하게 해 주고, 깨닫게 해 주고, 고통을 없애 주리라고 믿어지는 사람에게 끌리는 것은 아무 잘못이 없습니다. 하지만 그런 행위의 그림자는 분명합니다. 우리 자신의 힘을 잃어버리게 되는 것입니다. 우리 자신에 대한 신뢰를 잃게 됩니다. 자기 자신의 가장 깊은 받아들임을 신뢰하지 못하게 됩니다. 그러면 우리는 자기 자신과 다른 사람들에게 정직하지 않게 됩니다. 그들을 인간으로 보지 않게 되며 신으로 대우하게 됩니다. 그들의 주변에서 매사 조심하게 됩니다. 그들에게 거부당하지 않고 그 집단에서 쫓겨나지 않으려고, 그들과 함께 있는 자리에서는 바람직한 얘기를 하고 바람직한 감정을 느끼려고 노력하면서 몹시 조심스레 행동합니다. 우리는 그들을 사랑하는 만큼 두려워합니다. 우리는 그들에게 좋은 인상을 주고 호감을 얻으려 노력합니다. 그들이 없으면 어찌할 바를 모를 것이라고 느낍니다. 희열을 맛보려면 그들 가까이 있어야 한다고 여깁니다. 우리는 현재 경험에서 완전하다고 느끼게 해 줄 다른 사람을 늘 기다리고, 다른 사람의 권위에 의지해 살면서, 간접적인 삶을 살기 시작합니다. 우리는 모든 곳에서 가장 깊은 받아들임을 추구하지만, 그것이 발견될 수 있는 유일한 장소—지금 여기—는 제외합니다.

나는 종파의 지도자나 구루에게 학대당한 사람들을 만나 보았는데, 그들은 어느 수준에서는 그 구루가 하는 짓이 잘못되었다는 것을 알면서도 그런 학대를 용납하고 있었습니다. 그들은 그 구루가 좋은 의도로 그리하고 있으며, 그 모든 행위는 그들이 잘되게 하려는 것이고 마침내 그들을 깨달음으로 인도할 것이라는 희망을 품고 살았습니다. 그들은 자신의 의심을 억누르거나 잠재웠습니다. 왜냐하면 구루에 대한 모든 의심, 모든 이의 제기, 그의 방법에 대한 모든 비판은 나약함과 두려움, 에고의 표시라고 배웠기 때문입니다.

왜 그들은 그런 상황을 떠나지 않았던 것일까요? 그들이 그러지 못한 이유는 무언가를 추구하고 있었기 때문입니다. 추구자는 학대받는 상황을 그냥 떠날 수 없습니다. 너무 많은 것이 걸려 있기 때문입니다. 당신이 내게 아무리 많은 해를 끼쳐도, 나는 당신의 사랑이 필요합니다. 나는 당신의 깨달음이 필요합니다. 나는 당신의 인가가 필요합니다. 나는 그것을 잃을까 봐 두렵습니다. 투사 게임의 그림자는 이것입니다. 즉, 우리는 상식을 잃어버리고, 분별력을 무시하고, 지성을 억누르고, 직감과 직관을 무시하며, 충분히 타당할 수 있는 수많은 의심을 잠재웁니다. 이 모든 일은 우리가 완전함을 추구하기에 일어납니다. 우리는 미래의 추상적인 진실을 추구하느라, 지금 이 순간의 진실을 거스르게 됩니다.

무언가를 추구할 때, 우리는 자신이 지금 경험하는 것에 대한 신뢰를 늘 잃어버리며, 그래서 자기의 바깥에서 그런 신뢰를 추구하게 됩니다. 결코 오지 않는 미래의 구원을 희망하며 살아가게 됩니다.

사실은 자신에게 언제나 떠날 자유가 있었다는 점을 깨달을 때, 그들을 학대한 구루(또는 부모나 배우자, 연인)에 대한 분노는 잦아드는 경우가 많았습니다. 그들은 단지 자신이 그럴 수 없었다고 '느꼈을' 뿐이며, 그들이 그랬던 이유는 무언가를 추구하고 있었기 때문입니다. 구루가 그들의 자유를 정말로 앗아 간 것은 아니었습니다. 그들이 자신에게서 앗아 간 것이었습니다. 구루에게서 무언가를 추구하고 있었기 때문입니다. 더는 무언가를 추구하지 않을 때, 그들은 구루를 있는 그대로 볼 수 있었습니다. 즉, 사람들과 나눌 수 있는 아름다운 통찰들을 지니고 있지만, '깨달은, 에고 없는 존재'라는 자기의 정체성에 갇힌, 세상과 전쟁을 벌이는, 다른 사람들의 에고에 분노하는, 자기의 분노하는 에고는 보지 못하는 한 명의 인간으로 볼 수 있었습니다. 신은 다시 인간이 되고, 추구자는 해방됩니다. 진실은 언제나 자유롭게 합니다. 오직 진실만이 자유롭게 합니다.

나는 크리슈나무르티의 이 말을 좋아합니다. "누구를 따르지 않으면 심한 외로움이 느껴집니다. 그럴 때는 그냥 외로워하십시오. 왜 당신은 혼자임을 무서워할까요? 왜냐하면 혼자일 때는 있는 그대로의 자기 자신을 직면하게 되며, 자신이 텅 비어 있고 권태롭고 어리석고 추하고 죄책감을 느끼고 불안해한다는 것을, 자신이 옹졸하고 초라하며 간접적인 존재라는 것을 발견하기 때문입니다. 그 사실을 직면하고 똑바로 바라보십시오. 그 사실을 피해 달아나지 마십시오. 달아나는 순간, 두려움이 시작됩니다."

우리는 다른 사람을 따르고, 그들이 우리를 완전하게 해 주기를 기대합니다. 자기 자신의 불완전함을 직면할 수 없기 때문입니다. 우리는 다른 무엇—연인, 구루, 보드카 한 병—이 우리의 불완전함을 없애 줄 것이라 기대합니다. 구루를 놓아 준다는 것은 그들이 약속하는 모면의 희망을 놓아 버리고, 우리 자신을 있는 그대로 직면한다는 것을 의미합니다. 그리고 우리가 거부하는 자기 안의 그 모든 물결을, 우리가 어둡거나 악하거나 매우 해롭게 여기는 물결들을 직면하는 것을 의미합니다. 그럴 때는 커다란 두려움이 일어날 수 있습니다.

그렇지만 아무도 당신이 원하거나 필요로 하는 사람이 될 수 없다는 것은 사실 세상에서 가장 아름다운 일입니다. 당신을 완전하게 해 줄 힘을 지닌 사람은 아무도 없습니다. 아무도 당신에게 그렇게 해 줄 수 없습니다. 아무도 당신에게 그런 사람일 수 없습니다.

아무도 당신이 원하는 완전함을 줄 수 없지만, 그 모든 사람에게 는 아무 잘못이 없습니다. 구루들은 결코 줄 수 없는 것을 주어야 하 는 의무에서 해방됩니다. 그리고 당신은 그들의 힘에서 해방되어, 그 들을 맹목적으로 따를 의무에서 해방되어, 여기에 남아 현재의 경험 을 직면하는데, 이 경험이 진정한 구루입니다. 그래요, 현재의 경험이 구루인데, 이 구루는 줄 수 없는 것을 약속하지 않으며, 당신이 길을 잃게 하지 않으며, 당신을 실망시키지 않으며, 당신에게 해를 끼치지 않으며, 당신을 학대하지 않으며, 당신을 떠나지 않을 것입니다. 이 구루는 당신의 인정이 필요하지 않으며, 당신은 이 구루의 사랑을 받 으려고 애쓸 필요가 없습니다. 이 구루는 언제나 현존하며 공짜입니 다.

이야기 너머를 볼 때, 모든 사람이 용서받습니다. 용서라는 단어의 참된 의미에서……. 당신의 기대에 따라 살지 않아서 당신을 실망시 킨 그 모든 사람이 용서를 받습니다. 아버지, 어머니, 형제자매, 친구, 연인, 영적 스승……. 그들은 당신을 완전하게 해 줄 수 없었으며, 자 기를 완전하게 하려 노력하느라 너무 바빴습니다. 그들은 완벽하게 그들 자신으로 있었습니다. 그들은 완벽하게 당신이 필요로 한 사람 이 아니었습니다. 그리고 그들이 당신을 완전하게 해 주지 않은 것은 정말 다행한 일입니다. 왜냐하면 그들 덕분에 아무도 당신을 완전하 게 해 줄 수 없음을 깨달았는데, 그럴 때 가능성이 주어지기 때문입니다. 아무도 당신을 완전하게 해 줄 수 없는 까닭은 당신이 이미 완전하기 때문일 수 있음을 알아차릴 가능성이…….

그러면 오로지 감사만 남게 됩니다. 사랑하는 사람들에 대한, 함께 어울려 지낼 수 없는 사람들에 대한, 몹시 지루하게 하는 사람들에 대한, 당신의 삶에 들어온 모든 사람에 대한, 이제껏 존재했던 모든 사람에 대한 감사만이……. 모든 사람이 자기 역할을 완벽하게 수행하고 있습니다. 그들은 정확히 제때 들어옵니다. 그리고 정확히 제때 떠납니다. 연극은 완벽하게 연출되고 있습니다. 그리고 그 모든 것은 추구의 기제를 간파하고 집으로 돌아오라는 거대한 초대입니다. 당신이 거기에 있다고 상상하는 것 너머에, 거기에 있다고 꿈꾸는 것 너머에, 거기에 있어야 한다거나 있으면 안 된다고 생각하는 것 너머에 무엇이 있는지 보라는, 정말로 보라는 초대……. 지금 이 순간이라는 참된 현실이 인식될 때마다 우주가 안도의 한숨을 쉰다고 상상해 보세요.

그래서 이제 그들은 더이상 서로 관계하는 두 명의 추구자가 아니며, 서로를 통해 바다에 도달하려 애쓰는 두 개의 물결이 아닙니다. 더이상 자신을 완전하게 하려고 서로를 이용하는 두 사람이 아닙니다. 더이상 주도권 다툼이 아니며, 자기 이미지들 간의 싸움이 아닙니다. 이제는 서로를 진정 있는 그대로 보는, 서로의 결점과 약점, 흠을 있는 그대로 보는 두 사람이며, 더이상 서로를 바꾸려, 서로를 완벽한 짝 이미지—나를 완전하게 해 주어야 하는 '완벽한 짝'—에 들어맞게 하려고 애쓰지 않는 두 사람입니다. 이제는 자기 앞에 무엇이 있는지를 분명히 보는 두 사람입니다.

　마침내 그들은 참된 의미로 정직할 수 있는 두 사람입니다. 정직하다는 것은 어떤 결과를 목표로 삼지 않고, 어떤 식으로든 다른 사람에게 해를 끼치거나 조종하려 하지 않고, '아무 기대 없이 진실을 말한다'는 뜻입니다. 정직이란 진실을 말하는 것, 그에 뒤따르는 모든 결과를 기꺼이 경험하려는 것을 의미합니다. 정직이란 상대방을 바꾸거나 고치려는 목적 없이, 그저 진실을 가장 갈망하기에 진실을 말하는 것을 의미합니다. 내가 가장 갈망하는 것은, 당신 앞에서 내 거짓 이미지를 고수하려 애쓰는 짐을 놓아 버리는 것입니다. 결국에는 진실을 말해야 하는, 지금 있는 것을 인정해야 하는 이유가 필요하지 않습니다. 진실은 그 자체로 보상입니다.

## 지금 이 순간의 진실을 말하기

이제는 우리가 더이상 추구하지 않을 때—다시 말해, 지금 이 순간의 가장 깊은 받아들임을 알아차렸을 때, 그래서 더이상 다른 사람에게서 받아들임이나 인정, 사랑을 기다리지 않을 때—정직한 소통이 어떤 모습일지, 얼마나 단순할지 더 자세히 들여다봅시다. 정직한 소통은 세상에서 가장 쉬운 일입니다. 우리가 기꺼이 실패한 추구자가 되려 할 때는, 지금 이 순간의 모든 것을 기꺼이 경험하려 할 때는, 지금 나타나는 모든 물결—아무리 불편하더라도—을 기꺼이 깊이 허용하려 할 때는, 기꺼이 관계(관계라는 '이야기')를 포기하고 지금 이 순간 진정으로 연결되려 할 때는, 기꺼이 자기 이미지를 상실하고 참된 자기 자신으로 존재하려 할 때는⋯⋯.

예전에 어느 여성을 만났는데, 그녀의 남편은 심한 병을 앓고 있었습니다. 그녀는 그를 아주 많이 사랑하고 깊이 좋아했지만, 결혼 생활 동안 그가 오랫동안 저지른 외도 때문에 그의 아내로 계속 남아 있고 싶은지 아닌지 확신이 서지 않았습니다. 심한 통증에 시달리던 남편에게 깊은 연민을 느꼈지만, 남녀의 애정 관계라는 면에서는 이전처럼 계속 살 수 없다고 느꼈습니다. 그녀는 어찌해야 할지 몰라 몹시 혼란스러웠습니다. 다정함과 정직 사이에서 갈등하고 있었습니다. 남편에게 상처를 주고 싶지는 않았지만, 동시에 자신이 어떻게 느끼는지를 더는 숨길 수도 없었습니다. 그녀는 그 모든 문제를 해결하려 애쓰면서 잠 못 드는 밤들을 보냈습니다.

평생 영적 구도자였던 그녀가 영적인 길에서 배운 것 중 하나는, 모든 것을 '받아들이는' 것이 중요하다는 것이었습니다. 그녀는 남편을—그의 외도를 포함하여—있는 그대로 받아들이려고 애써 노력했지만, 아무리 노력해도 그럴 수가 없었습니다. 그녀는 남편이 그동안 자신을 대한 방식에 심한 분노를 느꼈습니다. 더 깊은 수준에서는 그에게 상처를 받았다고, 배신당했다고, 사랑받지 못했다고 느꼈습니다. (우리가 받은 상처의 상당 부분은 단순히 사랑받지 못한다는 느낌의 변주곡입니다.) 그녀는 오랫동안 자기의 삶을 보류했고, 그에게 사랑받기를 기다렸고, 받아들여지기를 기다렸으며, 그가 충분히 사과하고 새로운 사람으로 바뀌어 그녀가 늘 원하던 사람이 되기를 기다렸습니다. 그녀는 그 사람에 관한 꿈을 꾸며 사느라, 희망에 빠져 사느라 평생을 허비했고, 희망하던 꿈은 죽어 가기 시작했습니다.

진실은, 그동안 그녀가 경험한 모든 아름다운 영적 통찰에도 불구하고, 지금 이 순간 그녀는 남편을 받아들일 수 없다는 것이었습니다. 이 받아들이지 못함은 그녀의 영적 정체성에 큰 타격을 주었습니다. 긴 세월 수행한 영적 추구자였던 그녀는 자신에게 뭔가 문제가 있어서 아직 그 상황을 받아들이지 못한다고 느꼈습니다. 그녀는 자기 자신도, 남편도 받아들이는 데 실패했습니다. 그녀는 실패한 추구자였고, 그 실패를 인정하는 건 몹시 힘든 일이었습니다. 나와 만났을 때 그녀는 금방이라도 정신적으로 완전히 무너져 내릴 것 같은 위태로운 상태였습니다.

그녀가 몹시 갈망하던 받아들임은 (그녀가 수십 년간 해 온) 받아들이려는 '노력'으로는 오지 않고, (그녀가 평생 기다릴지 모를) 남편에게 받아들여지기를 '추구함'으로도 결코 오지 않을 것입니다. 그녀가 정말로 추구하는 받아들임은 가장 깊은 받아들임이었습니다. 이 받아들임은 본질상 그녀 자신이었고, 오고 가는 모든 생각과 느낌을 이미 받아들이는 '알아차림(앎)'의 활짝 열린 공간'이었습니다. 그녀는 남편이 결코 줄 수 없는 것을 요구했고, 남편이 주지 못하자 그녀의 좌절과 분노, 실망은 감당할 수 없는 수준까지 자라났습니다.

우리 자신에게 던져야 할 질문은 언제나 이것입니다. 지금 이 순간 나의 진실은 무엇인가? 바꿔 말해, 바로 지금 나는 정말로 무엇을 생각하고 무엇을 느끼는가? 나는 현재의 경험에 나타나는 것을 단순히 허용할 수 있는가? 이런 생각, 이런 감각, 이런 느낌을 점차 허용할 수 있는가? 아무리 허용하고 싶지 않아도, 그것들이 나의 이미지를 아무리 위협해도 그럴 수 있는가? 그럴 때 내가 허용하는 것은 현재의 경험에 이미 허용됨을 볼 수 있는가? 이런 물결은 이미 바다에 허용되었다는 것—참된 나 자신은 지금 이 순간에 이미 "예(yes)"라고 말했다는 것, 내가 추구하는 받아들임은 이미 여기에 있다는 것—을 바로 지금 단순히 알아차릴 수 있는가?

　만일 많은 영적 가르침에 따라 내가 지금 이 순간을 진실로 받아들이고자 한다면, 바로 지금 나타나는 '모든 것'—그야말로 모든 것—을 받아들여야 합니다. 그리고 그 모든 것에는 바로 지금 나타나는 어떤 '저항'이나 '받아들이지 못함'도 포함될 수 있습니다. 바다의 관점에서는 모든 물결이 받아들여집니다. 우리가 지금 이 순간 좋아하지 않거나 원하지 않는 모든 것을 포함하여……. 받아들임은 멋져 보이거나 멋지게 느껴질 필요가 없습니다. 진실한 받아들임은 받아들임이 어떻게 보여야 한다는 우리의 모든 생각을 뛰어넘습니다. 진실한 받아들임은 당신의 본질이며, 지금 이 순간이 정확히 있는 그대로 있도록 허용하는 것입니다. 도저히 받아들일 수 없는 것조차 참된 당신에게는 받아들여집니다. 이 받아들임은 철저해서 예외가 없습니다.

　기억하세요.


　현재의 경험에 나타나는 것을 인정하는 것—이런 생각, 이런 감각, 이런 느낌이 지금 여기에 현존함을 노력 없이 알아차리는 것—은 이런 생각, 감각, 느낌이 참된 당신에게 이미 지금 이 순간으로 받아들여겼음을 알아차리는 것입니다. 설령 그것이 자기 이미지에 위협으로 느껴져서 당신이 받아들이고 싶지 않다고 해도!

그래서 지금 이 순간, 나의 진실은 무엇인가요? 나의 진실은, 내가 지금 이 순간을 받아들일 수 없다는 것입니다. 나는 이 점을 인정합니다. 설령 그게 나의 이미지를 위협한다고 해도……. 나는 받아들일 수 있어야 한다고 생각합니다. 영적 가르침들이 나에게 받아들이라고 말한다는 것도 압니다. 하지만 지금 이 순간, 나의 진실은 내가 받아들일 수 없다는 것입니다. 그게 지금 있는 현실입니다. 나는 진실을 말해야 합니다. 나는 그 받아들이지 못함을 인정해야 합니다.

지금 이 순간 나는 남편을, 아내를, 친구를, 상사를, 어머니를, 아버지를, 구루를 받아들일 수 없습니다. 지금 이 순간 나는 그들의 행동을, 그들이 내게 한 말을, 그들이 내게 한 행위를 받아들일 수 없습니다. 지금 이 순간 나는 그들을 있는 그대로 받아들일 수 없습니다. 어쩌면 내일은 받아들일 수 있을지 모릅니다. 어쩌면 영원히 받아들일 수 없을지도 모릅니다. 나는 모릅니다. 내가 아는 건 오로지, 바로 지금, 나는 받아들일 수 없다는 것입니다. 나는 지금 이 순간의 진실을 인정합니다. 나는 지금 있는 현실을 인정합니다.

내가 지금은 그들을 받아들일 수 없음조차 삶은 지금 이 순간 완전히 받아들임을 볼 때, 참된 자유가 찾아옵니다. 나는 받아들일 수 없음(또는 아픔이나 두려움, 슬픔, 분노, 지루함, 또는 지금 나타나는 것이면 무엇이든)을 인정하고, 그것이 이미 현재의 경험에 받아들여짐을 발견합니다. 그것이 지금 있는 현실이고, 그것은 지금 이 순간 삶에 수용됩니다. 그것이 바로 내가 추구해 온 진정한 받아들임입니다. 그것이 바로 당신이 내게 줄 수 있는 어떤 받아들임보다 더 깊은, 내가 시간과 공간의 세계에서 발견할 수 있는 어떤 받아들임보다 더 깊은 받아들임입니다.

내가 당신에게 받아들여지기를 더이상 추구하지 않으면, 무엇이 두려워 당신에게 정직하지 못하겠습니까? 나는 받아들임을 잃지 않을 것입니다. 당신이 내 말을 거부해도, 지금은 내 말에 귀를 기울이지 않아도, 전혀 동의하지 않아도, 나는 이 받아들임을 잃지 않을 것입니다. 당신이 내게 어떤 거부를 해도 이 받아들임은 그대로 있을 것입니다. 이 받아들임은 언제나, 내가 갈등의 한가운데에 있을 때도 나를 수용합니다.

나의 진실은 참된 나 자신에게 온전히 받아들여짐을 알기에, 현재 경험의 이 온전한 받아들임 안에서, 나는 이제 두려움 없이 당신에게 진실을 말할 수 있습니다. 나의 진실이 당신에게는 듣기 힘든 말일지 모르지만, 그것은 나의 진실이며, 듣기 힘들다는 이유로 내가 사과할 수는 없습니다. 이 바다에 이미 깊이 받아들여지는 물결을 이유로 내가 사과할 수는 없습니다. 나는 이 깊은 받아들임을 통제할 수 없습니다. 나는 바다를 통제할 수 없습니다.

그래서 그 여성은 남편에게 이런 식의 말을 했을지 모릅니다. "그렇게 심한 통증에 시달리는 당신을 보는 건 내게 슬픈 일이에요. 당신을 사랑해요. 하지만 바로 지금, 나는 우리의 관계를 있는 그대로 받아들일 수 없어요." 그것은 두려움 없이 말해진, 정직한, 사랑하는, 힘 있는 말일 것입니다. 그것은—위협이 아닌, 모욕이 아닌, 조종하려는 시도가 아닌—사실의 진술일 것입니다. 그녀는 받아들임을 잃을까 봐 두려워하지 않았기 때문입니다.

자신의 경험에 일어나는 일을 본다면, 지금 일어나는 추구를 보고, 그 추구에 관해 자기 자신에게 정직하다면, 소통은 쉬운 일이 됩니다. 어떻게 소통해야 할지 더는 고민할 필요가 없습니다. 소통이란 그저 당신이 보는 대로 말하는 일이 될 것입니다. 소통이란 당신에게, 당신의 경험에 실제 일어나는 일의 진실을 아무 기대 없이 말하는 것입니다. 무엇이 그보다 더 단순할 수 있을까요? 현재의 경험이 깊이 받아들여짐을 깨달을 때, 분명하고 정직한 소통이 자연스럽게 흘러나옵니다.

나는 그 여성에게 물었습니다. "만일 당신이 남편의 반응을 더이상 두려워하지 않는다면—또는 그를 조종하려 하지 않는다면, 또는 그가 당신을 받아들여 주기를, 사랑해 주기를, 심지어 사과하기를 기다리지 않는다면—당신은 남편에게 뭐라고 말할 것 같은가요?" 그녀는 남편을 깊이 사랑하기는 하지만, 그가 자신에게 한 짓을 생각하면 어떤 식으로든 그에게 상처를 주고 그를 벌하고 싶은 강한 충동을 느낀다는 점을 부인할 수 없다고 말했습니다. 그리고 그녀는 그 아래에 깔린 깊은 슬픔과 실망을 느꼈습니다. 그가 그녀가 기대했던 남편이 아니어서, 그가 그녀를 완전하게 해 줄 사람이 아니어서, 그가 그녀에게 느끼는 감정을 그녀가 통제할 수 없어서 느끼는 슬픔과 실망을……. 내면 깊은 곳에서 그녀는 삶에 직면하여 느끼는 상실감과 무력감을 발견했습니다. 우리의 고통을 충분히 오래 느끼면서 고통이 자기의 비밀을 드러내도록 허용할 때 우리 모두 그러하듯이.

그녀의 현재 경험이 가장 깊이 받아들여지지 않는다면, 그녀는 자신을 '사랑받지 못하는 사람'이나 '무력한 사람' 또는 '실패한 아내'로 재빨리 동일시하고, 남편과 전쟁을 벌일 것입니다. 그러나 가장 깊은 받아들임 안에서는 이런 이야기가 더이상 필요하지 않았습니다. 깊은 받아들임은 언제나 우리의 거짓된 이야기들을 파괴합니다. 아픔, 슬픔, 실망, 무력감은 모두 품어졌습니다. 모두 허용되었습니다.

이런 느낌들을 인정하는 것은 그다지 영적이거나 사랑하거나 다정한 행위로 느껴지지 않았고, 그녀가 자신에 관해 갖고 있던 이미지, 영적으로 대단히 진보한 존재라는 이미지를 무너뜨렸습니다. 하지만 그것은 그 순간 그녀의 진실이었습니다. 지금 이 순간이 어떻게 보이거나 느껴져야 한다는 모든 관념을 버릴 때, 우리는 기꺼이 진실을 인정할 수 있습니다. 어떤 이미지로 살아야 한다는 무거운 짐에서 우리를 해방하는 것은 바로 진실입니다. 그럴 때 소통이란 단순히 지금 이 순간을 말로 표현하는 일이 됩니다.

"바로 지금, 나는 슬프고 당신과 나에게 실망했어요. 나는 여기에 화가 있다는 것도 부인할 수 없어요. 당신에게 상처를 주고 싶지는 않지만, 여기에 화가 있다는 걸 부정할 수는 없어요. 동시에 나는 당신이 지금 그토록 심한 통증에 시달리고 있어서 슬프고, 우리의 관계가 내가 바라고 꿈꾼 대로 되지 않아서 슬퍼요. 하지만 지금 이 순간 여전히 당신에게 큰 사랑을 느끼고 있어요. 당신에게 바뀌라고 요구하는 게 아니에요. 정말 그래요. 그저 내가 오늘 어떻게 느끼는지 정직하게 얘기하고 싶을 뿐이에요. 이제는 그렇지 않은 척 가장하는 짓을 그만두고 싶어요. 나는 당신이 내게 뭔가 주기를 오랫동안 기다렸는데, 그건 당신이 줄 수 없는 것이죠."

이런 말이 다정하게 느껴지지 않을지 모르지만, 이 여성은 더이상 이전처럼 계속 살아갈 수 없는 지점에 다다랐습니다. 남편이 변하기를 기다릴 수도 없었습니다. 그들의 관계는 나아가지 못한 채 정체되어 있었고, 감정들은 그녀 안에 억눌려 있었는데, 유일한 돌파구는 완전히 정직해지는 것이었습니다. 그녀가 할 일은 오직 사과를 바라지 않고 기대하지도 않으면서 '모든 것'을 말하는 것이었습니다. 그 순간의 진실을 인정하는 것이었습니다. 당신 자신인 조건 없는 "예(yes)"는 "아니요"가 분명하고 정직하게 표현되도록 허용합니다.

완전히 정직하면 어떤 상황에서도 더 진실하고 진정한 관계가 될 것입니다. 설령 그 정직이 처음에는 불편한 변화를 초래한다 해도, 냉정하게 느껴진다 해도, 그 때문에 상황이 바뀌고 양상이 달라진다 해도, 앞에서 설명한 방식대로 정직하게 행동하면 결코 잘못될 수 없습니다.

"당신을 사랑해요. 그리고 지금 당장은 당신을 받아들일 수 없어요"라고 말할 때, 그녀는 남편의 받아들임, 인정, 사랑을 얻으려 노력하지 않을 것입니다. 남편의 사랑이나 받아들임을 잃을까 봐 두려워서 감정을 억누르거나 그를 공격하지 않을 것입니다. 깨달은 존재나 영적 존재라는 자기의 이미지를 지키기 위해 모든 것이 괜찮은 척 가장하지 않을 것입니다. 그저 자기 자신인 공간에 지금 나타나는 모든 것을 정직하게, 가감 없이 말할 것입니다. 그녀는 진실할 것입니다. 그 순간 한 인간으로서 진실할 수 있는 만큼은.

이런 식으로, 가차 없는 정직은 사랑 자체의 표현이 됩니다. 가차 없는 정직은 전혀 사랑에 위협이 되지 않습니다. 그것이 사랑입니다. 만일 사랑이 이런 종류의 진실하고 사랑하는 정직에 위협받을 수 있다면, 그건 당신이 정말로 갈망하는 사랑이 아닙니다.

"내가 이런 말을 하는 까닭은 당신에게 상처를 주려는 게 아니라, 당신을 사랑하기 때문이고, 당신에게 정직하고 싶어서예요. 내가 당신에게 무관심했다면, 당신에게 이처럼 가차 없이 정직하지는 않았을 거예요. 우리 관계가 이제 앞으로 어떻게 될지는 모르겠어요. 나는 답을 알지 못해요. 우리가 어떻게 해야 할지도 몰라요. 정말 몰라요. 하지만 마음을 열고 당신과 함께 탐험해 보고 싶어요."

지금 이 순간의 경험을 이렇게 인정하는 데는 실제 힘이 들지 않습니다. 여기에는 내가 붙들어야 할 이야기가 없고, 방어해야 할 내 이미지가 없으며, 해결해야 할 일도 전혀 없습니다. 이렇게 진실을 말할 때, 나는 잘못할 수가 없습니다. 그건 나 자신인 바다에서 일어나는 일을 힘들이지 않고 말하는 것입니다. 이미 현존하는 물결들을 단순히 전하는 것입니다. 어떤 결과를 바라지 않으면서.

소통은 쉬운 일입니다. 소통이 한없이 어려워 보이는 까닭은 우리가 무언가를 추구하고 있기 때문입니다.

소통하는 '방법'은 없다고 내가 늘 말하는 이유는 이 때문입니다. 깊은 받아들임의 자리에서 분명하고 정직한 소통이 노력 없이 흘러나옵니다. 다른 사람의 사랑을, 받아들임을, 또는 인정을 추구하지 않을 때, 당신은 지금 이 순간의 진실을—참된 당신의 진실을—말할 수 있습니다. 그 안에는 위험할 것이 없습니다. 진정한 위험은 진실을 말하는 데 있는 게 아님을 당신은 알아보기 시작합니다. 위험한 것은 정직하지 않은, 감정을 억누르는, 정신적으로 단절된, '조용한 절망'의 삶을 살아가는 것입니다. 그럴 때 당신은 하나의 이미지로서 살아가며, 사랑하는 사람과 거리감을 느낍니다.

얼마나 큰 짐인가요! 우리 자신에 관한 이 모든 이야기를 짊어져야 하는 것은, 원하는 것을 얻기 위해 사람들을 통제해야 하는 것은, 주도권 다툼을 해야 하는 것은, 완전함을, 절대로 오지 않는 완전함을 위해 서로 싸워야 하는 것은……. 용서하지 못함은 얼마나 심신을 피로하게 하는지요. 우리가 받는 고통의 상당 부분은 관계에서 정직하지 않고 진실하지 않기 때문입니다—정말 하고 싶은 말을 하지 않는 것, 정말 느끼는 감정을 말하지 않는 것, 정말 원하는 말을 하지 않는 것, 사람들의 마음을 얻고 사람들이 떠나지 못하게 하려고 교묘하고 복잡한 이야기를 지어내는 것. 당신의 호감을 얻기 위한, 공적 자아와 사적 자아의 분열, 진정한 나 자신과 가장하는 나 자신의 분열은 계속 짊어지기에는 너무 무거운 짐입니다. 그것은 끊임없는 연기이며, 아주 큰 노력을 기울여야만 유지할 수 있는 배역입니다.

'죄책감(guilt)'이라는 단어의 진정한 의미는 '짐' 또는 '빚'입니다. 다른 사람에게서 무언가를 추구할 때, 그리고 그것을 얻기 위해 자신의 현재 경험에 관한 진실을 말하지 않을 때, 어느 수준에서 당신은 죄책감을 느낍니다. 다시 말해, 자신의 정직하지 않음이 어느 날 발견될 것임을 압니다. 비유적으로, 당신이 지고 있는 빚은 갚아야 할 것입니다. 어릴 때와 청소년일 때 나는 인간관계에서 몹시 정직하지 못했고, 나의 공적 자아와 사적 자아의 심한 분열 때문에 한 번씩 역겨움을 느끼며 걸어 다녔습니다. 나의 위장이 벗겨져 들통날까 봐 겁이 났습니다. 글자 그대로 죄책감을 느꼈습니다. 비록 무언가를 '잘못'한 것은 아니었지만.

요즘 나는 사람들에게서 무언가를 추구하지 않기에 그들에게 온전히 정직합니다. 죄책감 없이 살면 얼마나 안심이 되는지요. 나는 나 자신을 사랑하기에―내 경험의 모든 측면이 삶에 허용되고 품어짐을 보기에―그 경험을 거부당할까 봐, 사랑을 잃을까 봐 두려워하지 않고 당신에게 정직하게 얘기할 수 있습니다. 그래서 나는 당신을 사랑할 수 있고, 당신과 연결될 수 있습니다. 우리가 동의하지 않을 때도, 당신이 감정을 상하게 하는 말이나 행동을 할 때도.

정직은 연결입니다. 내가 당신에게 진실로 정직할 때, 정말로 진실을 말하고 더이상 속과 다른 허울로 당신과 살지 않을 때, 나는 더이상 당신과 단절되었다고 느끼지 않습니다. 그래서 당신과 미래에 연결되기를 갈망하지 않으며, 연결을 잃을까 봐 두려워하지 않습니다. 왜냐하면 이 깊은 받아들임의 자리에서는 언제나, 이미 당신과 연결되어 있음을 알아차리기 때문입니다.

여기에서는, 깊은 받아들임 안에서는, 우리의 관계라는 이야기를 거쳐 연결되려고 애쓸 필요가 없습니다. 그 이야기 너머에서 우리는 이미 연결되어 있기 때문입니다.

## 상대방의 진실을 듣기

가끔 사람들은 내게 찾아와서 말합니다. "제프, 나는 당신이 하는 말을 정말로 이해합니다. 지금 있는 것과 함께 현존하며, 진실한 것을 그저 인정하라는 말이죠. 하지만 화가 치밀 때는, 예를 들어 누가 내게 불친절할 때나 직장 동료가 나를 비판할 때, 또는 애인이나 배우자가 나의 어떤 행위에 대해 불만을 터뜨릴 때는 모든 게 엉망이 되어 버려서 나는 지금 이 순간을 허용하는 법을 잊어버리고, 다시 꿈속에 빠져서 뭔가를 추구하게 됩니다."

다른 사람의 아름다운 점은 우리가 그들을 통제할 수 없다는 것입니다. 우리가 아무리 정직해도, 아무리 친절하고 사랑해도, 아무리 그들을 잘 이해하고 그들에게 도움이 되고 자신이 깨달았다고 생각해도, 우리가 받아들임 속에 아무리 깊이 뿌리 내리고 있는 듯 보여도, 사람들은 여전히 우리에게 화를 낼 것입니다. 그들은 여전히 우리에게 화를 내고, 우리를 오해하고, 우리가 바뀌기를 원하고, 여전히 우리가 잘못되었다고, 현실을 제대로 보지 않는다고, 마땅히 살아야 하는 방식대로 살지 않는다고 생각합니다. 사람들은 여전히 우리에게 자신의 이야기를 할 것이고, 자신이 세상을 어떻게 보는지, 우리를 어떻게 보는지 얘기할 것입니다. 이는 두려운 일일 수도 있고(장 폴

사르트르가 희곡 '출구 없는 방'에서 "지옥은 타인들이다"라고 했듯이), 우리가 여전히 전쟁을 벌이는 상대를, 여전히 허용되지 않은 우리 경험의 물결들을 정말로 볼 진정한 기회일 수도 있습니다.

당신이 아무리 깨달았다고 생각해도, 사람들은 당신에 대한 생각을 계속 투사할 것입니다. 당신은 이 일을 막을 수가 없습니다! 당신은 자기의 이미지를 방어하면서 그들과 전쟁을 벌일 수도 있고, 아니면 귀 기울여 듣기—정말로 듣기—시작하면서 그들이 왜 당신을 그런 식으로 보는지 이해할 수 있습니다. 만일 그들이 본 것을 당신이 보고, 그들이 듣는 것을 듣고, 그들이 경험한 모든 것을 경험했다면, 아마 당신도 자신을 그들과 똑같은 방식으로 보게 될 것입니다. 만일 당신이 그들의 눈을 통해 본다면, 아마 당신도 그들이 지금 하듯이 똑같이 생각하고 느낄 것입니다.

당신의 진실을 말하는 것은 한 부분입니다—아마 쉬운 부분일 것입니다! 더 어려운 부분은 다른 사람의 진실을 듣는 것, 특히 당신에 대한 그들의 반응, 시각, 관점을 정말로 듣는 것이며, 그런 관점이 괜찮은 자리를, 지금 이 순간 그들이 생각하는 대로 생각하고 느끼는 대로 느껴도 괜찮은 자리를 발견하는 것입니다. 비록 당신이 그들의 말에 전혀 동의하지 않아도, 비록 지금은 그들이 어떻게 그런 식으로 느낄 수 있는지 이해되지 않아도.

정직한 소통이란 모든 사람에게 언제나 동의하는 게 아니며, 다른 사람들은 다 옳고 당신이 틀렸다고 여기는 것도 아닙니다. 둘 다 현실적이지 않으며, 둘은 아마도 추구에서—호감을 얻고 인정받고 칭찬받고 사랑받고 싶어 하는 욕구에서—나올 것입니다. 정직한 소통은 다른 사람의 관점을 듣고, 정말로 듣는 것이며, 그들을 있는 그대로 만나는 것입니다. 그렇게 공통의 기반을 발견한 뒤에도, 내가 즐겨 말하듯이, '그들의 세계에서 그들을 만난' 뒤에도, 당신은 여전히 자기의 생각을 완전히 자유롭게 표현할 수 있습니다. 그러나 더는 그들을 적으로 여기며 대화하지 않습니다. 더는 분리된 세계 속에 있지 않습니다. 당신은 그들의 세계에서, 그들의 시각으로 그들을 만나며, 거기에서 그들과 함께 걷습니다.

남편이나 애인이 와서 당신이 일전에 그의 친구를 무례하게 대했다고 말하면, 당신은 어떻게 반응할까요? 또는, 그가 가끔 다른 여성에 대한 환상을 품는다고 말하면? 또는, 당신이 평소에 집을 제대로 청소하지 않아 화가 난다고 말하면? 또는, 당신은 그가 원하는 여성이 아니라고 말하면? 그런 말을 듣고 발끈하는 순간, 당신은 어떻게 반응하나요?

그런 말을 듣고 발끈하는 순간은 영적 깨어남을 시험하는 자리입니다.

관계에서 수많은 갈등이 시작되는 곳은 바로 여기입니다. 즉, 당신이 내게 어떤 얘기를 하면, 그 말이 나를 아프게 합니다. 당신은 기분이 어떤지, 나를 어떻게 보는지 얘기하고, 당신의 관점과 시각, 믿음을 얘기합니다. 그 말이 나를 아프게 합니다. 그런 말을 들으면 나는 두렵거나 화나거나, 마음이 불편하거나, 일종의 실패자라고 느낍니다. 그리고 즉시 당신이 잘못했다며 반박해야 한다고, 당신이 그런 식으로 생각하거나 느끼지 못하게 해야 한다고, 당신의 잘못된 경험을 바로잡아야 한다고, 당신을 바꾸거나 통제해야 한다고 느낍니다. 만일 내가 당신의 말 때문에 심한 상처를 받았다고 느낀다면, 나는 반격하고 싶어지거나, 당신에게 상처를 받은 만큼 돌려주고 싶어질지도 모릅니다. 아마 아주 미묘하고 교묘한 방식으로, 그래서 내가 당신에게 상처를 주려 하는 것처럼 보이지 않도록.

아니면, 나는 너무 상처를 받아서 당신에게서 완전히 마음을 거두어들입니다. 당신을 처벌하는 하나의 방법으로, 다시는 당신과 얘기하지 않겠다고 말합니다. 당신을 떠나겠다고, 관계를 끝내겠다고 위협합니다. 하지만 내가 정말로 끝나기를 바라는 것은 관계가 아니라, 그 관계 안에서 내가 깊이 받아들이지 못함입니다. 내가 정말로 떠나고 싶어 하는 것은 정직하지 않음, 그럴듯하게 꾸민 허울, 이미지들을 고수함, 순간순간 관련되지 못함입니다. 우리가 실제로 관계를 떠날 수는 없습니다. 우리는 언제나 이런저런 방식으로 늘 관련되고 있기 때문입니다. 우리가 '관계 안에 있다는' 이야기를 하든 안 하든.

당신이 내게 어떤 말을 해서 아프게 하고, 내가 아파하면서 거부당하고 사랑받지 못한다고 느낄 때는 그 아픈 느낌을 피해 도망치고 싶은, 그 아픔을 느끼도록 자신에게 허용하고 싶지 않은, 그리고 즉시 당신에게서 마음을 거두어들이거나 어떤 식으로든 당신을 공격하여 나를 방어하고 싶은 유혹이 있습니다. 거기에는 '단계를 건너뛰고' 싶은—아픔을 실제로 느끼며 깊이 허용하는 단계를 건너뛰고, 대신에 즉시 방어와 공격으로 들어가고 싶은—강한 유혹이 있습니다. 우리는 자주 아픈 느낌을 허용하지 않는데, 그러면 그것은 배에서는 아픈 느낌으로, 가슴에서는 답답함으로, 또는 목에서는 조이는 듯한 느낌으로 나타날 수 있으며, 우리는 그런 느낌에서 벗어나려 애씁니다.

나는 당신이 내게 하는 말에 위협─에고가 죽을 수 있다는 위협─을 느끼고, 그래서 재빨리 당신의 경험이 틀렸음을 입증하고, 그 위협을 무력화하려 합니다. 나에 대한 당신의 생각은 전적으로 잘못되었습니다. 당신의 느낌은 타당하지 않습니다. 당신의 관점은 완전히 엉터리입니다. "당신이 그렇게 생각하다니 믿을 수 없군요! 당신이 그렇게 느낀다는 게 믿어지지 않아요! 어떻게 그럴 수 있죠! 당신은 제정신이 아니에요!" 우리는 그렇게 말합니다. 우리는 서둘러 자신을 방어하느라, 어떻게든 당신을 차단해 버리거나 마음을 거두어들입니다. 바이런 케이티가 우리에게 상기해 주듯이, 방어는 전쟁의 첫 번째 행위입니다.

당신이 좋아하든 안 하든 동의하든 안 하든, 상대방은 지금 이 순간 생각하고 느끼는 대로 생각하고 느낀다는 것, 그게 진실입니다. 당신은 좋아하지 않을지 모르지만, 그게 그들의 현재 경험입니다. 그들이 내일은 그렇게 느끼지 않을지 모르고, 일주일 뒤에는 그렇게 느끼지 않을지 모릅니다. 하지만 지금은 그렇게 합니다. 그들이 바로 지금 경험하는 것을 경험해도 괜찮을 수 있을까요? 당신이 그들을 바로잡으려 하거나 틀렸다고 하지 않아도, 단 한 순간이라도, 괜찮을 수 있을까요? 당신이 지금 이 순간 상처받았다고 느껴도, 그 느낌에 전혀 간섭하지 않아도 괜찮을 수 있을까요? 에고가 이에 대해 아무리 심하게 반발하고 저항한다 해도?

상대방의 관점이 당신에게 아무리 어처구니없게 들리고 냉정하게 느껴져도, 깊은 받아들임과 사랑이라는 방어하지 않는 자리에서, "나는 옳고 당신은 틀렸어"를 넘어선 자리에서, 그들이 지금 이 순간 삶에서 경험하는 것을 완전히 존중하고 허용하는 자리에서 그 사람의 말을 경청할 수 있을 때, 거기에서 갈등은 끝이 납니다. 비록 당신이 옳다고 확신하더라도, 상대방은 당신이 틀렸다고 볼 수 있다는 데에 마음이 열려 있을 때, 갈등은 끝이 납니다. 당신이 모든 해답을 아는 척 가장하지 않고, 그러는 대신에 귀 기울여 들을 때, 정말로 귀 기울여 들을 때, 갈등은 끝이 납니다.

어떤 사람의 경험을 존중한다는 것은 무슨 뜻일까요? 당신이 바로 지금 생각하는 대로 생각하고 느끼는 대로 느끼도록 내가 깊이 허용할 수 있을까요? 당신의 경험을 내게 자유롭고 솔직하게 표현하도록 내가 허용할 수 있을까요? 나는 어느 지점에서 당신의 말이나 생각, 느낌을 괜찮지 않은 것으로 만드는 것일까요? 나는 어느 지점에서 당신과 전쟁을 벌이는 것일까요?

만일 당신이 내 머리카락을 보고 자주색이라고 말한다면, 그 말은 내게 상처를 주지 않습니다. 당신의 말에 어떤 진실도 없다는 사실을 알기 때문입니다. 만일 당신이 나한테 다섯 개의 다리가 있으니 바보라고 말한다면, 그 말은 내게 상처를 주지 않습니다. 당신의 말이 터무니없음을 알기 때문입니다. 하지만 만일 당신이 내가 고수하는 실제 자기 이미지를 위협하는 말을 한다면, 이제 나는 당신의 말에서 어떤 진실을 보게 될 것입니다. 내가 앞에서 부정적인 생각들에 대해 어떤 얘기를 했는지, 우리가 고정된 자기 이미지를 고수하려 할 때 어떤 일이 일어나는지 기억하시나요? 이제 그 이미지가 위협받고 있으니 상처받을 가능성이 있습니다.

당신이 내게 어떤 말을 하면, 나는 어떤 면에서 공격받는다고 느낍니다. 당신은 내가 잘못했다고, 내 말에 기분이 상했다고, 나를 보는 시각이 나와 다르다고, 나는 믿을 수 없고 미련하며 깨닫지 않았다고, 내가 마땅히 해야 할 일을 하지 않았다고 말합니다. 나는 당신의 말에 상처받았다고 느낍니다. 나는 '믿을 수 없는 사람'이나 '깨닫지 않은 사람'이나 '잘못한 사람'이나 '실패한 사람'이고 싶지 않습니다. 그런 이미지를 거부합니다. 그것들은 내가 아닙니다. 그것들은 내 안에 있을 자리가 없습니다. 나는 그것들을 내 안에 받아들일 수 없습니다.

당신이 정말로 나를 사랑한다면 그런 말을 하지는 않았을 것이라고, 나는 느낍니다. 정말로 나를 사랑한다면 당신은 나를 있는 그대로 볼 것이고, 나에 대한 당신의 이야기를 믿지 않을 것입니다. 나는 당신에게 사랑받지 못한다고, 원치 않는 사람이라고, 인정받지 못한다고, 이해받지 못한다고 느끼고, 거의 즉시 '싸우거나 도망치는' 반응을 보입니다. 가엾은 몸은 실제 위협(이빨을 드러내며 나를 향해 다가오면서 내 몸을 공격하려 하는 호랑이)과 심리적인 위협(나의 자기 이미지들을 걸신들린 듯 먹고 싶어 하는, 이미지를 먹는 비유적인 호랑이)의 차이를 분명히 구별하지 못합니다. 때로는 '신체적인 죽음'의 위협과 '정체성

죽음'의 위협을 잘 구별하지 못합니다. 우리는 우리 몸을 위협하는 호랑이를 피해 신체적으로 도망치고, 우리의 자기 이미지를 위협하는 호랑이를 피해 정신적으로 도망칩니다. 무슨 차이가 있나요? 우리는 호랑이를 육체적으로 공격하고, 비유적인 호랑이의 자기 이미지를 공격합니다. 그 이미지를 파괴하려 합니다. 실제로 무슨 차이가 있나요?

우리 대부분은 육체적으로 공격받는 일이 극히 드뭅니다. 우리의 고통은 대개 어떤 식으로 공격받고 상처받고 위협받거나 다치는 우리의 정체성에서, 그런 공격들에 대한 우리의 반응에서 시작됩니다. 우리는 마치 육체적으로 공격받는 것처럼 행동합니다. 이미지들을 방어하느라, 우리 자신에 관한 소중한 이야기들을 방어하느라, 우리는 서로 전쟁을 벌입니다.

질문은 이것입니다. 당신이 누구에게 들은 말로 상처받았다고 느낄 때, 왜 그 말이 상처를 줄까요? 왜 당신은 그렇게 화가 날까요? 당신은 무엇을 방어하려 애쓰고 있나요? 당신의 어떤 이미지가 위협받고 있나요? 어떤 원치 않는 생각과 느낌이 당신 자신인 공간에 나타나고 있나요? 그런 물결을 느끼지 않으려는 강한 충동이—방어하거나 공격하려는 충동과 함께—얼마나 빨리 나타나는지 지켜보세요.

그런 말을 듣고 발끈하는 순간, 위협받는 나의 이미지를 방어하러 달려가는 대신에, 나는 지금 나타나는 모든 것이 깊이 받아들여지는 그 자리를 발견할 수 있을까요? 지금 이 순간을, 깊은 받아들임으로 부르는 하나의 거대한 초대장으로 볼 수 있을까요? 사랑받지 못한다는 느낌, 당신이 나에 대해 하는 말이 옳을 가능성, 당신이 나를 거부한다는 두려움, 심지어 이제 우리의 관계가 끝났고 당신이 나를 떠나버릴 것이라는 두려움까지, 이 모든 것이 지금 이 순간 그저 여기에 있을 수 있을까요? 가슴의 답답함, 비유적으로 배에 한 방 세게 얻어맞은 느낌, 목이 조이는 느낌, 자기의 세계 전체가 한동안 무너져 내리는 듯한 느낌…… 이 모든 경험의 물결이 지금 이 순간 허용될 수 있을까요? 깊이 허용될 수 있을까요? 내일 허용할 수 있을지 여부는 잊어버리세요. 어제 허용할 수 있었는지 여부는 잊어버리세요. 그런 물결을 지금 허용할 수 있나요? '지금'만이 중요합니다.

당신이 내게 몹시 도전적인 말을 했더라도, 내가 깊이 상처받았다고, 모욕당했다고, 거부당했다고, 사랑받지 못한다고 느끼더라도, 그런 느낌들의 한가운데에서 가장 깊은 받아들임을 내가 발견할 수 있을까요? 나는 당신과 함께 있는 자리에서 그저 내가 상처받았다고 느끼고, 아픔을 느끼고, 슬픔을 느끼고, 화를 느끼고, 사랑받지 못한다고 느끼고, 무력하고 무기력하다고 느끼도록 허용하고, 단 한 순간만이라도 그런 느낌에 대해 아무것도 하지 않을 수 있을까요? 그 아픔이 내 안에 완전히 들어오도록 단 한 순간만이라도 허용할 수 있을까요? 그 아픔이 이미 허용된 자리를 발견할 수 있을까요?

우리 자신이 아픈 상처를 느끼도록 완전히 허용할 때—그 허용이 우리의 상식에 아무리 반하고, 우리의 에고적 자존심에 아무리 위협이 된다 해도—우리는 더이상 상처받지 않게 됩니다. 바꿔 말해, 깊이 허용된 상처는 내가 '상처받은 사람'이라는 이야기를 파괴합니다.

관계에서 갈등은 아픈 상처가 깊이 허용되지 않을 때 시작되며, 그럴 때 나는 상처받은 사람이라는, 상처받은 피해자라는 나의 이야기 속으로 빠져듭니다. 자신을 상처받은 사람이라고 여길 때, 나는 필연적으로 당신을 '내게 상처 주는 사람'으로 만들고, 어떤 식으로든 당신을 벌주기 시작합니다. 당신을 공격하거나, 다른 식으로 당신의 위협에 대비해 나를 방어하기 시작합니다. 당신에게 피해를 입은 사람이라고 믿을 때 나는 당신을 두려워하게 될 것입니다.

깊이 받아들여진 아픔과 상처는 관계의 '끝'이 아니라 관계의 일부가 됩니다. 그뿐 아니라 우리에게 더 큰 친밀함을 선사할 수도 있습니다. 우리는 서로 아픔을 느끼면서도 서로를 사랑할 수 있는 자리를 발견할 수도 있습니다. 깊이 받아들여진 아픔은 우리 사랑의 끝이 아닙니다. 그것은 우리의 사랑을 방해하지 않습니다. 그것은 우리의 사랑 속에 들어오도록 허용됩니다. 우리의 사랑은 한없이 드넓어서 아무리 많은 상처도, 아무리 심한 아픔도 넉넉히 수용합니다. 그래서 우리는 아픔을 느낄 때도 계속 관련되고, 함께 머무릅니다.

여기에 모든 관계 갈등을 돌파하는 열쇠가 있습니다. 즉, 만일 내가 지금 이 순간 당신과 연결되기를 바란다면, 나는 어떤 상처가 나타나든 깊이 허용해야 합니다. 우리는 이제까지 상처받지 않도록 자기를 보호하라고 배웠는데, 이런 허용은 우리가 그동안 배운 내용과 반대입니다. 하지만 내가 상처를 차단하는 자리, 내가 바로 지금 상처를 허용하지 않는 자리는 내가 당신을 차단하는 자리입니다. 상처를 차단할 때, 나는 삶 자체를 차단합니다. 그리고 삶을 차단할 때, 나는 내 앞에 있는 사람을 차단하는데, 그 사람 역시 삶 자체입니다.

만일 내가 당신을 사랑하고 싶다면, 정말로 사랑하고 싶다면, 나는 아픈 상처까지 사랑할 수 있는 자리를 발견해야 합니다. 아픈 상처가 이미 사랑받는 자리를 발견해야 합니다. 만일 열린 가슴을 갖고 싶다면, 만일 당신에게 활짝 열려 있고 싶다면, 나는 지금 이 순간 아픔에 완전히 열려야 합니다. 그것이 치러야 할 대가입니다. 그렇지 않으면 나는 상처받은 사람이 됩니다. 또는 사랑받지 못하는 사람, 또는 무력한 사람, 또는 아픔 속에 있는 사람. 나는 당신을 차단하고, 내 가슴은 닫힙니다. 그 자리에 있을 때 나는 단지 당신을 사랑하려고 노력할 수 있을 뿐입니다. 내가 상처받은 사람이라고 여길 때는 진정으로 사랑할 수 없습니다. 단지 사랑하려고 노력할 수 있을 뿐입니다.

사랑은 당신이 하는 행위가 아닙니다. 사랑은 당신 자신입니다. 상처가 지금 이 순간 깊이 받아들여질 때, 사랑은 자연히 거기에 있습니다. 깊은 받아들임 안에서, 나는 상처받은 사람이 전혀 아님을 깨닫습니다. 상처받은 사람이라는 나의 이미지는 상처 자체에 의해 십자가에 못 박힙니다. 깊이 허용된 상처는 상처받은 사람이라는 나의 이미지를 부숩니다. 그리고 나는 편안히 이완되어, 모든 상처가 그 안에서 나타나고 사라지는 '활짝 열린 공간'으로 존재합니다. 나는 한없이 드넓어서 모든 상처를 내 안에 허용합니다. 참된 나는 당신에게든 누구에게든 절대로 상처받을 수 없습니다. 이 자리에서는 당신은 더이상 내게 상처 주는 사람이 아니고, 나는 더이상 당신에게 상처받는 피해자가 아니며, 그래서 우리는 마침내 만날 수 있습니다. 여기에서는 당신은 절대로 나의 적일 수 없습니다. 여기에서는 나는 당신을 두려워할 필요가 전혀 없습니다.

그래서 당신이 내게 자신의 진실을 말할 때 어떤 상처가 나타나든, 나는 그저 여기에 있을 수 있을까요?

나는 나에게 정직해야 합니다. 아픈 상처에 반응하여, 당신을 비난하고 싶은 강한 충동이 현재의 경험에 나타날지 모릅니다. 그런 충동이 나타나면 그것도 허용될 수 있을까요? 나는 그런 충동이 없는 척 가장하지 않을 것입니다. 이건 내 경험에 철저히 정직한가 하는 문제입니다. 내 경험 안에 상처가 있고, 당신에게 상처를 주려는 충동도 있습니다.

내 경험 안에 상처가 있고, 그 상처에서 벗어나려는 충동이 있어도 나는 그저 여기에 있을 수 있을까요? 여기는 아무 기대 없이 앉아 있을 수 있는 훌륭한 자리일 것입니다.

나 자신인 그 공간에서 상처와 그 상처에서 벗어나려는 충동이 둘 다 허용됨을 나는 알아차립니다. 삶의 가장 깊은 받아들임은 상처와 그 상처를 허용하지 못함을 둘 다 온전히 껴안습니다. 이것이 철저한 용서입니다. 그렇지 않은가요?

나는 다른 인간에게 상처 주고 싶은 충동을 어느 때보다 많이 느끼는 바로 여기에서, 지금 이 순간, 이 가장 깊은 받아들임을 발견할 수 있을까요? 여기에서, 전쟁이 막 시작되려 하는 지점에서, 전쟁의 끝이 발견될 수 있을까요? 하나의 충동은 단순히 바다에 이는 또 하나의 물결로 보일 수 있을까요? 이미 나 자신인 바다에 받아들여진 물결론?

다른 사람에게 상처 주려는 충동을 허용하는 것은 몹시 이상한 행위일 수 있습니다. 특히 만일 우리가 좋은 사람이나 다정한 사람, 사랑하는 사람, 또는 심지어 누구에게도 '부정적인' 감정을 전혀 느끼지 않는 순수하고 완벽하며 비폭력적인 영적 존재라는 자기 이미지를 붙들려고 애쓴다면!

우리는 누구에게도 부정적인 감정을 느끼면 안 된다고 배웠습니다. 오로지 다정한 감정만을 느껴야 하고, 오로지 좋은 생각만 해야 한다고 배웠습니다. 우리는 만일 그런 종류의 충동을 허용해 버리면, 그런 충동에 따라 행동하게 될까 봐 두려워합니다. 그러나 실제로 시험해 보면 이런 교육은 사실과 다르다는 것이 밝혀집니다. 부정되고 거부되고 밀쳐진 충동은 점점 더 자라나는 경향이 있습니다. 부정된 충동은 점점 더 절박해지고, 어느 시점에는 그 충동에 따라 행동하는 것 말고는 다른 선택의 여지가 없다고 느껴질 것입니다. 하지만 충동을 온전히 깊이 허용하면, 충동이 거기에 있도록 허용하면—그 충동을 거부하지 않고, 어떻게 하려 하지도 않고, 판단하지도 않고, 아무 기대 없이, 심지어 그 충동이 사라질 것이라는 기대도 없이 그저 정확히 있는 그대로 허용하면—그 충동에서 절박함이 빠져나갈 것입니다. 그렇다고 해서 충동이 사라진다는 의미는 아니지만, 그 충동은 더는 당신을 지배하지 않을 것입니다. 그 충동은 더는 위험하거나 위협하는 것으로 느껴지지 않습니다. 더는 당신을 한정하지 않습니다. 가장 폭력적인 사람은 감정적으로 가장 억압된 사람인 경우가 많습니다. 그들은 감정과 충동을―슬픔, 무력감, 두려움, 실패했다는, 무능하다는 느낌을―억누르기 위해 몹시 애를 쓰며, 이런 감정과 충동이 그렇게 억눌리면 다른 파괴적인 방식으로 폭발하게 됩니다.

그래서 우리는 가장 이상하고 가장 강한 충동이라도 참된 우리 자신 안에서 허용된다는 것을 알게 됩니다. 가장 맹렬한 물결도 이미 이 바다에 허용됩니다. 바다가 사랑하지 않는 경험의 일부는 없습니다. 다음 장에서는 이 깨달음이 어떻게 중독의 사슬을 부수고, 심지어 가장 강렬한 갈망 가운데에서도 자유를 발견하는 데 도움이 되는지 볼 것입니다.

기억하세요. 받아들임은 아픔이나 상처가 없어지는 것을 의미하지 않습니다. 나는 그런 생각이야말로 사람들이 저지르는 큰 실수라고 생각합니다. 그들은 이 가장 깊은 받아들임을 발견하기만 하면, 모든 상처와 아픔과 이상한 충동들이 마법처럼 사라질 것으로 기대합니다. 그리고 그런 일이 일어나지 않으면, 이전보다 더 큰 아픔을 느끼고 혼란스러워하며 더 심한 실패자가 된 것처럼 느낍니다. 가장 깊은 받아들임은 실패했고, 그 때문에 그들은 가장 깊은 실패자가 됩니다! 하지만 어떤 물결이 없어져야 한다는 생각은 단지 추구자의 이야기일 뿐입니다. 그리고 만일 그런 일이 일어난다면, 그것도 괜찮습니다. 물결을 없애는 일에 실패했다는 느낌도 여기에서 일어나도록 허용됩니다!

아픈 상처가 있을 수 있습니다. 상처를 없애려는 충동, 상대를 비난하고 되갚아 주고 싶은 충동이 있을 수 있습니다. 그리고 이 모든 것이 없어지기를 바라는 소망이 있을 수 있습니다. 지금 이 순간, 여기에서는 모든 것이 허용됩니다. 지금 이 순간 일어나는 모든 일이 깊이 허용됩니다. 어떤 물결도 당신에게 상처를 줄 수 없습니다. 비록 그 물결이 아프게 해도. 나는 모든 것을 수용하는 알아차림(앎)의 본성을 보며 늘 경이로워합니다. 그것은 너무나 철저히 사랑하고, 너무나 조건 없이 품어서, 단 하나의 생각이나 느낌, 감각, 냄새, 소리도 절대 거부하지 않습니다. 그것은 심지어 거부까지도 받아들입니다. 적을 사랑하세요, 정말로.

그래서 참된 사랑의 이름으로, 나는 사랑이 무엇이라는 모든 관념을 놓아 버립니다. 관계란 어떠해야 한다는 모든 관념을 놓아 버립니다. 내가 당신에 관해 어떻게 생각하고 느껴야 한다는, 어떻게 생각하거나 느끼지 말아야 한다는 모든 관념을 놓아 버립니다. 당신 곁에 있지 않을 때 내가 모든 생각과 느낌이 오고 가도록 깊이 허용하는 활짝 열린 공간이듯이, 당신 곁에 있을 때도 나는 조건 없이 받아들이는 똑같은 열린 공간입니다. 만일 당신과 함께 있을 때 기쁨과 행복, 기분 좋은 흥분, 따뜻하고 즐거운 느낌들이 내 안에서 오고 간다면, 그건 아주 좋은 일입니다. 나는 그런 느낌들의 한가운데에서 당신을 사랑합니다. 하지만 참된 사랑은 단지 좋은 기분만을 느끼는 것이 아닙니다. 사랑은 단지 따뜻하고 솜털 같고 즐겁고 로맨틱한 느낌만이 아닙니다. 그런 생각은 사랑을 지독히 제한하는 관념입니다. 사랑은 한없이 드넓어서 모든 것을 넉넉히 수용합니다. 만일 내가 당신과 함께 있을 때 좌절이나 혼란, 상처, 화, 슬픔, 아픔, 지루함, 심지어 절망이나 역겨움, 무력감이 내 안에서 오고 간다면, 나는 이런 물결도 참된 나 자신 안에 깊이 허용됨을 발견합니다. 그것들은 사랑에 대한 위협이 아닙니다. 그것들은 사랑의 표현입니다. 사회에서 교육받은 마음에게는 이 말이 아무리 이상하게 들려도……. 그래서 나는 여전히 당신에게 철저히 열려 있을 수 있습니다. 나는 심지어 가장 아프거나 불편한 느낌들의 한가운데에서도 당신과 계속 연결될 수 있습니다. 우리는 왜 관계를─바다의 어떤 물결들은 그 안에 들어오는 것이 허용되지 않는─어떤 식의 '보호 거품'으로 보는 걸까요? 우리는 정확히 무엇을 보호하려 하는 걸까요? 관계는 무엇의 간접 이미지로 보여야 하는 걸까요? 왜 우리는 우리의 사랑을 이런 식으로 제한하는 걸까요? 관계는 참된 우리 자신과 마찬가지로 바다입니다. 아주 드넓어서 어떤 물결이든 허용할 수 있는 바다.

이 깊은 받아들임의 자리에서, 오늘 그리고 남은 평생, 다른 사람을 만나려 해 보세요. 왜냐하면 이 순간은 두 사람이 함께하는 마지막 순간일지도 모르고, 다시는 만날 기회가 없을지도 모르기 때문입니다. '지금' 연결되는 데 미래가 정말로 필요한가요?

나는 연로하신 아버지와 함께 앉아 있는 것을 좋아합니다. 깊은 모름의 자리에서, 무슨 말을 하거나 무슨 행동을 해야 할지 모르는 자리에서, 그분과 함께 그저 앉아 있는 것은 아름다운 일입니다. 아무 기대 없이, 어떤 식으로든 그분을 바로잡으려 하지 않고, 그분의 경험이나 나의 경험을 조작하려 하지 않으며, 나는 앉아 있습니다. 나는 그저 경청합니다. 지금 이 순간 어떤 것을 더 낫게 만들려 하지 않고, '아는 자'의 역할을 행하려 하지도 않으면서……. 알아차림(앎)의 활짝 열린 공간으로서, 나는 단순히 그분과 함께 있을 수 있고, 우리가 함께 있을 때 무슨 일이 일어나든 그 모든 일에 열려 있습니다. 그리고 그분과 함께 앉아 있을 때, 내 경험의 바다에 나타나는 어떤 좌절이나 슬픔이나 불편함도 깊이 받아들여짐을 알아차립니다. 그분의 아픔, 나의 아픔…… 둘 사이에는 티끌만큼의 차이도 없습니다. 때때로 나는 아픔 속에 있는 사람이 그분인지 나인지도 망각합니다.

내게는 이게 참된 관계의 핵심으로 보입니다. 지금 이 순간의 만남, 진정한 만남. 아무 희망도 없고, 미래도 없고, 기대도 없고, 이야기도 없는 만남. 자기 자신과 얼굴을 마주함. 나는 영적 스승 니사르가다타 마하라지의 이 말을 좋아합니다. "개인적인 '나'가 사라지면 개인적인 고통도 사라집니다." 하지만 그는 여기에 중요한 말을 덧붙입니다. "남아 있는 것은 연민의 큰 슬픔입니다." 그렇습니다. 개인적인 자아의 부재(不在)는 냉담한 초연함과 세상에 대한 거부가 아니라, 상상할 수 없는 종류의 관심과 친밀함입니다. 왜냐하면 당신이 더이상 삶을 두려워하며 살지 않을 때, 당신이 왜 어떤 사람에게 매달려야 하거나 매달리고 싶어 하겠습니까? 누군가를 차단해야 하거나 차단하고 싶어 하겠습니까?

세상을 이해할 수는 없지만 껴안을 수는 있다.
_마틴 부버

# 7.
## 중독

우리 인간은 수많은 대상에 중독될 수 있는 것 같습니다. 우리는 마약, 담배, 알코올, 도박, 진통제, 쇼핑, 음식, 인터넷과 컴퓨터 게임, 극한 스포츠와 위험한 스포츠에 중독됩니다. 인간관계에, 사람들과 끊임없이 어울리는 데에, 온종일 휴대전화로 대화하는 데에, 페이스북이나 트위터에 우리의 근황을 계속 올려 사람들에게 알리는 데에, 우리가 존재하며 계속 존재한다는 것을 그들에게 알리는 데에 중독됩니다. 우리는 영성에 중독됩니다. 영적 서적을 계속 읽는 데에, 영적 선생과 구루에, 수련회와 명상 모임에 연이어 참석하는 데에……. 우리는 직업에 중독됩니다. 그래서 즐기지 않는 일이라도 날마다 많은 시간을 들여 그 일을 합니다. 우리가 일을 하는 이유는 많은 돈이 필요하기 때문만은 아닙니다. 우리는 사회적 지위나 위신, 의무, 안전 같은 추상적인 관념을 위해서도 일을 합니다. 우리가 이런 관념을 믿어야 한다고 여기는 까닭은 세상 모든 사람이 믿는 것처럼 보이기 때문입니다. 자신이 그런 관념을 정말로 믿는 것인지, 왜 믿는지 질문해 본 적이 있나요?

우리는 물질적인 것에, 약물에, 믿음 체계에, 다른 사람에게 중독되지만, 이 모든 중독의 뿌리에는 '자신에 대한 중독'이라는 우리의 주요 중독이 있습니다. 우리는 '나'라는 이야기에 중독되어 있습니다. 자기의 이미지를 고수하며 죽도록 방어하는 데에 중독됩니다. 그 이미지를 계속 보완하는 데에, 그 이미지를 개선하는 데에, 그 이미지를 다른 이미지들과 비교하고 대조하는 데에, 완벽한 이미지를 창조하는 데에, 우리가 죽기 전에 그 이미지를 완성하려는 데에, 심지어 우리가 죽은 뒤에도 그 이미지가 사람들에게 유지되도록 하는 데에 중독됩니다. 그런 의미에서 우리는 모두 중독자입니다. 우리가 이 사실을 좋아하든 안 하든, 중독이라는 의학적 진단을 받든 안 받든.

우리는 중독을 질병으로만 보는 시각을 넘어서, 모든 선입관을 놓아 버리고, 가장 깊은 수준에서 무슨 일이 실제로 일어나고 있는지를 새로운 눈으로 살펴볼 수 있을까요? 어떤 사람이 결국에는 자신에게 좋지 않은, 자신을 진정으로 치유하지 않는 행동이나 사람, 장소, 또는 물질에 스스로 제어하지 못하고 자주 자신의 의지에 반하면서까지 계속해서 반복적으로 끌릴 때, 나는 생리학적, 사회학적, 심리학적 설명을 넘어서, 가장 깊은 수준에서 무슨 일이 일어나고 있는지를 보고 싶습니다. 그들은 진정 무엇을 추구하는 걸까요?

중독이란 대개 어떤 행위를 그만둘 수 없는 것입니다. 중독이 심할 때는 중독으로 인한 부작용과 좋지 않은 결과에도 불구하고 그저 활동하기 위해, 계속 살아가기 위해, 괜찮다고 느끼기 위해 그런 행위를 할 필요가 있다고 느낄 때입니다.

처음부터 중독되려고 일부러 어떤 것에 중독되기 시작한 사람은 아무도 없을 것입니다. 담배 한 개비, 술 한 잔, 마약 한 알은 처음에는 불쾌할 수 있고 심지어 역겨울 수도 있습니다. 많은 마약 중독자는 마약을 처음 경험했을 때는 몹시 불쾌했지만, 그저 한번 실험해 보거나, 재미로 위험한 일에 도전해 보거나, 사람들과 어울리거나 소속감을 느끼고 싶어서 경험하게 되었다고 말합니다. 어떤 사람들은 이 첫 번째 실험의 관문을 돌파하고는 그 물질(또는 대상, 사람, 또는 경험)을 더 자주 이용하게 됩니다. 그리고 그들의 몸이 그 물질에 내성이 생길수록, 원하는 만큼 고양된 경험을 하려면 그 물질을 더 많이 복용해야 합니다. 극단적인 경우, 마약에 대한 욕구와 필요는 그들의 마음을 완전히 사로잡아 버리고, 삶을 지배하며, 직업과 인간관계, 건강까지 파괴할 수 있습니다.

왜 어떤 사람들은 중독되고 다른 사람들은 중독되지 않는지, 그 진짜 이유를 정신과 의사나 심리학자, 사회학자, 또는 다른 연구자들이 제대로 파악한 것 같지는 않습니다. 중독에 관한 이론은 많지만, 중독의 근본 원인이 제대로 이해된 것 같지는 않습니다. 예를 들어, 이 세상에서 수많은 사람이 술을 마십니다. 그런데 지나치게 많이 마시는 사람은 드물고, 알코올에 중독되는 사람은 더 적습니다. 왜 어떤 사람들은 중독이 되고, 다른 사람들은 그렇지 않을까요? 문학은 중독과 관련된 위험 인자—어린 시절에 당한 학대나 방치, 정신 질환, 가난, 스트레스, 교육의 부족—가 있다고 얘기하며, 유전자의 역할도 있을지 모른다는 주장이 있습니다. 중독은 유전되는 것일 수도 있다는, 어떤 사람들은 어떤 대상에 중독되기 쉬운 경향이 있으며 그들이 어찌할 수 있는 여지는 많지 않다는 주장이 있습니다. 중독을 질환이나 뇌 기능 장애로 보는 사람이 많은데, 어떤 사람들은 심지어 중독은 절대 없앨 수 없으며 남은 평생 중독과 더불어 사는 법을 배워야 한다고까지 말합니다. 한 번 중독자는 영원한 중독자라고 말하는 사람도 있습니다. 어떤 사람들은 자기를 중독자로 규정합니다. 그들은 중독자라는 자기 이미지를 완고하게 고수합니다.

나는 어떤 주장이 틀렸다고 말하고 싶지 않습니다. 단지 당신이 이전보다 더 깊이 들여다보기를 원할 뿐입니다.

이제 더 깊이 들어가기 전에 이 점을 분명히 하고 싶습니다. 나는 당신이, 만일 자신을 중독자로 여긴다면, 중독을 치유하기 위한 모든 행위를 즉시 그만두어야 한다고 제안하는 게 아닙니다. 그저 상황을 보는 다른 시각을 제시하고 싶을 뿐입니다. 그리고 이런 시각은 당신이 이미 행하는 치유법을 대체하려는 것이 아닙니다. 나는 누구에게도 어떤 중독 치료소, 치유, 회복 그룹, 또는 12단계 프로그램을 떠나라고 권유하고 싶지 않습니다. 당신이 행하는 치유법이 효과가 있다면 계속하세요. 하지만 가장 깊은 수준에서 진행되는 일을 새로운 관점으로 바라보면, 현재의 프로그램에서 얻지 못하는 자유를 발견할지도 모릅니다.

우리는 중독의 위험 인자에 관해 얘기할 수 있습니다. 중독에 관해 심리적으로, 생리적으로 설명할 수도 있습니다. 중독자의 행동을, 말하자면, 외적으로 또는 내적으로 자세히 열거할 수도 있습니다. 하지만 내가 또다시 술을 마시려고 손을 뻗을 때, 지금 이 순간의 경험에 정말로 일어나는 일은 무엇일까요? 가장 깊은 수준에서, 나는 무엇을 하려는 걸까요? 중독의 '경험'은 무엇일까요? 중독자는 실제로는 '누구'일까요? 우리가 중독자들에게 "만일 자신에 관한 모든 관념이 없다면, 당신은 누구일까요?"라고 묻기 전에는 그 문제의 원인에 제대로 도달하고 있지 않으며, 그래서 모든 해결책은 결함이 있고 간접적인 가정과 이원적 사고 위에 세워질 것입니다.

우리가 중독자라고 일컫는 사람들은 기본적으로 나머지 우리와 다르지 않습니다. 어떤 면에서, 구도자는 언제나 중독자입니다. 미래에 중독된, 지금 이 순간을 떠나는 데 중독된, 어떤 방식으로든 해방을 찾는 데 중독된 중독자. 우리는 섹스로, 마약으로, 담배로, 귀청이 찢어질 듯 시끄러운 음악으로, 구찌 신상품 가방이나 고급 스포츠카나 최신 컴퓨터 게임을 마침내 구매함으로 해방을 찾습니다. 그러면 잠시 추구의 짐, 결핍의 짐에서 해방된 것처럼 보입니다. 귀중한 짧은 순간 동안, 담배 연기를 깊이 들이마실 때, 나는 모든 괴로움을 잊습니다. 과거와 미래가 사라지거나 배경으로 물러나며, 남아 있는 것은 오직 몸으로 내려와 허파로 들어가는 따뜻하고 진정시켜 주는 담배 연기뿐입니다. 공허감은 사라졌습니다. 오직 이 담배로만 얻을 수 있는 듯한 어떤 가득 채워짐이 있습니다. 어떤 면에서 담배 한 개비,

포도주 한 잔, 귀청이 터질 듯 시끄러운 음악은 내가 갈망하는 해방을 가져다주는 연인이, 어머니가, 구루가 됩니다. 그것은 나를 다시 자궁으로 데려갑니다. 내 짐을 내려 줍니다. 불편함을 해소해 줍니다. 나를 집으로 데려옵니다. 잠시.

많은 사람이 섹스를 통해 해방을 발견합니다. 절정의 순간에는 온 세계가 사라지고, 온전한 합일이 있습니다. 나는 사랑의 바다에서 헤엄치고, 거기에는 그저 지금 이 순간의, 있는 그대로인 삶의 전적인 단순함만이 있습니다. 오직 바로 지금 일어나는 일만이……. 다른 모든 것은 망각됩니다. 프랑스인들이 이 경험을 '라 쁘티트 모어(la petite mort)', 즉 '작은 죽음'이라고 부르는 것은 놀라운 일이 아닙니다. 다른 모든 것은 왠지 중요하지 않은 것처럼 보입니다. 물결은 바다로 돌아가고, 나는 삶 속에서 나를 잃습니다. 나는 자궁 속으로 돌아옵니다. 나의 투쟁은 끝났습니다. 나의 가장 깊은 갈망은 충족되었습니다. 잠시.

나는 새 차, 새 집, 새 금시계를 사는데, 그러면 나의 추구가 끝난 것처럼 느껴집니다. 섹스, 마약, 담배, 돈, 명성은 이밖에는 아무것도, 아무도 할 수 없는 방식으로, 나의 아픔을 정말로 가져갈 힘, 나를 완성해 줄 힘을 가진 것처럼 느껴집니다. 어떤 추구자들이 아는 유일한 자기완성 방법은 중독 대상을 통한 길입니다.

그건 마치 우리가 마약, 알코올, 섹스를 통해서 자기 자신을 지우려고 노력하는 것과 같습니다. 어떤 수준에서 우리는, 물결이 바다로 돌아가기를 갈망하듯이, 분리된 자아라는 짐을 벗어 버리기를 간절히 원합니다. 우리는 자기 자신을 잃고 삶에 몰입되기를 갈망합니다. 직장에서 길고 고단한 하루를 마치고 집에 돌아오는 길에 나는 술을 한 잔 마시고, 또 한 잔, 다시 또 한 잔 마시는데, 그러면 곧 내 모든 문제는 아스라이 멀리 있는 듯합니다. 마치 존재하지 않으며, 존재한 적도 없는 것처럼. 지금 이 순간, 나의 경험에서는 내가 그것들을 잊은 것이 아니라, 그것들이 글자 그대로 사라져 버린 것 같습니다. 어떤 수준에서 중독 대상은 모든 인간의 가장 깊은 갈망―사라짐, 삶에 몰입되어 하나 됨, 죽어 지금 이 순간과 하나 됨, 집에 돌아옴, 자궁으로 돌아옴, 분리된 자아라는 무거운 짐을 벗어 버림, 녹아 바다로 돌아감, 쉼, 마침내 쉼―을 만족시켜 줍니다. 내가 또 한 잔의 맥주를 벌컥벌컥 마실 때, 유행하는 마약을 주사할 때, 새로 산 스포츠카를 몰며 집으로 돌아올 때는 모든 것이 괜찮아 보입니다. 한동안은.

만일 이 기제가 약속한 것―영구적인 완전함―을 정말로 가져다준다면, 아주 좋은 일일 것입니다. 하지만 애석하게도 그렇지 않습니다. 그 상태의 상실이 늘 뒤따르기 때문입니다. 빛은 점점 사라집니다. 불편함이 다시 떠오릅니다. 아픔이 돌아옵니다. 불완전함이 다시 돌아오고 때로는 이전보다 더 심해져서 돌아오며, 그 뒤 나는 다음번 마약, 다음번 해방, 다음번 경험을 갈망합니다. 추구자는 다시 나타납니다. 여전히 불완전하고, 여전히 불만족스러운 채로―아마도 이전보다 더 불만족스러운 채로. 공허감, 충족되지 않은 느낌이 다시 떠오릅니다. 결핍감이 돌아옵니다. 나는 충족되지 않은 삶이라는 이야기로 돌아가고, 그 뒤 그 이야기에서 벗어나기를 처음부터 다시 갈망합니다.

만일 추구의 기제가 약속을 이행하고 정말로 이 결핍감을 없애 준다면, 아무 문제도 없을 것입니다. 중독 같은 것들이 없을 것입니다. 내 아픔을 없애는 데 마약이나 담배, 음식, 또는 섹스가 필요하지 않을 것입니다. 나는 그렇게 자주 탐닉하지 않을 수 없다고 느끼지 않거나 전혀 느끼지 않을 것입니다. 삶은 온전한 균형을 이룰 것입니다. 사실, 담배는 전체임을 가져다주지 않습니다. 나의 문제를 없애 주지 않습니다. 불편함을 오래 없애 주지 않습니다. '하지만 아마 다음번 담배는 그렇게 해 줄 거야.' 마약으로 인한 고양 상태는 오래가지 않지만, '아마 다음번에는 그럴 수 있을 거야.' 나는 도박에서 돈을 따지 못해 만족스럽지 않습니다. '하지만 아마 내가 다시 돈을 딴다면, 더 많이 딴다면, 나는 만족할 거야.' 우리는 언제나 다음번의 해방을 추구하며, 그 쳇바퀴는 계속 돌아갑니다.

우리는 사실 담배에 중독된 게 아닙니다. 우리는 해방되는 듯한, 삶에 몰입되는 듯한 것에, 담배가 가져오는 듯한 일시적인 결핍의 유예에 중독되어 있습니다. 우리는 사실 섹스에 중독된 게 아닙니다. 섹스가 주는 듯한 해방에, '나'라는 짐의 사라짐에 중독되어 있습니다. 우리는 사실 도박에 중독된 게 아닙니다. 단지 도박이 소중한 몇 분, 몇 시간, 며칠 동안 근심을 잊게 해 주기 때문입니다. 우리는 사실 대상이나 사람에 중독된 게 아닙니다. 그들이 가져오는 듯한 해방에 중독되어 있습니다.

추구자는 해방에 중독됩니다. 추구자는 다시 바다를 추구하는 물결입니다. 자신이 찾으려는 것을 발견했다고 생각하면, 잠시나마 얼마나 안도하게 되는지요! 바다로 있게 되면 얼마나 안심이 되는지요, 아주 짧은 완벽한 순간일지라도! 그리고 그 안도를 잃고, 너무나 빨리 인간 세계로 다시 끌려 들어가는 것은 얼마나 괴로운 지옥인지요!

알코올 중독, 약물 중독, 도박 중독, 섹스 중독, 그리고 사람이나 구루, 돈, 명성에 대한 중독…… 마치 수많은 종류의 중독이 있는 것처럼 보입니다. 사실은 오직 하나의 중독만 있을 뿐입니다. 즉, 해방에 대한 추구자의 중독. 이 점을 이해하면, 중독 대상이 무엇인지는 덜 중요해집니다. 중독을 치유하려 노력하는 동안, 우리는 중독 대상의 세세한 면에, 중독에 관한 이야기에 너무 많은 관심을 집중하는 반면, 그 대상에 대한 욕구에 연료를 공급하는 근원적인 기제에는 그만큼 관심을 기울이지 않을 때가 많습니다. 설령 내가 담배 중독에서는 치유될지 모르지만, 만일 그 저변에 있는 결핍을 직면하지 않으면, 중독은 내 삶의 다른 영역에서 튀어나올 것입니다. 내가 만난 사람 중에는 이십 년 동안 흡연한 뒤 담배를 끊었지만, 곧바로 과식을 하게 된 사람들이 있습니다. 인간관계에 중독된 사람들은 현재 만나는 사람들과 헤어질 수 있지만, 즉시 마약에 빠져듭니다. 쇼핑에 중독된 사람들은 갑자기 그 중독을 버리고, 영적 구루에 중독됩니다. 중독 속의 추구보다 중독 대상에 관심을 집중하는 중독 치유나 치료법은 진정으로 중독을 해결하지는 못할 것입니다. 그런 치유법도 도움은 될지 모르지만, 진정한 의미의 치유는 하지 못할 것입니다.

담배 한 개비든, 맥주 한 병이든, 또는 룰렛에서 백만 불을 딸 것이라는 약속이 주는 전율이든, 모든 중독 대상은 똑같은 목적에 이바지합니다. 즉, 그런 중독 대상들은 지금 이 순간의 불편함을 없애 주는 듯 보입니다. 해방을 약속하며, 잠시 해방을 주는 듯 보입니다. 하지만 우리가 진정으로 갈망하는 것을 정말로 주지는 않습니다.

중독자들은 '자신을 바로잡는 일[6]에 대해 자주 얘기합니다. 그들은 무엇을 바로잡으려 하는 걸까요? 그들은 무의식중에 내면 깊이 근본적인 분리감을, 불완전함을 바로잡으려고 노력합니다. 그렇지만 우리가 이 책에서 거듭 보았듯이, 아무것도, 아무도 분리와 불완전함을 바로잡을 수 없습니다. 외부의 어떤 대상이나 사람도 그럴 수 없습니다. 불완전함을 바로잡는 유일한 방법은 그 불완전함 자체를 철저하게 온전히 껴안는 것입니다. 그리고 그 껴안음이 당신의 본질입니다. 내면 깊은 곳에서 우리가 정말로 갈망하는 것은 자기 자신과의 친밀함입니다.

물론 우리가 담배 한 개비나 진통제, 또는 맥주 한 병을 집어 드는 이유는 "나는 불완전함을 느껴. 그리고 이게 나를 완전하게 해 줄 거야"라고 생각하기 때문은 아닙니다. 우리는 단지 강한 충동과 갈망을 느낄 뿐입니다. 우리는 이상하게도, 대개 우리의 의지에 반하여, 중독 대상에 이끌립니다. "내게 선택권이 있다면 이렇게 하지 않을 거야"라고 생각하지만, 내게는 선택권이 없는 것처럼 느껴집니다. 담배는 나를 지배하는 기묘한 '힘'이 있는 듯합니다. 도박, 섹스, 돈은 나

---

6  원래는, 예를 들어 마약 중독자의 경우, 필요하다고 여겨지는 양의 마약을 얻어 복용하는 것을 가리키는 표현이다.—옮긴이

를 지배하는 기묘한 '힘'이, 나를 끌어당기는 신비한 힘이 있는 듯합니다. 내가 아무리 저항해도, 찬장에 놓여 있는 초콜릿은 나를 부릅니다. "나를 먹어. 나를 먹어. 나는 네 기분을 더 좋게 해 줄 거야." 자리에 놓여 있는 맥주는 악마처럼 나를 유혹하며 해방을 약속합니다. "자, 어서 마셔 봐. 딱 한 모금만."

그것은 지적인 일이 아닙니다. 즉, 당신은 자신이 무엇을 추구하는지 의식적으로는 깨닫지 못합니다. 그저 담배 한 개비를 집어 들 뿐입니다. 또 한 잔의 보드카를 마실 뿐입니다. 초콜릿을 입속에 집어넣을 뿐입니다. 그리고 자신은 이런 행동을 도무지 어찌할 수 없는 것처럼 느껴집니다. 당신이 중독의 대상에게 통제당하고 있는데, 자신이 어찌해 볼 도리가 없는 것처럼 느껴집니다. 자신이 중독의 피해자인 것처럼 느껴집니다. '중독'이라고 불리는 일이 '나'라고 불리는 사람에게 일어납니다.

중독의 대상에게서 방사되는 것처럼 느껴지는 이 힘은 내가 이 책에서 내내 얘기하는 바로 그 힘입니다. 하나의 대상이나 약물, 사람이 어떤 식으로 우리를 완전하게 해 줄 것이라고 믿을 때, 우리는 그 대상에게 신비한 힘을 투사합니다. 음식이든 영적 구루든 연인이든 유명 연예인이든 정치 지도자나 종교 지도자든 위스키 한 병이든 담배 한 개비든, 그것은 정말로 당신을 지배하는 힘이 있는 것처럼 느껴질 수 있습니다. 마치 어떤 오라, 어떤 강력한 자기(磁氣) 에너지가 그것에서 방사되는 것처럼. 그것이 스스로 힘을 방사하는 것처럼 보입니다.

하지만 그것은 진정한 힘이 아닙니다. 그 무엇도, 그 누구도 그런 힘을, 당신을 완전하게 해 줄 힘을 지니고 있지 않습니다. 그 어떤 물결도 다른 물결보다 더 큰 힘을 지니고 있지 않습니다. 모든 물결이 똑같이 바다입니다. 그런 의미에서 힘은 전혀 바깥에 있지 않습니다. 당신이 세상 속 '저 바깥에서' 힘으로 경험하는 것은 단지 '당신 자신의 힘'이 투사된 것일 뿐입니다. 그 힘은 바깥으로 투사되어 다른 대상이나 사람에게 집중된 생명의 힘입니다. 힘은 실제로는 대상이나 사람 속에 있지 않습니다. 비록 그런 것처럼 보이고, 그런 것처럼 느껴지고, 맛이나 냄새가 그런 것처럼 경험되더라도……. 힘은 어떤 사람이나 대상에 속하지 않습니다. 생명 자체가 유일한 힘이기 때문입니다.

이런 관념—완성은 '저 바깥에, 시간과 공간 속에, 세상 속에 있다는 관념, 어떤 사람이나 대상에게는 그것이 있고 다른 사람이나 대상에게는 있지 않다는 관념—은 추구가 계속 이어지게 하는 투사입니다. 추구자가 계속 살아 있으려면 '추구의 끝'이 자기 바깥에 있다고 늘 믿어야 합니다. 추구자는 보이지 않는 힘의 근원을 저기 바깥으로, 보이는 세상으로 투사해야 하며, 그런 다음 그 힘을 추구해야 합니다. 인류는 아득히 먼 옛날부터 힘을 '저 바깥'—해, 별, 동물, 자연, 무생물, 다른 사람들—에 투사해 왔습니다. 인간은 언제나 신들을 섬겼습니다. 무신론자조차 이런 면에서는 깊이 종교적입니다.

해방을 추구하는 사람은 해방의 힘을 어떤 대상에게 투사하고, 마찬가지로 깨달음을 추구하는 사람은 그 깨달음을 어떤 사람에게 투사하며, 사랑을 추구하는 사람은 자신의 갈망을 한 사람에게 집중하면서, 그들을 완전하게 해 줄 힘이라 여겨지는 것을 그 대상에게 주어 버립니다. 그 결과 당신은 그 대상이 정말로 필요하다고 느낍니다. 자기 자신을 바로잡아야 한다고 느낍니다. 자신이 다시 온전해지려면 섹스가 필요하다고, 초콜릿이 필요하다고, 술이 필요하다고, 담배가 필요하다고, 또 다른 삿상(영적 구루와 함께하는 모임)이나 수련회에 갈 필요가 있다고, 구루나 사랑하는 대상과 어울릴 필요가 있다고 느낍니다.

'필요'는 추구의 기제가 우리의 경험에 스스로 발현되는 방식이라고 말할 수 있습니다. 우리는 추구의 기제를 직접 경험하지 않습니다. 단지 살아가면서 필요나 갈망, 욕망, 열망, 무력감을 경험할 뿐입니다. 욕망의 배후에 있는 추구의 기제를 이해하기 전에는 진정으로 욕망을 이해하지 못할 것입니다. 그것은 당신이 진정 누구인지 알지 못하게 가로막는 듯한, 놀랍도록 창조적인 기제입니다. 추구를 알아보지 못할 때, 추구가 일어나는 '알아차림(앎)'의 활짝 열린 공간이 우리 자신임을 인식하지 못할 때, 이 추구의 기제를 있는 그대로 보지 못할 때, 추구에 사로잡힐 때, 우리는 고통을 받습니다. 그리고 고통에서 벗어나려고 바깥을 향합니다.

그런데 초콜릿을 계속 입에 집어넣는다고 해도, 만일 그 때문에 곧 비만해지거나 심장마비나 뇌졸중으로 쓰러지지 않는다면, 문제가 되지 않을 것입니다. 초콜릿을 먹는 것은 그 자체로는 아무 잘못이 없습니다. 그런 행위 역시 삶의 일부입니다. 초콜릿이 해방을 얻는 수

단으로 이용될 때, 그때 문제가 시작됩니다. 문제는 초콜릿을 통한 추구입니다. 초콜릿 + 추구 = 중독.

마찬가지로, 알코올도 그 자체로는 잘못되거나 악하거나 나쁜 것이 아니며, 삶의 일부입니다. 알코올은 우리가 이용하는 방식으로 이용할 필요가 없는 중립적인 물질입니다. 우리가 알코올을 지금 실제 일어나는 일로부터 주의를 돌리려고, 불편함을 없애려고, 완전해지려고, 있는 그대로의 지금 이 순간을 벗어나려고 이용할 때, 그때 문제가 시작됩니다. 알코올 + 추구 = 중독.

마찬가지로, 돈도 그 자체로는 악하지 않습니다. 우리가 '악하다'고 부를 수 있는 것은 돈의 사용입니다. 즉, 우리가 돈을 모으는 방식, 다른 사람의 돈을 빼앗기 위해 해치고 죽이는 방식, 자신이 부족하고 무력하다는 느낌이 깊이 받아들여지지 않을 때 생길 수 있는 경쟁과 질투심. 돈 자체에는 악한 힘이 없습니다. 모든 것이 그렇습니다.

무슨 말인지 이해될 것입니다. 물질과 행위 — 섹스, 음주, 초콜릿, 카지노나 주식 시장에서 하는 도박 — 는 그 자체로는 문제가 아닙니다. 이 모든 것은 삶의 재미있고 즐길 수 있고 무해한 일부일 수 있습니다. 문제가 시작되는 것은, 추구자가 어떤 것을 얻기 위해 이런 행위를 이용할 때입니다.

담배를 통해 어떤 것을 추구할 때, 당신은 실제로는 더이상 담배를 피우는 게 아닙니다. 그럴 때는 담배를 피우는 실제 순간순간의 경험을 거의 알아차리지 못합니다. 그 경험과 함께 실제로 현존하지 않습니다. 너무 많은 것을 기대하고 있기 때문입니다. 당신은 실제로는 담배를 피우는 게 아니라, 전체임을 피우려 합니다. 실제로는 담배를 피우는 게 아니라, 어딘가에 도달하기 위해 담배를 이용합니다. 당신은 이제 자기 앞에 있는 것을 보지 않습니다. 정말로 보지는 않습니다. 당신은 미래의 어느 순간을 추구합니다. 지금 이 순간은 어떤 목적을 위한 수단이 되었습니다. 당신은 여기에서 저기로 옮겨가려고 노력합니다. 가엾은 담배를 이용하여.

담배를 적으로 삼는 건 도움이 되지 않을 것입니다. 그런데 중독에 관한 수많은 자기계발 책과 프로그램은 그런 태도를 내포하는 것 같습니다. 담배, 알코올, 마약은 일종의 적이라고, 그것들은 악하다고, 우리는 아마도 남은 평생 그것들에 대항하여 전쟁을 벌여야 한다고…….

나는 중독을 바라보는 다른 시각을 제시하고 싶습니다. 담배는 적이 아닙니다. 추구 기제의 작용을, 그 모든 복잡하고 미묘한 작용을 보면, 정말로 보면, 어째서 담배 자체에는 아무 잘못이 없는지 알게 됩니다. 담배는 당신을 지배할 힘이 없으며, 그랬던 적도 없습니다. 당신은 전체임에 도달하려고 노력하면서 담배를 이용했습니다. 당신은 진정한 의미의 이용자가 되었습니다. 담배는 언제나 아무 잘못이 없었고, 언제나 중립적이었는데, 당신은 해방을 추구하면서 담배를 이용했고, 그다음에는 왜 그것을 이용하는지 잊어버렸습니다(설령 이전에는 알았다고 해도). 그 뒤 당신은 돌아서서 담배를 비난했습니다. 당신에게 주문을 걸어 홀렸다는 이유로……. 하지만 실제로는 거꾸로입니다. 당신이 담배에 주문을 걸었습니다. 무지함으로, 전체임을 추구하면서, 당신은 완전하게 해 주는 힘을 담배에 투사했습니다. 담배가 추구의 끝을 상징하도록 만들었습니다. 담배를 자신의 구루로 만들었고, 담배가 전혀 가지고 있지 않은, 한 번도 가진 적이 없는 힘을 담배에게 부여했습니다.

이런 말은 누구—담배든 담배를 피우는 사람이든—를 비난하려는 게 아닙니다. 담배는 아무 잘못이 없고, 잘못은 당신에게 있다는 말도 아닙니다. 둘 다 아무 잘못이 없습니다. 추구에 사로잡히면, 해방을 주는 것으로 여겨지는 대상에 손을 뻗을 수밖에 없습니다. 무고한 채로 당신은 담배에 손을 뻗습니다. 어떤 것이 필요하다고 느껴지면, 필요한 것을 얻으러 가는 것 말고는 다른 선택의 여지가 없는 것처럼 느껴집니다. 당신의 추구는 잘못이 없습니다. 그래서 나는 누구도 비난하고 있지 않습니다. '비난과 부끄러움' 게임은 여기에서 필요하지 않습니다. 이건 단지 자기의 경험에서 무슨 일이 일어나고 있는지 '보는' 일이지, 그 때문에 자기를 비난하는 일이 아닙니다.

### 충동, 갈망, 필요, 그리고 원함

충동은 무엇으로 느껴지나요? 갈망은 무엇으로 느껴지나요? 당신이 어떤 것을 필요로 할 때, 그것은 무엇으로 느껴지나요?

충동이나 갈망이 무엇인지 정확히 묘사하거나 규정하기는 몹시 어렵습니다. 우리는 충동이나 갈망, 필요가 무엇인지 정확히 안다고 생각하면서 그것들에 관해 얘기합니다. 그러나 그 이야기 너머로, 충동에 관한 이야기 너머로 가 봅시다. 그리고 그 충동의 실제 순간순간 경험으로 돌아와 봅시다. 그 이야기 너머에서는 무슨 일이 실제로 일어나고 있나요?

나는 좋아하는 의자에 앉아서 책을 읽습니다. 아무것도 부족하지 않습니다. 단순히 삶이 일어나고 있을 뿐입니다. 소리, 냄새, 생각, 느낌이 오고 갑니다. 나는 지금 이 순간의 단순함을 즐깁니다.

문득 내게 갈망이 일어납니다. 담배에 대한 갈망이……. 방금 무슨 일이 일어난 것일까요? 실제 경험으로 돌아가서, 느린 동작으로 하나하나 돌려 봅시다.

먼저 어떤 불편한 느낌이 들었습니다. 어떤 무엇이 갑자기 불만족스럽고 불완전하다고 느꼈고, 그것은 다시 완전하기를 원했습니다. 그것은 담배—그 불완전함을 없애 주리라 생각된 것—에 손을 뻗고 싶었습니다. 그리고 담배를 피우고 싶은 충동이 들었습니다. 다시 말해, 흡연을 통해 완전함을 발견하고 싶은 강한 충동이……. 흡연은 불편함을 없애 줄 것 같았습니다.

충동에는 어떤 급박함이 있습니다. 그렇지 않나요? 강한 충동은 편안히 이완되고 느긋하며 편안한 경험이 전혀 아닙니다. 무언가 답답하고 조이는 듯 느낍니다. 무언가 급히 충족될 필요가 있는 듯 느껴집니다. 갑자기 삶에 급박함이 생깁니다. 지금 당장 담배가 필요한 것처럼 느껴집니다. 내일이 아니라, 조금 뒤가 아니라, 지금 당장.

조금 전까지만 해도 삶은 완전해 보였습니다. 나는 의자에서 편안히 책을 읽고 있었습니다. 아무것도 빠져 있지 않았습니다. 그런데 갑자기, 현재의 경험에 무언가 빠져 있는 것처럼 느껴집니다. 현재의 경험에 구멍이 났습니다. 마치 무언가 결핍된 것처럼 느껴집니다. 무엇이 결핍된 것일까요? 무엇이 그 구멍을 메울까요? 무엇이 그 결핍을 끝낼까요? 아무것도 빠져 있지 않다가, 눈 깜짝할 사이에 어떤 것이 빠져 있는 일이 정말로 가능한 걸까요?

모든 충동—사실은 모든 추구—은 언제나 결핍이라는 막연한 느낌으로 시작하고, 그 후 이 막연한 결핍은 어떤 특정한 것의 결핍이 됩니다.

무엇이 빠져 있는 걸까요? '아, 나는 알아. 지금 이 순간에서 담배 한 개비가 빠져 있어. 구멍은 담배 한 개비 모양의 구멍이야. 만일 내가 바로 지금 담배를 피운다면, 지금 이 순간의 경험은 완전할 거야. 담배는 구멍을 없애 줄 거야.'

'원함(want)'이라는 단어의 원래 의미는 '결핍'이었습니다. '원함'이 '욕망'과 동의어로 쓰이게 된 것은 불과 이삼 백 년 전이었습니다. 그래서 내가 "바로 지금 담배 한 개비를 원해"라고 말할 때, 그 진정한 속뜻은 "바로 지금 담배 한 개비가 결핍된 것처럼 느껴져. 담배 한 개비가 빠져 있어"입니다. 한순간 전만 해도 담배 한 개비는 빠져 있지 않았습니다. 그 뒤 갑자기 그것이 빠져 있습니다.

갑자기 나에게 담배 한 개비가 결핍되어 있고, 갑자기 담배 한 개비를 원합니다. 둘은 같은 것입니다.

그러나 담배 한 개비는 지금 이 순간의 경험에서 정말로 빠져 있는 것이 아닙니다. 지금 이 순간의 경험은 언제나 그 자체로 완전합니다. 지금 이 순간의 경험에는 어떤 것도 빠져 있을 수가 없습니다.

마치 무슨 물결이 나타나더라도 바다에는 빠져 있는 것이 전혀 없듯이……. "어떤 것이 빠져 있어"라고 말하는 건 생각일 뿐입니다. 하지만 어떤 것이 빠져 있다는 생각조차 이 열린 공간에서 나타날 뿐입니다. 어떤 것이 빠져 있다는 생각과 느낌은 여기에서 빠져 있지 않습니다! 그것들은 완전히 현존합니다. 여기에는 아무것도, 글자 그대로 아무것도 빠져 있지 않습니다.

지금 이 순간의 경험에는 언제든 아무것도 빠진 것이 없다는 것을 깨달을 때, 커다란 자유가 시작됩니다. 단지 무언가 빠져 있다는 '이야기', 무언가 빠져 있다는 느낌이 있을 뿐입니다. 그리고 모든 이야기도, 그 이야기와 연관된 느낌도 참된 당신인 활짝 열린 공간에서 나타나는데, 그 공간은 언제나 그 자체로 완전합니다. 참된 당신인 열린 공간에 빠져 있는 것은 아무것도 없습니다. 왜냐하면 참된 당신인 그 공간은 오고 가는 모든 것을 수용하기 때문입니다. 가장 강렬한 결핍의 느낌까지도 참된 당신 안에서 나타나고 사라집니다. 결핍조차도 '지금 이 순간의 완전함'의 일부입니다. 당신이 있는 여기에는 결핍도 완전합니다.

좋은 비유가 있습니다. 당신이 영화를 보는데, 그 영화에서 어떤 등장인물들이 만찬 식탁에 둘러앉아 다른 인물에 관해 얘기하면서, 그가 만찬 식탁에 빠져 있다고 말합니다. 하지만 관객인 당신이 볼 때도 그 인물이 정말로 빠져 있나요? 그 인물이 그 장면에서 빠져 있나요? 아니요, 그 장면은 그 자체로 완전합니다. 식탁에 둘러앉아서 그 자리에 없는 다른 사람에 관해 얘기하는 그런 인물들은 그 영화의 완전한 장면을 이룹니다. 영화의 그 장면에서 빠져 있는 것은 하나도 없습니다. 당신은 영화의 한 장면을 보면서 혼잣말로 "흐음, 이상하네. 이 장면에 뭔가 빠져 있어"라고 하지 않습니다. 비록 그 장면에서 그 자리에 없는 어떤 사람에 '관해' 얘기하고 있더라도, 당신은 사실 거기에는 아무것도, 아무도 빠져 있지 않음을 압니다. 어떤 등장인물도 영화에 빠져 있을 수 없습니다. 영화의 한 장면은 언제나 완전합니다. 마찬가지로, 사랑하는 사람이 죽을 때, 그리고 당신이 그들을 그리워할(miss) 때, 그들이 정말로 빠져(miss) 있습니까? 아무것도, 아무도 삶이라는 바다에서 빠져 있지 않습니다.

그래서 담배 한 개비가 빠져 있다는 말은 하나의 거짓말, 거대한 거짓말입니다. 당신에게 담배가 결핍되어 있다는 말은 거짓말입니다. 당신이 담배를 원한다는 말은 거짓말입니다.

삶에서 무언가를 원하는 건 결국 아무 잘못이 없습니다. 나는 이 점을 분명히 짚고 싶습니다. 여기에서 우리는 또 하나의 영적 함정에 빠질 위험이 있습니다. 그동안 내가 만난 사람 중에는 원하는 바를 모조리 제거하려고 무척 애쓰는 사람이 많았는데, 원하는 바가 전혀 없어야 깨달음에 이를 수 있다고 생각했기 때문입니다. 깨달은 사람은 원하는 것이 전혀 없다는 말을 그들은 글자 그대로 믿었습니다.

첫째, 모든 원함을 없애려는 그들의 원함은 모든 원함 가운데 가장 큰 원함입니다.

둘째, 어떤 원함도 없는 삶은 분명히 몹시 지루한 삶일 것입니다. 나는 숨을 쉬는 살아 있는 인간이면서 원함을 경험하지 않는 일이 가능할지 의문입니다. 나는 아트 갤러리를 방문하고 싶습니다. 차 한 잔을 마시고 싶습니다. 사랑하는 부모님을 방문하고 싶습니다. 당신이 발을 헛디뎌 넘어지면, 당신을 도와서 일으켜 주고 싶습니다. 자녀를 갖고 싶습니다. 당신이 나의 책을 읽기를 바랍니다. 내가 느끼는 감정에 정직하고 싶습니다. 이 포로수용소에서 탈출하고 싶습니다. 이것들은 모두 그 자체로 삶의 완벽한 표현이며, 원한다는 사실을 부정하거나, 아무것도 원하지 않는 척 행세하려는 것은 몹시 해로울 수 있습니다. 모든 원함을 없애려 노력하는 것은 추구 게임의 일부에 불과합니다.

"나는 오늘 공원에 가고 싶어" 같은 정직하고 건강한 원함과, "나는 담배를 원해. 담배 없이는 내가 불완전하니까" 같은 결핍감에 기초한 원함—그것을 '추구하는 원함'이라고 할 수 있습니다—을 구별하면 도움이 됩니다. 나는 이 둘을 구별하는 것이 매우 중요하다고 생각합니다.

수많은 영적 가르침이 '원함'을 부정적인 것으로 보는 것 같습니다. "원함은 에고다. 모든 원함은 이기적이다. 원함은 망상이다. 원함은 이원적이다. 원함은 언제나 고통으로 이끌며, 만일 고통을 끝내고 싶다면, 자신에게서 모든 원함, 모든 욕망, 모든 집착을 제거해야 한다. 우리는 아무것도 원하지 않는 상태로 사는 삶을 목표로 해야 한다. 우리는 돈을 원하지 말아야 한다. 재산을 원하지 말아야 한다. 모든 재산을 나누어 주고 거리에서 살아야 한다. 그러면 우리는 자유로울 것이다. 우리는 섹스를 원하지 말아야 한다. 섹스에 대한 모든 욕망을 버리고, 순결한 삶을 살아야 한다. 그러면 우리는 순수해지고 신에게 더 가까워질 것이다. 우리는 쾌락을 원하지 말아야 한다. 쾌락은 나쁜 것이고 영적인 것이 아니기 때문이다. 삶에서 얻는 행복의 모든 원천을 차단하면, 우리는 깨달음을 얻게 될 것이다." 어떤 영적 가르침들은 이렇게 말하는 것 같습니다.

그러나 이처럼 모든 원함을 포기하는 행위의 이면은, 우리가 결국 지루하고 활기 없고 단절된 삶을 살게 된다는 것입니다. 그리고 우리는 자신의 원하는 마음과 늘 전쟁을 벌이게 됩니다. 우리는 사실 원하는 마음을 진짜로 없애지는 않으며 그저 억누를 뿐입니다. 예를 들어 성적 욕망이 없는 척 자신과 남들에게 가장하여 성적 욕망을 억누르며, 그래도 성적 욕망은 남몰래 계속됩니다. 그리고 성적 욕망을 더 강하게 묻으려 할수록, 그 욕망은 더 강하게 분출되려고 합니다. 마침내 그렇게 될 때까지. 우리는 그 결과를 쉽게 볼 수 있습니다. 지난 세기에 독신으로 금욕적인 삶을 살 것이라 여겨졌던 종교 지도자들의 수많은 성 추문 사건을 한번 보세요. 무엇이든지 우리가 억압하려고 하면 그것은 결국 어떤 뒤틀린 형태로 표출되기 마련입니다. 생명력은 단순히 그 자신을 표현하고 싶어 합니다. 그것은 억제되지 않을 것입니다.

얼마 전, 어느 여성이 그다지 행복하지 않았던 이십 년간의 결혼생활에 관해 내게 얘기했습니다. 그녀는 몇 년 전에 구도자가 되었고, 결혼생활에 바라는 모든 욕망을 없애려는 방법을 계속 수련했습니다. 그런 욕망은 다른 인간에게 부당한 요구를 하는 것이라고 배웠기 때문입니다. 한번은 남편에게 뭔가를 바라는 마음이 멈추었고, 그녀는 자유를 느꼈습니다. 그녀는 이 방법을 '자기 에고의 제거'라고 불렀습니다.

그녀는 원하는 바를 모두 없애는 데 어찌어찌 성공했습니다. 어떤 면에서는 놀라운 일이었습니다. 그녀의 수많은 원함은 추구의 표현이었고 남편에게 가하는 부당한 요구였습니다. 그런 원함들은 남편을 어떤 무엇으로, 그가 그녀를 위해 결코 될 수 없는 어떤 무엇으로 만들려 하는 방식이었습니다. 그를 바로잡으려는 노력은 그녀에게 많은 고통을 안겨 주었습니다. 그래서 추구에 기반을 둔 그런 부당한 원함들이 없어지자 그녀는 안도하게 되었습니다.

하지만 그녀는 너무 멀리 나갔습니다. '모든' 원함을 지워 버린 것입니다. 남편과의 관계도 더 나아지지 않았습니다. 그녀가 모든 것을 지워 버려서, 사실상 둘 사이에는 관계라고 할 만한 것이 거의 남아 있지 않았습니다. 그 관계는 죽었습니다.

나는 그녀에게 물었습니다. "당신이 관계에서 원하는 것은 무엇인가요?"

그녀는 주저하더니 대답했습니다. "아, 나는 아무것도 원하지 않아야 한다고 생각했어요."

나는 같은 질문을 다시 했습니다. 그녀는 한참 생각했지만, 아무것도 떠올리지 못했습니다.

"좋아요, 내가 도와드리죠." 내가 말했습니다. "쉬운 걸 생각해 보면 어떨까요? 함께 대화를 나눌 사람을 원하지 않나요?"

"아, 예, 물론 그런 사람이 있으면 좋겠죠. 그러면 아주 좋을 거예요." 그녀는 대답했습니다.

이 대답은 내 가슴을 뭉클하게 했습니다. 그것은 추구에서, 결핍감에서 나오는 게 아닌 진짜 원함, 정직한 원함이었습니다. 그 원함은 그녀의 가슴에서 나오고 있었습니다. 그것은 그 자체로 삶의 아름답고 열정적인 표현이었습니다. 그것은 모든 원함을 없애려는 추구 속에 묻혀 있던 진짜 원함, 정직한 원함이었습니다. 이 작은 원함은 단지 숨 쉴 기회를 얻지 못했을 뿐입니다. 그녀는 모든 원함을 파괴하면서 진짜 원함, 정직한 원함까지 파괴해 버렸습니다. 원치 않는 것을 버리려다가 소중한 것까지 잃어버린 것입니다.

모든 원함이 결핍의 표현인 것은 아닙니다. 진짜 원함, 건강한 원함을 표현할 때 우리는 이 같은 말을 하고 있습니다. "나는 이것을 원해. 나는 이것을 경험하고 싶어. 하지만 원하는 것을 얻든 얻지 않든, 나는 여전히 아주 괜찮아. 설령 원하는 것을 얻지 못해도 이 현재의 괜찮음은 티끌만큼도 줄어들지 않을 거야."

담배를 원하는 것과, '당신을 완전하게 해 줄' 담배를 원하는 것은 다릅니다. 후자는 담배가 해 줄 수 없는 일입니다. 담배를 원하는 것은 문제가 아닙니다. '불편함을 없애기 위해' 담배를 원하기 전까지는……. 그 뒤 당신은 추구에서 생겨나는 원함, 결핍의 표현인 원함을 갖게 되며, 그 원함은 고통과 더 많은 결핍으로 곧장 이어집니다. 당신은 "나는 이것을 원해. 그것을 갖지 않으면 나는 괜찮지 않을 거야. 원하는 것을 가져야만 다 괜찮아질 거야"라고 말하고 있습니다.

그것은 결핍이라는 환상, 무언가 빠져 있다는 환상, 담배 한 개비만이 자기 안의 텅 빈 공간을 채울 수 있다는 환상에 기초한 원함입니다. 이제 우리는 더이상 있는 그대로의 현실을 보지 않습니다. 우리는 추구 속으로 들어갔습니다. 우리는 꿈속으로 들어갔고, 그러므로 고통으로 들어갔습니다.

## 충동을 만나기

당신은 아마 이렇게 생각할 것입니다. "담배가 나를 완전하게 해 주지 않을 거라는 걸 머리로는 이해할 수 있어. 하지만 여전히 담배가 필요하다고 느껴져!" 충동은 실제인 것처럼 느껴집니다. 원함은 실제인 것처럼 느껴집니다. 즉시 당신의 몸에 정말로 담배 한 개비가 필요한 것처럼 느껴집니다. 앞에서 언급했듯이, 몸은 실제 위협과 상상된 위협의 차이를 구별하지 못합니다. 실제 결핍과 상상된 결핍의 차이도 구별하지 못합니다.

실제로는 몸은 담배가 전혀 필요하지 않습니다. 담배가 필요한 것은 '당신'입니다. 담배가 필요한 것은 추구자입니다. 몸은 자기를 완전하게 하려고 노력하지 않습니다. '당신'이 그렇게 합니다. 우리의 큰 거짓말 가운데 하나는 "내 몸은 담배가 필요해" 또는 "나는 담배 없이는 살 수 없어" 또는 "나는 담배 없이는 죽고 말 거야"라는 말이라고 나는 생각합니다. 물론 그렇게 '느낄' 수는 있습니다. 하지만 그렇게 느낀다고 해서 그 필요가 실제인 것은 아닙니다.

"나는 담배가 필요해"라는 말은 실제로는 "나는 담배를 피우지 않는 불편함을 경험하고 싶지 않"라는 뜻입니다. 사실이 그렇습니다. 나는 원하는 것을 얻지 못할 때의 불편함—불완전함, 아픔, 상처, 괜찮지 않음—을 경험하고 싶지 않습니다. 나는 그런 물결이 오는 것을 원하지 않습니다. 나는 그런 물결에 빠져 죽을 것 같다고 느낍니다. 그런 물결에 압도당할 것이라고 느낍니다. 그런 물결을 다룰 수 없을 것이라고 느낍니다. 나의 중독 대상이 없이는, 도피할 길이 없이는, 존재의 아픔을 가라앉혀 주는 것이 없이는 죽을 것 같다고 느낍니다.

추구자에게서 완전해질 것이라는 희망이 벗겨질 때, 무엇이 남을까요? 시간이 벗겨질 때, 미래에는 원하는 것을 얻을 것이라는 희망이, 완전해질 것이라는 희망이 모두 사라질 때, 당신에게는 무엇이 남을까요?

그럴 때 당신에게는 '지금 있는 것'이 남습니다. 당신의 불편함, 불완전함이 남고, 당신이 피해 달아나고 있던 모든 것이 남습니다. 그것에서 벗어날 아무 희망도 없이……. 당신은 있는 그대로의 삶—그런 거부당한 물결들, 당신이 아마도 평생 피해 달아나던 생각과 느낌들—을 직면합니다. 자신의 아픔과 슬픔, 죄책감, 후회, 외로움, 최악의 두려움을 직면합니다. 당신은 여기에서, 지금, 지금 이 순간, '지금 있는 것'을 직면합니다.

분리된 개인에게는 이 모든 것을 직면하는 것이 중대한 문제입니다. 하지만 참된 당신인 열린 공간에는 아무 문제가 없습니다. 모든 물결이 그냥 거기에 있을 수 있습니다. 극심한 불편함. 결핍감. 담배를 피우고 싶은 충동. 갈망, 원함. 완전해지려면 어떤 것이 필요하다는 느낌. 아픔. 동요. 아마 가슴이 두근거림. 땀이 남. 모든 종류의 이미지—당신의 삶이 끔찍하다는 이미지, 당신이 기분 좋게 담배를 피우는 이미지, 담배 연기를 깊이 들이마시는 이미지, 그 흡연이 가져올 모든 이완의 이미지, 그 흡연이 주는 해방의 이미지. 그 해방은 아주 가까이 있어서 거의 만져질 수 있을 것 같습니다.

손을 뻗어 담배에 불을 붙이고 싶은 절박한 충동이 있습니다. 이 모든 불편함은 한순간에 씻길 것 같습니다. 지옥은 한순간에 천국으로 변할 것 같습니다. 그런 기대를 참을 수 없을 것 같습니다. 그래서 절박하게 담배 한 개비를 원합니다. 담배는 이 모든 불편함을 없애줄 것 같습니다. 그저 딱 한 개비의 담배. 아, 그것은 너무나 유혹적입니다.

앞에서 보았듯이, 당신이 정말로 원하는 건 담배 한 개비가 아닙니다. 당신이 정말로 원하는 건 지금 이 순간이 다시 깊이 괜찮아지는 것입니다. 더이상 원함 속에 있지 않는 것입니다. 더이상 결핍 속에 있지 않는 것입니다. 당신이 정말로 원하는 건 이 모든 불편함이 깊이 받아들여지는 것입니다. 당신은 지금 있는 곳에서 깊이 괜찮기를 원합니다. 지금 여기의 집에 있기를 원합니다. 그리고 담배를 피우는 것이 그 집으로 가는 유일한 방법이라고 생각합니다.

"나는 담배를 원해." 이 말은 거짓말입니다. 오인(誤認)에 따른 거짓말이며, 당신이 진정 누구인지에 관한 거대한 억측에 기초한 거짓말이고, 현재 경험의 전체임을 보지 못하는 데서 오는 거짓말입니다.

담배를 원하지 않는 척 가장하라는 말이 아닙니다. 가장하는 것은

325

효과가 없으며, 더 많은 가장으로 이어질 뿐입니다. 충동이나 갈망이 없는 척 가장하라는 말도 아닙니다. 당신은 하나의 인간이지 로봇이 아닙니다. 나는 당신에게 원함을 존중하면서도, 동시에 원함의 핵심으로 깊이 들어가 보라고—모든 억측을 내려놓고, 그게 무엇이라고 남에게 들은 것, 그게 무엇이라고 추측한 것, 그걸 무엇이라고 여기는 믿음 너머에서 그게 정말로 무엇인지를 새로운 눈으로 보라고—요청하고 있습니다.

갈망의 핵심에 있는 단순한 추구의 기제를 발견하려면 갈망의 경험으로 깊이 들어가야 합니다. 우리가 정말 갈망하는 것은 담배(또는 술, 섹스, 마약)가 아니라 '가장 깊은 받아들임'입니다. 우리는 담배를 갈망하지 않으며, 지금 이 순간 알아차림(앎)의 친밀함—모든 경험의 물결이 받아들여지는 열린 공간—을 갈망합니다. 우리는 정말로 담배를 열망하는 것이 아닙니다. 우리는 담배에 대한 갈망이 깊이 괜찮기를 열망합니다. 우리는 갈망을 있는 그대로 사랑하기를 열망합니다. 그 말이 처음에는 아무리 미친 소리처럼 들려도…….

갈망도, 갈망에 수반되는 모든 불편함도 그저 허용될 때, 그 불편함에서 벗어나고 싶은 충동까지 그저 허용될 때—모든 생각, 모든 감각, 모든 느낌이 그저 허용될 때, 그리고 이 현재 경험이 바로 지금 깊이 받아들여짐을 알아차릴 때—나는 더이상 완전해지기 위해 담배가 필요하지 않습니다. 필요의 악순환은 그 필요의 한가운데에서 깨집니다. 이것이 필요 속의 자유입니다. 이것은 갈망 속의 자유이지, 갈망으로부터 자유가 아닙니다. 이것은 자유를 발견하는 일입니다.

마치 바다의 모든 물결이 바다에 이미 허용되듯이, 갈망과 그 갈망을 충족시키려는 충동이 둘 다 그 안에서 나타나고 또 나타나도록 허용되는 자유를……

그것은 갈망과 싸우거나 갈망을 무시하는 일이 아닙니다. 그것은 갈망을—갈망을 충족시키려는 충동, 심지어 절박한 충동까지 함께—깊이 허용하는 일입니다. 충동의 가장 친한 친구는 그 충동을 충족시키려는 충동입니다. 만일 당신이 충동을 받아들이려 한다면, 충동의 가장 친한 친구인 '그 충동에서 벗어나려는 충동'도 함께 환영해야 합니다. 그리고 참된 당신 안에서 이 두 가지가 깊이 허용되는 자리를 발견해야 합니다.

갈망을 허용하는 것은 몹시 이상한 경험일 수 있습니다. 그저 갈망을 받아들이는 것, 지나가는 모든 이미지를 지켜보는 것, 오가는 모든 감각을 느끼는 것, 담배를 피우고 싶은 충동을 깊이 느끼도록 스스로 허용하는 것, 불편함을 허용하는 것, 심지어 가장 강한 충동마저 허용하는 것, 너무 강해서 마치 그 충동에 따라 행동해 버릴 듯이 느껴지는 충동조차 허용하는 것은……. 기억하세요. 이 가장 깊은 받아들임이 감당할 수 없을 정도로 너무 강한 충동은 없습니다. 담배가 없으면 죽을 듯이 느껴질 때도 있겠지만, 심지어 그런 느낌을 느끼는 동안에도 가장 깊은 받아들임은 여전히 거기에 있습니다. 가장 깊은 받아들임은 그런 느낌도 수용할 수 있습니다. "그건 감당할 수 없어. 나는 견딜 수 없을 거야"라는 생각도, "이건 너무 불편해. 나는 참을 수 없을 거야"라는 생각도, "나는 죽고 말 거야. 더는 그걸 견딜 수 없어"라는 생각도. "나는 죽어 가고 있어!" 하지만 당신은 여전히 살아 있습니다. "나는 그걸 다룰 수 없어!" 당신은 그걸 다루고 있습니다. "나는 그걸 감당할 수 없어!" 당신은 그걸 감당하고 있습니다.

담배가 없을 때 이 모든 느낌이 나타나도, 내가 원한다고 생각하는 것을 얻지 못하는 경험을 할 때도, 나는 깊이 괜찮다는 것을 알게 되었습니다. 담배 없이도 나는 이 현재의 경험에서 완전합니다. 가장 극심한 갈망의 한가운데에서도 이 가장 깊은 받아들임은 변함없이 완전히 현존합니다. 그것은 갈망이 사라진다는 뜻이 아니라, 갈망과 나의 관계가 질적으로 변한다는 뜻입니다. 그 분리된 물결은 더이상 거부당하지 않습니다. 바다의 한 표현인 그 물결은 껴안아집니다.

그리고 이 완전함 안에서, 나는 여전히 자유롭게 담배 한 개비를 피울 수도 있고 피우지 않을 수도 있습니다. 중요한 점은 이것입니다. 즉, 나는 자유롭게 담배를 피울 수 있지만, 더는 완전해지기 위해 담배를 피울 필요가 없습니다. 담배를 피우는 것과 피우지 않는 것은 이상하게도 본질 면에서 동등합니다. 이 가장 깊은 받아들임 안에서, 나는 담배를 피우거나 피우지 않을 자유를 얻게 되는데, 그건 담배가 결코 줄 수 없는 것입니다. 나는 더는 매여 있지 않습니다. 더는 지배당하지 않습니다. 나는 내 구루의 손아귀에서 놓여납니다. 주문은 깨졌습니다. 나는 담배 종파를 떠납니다. 나는 더는 무력하지 않습니다. 더는 희생자가 아닙니다.

더 단순하게 말하자면, 원함—담배나 술이나 섹스나 도박이나 초콜릿을 원함—이 깊이 허용될 때, 있는 그대로 허용될 때, 그 원함은 더는 진정한 의미의 원함이 아닙니다. 다시 말해, 원함이 깊이 허용될 때는 더는 결핍의 표현이 아니며, 불완전함의 표현이 아니며, 완전함을 위한 추구가 아닙니다. 이제 그 원함은 단순히 참된 당신 안에서 나타나고 사라지는 한 다발의 감각일 뿐입니다. 비록 그것들이 지금 당장은 불편해도, 참된 당신 안에서 나타나고 사라지도록 깊이 허용되는……. 원함은 오고 가며, 참된 당신은 변함없이 그대로 남아 있습니다. 중독의 끝은 원함을 깊이, 전적으로 껴안는 것입니다. 이 말이 처음에는 아무리 역설적으로 들려도.

다시 말하지만, 나는 원함과 싸우라는 것이 아니며, 원함을 무시하거나 거부하거나 금욕을 실천하라는 게 아닙니다. 깊은 받아들임은 어떤 식의 자기부정이 아닙니다. 나는 "당신이 원하는 것을 자신에게 주지 마세요. 그리고 그것을 얻지 못해도 행복하려고 노력하세요"라고 말하는 게 아닙니다. 나는 어떤 것을 참으라고 말하는 게 아닙니다.

어떤 사람들은 이 메시지를 비판할 것입니다. "제프 포스터는 원하는 것을 갖지 말라고 말해. 그는 우리가 원하는 것을 얻지 못해도 괜찮아야 한다고, 우리가 쾌락을 삼가야 한다고 말해. 그건 너무 패배주의적인 말이고, 너무 삶을 부정하는 말이고, 너무 우울하게 하는 말이야!"

하지만 사실 나는 당신이 원하는 것을 얻지 못해도 괜찮아야 한다고 말하는 게 아닙니다. 나는 당신이 기존의 모든 결론을 버리고 다시 바라보도록 초대합니다. 원하는 것을 얻지 못하는 경험을 할 때,

그 경험 속에서 가장 깊은 의미의 괜찮음을 발견할 수 있는지 보도록……. 당신의 세계에서 그럴 수 있는지 한번 보세요. 가장 깊은 받아들임의 자리를 발견하는 건 당신이 원하는 것을 얻지 못하는 상황을 견디거나 참는 일이 아닙니다. 그것은 심지어 견딜 수 없음과 좌절까지도 받아들이는 자리를 발견하는 일입니다.

그리고 나는 당신이 정말로 원하는 건 '원하는 것을 얻는 것'이라는 생각에 질문을 던져 보도록, 당신 자신은 어떤 것을 원하는 분리된 개인이라는 생각에 질문을 던져 보도록 요청합니다. 그건 원하는 것을 얻지 못할 때 '괜찮은 척 가장하는 것'과는 매우 다릅니다. 그건 쾌락에 대한 욕구를 부정하는 것—마음은 내 말을 이렇게 해석할 수 있는데—과도 매우 다릅니다. 나는 당신이 원한다고 생각하는 (하지만 정말로 원하는 건 아닌) 것을 얻지 못할 때도 괜찮음을 발견할 수 있는지 한번 보라고 요청합니다.

원함을 깊이 허용하는 것은 아주 이상한 일일 수 있습니다. 거의 항상 우리는 원함을 무시하려고 애쓰거나(그러면 오히려 원함이 자랄 뿐입니다) 원함에 탐닉합니다. 원함을 깊이 받아들이는 것은 중도(中道)입니다. 거부와 탐닉의 사이에는 '봄(seeing)'—그리고 허용함, 그리고 심지어 가장 불편한 자리에도 있는 자유의 발견—이 있습니다.

그러니 이제는 이런 새로운 영적 실천을 해 보세요. 불편함을 허용해 보세요. 불편함의 가장 친한 친구인 '그 불편함을 벗어나려는 충동'도 함께 허용해 보세요. 그것들에 관해 아무것도 하지 않으면서 그냥 허용해 보세요. 그것들이 바뀌기를 기대하지 않으면서 허용해 보세요. 자기 자신을 바로잡으려는 노력 없이 그냥 허용해 보세요. 어떤 결과를 바라지 않으면서 허용해 보세요. 그리고 그 모든 생각, 모든 감각, 모든 느낌—어떤 기대나 좌절, 또는 받아들임의 부족, 지금 이 순간을 바꾸려는 시도—이 이미 지금 이 순간에 허용되고 있음을 알아차려 보세요. 지금 이 순간이 괜찮은 자리를 발견해 보세요, 설령 그게 불편하고 괜찮지 않게 느껴져도……. 그 자리는 자유입니다. 그 자리는 당신 자신입니다. 만일 그 자리를 지금 당장은 발견할 수 없다면, 그래서 실패했다는 느낌이 올라오면, 그런 것까지 깊이 허용해 보세요. 지금 여기에 있는 것은 무엇이든 그저 알아차리고, 여기에 있는 것은 무엇이든 이미 받아들여짐을 알아차려 보세요. 이 알아차림이 바로 명상의 정수입니다.

그리고, 예, 이 피하지 않는 자리에 있을 때는 몹시 불편할 수 있습니다. 내가 아는 어느 헤로인(마약의 일종) 중독자는 갑자기 그 마약을 끊었습니다. 그 남자의 여자 친구는 그가 끔찍한 금단 증상을 겪었다고 내게 말했습니다. 온몸에 극심한 경련이 일어났고, 땀을 줄줄 흘리면서 몸이 부들부들 떨렸고, 환각까지 보였다고 합니다. 그는 자신이 곧 죽고 말 것이라고 수없이 생각했습니다. 그래서 여자 친구에게 전화를 걸어 울부짖곤 했습니다. "더는 못 견디겠어! 나는 죽을 거야!" 흥미롭게도, 그를 죽일 것처럼 느껴진 것은 언제나 이번에 겪는 근육 경련이 아니라 다음번에 겪을 근육 경련이었습니다. 다음번에 겪을 근육 경련은 언제나 그를 죽일 것처럼 느껴졌지만, 그를 아직 죽이지 않았습니다. 추구자는 얼마나 상황이 나빴던가 하는 과거의 기억 속에서, 그리고 얼마나 상황이 나빠질 것인가 하는 미래의 예상 속에서 늘 살아갑니다. 추구자는 언제나 시간 속에서 살아갑니다.

여자 친구는 그가 전에도 이런 금단 증상을 겪으며 살아남는 것을 보았지만, 이번만은 극복하지 못할까 봐 두려웠습니다. 그래서 결국 그에게 마약을 한 번 투약하기 위해 그를 차에 태워 마약상에게 데려가는 데 동의했습니다. 그곳으로 가는 차 안에서 그의 상태는 갑자기 호전되었습니다. 마약을 투약하러 가고 있음을 알게 된 순간, 그는 편안히 이완되었습니다. 여전히 초조하고 불안해하며 얼마간 통증을 느꼈지만, 더는 자신이 곧 죽고 말 것이라는 공포에 사로잡히지 않았습니다. 마약은 죽음에서 해방을 상징하게 되었고, 자신이 마약을 얻을 수 있음을 알게 되자 그의 심신은 이완되었습니다.

자신이 원하는 것을 얻을 수 없는 상황에 직면하면, 추구의 실패를 직면하면, 전적인 무력감, 전적인 무기력, 전적인 두려움, 전적인 통제력의 결핍을 경험할 수 있습니다. 그럴 때면 정말로 자신이 죽을 것이라고 느껴집니다. 당신은 피하고 싶었던 모든 것을 직면하게 되며, 삶 앞에서 자신이 무력함을 직면하게 됩니다. 이런 것을 직면하는 것은 죽음을 직면하는 것과 아주 비슷합니다. 스스로 바로잡으려는 몸의 이런 신체 통증에다, 또 한 번의 투약으로만 해결될 수 있는 —또는 그렇게 보이는—견딜 수 없을 듯한 상황이 더해집니다. 추구의 기제는 가혹할 수 있으며, 금단은 지독히 불편할 수 있습니다. 그렇지 않은 척 가장하지 맙시다. 하지만 당신은 가장 극단적인 불편함 속에도 전체임으로 부르는 초대가 있음을 볼 수 있나요? 심지어 물결들이 불편하게 느껴질 때도 바다는 여전히 현존함을 볼 수 있나요? 그것은 무슨 일이 일어나고 있어도 절대 사라지지 않는 초대장입니다.

몸은 걷잡을 수 없이 부들부들 떨릴지 모릅니다. 끔찍한 고통이 있을지 모릅니다. "곧 죽고 말 거야"라거나 "더는 견딜 수 없을 거야"라는 느낌까지 들 수 있습니다. 하지만 참된 나 자신은 이 모든 감각과 느낌이 그 안에서 펼쳐지는 열린 공간입니다. 아픔, 두려움, 좌절, 무력감과 걷잡을 수 없는 공포의 느낌…… 이런 물결들은 실제로는 참된 나 자신에게 문제가 아닙니다. 그것은 삶의 끊임없는 초대의 일부입니다. 그것은 참된 나 자신 안에 깊이 허용됩니다. 그것들은 삶의 일부로서 보이고 인식되기 위해 거기에 있습니다. 그것들은 삶에 위협이 아닙니다. 그것은 악하지 않으며, 적이 아니며, 없어져야 할 불순한 것이 아닙니다. 그것은 오직 나 자신의 소중한 부분들일 뿐입니다. 그리고 나는 이 폭풍의 한가운데에 있는 고요함입니다. 몸은 할 일을 하며, 참된 나 자신은 지금 일어나는 일을 회피할 필요가 전혀 없습니다. 비록 지금 일어나는 일을 벗어나려는 충동이 일어나더라도……. 지금 내가 있는 여기는 언제나 괜찮습니다. 설명할 수 없는 방식으로.

중독을 끝내는 것은 갈망을 없애는 것과는 아무 상관이 없습니다. 그것은 갈망을 있는 그대로 보고, 갈망을 깊이 허용하는 일입니다. 그래요, 결국 이 자유는 당신이 원하는 것을 얻지 못하는 곳에도 있습니다. 이 깨달음은 세상의 모든 통념에 도전하고, 우리 교육의 많은 부분과 배치되며, 어떤 긍정적 사고에 관한 책이나 자기계발 책에서도 가르치지 않는 것입니다. 원하는 것을 얻는 데에 너무 많은 역점을 두는 사회에서는, 그리고 원하는 것을 얻을 때 행복해질 수 있다고 말하는 사회에서는, 원하는 것을 얻지 못할 때도 자유롭고 행복할 수 있다는 말이 거의 미친 소리처럼 들릴 것입니다. 아마 미쳐 있는 세상에서 제정신이려면 당신이 미쳐야 할 것입니다!

자신이 진정 누구인지 발견할 때, 당신은 원하는 것을 얻든 얻지 못하든 자유롭습니다. 어느 쪽이든 당신은 완전합니다. 그리고 아무리 많은 담배나 알코올, 섹스, 음식, 돈도 당신에게 그 완전함을 줄 수 없습니다. 이런 것들의 부재가 그 완전함을 앗아 갈 수 없듯이.

## 참된 당신은 중독자가 아니다

참된 당신은 중독자인가요? 당신의 중독이 당신을 규정하나요? 기본적으로, 당신에게 무언가 잘못되었다는 것이 정말로 진실인가요? 먼저 이런 질문의 답을 확실히 발견하지 못한 치유법이나 회복 프로그램은 분명히 착각을 지속시킬 뿐입니다. 당신이 중독에서 해방되기위해 이미 실천하는 모든 노력을 포기해야 한다는 말이 아닙니다. 하지만 참된 자신이 누구인지를 더 깊이 이해한다면, 어떤 회복 계획이라도 더욱 효과적일 것이라고 나는 확신합니다.

누가 알겠습니까? 어쩌면 어느 시점에 당신은 더이상 어떤 회복 계획도 필요하지 않을 것입니다. 당신은 다음번 복용을 위해 손을 뻗고 싶은 충동이 일어남을 발견하고, 바로 그 충동 안에서, 어떤 불편함이 나타날 때 그 안에서 깊은 괜찮음을 발견할 것입니다. 자신이 피해 달아나는 모든 것 안에서 자유를 발견하고, 그 전적인 받아들임의 자리에서, 참된 자신은 중독자가 아님을 발견할 것입니다. 자신에게는 잘못된 것이 전혀 없음을 발견할 것입니다. 참된 당신은 지금 이 순간을 회피하기 위해 어떤 것도 이용하고 싶어 한 적이 없고 그럴 필요도 없었습니다. 참된 당신은 지금 이 순간을 있는 그대로 깊이 허용합니다.

언젠가 자신을 알코올 중독자로 규정한 남자가 내게 말했습니다. "나는 음주를 끊은 적이 없습니다. 중독을 끊은 적이 없어요. 그저 '다음번' 음주를 하지 않았을 뿐이죠."

술을 마시지 않는 지금 이 순간, 당신은 술을 마시는 사람인가요? 담배를 피우지 않는 지금 이 순간, 당신은 흡연자인가요? 중독 대상에 손을 내뻗지 않는 지금 이 순간, 당신은 중독되어 있나요? 지금 이 순간, 당신은 중독자인가요?

아마 어느 날—오늘이 그날일 수 있습니다—당신 앞에는 담배나 술이나 초콜릿이 있겠지만, 마침내 당신은 알게 될 것입니다. 가장 깊은 수준에서는, 그 대상이 이미 여기에 있지 않은 것은 어떤 것도 주지 않으리라는 것을⋯⋯. 그 대상은 이 경험을 지금보다 더 완전하게 해 주지 않을 것입니다. 당신은 어떤 충동이 나타나든 존중할 수 있습니다. 그 충동이 일으키는 다른 충동도 존중할 수 있습니다. 원하는 것을 얻지 못할 때 경험하는 어떤 불편함도 존중할 수 있습니다. 그리고 그 모든 것이 여기에 있는 그대로 있도록 그냥 놓아둘 수 있습니다. 어떤 식으로든 그것을 바꾸지 않고……

만일 추구하는 에너지를 어디에 쏟고 싶다면, 그 에너지를 여기로, 당신이 실제 있는 지금으로 가져오고, 바로 지금 나타나는 모든 것을 껴안으세요. 중독에서 해방될 미래의 순간에 대한 추구를 놓아 버리고, 바로 지금 여기에 실제로 있는 것을 발견하세요. 그리고 아마 지금 이 순간을 전적으로 받아들이는 것은 곧 가장 강력한 충동이 될 것입니다. 아마 당신은 지금 이 순간의 가장 깊은 받아들임에 중독될 것입니다. 그것은 당신이 회복될 필요가 전혀 없는 중독이며, 부작용이 전혀 없는 중독입니다. 그 뒤에는 아픔과 불편함의 한가운데에서도, 통제할 수 없고 이름 붙일 수도 없는 불가해한 충동의 한가운데에서도, 아마 당신은 내면 깊은 곳에서 이미 알고 있는 것을 기억하게 될 것입니다. 노르위치의 줄리안이 잘 말했듯이. "모두 다 좋을 것이고, 모두가 좋을 것이며, 온갖 것이 다 좋을 것이다."

우리를 자유롭게 하는 것은 진실이지,
자유로워지려는 노력이 아닙니다.
_지두 크리슈나무르티

# 8.
## 영적 깨달음의 추구

우리의 가장 깊은 두려움은 죽음에 대한 두려움이 아닙니다. 삶에 대한 두려움입니다. 그것은 생활에 대한, 진정한 생활에 대한 두려움, 지금 여기에 진실로 살아 있고 깨어 있음에 대한, 삶 자체인 거친 날것의 에너지 앞에서 보호받지 못함에 대한 두려움입니다. 바다가 일어나는 모든 물결을 포함하듯이 삶은 모든 것을 포함합니다. 좋은 것이나 긍정적인 것이나 행복한 것만이 아니라 모든 것을……. 그래서 진실로 살아 있고 깨어 있으려면 우리 자신을 그 모든 것에 열어야 합니다. 그 모든 것에. 예, 삶은 기쁨이고 지복(至福)이고 행복이지만, 또한 아픔이고 슬픔이며 두려움이나 화, 혼란, 무력감입니다. 깨어난다는 것은 삶이라는 바다의 어떤 물결로부터도 자신을 보호할 수 없음을, 참된 자기는 너무나 드넓고 무조건적이며 자유로워서 모든 것을 허용할 수밖에 없음을 받아들이는 것입니다. 삶에 자기를 여는 것은 죽음에 자기를 여는 것과 같습니다. 당신이 자기라고 생각했던 자의 죽음, 자기라고 믿었던 자의 죽음, 자기라고 상상했던 자의 죽음에……. 삶과 죽음은 진실로 동등하며, 마음은 결코 이 점을 이해하지 못할 것입니다.

흔히 사람들은 자신이 두려워하는 경험의 물결을 영적 깨달음이 모두 없애 줄 것이라고 생각합니다. 우리는 깨달음이 어떤 특별한 상태나 경험이라고, 두려움도 없고 아픔도 없고 슬픔도 없고 화도 없고 부정적인 것이 하나도 없는 자리라고 오해합니다. 다시 말해, 깨달음이란 모든 나쁜 물결이 없어진, 완벽하게 고요하고 통제되는 바다라고 여기는 것입니다. 또한 어둠이 없는 빛이며, 다양성이 없는 하나라고 믿습니다.

하지만 그런 관점은 추구자가 바라는 갈망의 표현에 불과합니다. 추구자는 삶에 대한 감각을 마비시키고 싶어 합니다. 추구자는 죽음으로부터 보호받기를, 현재의 경험에 있는 물결을 완전히 통제하고 싶어 합니다. 많은 사람은 깨달음이 완벽한 바다일 것으로 상상합니다. 부정적인 물결, 나쁜 물결, 위험한 물결이 하나도 없는 바다. 그들이 상상하는 깨달음은 더없이 행복한 구루입니다. 아픔과 슬픔, 지루함, 좌절, 두려움, 또는 어떤 식의 약함도 전혀 느끼지 않는, 완벽하게 행복한 상태에서 살아가는 구루. 그 깨달음은 아픔과 고통을 주는 상대적 세계가 없습니다. 그것은 이원성의 세계로부터의 도피입니다. 그것은 궁극의 보호입니다.

우리는 이제 이런 종류의 깨달음은 가능하지 않음을 봅니다. 그것은 거짓말입니다. 우리 자신이 누구이며 무엇인지에 관한 이원적 개념에 바탕을 둔 거짓말. 그것은 추구자의 꿈에 지나지 않습니다. 불행히도, 또는 크게 보면 아마 다행히도, 그런 꿈에 영합하는 영적 가르침이 많습니다. 그런 꿈은 인기가 좋습니다. 추구자가 가장 원하는 것이기 때문입니다—편안함, 확실함, 안전함.

유사 이래 우리는 줄곧 죽음에 대한 근본적인 두려움(실제로는 삶에 대한 두려움) 때문에 어둠으로 보이는 것과 전쟁을 벌였고, 빛으로 보이는 것을 추구했습니다. 우리는 참된 자신이 누구인지를 깨닫지 못한 채, 그 빛에 위협으로 여겨지는 것을 공격하거나 억압했습니다. 우리는 삶의 그런 측면을 위험하고 악하고 부도덕하고 죄악이고 사악한 것이라 불렀습니다. 이것이 터부(taboo, 금기)라는 단어의 원래 의미입니다. 영성이란 현재의 빛을 재발견하는 게 아니라, 어둠과 벌이는 전쟁이 되어 버렸습니다.

자기 자신을 분리된 개인으로 경험하면서, 현실을 둘로 찢어 나누면서, 우리는 만일 우리 경험의 이런 어두운 측면을 없앨 수 있다면, 악마를 패배시킬 수 있다면, 죄를 극복할 수 있다면, 악한 세상을 제거할 수 있다면, 불순한 것을 파괴할 수 있다면, 우리가 오래오래 잘 살 것이라고 믿었습니다. 우리는 천국을 추구하면서 지옥이라는 개념을 창조했고, 그것과 전쟁을 벌였습니다. 우리는 니르바나(nirvana, 열반)를 추구하면서 삼사라(samsara, 세속)를 거부했습니다. 정신 건강을 추구하면서 정신 질환이라고 부르는 것과 전쟁을 벌였습니다. 신을 추구하면서 죄와 전쟁을 벌였습니다.

죄, 질병, 악함, 광기, 불순, 부정한 것 등 우리가 추구하는 계획에 들어맞지 않는 모든 것은 우리의 터부(금기)가 되었으며, 우리는 그것들을 억압하고 싸우고 심지어 파괴해 버려도 정당하다고 느꼈습니다. 우리는 다른 존재들을 속죄 염소로 삼아 제물로 바치는 방법을 고안했으며, 거대한 폭력이 뒤따랐습니다. 우리는 자신이 삶의 편에서 있다고 믿었고, 우리가 저지른 그런 폭력이 더 많은 삶으로 보상받을 것이라고 믿었습니다. 우리는 죽음으로부터 보호받을 것이고, 모든 것이 잘될 것이라고 믿었습니다. 그런 믿음은 완벽히 타당해 보였습니다. 어떤 면에서는.

'어둠을 피해 빛에 도달하라. 악을 피해 선(善), 순수함, 거룩함에 도달하라. 개인성을 피해 비개인성에 도달하라. 이원성을 피해 비이원성에 도달하라.' 우리는 무지한 채로 그렇게 믿었습니다.

그러나 종교적 의미를 모두 벗겨 내면, '어둠'이나 '악함' 같은 단어는 더이상 두려워하거나 맞서 싸워야 할 낯설고 기이한 세력이 아니며, 단지 지금 거부당하는, 지금은 전체임의 표현으로 보이지 않는 그런 경험—그런 생각, 감각, 느낌—의 물결을 가리키는 것일 뿐입니다.

'악한' 물결이나 '어두운' 물결은 단지 우리가 전체임에 위협이라고, 삶에 대한 위협이라고 오해하는 것일 뿐입니다. 그것은 거부당하는 물결입니다. 사랑받지 못하는 물결입니다. 우리가 등을 돌리는 물결입니다. 우리가 두려워하는 물결입니다. 그것은 단지 집으로 돌아오기를 갈망하는, 그러나 들어오도록 허용되지 않는, 부모 잃은 고아

같은 물결입니다. 그것은 우리가 귀중히 여기는 이미지를 위협하는 물결입니다. 두려움, 화, 슬픔, 아픔, 성적 충동, 괴상한 생각들…… 이것들은 본래 어둡거나 악한 것이 아닙니다. 그것들은 그저 빛 속으로 들어오도록 허용되지 않으며, 그래서 자기 아닌 다른 어떤 것으로 보입니다. 그것들은 어둡고 악한 것으로, 빛에 맞서는 것으로 보이지만, 사실은 어떤 물결도 바다에 맞설 수가 없습니다. 이른바 어두운 물결은 빛에 맞서지 않습니다. 그것은 이미 빛이지만, 그렇게 인식되지 않습니다. 우리가 악하다고 부르는 것은 단지 거부당하고 사랑받지 못하는 빛일 뿐입니다. 우리가 악하다고 부르는 것은 단지 우리가 두려워하는 것일 뿐입니다.

먼 옛날부터 많은 영적 가르침과 수행법은 인간임의 문제에 대한 궁극의 해결책을 제시했습니다. 우리는 부정성을 초월하고 긍정성을 끌어당기는 법을, 몸을 떠나는 법을, 아픈 감정을 지우는 법을, 느낌에서 벗어나는 법을, 생각을 멈추는 법을, 불완전함과 불순함을 없애는 법을, 삶에서 초연해지는 법을 배웠습니다. 하지만 우리는 왜 생각과 느낌에 맞서, 절대 끝나지 않는 이 싸움을 하는 걸까요? 우리는 왜 지금 이 순간에 맞서 이 전쟁을 벌이는 걸까요? 우리는 왜 인간임의 전적인 껴안음을, 본질상 우리 자신인 그 껴안음을 두려워하는 걸까요? 우리는 왜 '자기 자신'을 그토록 두려워하는 걸까요? 우리는 왜 삶 자체를 이처럼 끊임없이 거부하는 걸까요? 아마도 우리는, 만일 우리의 인간임을 지금 여기에서 온전히 껴안으면, 미래에 훨씬 위대한 존재가 될 기회를 놓쳐 버릴 것 같아서 두려워하는지도 모릅니다.

우리는 인간임이란 일종의 추락한 상태이며, 이 추락한, 지상에 묶여 있는, 죽을 수밖에 없는, '환영적인' 인간 경험은 어떤 실수이고 체념이고 포기이며, 우리가 마땅히 받을 수 있는 것보다 못한 것에 안주하는 것이며, 우리의 우주적 유산에 대한 거부라고 믿도록 배웠습니다. 우리는 인간의 경험 너머에는, 동굴 속 어둠 너머에는 우리를 기다리는 더 완벽한 세계가, 어떤 불멸의, 천국 같은, 깨달은 세계가 있다고 배웠습니다.

아마 그런 믿음들은 추구자의 꿈과 악몽에 불과할 것입니다. 그리고 우리가 구하는 전체임은 이미 여기에, 실제로는 우리의 인간임 속에 숨겨져 있고, 우리가 피하려 하는 모든 것 속에 숨겨져 있을 것입니다. 아마 인간임은 전혀 문제가 아닐 것입니다. 아마 삶은 전혀 문제가 아닐 것입니다. 아마 우리는 지금 여기에 살아 있음의 '존재하지 않는 문제'에 대한 해결책이 필요하지 않을 것입니다. 아마 더 나은 세계, 내생, 천국, 초월적인 영적 세계가 필요하지 않으며 필요한 적도 없을 것입니다. 아마 우리는 지금 이대로 깊이 괜찮고, 우리의 불완전함 가운데 이미 완전하며, 우리가 피하려 애쓰는 바로 그 삶에 이미 온전히 품어지고 있을 것입니다.

그렇다면 깨달음이란 무엇일까요? 만일 깨달음이란 인간임을 피하는 것이 아니며, 부정성이나 악이나 어둠으로 불리는 것을 피하여 빛으로 불리는 다른 것을 향해 가는 것이 아니라면? 영적 깨어남이란 무엇일까요? 만일 영적 깨달음이란 우리가 싫어하는 자기 안의 모든 것을 제거하는 게 아니라면? 무엇이 궁극의 진실일까요? 만일

그것이 더는 우리의 인간성을 부정하는 게 아니라면? 무엇이 비개인
성일까요? 만일 그것이 더는 개인성과 전쟁을 벌이는 게 아니라면?
무엇이 절대일까요? 만일 그것이 마침내 상대성을 껴안는다면? 모든
물결이 사랑받을 때는, 삶 자체와 분리된 사람이 여기에 아무도 없을
때는 무슨 일이 일어날까요? 죽음에 대한 두려움—그것은 삶에 대한
두려움인데—이 끝날 때, 무슨 일이 일어날까요?

네덜란드에서 열린 며칠간의 모임 첫날에 한 남자가 내게 다가왔
습니다. 그는 지난해에 삶에서 깊은 아픔과 슬픔을 경험한 뒤 영적
추구를 하게 되었습니다. 그는 깨달음이라고 불리는 이 붙잡기 어려
운 것을 추구하며 많은 책을 읽었고 많은 선생을 만났습니다. 어느
날 그의 집 정원에 앉아 있을 때, 갑자기 어떤 신기하고 예기치 않은
일이 일어났습니다. 모든 생각, 모든 시간 감각이 떨어져 나갔고, 남
은 것은 오직 지금 이 순간의 절대적인 새로움과 단순함뿐이었습니
다. 그는 세상이, 심지어 그 불완전함 가운데에서도, 있는 그대로 완
벽하다는 깊은 깨달음을 체험했습니다. 풀, 나무, 전쟁, 도로 위의 개
똥…… 그 모든 것이 신성했습니다. 그는 모든 것이 제자리에 있으
며, 자신이 실제로는 분리된 개인으로 존재하지 않음을 깊이 알게 되
었습니다. 그는 모든 생명과 하나였습니다. 그는 더이상 한 사람이
아니었습니다. 그는 단순히 그 안에서 삶이 일어나고 있는 알아차림
(앎)의 열린 공간이었습니다. 그의 영적 추구는 끝난 것처럼 느껴졌
습니다. 그는 무수히 많은 물결 너머의 그 드넓고 평화로운 바다를
발견했습니다. 그는 자유롭다고 느꼈습니다. 앞으로 다시는 고통받

지 않을 것 같다고 느꼈습니다.

　며칠 동안 그는 이런 깊은 평화의 상태에 있었습니다. 하지만 상태와 경험은 지속하지 않으며, 그래서 곧 생각과 느낌, 그의 삶에 관한 복잡한 이야기가 돌아왔습니다. 그는 바다에 관한 아주 깊은 깨달음을 경험했지만, 물결들은 다시 아픔을 주기 시작했습니다. 그는 이 때문에 얼마나 혼란스러운지 얘기했습니다. 그는 '깨어남' 이후에는 물결들이 완전히 멈출 것으로 기대했습니다. 깨달음 이후에는 바다가 완벽하게 고요하고 맑기를 기대했습니다. 그렇지만 이런 물결들 —아픔의 물결, 슬픔의 물결, 두려움의 물결, 무력감과 의심의 물결 —은 여전히 그의 안에서 일렁였습니다. 그리고 그는 그것들을 어떻게 해야 할지 알지 못했습니다. 그는 인간관계에서 여전히 갈등을 경험하고 있었습니다. 내면에는 많은 슬픔과 두려움과 갈망이 있었고, 그는 그것들을 어떻게 다루어야 할지 몰랐습니다. 그는 여전히 담배 중독과 씨름하고 있었습니다. 어째서 그는 깨어났으면서도 여전히 고통을 받을 수 있었을까요? 어째서 그는 깨어났으면서도 여전히 의심과 불안과 화의 순간을 경험할 수 있었을까요? 구루들은 깨어나면 모든 고통이 끝날 것이라고 약속했습니다. 이해할 수 없었습니다.

　모임 기간에 우리는 그의 깨어남 이후 혼란에 대해 얘기를 나누었습니다. 삶의 가장 깊은 받아들임에 대해, 물결과 바다의 분리될 수 없음에 대해, 모든 것을 수용하는 활짝 열린 공간에 대해, 어떻게 모든 물결—당신이 이전에 어둡거나 악하다고 부른 모든 물결, 당신의 깨달음 개념에 들어맞지 않는 모든 물결을 포함하여—이 참된 자기 자신 안에 허용되는지에 대해 얘기했습니다. 지금 이 순간 삶의 전적인 껴안음—본질상 당신 자신인 껴안음—에 대해, 그리고 지금 여기에서 그 껴안음을 발견하는 일에 대해 얘기했습니다.

모임이 끝날 무렵, 남자는 그런 물결들이 원래 멈추는 게 아님을 깨달았다고 말했습니다. 그 물결들이 바로 바다였습니다. 그리고 물결 하나하나는 그 물결 속에서 바다를 다시 보도록 부르는 작은 초대장이었습니다. 그가 결혼생활에서 경험하던 갈등도 깨어나서 그 갈등의 한가운데에 있는 바다를 보라고 부르는 거대한 초대장이었습니다. 그가 자신의 어떤 이미지를 여전히 붙들고 있는지, 그의 경험에 완전히 허용되지 않는 느낌들이 무엇인지, 부부 싸움을 할 때 그가 자신을 상처받은 사람으로 여기면서 어떻게 아내에게 마음을 닫아 버리는지 발견하라고 부르는 초대장. 그는 바다를 온전히 보았는데, 바다는 여전히 날마다 자기를 더욱더 드러냈습니다. 그것은 아름다운 역설이었습니다.

그 뒤 그는 아름다운 말을 했습니다. "나는 물결들을 받아들일 수 없고 없앨 수도 없어서 내게 뭔가 잘못되었다고—내가 충분히 강하지 않다거나, 충분히 깨어나지 않았다거나 등등—생각했어요. 하지만 이제 이건 나라는 개인이 물결들을 받아들일 만큼 강한지 아닌지의 문제가 아니라는 걸 알겠어요. 현재 경험의 물결들은 이미 참된 나 자신 안으로 받아들여지고 있죠. 나는 그것들을 받아들일 필요가 없어요. 그저 바로 지금, 그것들이 이미 허용되고 있음을 알아차릴 뿐이죠. 나는 그것들을 받아들일 만큼 강할 필요가 없어요. 나는 너무 약해서 그것들이 들어오는 것을 더는 가로막을 수 없죠."

깨달음은 당신이 모든 물결을 받아들일 수 있을 만큼 강한지 아닌지와는 아무 상관이 없습니다. 깨달음은 어떤 식으로든 물결을 통제하는 게 아닙니다. 깨달음은 현재의 경험을 피하는 게 아닙니다. 깨달음은 깨달은 사람이라는 자기 이미지를 붙들고 있으면서, 자신이 늘 얼마나 영적이고 얼마나 행복하며 평화로운지를 증명하는 게 아닙니다. 깨달음은 당신 자신이 누구인지—그것은 너무 철저하게 열려 있고, 어떤 면에서는 너무 연약하고 너무 보호되지 않고 너무 약해서, 당신이 지금 나타나는 물결들을 피하는 것은 더욱더 불가능해집니다—를 발견하는 것입니다. 그리고 이 약함은 실제로는 전혀 약함이 아닙니다. 이 약함 안에는 가장 강한 힘이 있기 때문입니다. 그것은 가장 깊은 삶의 받아들임입니다. 그리고 당신은 이 받아들임을 '할' 필요가 없습니다. 당신이 본래 그 받아들임입니다.

많은 사람이 이 남자처럼 깨어나는 경험을 하며, 그 경험에서 수많은 물결 너머의 드넓은 바다와 접촉합니다. 그러나 삶은 거기에서 끝나지 않습니다. 물결들은 계속 찾아오고, 우리의 아름다운 영적 통찰들은 아주 빨리 잊힙니다. 자신이 아무리 많이 깨어났다거나 영적으로 진보했다고 생각해도, '무아(無我)'나 '아무도 아님(nobody)'이나 '개인성의 초월'이라는 우리 자신의 이미지를 아무리 꽉 붙들고 있다고 해도, 우리는 인정하든 안 하든 삶의 물결들에 얽히게 됩니다. 우리는 고통 속으로, 신체의 통증 속으로, 인간관계의 갈등 속으로, 중독 속으로, 새로운 경험의 추구나 예전의 경험에 대한 집착 속으로, 더 많은 영적 추구 속으로 다시 빨려 들어갑니다. 그것은 마치 우리가 깨어 있다가 나중에 그 깨어남을 잃어버린 것처럼 느껴집니다. 우리는 천국과 접촉했고, 나중에는 거기에서 추락했습니다. 그러면 커다란 고통과 혼란이 뒤따를 수 있습니다. 한번 천국과 접촉하면, 삶은 지옥이 될 수 있습니다. 심지어 가장 깨달은 것처럼 보이는 사람조차 깨달음을 경험한 뒤에도 여전히 슬픔이나 두려움, 인간관계에서 극심한 갈등으로 고통을 겪을 수 있습니다. 그럴 때면 아마 이 고통은 이전보다 더 받아들이기 어렵게 느껴질 것입니다. 왜냐하면 이제 그들은 '깨어난 사람'이라는, 더 심하게는 '깨달은 스승'이라는 자기 이미지를 붙들고 있기 때문입니다. 하지만 이 계속되는 고통은 실제로는 아주 좋은 소식입니다. 왜냐하면 고통은 그저 당신 자신의 모든 이미지―깨달았다거나 고통을 초월했다는 이미지를 포함하여―를 놓아버리라는 초대이며, 현재의 경험을 두려움 없이 직면하라는, 거기에서, 오직 거기에서 가장 깊은 받아들임을 발견하라는 초대이기 때문입니다.

어떤 영적 가르침들은 깨어남의 단계를 얘기합니다. 완전히 깨어나는 데는 시간이 걸린다고 말합니다. 어떤 가르침들은 처음 깨어나는 사건(다시 말해, 바다를 깨닫는 것)이 있을 수 있지만, 그 뒤 그 깨어남을 온전히 통합하거나 체현하는 데는, 그 깨어남을 일상생활에서 진정으로 사는 데는 여러 해가 걸리며 평생이 걸릴 수도 있다고 말합니다. 어떤 사람들은 깨어남이란 모든 물결을 통합하는 여행이라고 얘기합니다. 모든 물결이 바다와 온전히 통합될 미래, 그들 개인이 백 퍼센트 증명된 온전히 깨어난 사람이 될 미래의 어느 시점으로 나아가는 여행이라고……. 또 어떤 사람들은 실제로는 깨어남이라는 것이 아예 없고, 깨어남이란 허구이며, 아무도 실제로는 깨어난 적이 없으며, 우리는 고통을 들여다보기를 포기해야 한다고, 그저 차를 마시고 치즈 샌드위치를 먹으라고 말합니다.

수많은 가르침이 있고 수없이 다양한 시각이 있어서, 진지하게 삶에서 자유를 발견하고 싶은 사람에게는 몹시 혼란스러울 수 있습니다. 모든 영적 길, 과정, 수행법, 그리고 가르침은 나름의 쓸모를 가지고 있으며, 나는 이 자리에서 그것들을 평가하고 싶지 않습니다. 그러나 당신 자신을 그 안에서 모든 물결이 나타나고 사라지는 활짝 열린 공간으로, 그 안에서 모든 생각, 감각, 느낌이 오고 가는 친밀한 드넓음으로 인식할 때, 깨어남이란 무엇을 가리키는지를 훨씬 분명히 이해하게 됩니다.

자기 자신을 알아차림(앎)의 드넓고 친밀한 열린 공간으로 인식하면, 깨어남이란 '나'라는 개인이 시간이 지남에 따라 더욱 깨어나거나 미래에 온전히 통합되는 문제가 아니게 됩니다. 왜냐하면 참된 나 자신의 관점에서 보면, 바로 지금 나타나는 모든 물결이 이미 바다와 통합되어 있기 때문입니다. 모든 물결은 이미 참된 나 자신과 친밀합니다. 그래서 깨어남은 나라는 개인이 미래의 온전한 통합이라는 마지막 목표를 향해 나아가는 문제가 아닙니다. 그것은 언제나 시간과 영적 성취라는 이야기 속에서 살아가는 추구자의 꿈입니다. 깨어남은 언제나, 언제나 '지금 여기에서' 현재 경험의 통합을 '알아차리는'

일입니다. 그것은 지금 이 순간의 있는 그대로 완전함과 깊은 받아들임으로 깨어나는 일입니다. 그것은 이런 물결들이 이미 지금 여기에서 깊이 받아들여짐을 보는 일입니다. 내일의 통합은 나의 일이 아닙니다. 어제의 깨어난 이야기는 관계없는 일입니다. 지금 여기는 모든 삶이 있는 곳입니다. 그리고 오직 지금 여기밖에 없습니다.

그리고 거짓된 자기 이미지의 소멸, 더 미묘하고 더 미묘한 형태로 이루어지는 추구의 알아차림, 도저히 받아들일 수 없을 것 같던 물결 속에서 깊은 받아들임의 발견, 사랑과 평화가 떠났다고 생각한 곳에서 사랑과 평화의 발견, 자기 바깥에는 타인이 없음을 깊이 깨닫지만 개인적인 관계에서 더욱더 친밀함의 발견…… 이런 일은 시간 속에서 일어나는 과정처럼 보이지만, 사실은 시간 없는 과정이며 늘 지금 일어납니다. 삶은 지금 여기에서 자기를 자기와 통합하며, 당신은 이 춤의 목격자입니다. 삶은 당신을 통해 스스로 치유합니다.

여기에 영적 깨어남의 아름다운 역설이 있습니다. 삶은 지금 여기에서 이미 완전하며, 철저히 완전합니다. 당신에게는 아무 잘못이 없습니다. 당신의 불완전함 가운데에서도 당신은 정확히 있는 그대로 완벽합니다. 삶은 이미 지금 이 순간, 지금 이 순간으로서 스스로 완전하며, 이것이 존재의 아름다운 궁극의 진실입니다. 하지만 동시에 그 완전함은 이 몸을 통한 개인적인 경험, 깊이 인간적인 경험의 한가운데에서, 지금 여기에서, 완전함을 재발견하도록 부르는 영원한 초대장으로서 스스로를 계속 표현합니다.

낱낱의 물결이 나타날 때, 낱낱의 생각이나 소리, 냄새, 감각, 느낌이 참된 당신인 바다에서 일어날 때, 그 물결은 부드럽게 속삭입니다. "부디, 내게 등을 돌리지 말아요. 내가 지금은 아무리 고통스럽고 극심해 보여도. 나를 신뢰해 주세요. 나도 바다랍니다. 나는 지금 이 모습으로 있어요. 나는 여기에 속해요. 그렇다는 게 명백해 보이지는 않아도. 걱정 말아요. 당신은 나를 받아들일 필요가 없어요. 나는 이미 안에 있으니까요. 걱정 말아요. 당신은 나를 거부할 수도 없어요. 나는 이미 안에 있으니까요. 알아차렸나요? 당신은 자기의 모든 견해, 과거와 미래에 관한 모든 이야기 너머로 가서, 내가 이미 여기에 있다는 걸, 내가 이미 인정되었다는 걸 그저 인정할 수 있나요? 참된 당신은 삶의 모든 것을, 좋은 것과 나쁜 것을 수용할 만큼 드넓다는 걸 인정할 수 있나요?"

당신의 삶을 바라보세요. 초대는 어디에나 있습니다. 그것은 기쁨 속에 있고, 아픔 속에 있으며, 지루함 속에, 흥분 속에, 비통함 속에, 환희 속에, 달콤함 속에, 쓰라림 속에 있습니다. 당신이 태어날 때도 죽을 때도……. 그 초대는 우리가 너무나 쉽게 당연하게 여기는, 삶이라는 소중하고 부서지기 쉬운 선물의 모든 낱낱의 순간 속에, 여기에 있습니다. 그리고 바로 지금, 당신이 이런 단어들을 읽을 때도 그것은 당신에게 그 자신으로 돌아오라고 부드럽게 부릅니다.

옮긴이 김윤

서울대학교 경영학과를 졸업했다. 지금은 자유롭고 평화로운 삶으로 안내하는 글들을 우리말로 옮기고 소개하는 일을 하고 있다. 그동안 번역한 책으로는 《네 가지 질문》《기쁨의 천 가지 이름》《가장 깊은 받아들임》《아잔 차 스님의 오두막》《지금 여기에 현존하라》《고요한 현존》《현존 명상》《모든 것은 하나다》 등이 있고, 공역한 책으로는 《순수한 앎의 빛》《사랑에 대한 네 가지 질문》《직접적인 길》《요가 매트 위의 명상》 등이 있다.

## 가장 깊은 받아들임

초판 1쇄 발행일 2019년 12월 26일
　　　3쇄 발행일 2023년 11월 20일

지은이 제프 포스터
옮긴이 김윤

펴낸이 김윤
펴낸곳 침묵의 향기
출판등록 2000년 8월 30일, 제1-2836호
주소 10401 경기도 고양시 일산동구 무궁화로 8-28,
　　　삼성메르헨하우스 913호
전화 031) 905-9425
팩스 031) 629-5429
전자우편 chimmukbooks@naver.com
블로그 http://blog.naver.com/chimmukbooks

ISBN 978-89-89590-77-4 03840

*책값은 뒤표지에 있습니다.